东亚唐诗学研究

查清华 主编

第六辑

上海辞书出版社

本书获国家社科基金重大招标项目
"东亚唐诗学文献整理与研究"(18ZDA248)支持

《东亚唐诗学研究》学术委员会

（以姓氏笔画为序）

顾　　问：陈伯海　董乃斌
委　　员：王兆鹏　卢盛江　朱易安　李　浩
　　　　　肖瑞峰　张伯伟　陈尚君　尚永亮
　　　　　罗时进　钱志熙　蒋　寅　詹福瑞
　　　　　戴伟华

《东亚唐诗学研究》编辑委员会

（以姓氏笔画为序）

主　　编：查清华
执行主编（第六辑）：郁婷婷

委　　员：左　江　卢燕新　刘　畅　杜晓勤
　　　　　李定广　杨国安　杨　焄　沈文凡
　　　　　陈才智　陈　翀　金程宇　郝润华
　　　　　胡可先　查屏球　查清华　徐宝余

主　　办：中国唐代文学学会东亚唐诗学研究会
　　　　　上海师范大学唐诗学研究中心

序

陈伯海

唐诗学是关于唐诗创作、传播和接受的学问。

作为中华民族艺术文化宝库中的瑰宝,唐诗在演变中产生了自己鲜明、独特的美学质性,在历史上形成了不可取代的美学传统,甚至被世人奉为中国古典诗歌的美学典范。唐诗相关文献层出不穷,对唐诗的阅读、欣赏、批评、模拟,至今未辍。由于唐诗在东亚各民族文化传统中的独特地位,人们对唐诗的爱好涉及其诗学趣味、审美观念、精神状态、思维方式、生活阅历和文化修养众多方面,因而对东亚唐诗学的考察,既能增进我们对唐诗及唐诗研究的了解,还可以此为切入点,从一个侧面揭示出东亚各国社会心理和文化思想变迁的轨迹。

我们唐诗学研究中心2014年刚成立的时候,就在酝酿"东亚唐诗学"这个题目。那时,我们的"唐诗学书系"即将告竣,要准备下一步该怎么突破,怎么创新,于是就把东亚唐诗学提上议事日程。从中国传统的唐诗学向东亚拓展,本来也顺理成章,因为唐诗不仅是中国的财富,也是全人类的财富,东亚各国自古以来紧密相连,唐诗对东亚的影响非常深远,崇唐之风长盛不衰。对东亚唐诗学文献资源进行梳理和研究,不但能更好地理解唐诗的意义,也可以加强东亚各民族之间的交流。

但要做好这个题目很不容易,因为国内相关研究不多,而且相关文献资料大都在国外,收集起来并不简单。首先要把东亚的唐诗文献家底摸清楚,把资料积累起来,困难本就不小;而资料如何整理,如何来评论研究更不容易。因为从中国传统的唐诗学转向东亚,不仅仅是一个扩大研究面的问题,还有一个转换视角的问题。我们研究中国传统的唐诗学,只有一个视角,那就是中国民族传统。但是要研究东亚唐诗学,至少要增添一个视角,就是比较文学和比较文化的视角。没有这样一个视角很难把握域外唐诗学。要留意他们自己的历史背景、文化背景,跟我们中国传统的历史背景、文化背景不完全一样。有一些结论看起来很相同,但其根底可能差异很大。所以对待不同民族文学要进行比较的研究,要有这个视野,特别是要注意它的同中之异或异中之同,总结不同民族研究唐诗的历史经验,揭示其真正的文化底蕴。

这得靠学界同仁一起来探讨一些问题,靠着大家共同的努力,把东亚唐诗学这个课题做好,把唐诗学这一学科建设好,这对于弘扬我们的优秀传统文化、对于东亚各国的文化交流,都有着十分重要的意义。

为推进唐诗学研究,集中推介有相当文献价值和理论价值的东亚唐诗学研究成果,中国唐代文学学会和上海师范大学唐诗学研究中心联合选编《东亚唐诗学研究论集》,陆续分期出版。我们期待更多新的高水平成果问世。

(上海社会科学院研究员,上海师范大学特聘教授、博导、
唐诗学研究中心名誉主任)

目　录

序 ………………………………………………………… 陈伯海 / 1

日本唐诗学

杜诗讲筵考：论五山学杜群体分层与诗禅合修思想之滥觞
　………………………………………………………… 陈　翀 / 3
《管见抄》及其校勘价值新证 ………………………… 文艳蓉 / 30
明王黉《唐诗联选》及其在日本的传播考论 ………… 段天姝 / 45
二十世纪以来日本学者的杜甫诗歌研究述要 ………… 邱美琼 / 84

韩国唐诗学

手抄本《李白七言》谚解作者考论
　………………………… [韩] 许敬震　韩继镐　著　千金梅　译 / 99
诗风·战争·易代
　——燕行文献中的次杜诗研究 ………………………… 左　江 / 112
杜甫联章组诗在韩国的传播与影响 …………………… 徐婉琦 / 131

越南唐诗学

唐诗影响视域下的安南使臣北使诗歌谫论 …… 李谟润　唐　倩 / 149
越南阮朝绍治帝步韵《秋兴八首》析论 ……………… 陆小燕 / 163

中国唐诗学

五言诗句形式的"音""意"合一与佳句的产生
　——以《文镜秘府论》为中心的考察 ………………… 李思弦 / 185

"风情"的变调
　　——白居易仕途迁转与《长恨歌》的主题转换……滕汉洋　王星楠 / 199
《喜雨》一诗再认识
　　——以宋代杜诗集注本注释文献为线索………………马　旭 / 215
论《诗人玉屑》的唐诗学体系及对严羽理论体系的修正………傅新营 / 227

书讯·书评

文本·文献·文心：域外杜诗文献研究的基本维度及方法论意义
　　——左江《杜诗与朝鲜时代汉文学》读后　………………王　成 / 239
一部别开生面的杜诗学著作
　　——读张慧玲《李杜之争与宋代杜诗地位的浮沉》………黎　清 / 250

学界动态

东亚唐诗学研究的发展与展望
　　——东亚唐诗学研究会成立大会暨第二届东亚唐诗学国际
　　　学术研讨会开幕辞　………………………………………李芳民 / 261
唐诗是东亚文化共同体的重要构成部分
　　——东亚唐诗学研究会成立大会暨第二届东亚唐诗学国际
　　　学术研讨会闭幕辞　………………………………………查屏球 / 263
东亚唐诗学研究新进展
　　——东亚唐诗学研究会成立大会暨第二届东亚唐诗学国际
　　　学术研讨会综述　…………………………………………郁婷婷 / 265

《东亚唐诗学研究》征稿启事 / 275

日本唐诗学

杜诗讲筵考：论五山学杜群体分层与诗禅合修思想之滥觞*

陈 翀

摘 要 本稿拟以现存几种杜诗抄物为中心，试图澄清五山各派的顶级禅僧是如何站在学术的角度，从唐诗流变史及诗文释讲的视野去究读杜甫诗文之实际形态与讲学具象，同时也对与汉文运用关系并不密切的地方禅僧为何会对读杜产生巨大热情这一问题作一些探讨。

关键词 杜甫 五山文学 杜诗续翠抄 虎关师炼 江西龙派 心华元棣

一

纵观日本汉文学史之流变，不难看出，从镰仓末期开始，尤其是进入室町时期之后，贵族公卿及幕府官僚迅速退出了汉文学的舞台，一些重要的汉籍讲释及以外交贸易文书为主的汉文写作权利被转移到了五山禅僧这一特殊群体手中。公文制作及各类偈疏的写作需要掌握大量的汉文典故与丰富多彩的修辞手法，这就导致五山禅僧们在习禅修定的同时，也需要究读大量的汉文典籍并练习写作各类汉诗文体，因此也就涌

---

* 本文系国家社科基金重大招标项目"东亚唐诗学文献整理与研究"（18ZDA248）阶段性成果。

现了一批学识丰富的禅僧①。对于此,中岩圆月(1300—1375)在《与虎关(师炼)和尚》一文中,对于虎关师炼(1278—1346)之深厚的汉文修养作了如此之称叹②:

> 七月二十三日,某上书三圣院虎关和尚座下,前达之有鸿烈缉熙而不为后,进所传称则庸讵雷霆,其声于万世耶。后进之有文章事业而不为前达所举用,则亦庸讵龙凤,其质于一代耶。二者相遇,必有时焉。伏惟座下,微达圣域,度越古人。强记精知,且善著述,凡吾西方经籍五千余轴,莫不究达其奥,置之勿论。其余上从虞夏商周,下逮汉魏唐宋,乃究其典谟训诰矢命之书,通其风赋比兴雅颂之诗。以一字之褒贬,考百王之通典;就六爻贞悔,参三才之玄根。明堂之说,封禅之议,移风易俗之乐,应答接问之论,以至子思、孟轲、荀卿、杨雄、王通之编,旁入老、

---

① 对于五山文学之综合研究,可参照上村观光《五山文学小史》,东京:裳华房,1906年,又《禅林文艺史谈》,东京:大镫阁,1919年;北村泽吉《五山文学史稿》,东京:富山房,1941年;小笠原秀实《禅文化の体系》,东京:昭森社,1944年;玉村竹二《五山文学 大陆文化紹介者としての五山禅僧の活动》,东京:至文堂,1948年,又《日本禅宗史论集》(全三册),京都:思文阁出版,1981年;山岸德平《五山文学集》(日本古典文学大系第89),东京:岩波书店,1966年;安良冈康作《讲座日本文学第5(中世编第1)五山の汉文学》,东京:三省堂,1969年;荫木英雄《五山诗史の研究》,东京:笠间书院,1977年;芳贺幸四郎《中世禅林の学问および文学に関する研究》(《芳贺幸四郎历史论集Ⅲ》)及《中世文学とその基盘》(《芳贺幸四郎历史论集Ⅳ》),京都:思文阁出版,1981年;朝仓尚《禅林の文学—中国文学受容の样相》,大阪:清文堂,1985年,又《禅林の文学—诗会とその周辺》,大阪:清文堂,2004年,又《禅林の文学—戦乱をめぐる禅林の文芸》,大阪:清文堂,2020年;俞慰慈《五山文学の研究》,东京:汲古书院,2004年。有关五山禅僧之生平介绍及宗派,可参照玉村竹二《五山禅僧传记集成》,东京:讲谈社,1983年,又《五山禅林宗派图》,京都:思文阁出版,1985年。另外,有关五山文学在日本汉文学史中的位置与评价之研究,还可参照以下专著:久保天随《日本儒学史》,东京:秀英社,1904年;西村天囚《日本宋学史》,大阪:杉本梁江堂,1909年;岩桥遵成《日本儒教概说》,东京:宝文馆,1922年;冈田正之《日本汉文学史》,东京:共立书店,1929年;和岛芳男《日本宋学史の研究》,东京:吉川弘文馆,1962年;菅谷军次郎《日本汉诗史》,东京:大东出版社,1941年;绪方惟精《日本汉文学史讲义》,东京:评论社,1961年。又,有关对幕府武士阶层之汉文学修养的考证,可参照堀川贵司《公家の学问と五山》,《中世文学》2016年第61号,第27—35页。
② 玉村竹二编:《五山文学新集》第四卷《东海一沤集》,东京:东京大学出版会,1970年,第384—385页。又,有关虎关师炼与中岩圆月的文学交流,可参照千坂嵃峰《五山文学の世界—虎关师炼と中巌円月を中心に》中的相关研究,东京:白帝社,2002年。

列、庄、骚、班固、范烨、太史纪传、三国及南北八代之史、隋唐以降五代赵宋之纪传,乃复曹、谢、李、杜、韩、柳、欧阳、三苏、司马光、黄、陈、晁、张。江西之宗,伊洛之学,轇轕经纬,旁据午援,吐奇去陈,曲折宛转。可谓座下于斯文,不羞古矣。吾西佛氏之教,流于日域,几乎八百载矣。其间习禅修定者有诸,细行肃仪者有诸,知辩聪达者有诸,然未有录其实,以垂其光烈于永永者。年深日累,则诸师事迹,或几乎熄矣,于是亲撰《元亨释书》数十万言上先帝。惟乃座下鸿烈缉熙,允不在仲灵(明教契嵩)之下也。然当时朝廷微欧、曾、李泰伯之徒,孰称僧中有此郎也。其不见下之有司而行于世,亦宜矣。座下求后进者而能举用之,则必有如范逡、刘歆、歆子棻(刘棻)、桓谭者,敬奉鸿烈,且称所著书以传之万世,则杨子云(杨雄)岂惟寂寞而已哉。某不肖矣,然与座下并世而生,同国而处,岁次辛酉(元亨元年)冬,幸遂一望,履于济北。当是时也,自揆微贱,且以少年故,不敢以文词干冒威重。尔后放浪他国,于今十有二年,无一日不渴企也。是岁四月归国,筑紫寓焉。窃惟在下之人负其能,不肯谄其上;上之人负其位,不肯顾其下。是二人所为,皆过也。某,虽非负能者,然亦自幼矻矻而勤,乾乾不息也,有年于今矣,不可自弃也。抑且座下鸿烈缉熙,既(已)如此,岂可坐视而不欲传称于万世乎? 古之贤者,略去势位,许通草书,某待座下以古贤也,想必不罪僭越。辄此奉书,不久诣京,面承教,不宣。

考此文应该是中岩圆月入元归国翌年之元弘三年(1333,元元统元年)写给虎关师炼的信简,希望借此得到虎关师炼的举荐。此信有两处值得我们注意的地方,一是其中所提到的虎关师炼之厚重的汉学素养,其中虽不免有许多浮夸之词,但也可以看出尔时禅林已经不再强调"不立文字",转而注重究读各类儒史典籍;二是其提到年轻时"不敢以文词干冒威重",这又从另一侧面反映出了当时禅僧之中寻求推荐时流行以自作"文词"投石问路,这就已经是一种类似唐代行卷的文学活动,显示出五山禅林传灯之时不但要讲究禅机顿悟,还需要极高的汉文学素养[①]。

[①] 有关五山禅僧之外典修养,可参照芳贺幸四郎《東山文化の研究(上)》第一卷《五山禅僧の教養と世界観》第二章《五山禅僧と外典》,京都: 思文阁出版,1981年,第27—92页。

随着禅僧开始介入幕府的政治外交活动，五山寺庙中有关外典的藏书也可谓随之水涨船高。于此可以圣一国师圆尔（1202—1280）回日本时所携书籍为基础而建立起来的普门院藏书为例，正平八年（1353，元至正十三年）左右编纂的《普门院经论章疏语录儒书等目录》所记外典藏书如下[①]：

  周易、周易音义、易总说、纂图互注周易、尚书、毛诗、礼记、春秋、周礼、孟子、吕氏诗纪、论语精义、孟子精义、无垢先生中庸说、晦庵集注孟子、论语直解、直解道德经、毛诗句解、尚书正文、胡文定春秋解、五先生语、晦庵大学、大公家经、黄石公素书、小字孝经、百家姓、九经直音、晦庵中庸或问、晦庵大学或问、三注、连相注千字文、庄子疏、六臣注文选、杨子、文中子、韩子、事物丛林、方舆胜览、汉携、帝王年运、绍运图、注坡词、东坡长短句、诗律捷径、笔书诀、诚斋先生四六、启札粹式、万金启宝、圣贤事实、帝王事实、三历会同、京本三历会同、连珠集、搜神秘览、宾客接谈、合璧诗学、四言杂字、小文字、说文、尔雅兼义、大字玉篇、大字广韵、玉篇、广韵、校正韵略、韵关、韵略、白氏六帖、历代职源、白氏文集、韩文、柳文、老子经、庄子、太平御览、毛诗注疏、合璧诗、积玉、注论语并孝经、礼书、杨子、注蒙求、荀子、鲁论、轩书、大学、注千字文、大明录、悟真寺诗。

而建仁寺两足院所藏外典更是多达五百余部，其中有关杜集的书目有如下之数种：《杜诗虞注》写本二册、《杜律集解》十二册、《杜律集解》六册、《杜律七言集解》四册、《杜律五言集解卷之二》一册、《杜律七言集解卷之上》一册、《杜少陵绝句》一册[②]。

众所周知，记录这一时期禅林和汉籍讲课的笔记被统一命名为"抄物"。

[①] 《大正新修大藏经》别卷第三卷《昭和法宝总目录》收《普门院经论章疏语录儒书等目录》，东京：大藏出版，1930年，第968—972页。此处参照芳贺幸四郎《中世禅林の学问および文学に関する研究》第一章《禅林における外典研究の風潮》所整理书目，重复者有删减，京都：思文阁出版，1981年，第38—39页；另外，有关此书目成立之考论，还可参照上村观光《禅林文艺史谭》收《普门院の藏書目録に就きて》及《普门院经论章疏语录儒书等目录》，东京：大镫阁，1919年，第333—355页；许红霞《〈普门院经论章疏语录儒书等目录〉中所载书籍传入日本的时间之辨疑》，《普门学报》2006年第33期，第1—12页。

[②] 《大正新修大藏经》别卷第三卷《昭和法宝总目录》收《建仁寺两足院藏书目录》，东京：大藏出版，1930年，第973—999页。

据上村观光的调查，今存和汉书籍抄物大致有如下数种：《日本书纪私抄》《汉书并孝经抄》《鲁论抄》《周易抄》《论语抄》《涪潘诗抄》《碧岩录抄》《史记抄》《三体诗抄》《大学抄》《虚堂录抄》《无门关抄》《江湖风月集抄》《林际抄》《蒲室集疏抄》《神代纪抄》《白氏文集抄》《杜诗抄》《山谷抄》等各种抄物①。另外，今存各种汉籍抄物又以被后世日本称为"印刷之神"的林宗二（1498—1581）的传抄本最为珍贵，林宗二抄本主要有如下之几种：《山谷抄》六册、《山谷幻云抄》二十一册、《尚书抄》十三册、《山谷诗抄》二十二册、《杜诗抄》二十四册、《杜诗续翠抄》十册（现散佚一册）、《柳文抄》七册、《春秋左传抄》十册、《史记世家抄》八册、《东坡诗抄》三十册、《江湖风月抄》三册等②。

以下试就以今存几种五山杜诗抄物为中心，尤其是保存相对完整的《杜诗续翠抄》③，结合五山禅僧文集所见杜诗讲谈的各种记载，对彼时杜诗讲

---

① 上村观光：《關東に現存せる古抄本》，《禅宗》总187期，第53—58页。
② 上村观光：《禅林文艺史谭》收《饅頭屋節用集の著者林宗二の事蹟》，东京：大镫阁，1919年，第320—332页。又，根据市木武雄的整理，现存五山汉籍抄物主要有如下几种：① 大岳周崇《翰苑遗芳》（苏东坡诗抄）、《前汉书抄》；② 义堂周信《三体诗抄》；③ 瑞溪周凤《胜说》（苏东坡诗抄）；④ 江西龙派《天马玉津沫》（苏东坡诗抄）；⑤ 桃源瑞仙《蕉雨余滴》（苏东坡诗抄）、《史记抄》、《百衲抄》（易抄）；⑥ 笑云清三《四河入海》（四家东坡诗抄）、《古文真宝抄》；⑦ 雪岭永瑾《杜诗抄》；⑧ 天隐龙泽《锦绣段》；⑨ 月舟寿桂《续锦绣段》；⑩ 万里集九《天下白》（苏东坡诗抄）、《帐中香》（黄山谷诗抄）、《晓风集》（三体诗抄），参见市木武雄编《五山文学用语辞典》，东京：续群书类丛完成会，2002年，第252—253页。
③《特殊文库所藏マイクロフィルム連合目録》记载五山禅僧杜诗抄物如下：①《杜诗抄》，释雪岭永瑾，近世初写，存1卷，原藏足利学校，胶片藏斯道文库：番号マA163-164A、マB86-87A；②《杜诗抄》（杜抄·续翠抄）释江西龙派注，写本，存19卷，共10册，原藏国立国会图书馆，胶片藏斯道文库：番号マA-97；③《杜诗续翠抄》，释江西龙派注，元庆三年至天正七年林宗二写本，存17册，共9册，原藏两足院，胶片藏斯道文库：番号マA-23；④《杜抄》，释雪岭永瑾注，元龟二年至天正九年林宗二写本，存20卷，共5册，原藏两足院，胶片藏斯道文库：番号マA-15-16-17，东京：特殊文库连合协议会（东洋文库），1967年，第184页。又，《杜诗续翠抄》影印本收《续抄物资料集成》，卷一、卷二（第一册）之底本为国立国会图书馆本，其他为两足院本，大阪：清文堂，1980年。雪岭永瑾《杜诗抄》见光风社书店影印本，1970年，底本为足利本。本书所引两书注文均以此二影印本为底本，不再一一注出。又，对于此两书之介绍，可参见高见三郎《杜詩の抄：杜詩続翠抄と杜詩抄》，天理大学国语国文学会编《山边道：国文学研究志》第21集，1977年3月，第26—48页。另外，庆应义塾大学另藏有《大堂供坊帐纸背杜诗抄》及仁甫圣寿抄《续臆断》，考证可参照太田亨（转下页）

筵形态、杜诗接受阶层分类及学术脉络等问题,作一些新的探考。

二

先来让我们看看五山文学初中期的禅僧们是如何来讲读杜诗文的。被称为五山文学之祖的虎关师炼在其《济北集·诗话》中提到①:

> 杜诗《题巳上人茅斋》者,注者曰"欧阳修云,僧齐己也"。古本系开元二十九年,新本系天宝十二载,皆非也。夫齐己者,唐末人,为郑谷诗友,谓禅月齐己也。二人共参游仰山石霜会下,禅书中往往而见焉。去老杜殆百岁,况诸家诗中不言齐己长寿乎? 注者假言于六一也,六一高才,恐非出其口矣。茅斋巳、己上人,上字决不齐耳。

首先,从这则记载可以看出,虎关师炼在究读杜诗时至少使用了两种编年注本。查案头几种宋人所编杜集,郭知达《新刊校定集注杜诗》(宋宝庆元年广东漕司刊本)卷十八并无编年及欧阳修注,因知虎关师炼使用的还不是镰仓中期所传来的郭知达注本。鲁訔编次、蔡梦弼注《杜工部草堂诗笺》卷一(元大德陈氏刊本)则将此诗系于"开元间留东都所作",题下注云:"或曰僧齐己也,善吟诗,知名于唐。"与虎关师炼所言不一,可知亦非此本。又考南宋黄鹤、黄希父子注《黄氏补千家注纪年杜工部诗史》(《补

(接上页)《慶應義塾図書館所藏〈大堂供坊帳紙背杜詩抄〉(仮称)について》,《中国古典文学研究》第11号,2013年12月,第1—28页;又《仁甫圣寿抄〈续臆断〉(庆应义塾大学斯道文库所藏)瞥见》,《杜甫研究年报》第四号,2021年3月,第64—78页。又,相关研究还可参照太田亨《杜詩注釋書〈心華臆斷〉について—日本禅林における杜詩解釈の様相》,《日本中国学会報》第54集,2002年10月,第299—314页、《日本禅林における杜詩注釋書受容—〈集千家註分類杜工部詩〉から〈集千家註評點杜工部詩集〉へ》,《日本中国学会報》第55集,2003年10月,第240—256页;及刘芳亮《〈杜诗续翠抄〉与五山禅僧的杜诗研究》,《国际中国文学研究丛刊》第6集,上海:上海古籍出版社,2018年,第142—161页。

① 上村观光编:《五山文学全集》第一卷收《济北集》卷十一《诗话》,东京:帝国教育会出版部,1936年,第231页。

注杜诗》,景印文渊阁四库全书本)卷十八《巳上人茅斋》诗题下注云:"开元二十九年间作。欧阳修曰:僧齐己也,善吟诗,知名于唐。补注:鹤曰:梁权道编天宝十二载游山东时作,然旧次与洛究所作诗先后,当是开元二十九年间。"徐居仁编次、黄鹤补注《集千家注分类杜工部诗》(元广勤书堂刊本)卷九《巳上人茅斋》诗题下注则与黄本大同。由此可推知梁权道《杜工部年谱》系此诗为"天宝十二载",后出之黄本订正为"开元二十九年"。然虎关师炼文中称"古本系开元二十九年""新本系天宝十二载",恰好与之相反。由知黄鹤开元说亦早也存在,非黄鹤所发明也。且从黄本注可以推测出,虎关师炼所云"新本"可能是附录了梁权道《杜工部年谱》或参考了梁谱的某部宋人所编杜集,"古本"则或是平安时期传入的王洙注本。

虎关师炼在阅读杜诗时不但参照了不同的杜诗注本,而且还经常对宋人注释提出批评并提出自己的见解。尤其是牵涉到一些有关佛教故实的诗句,他多次指出宋人注杜诗时在此领域的知识缺陷。上引将"巳上人"注为"唐僧齐己"是为一例。又如对《别赞上人》诗考云[①]:

> 老杜《别赞上人》诗"杨枝晨在手,豆子雨已熟",诸注皆非。只希日引《梵网经》注上句杨枝,不及下句豆子。盖此豆非青豆也,澡豆也,《梵网》十八种中一也。盖此二句褒赞公精头陀,诸氏以青豆解之,可笑!而希日偶引《梵网》,至上句不及下句,诗思精粗可见。繇之言之,千家之人,上杜坛者鲜乎。

对《夔府咏怀》诗考云[②]:

> 老杜《夔府咏怀》云"身许双峰寺,门求七祖禅",注者以七佛为七祖,可笑也!儒人不见佛书,间有见不精,故有斯惑。凡注解之家虽便本书,至有违错,不啻惑后学,却蠹先贤,可不慎哉!盖吾门有七祖事者,出北宗也,神秀之嗣有普寂,居嵩山,煽化于长安、洛都二京,士庶多

---

① 上村观光编:《五山文学全集》第一卷《济北集》卷十一《诗话》,东京:帝国教育会出版部,1936年,第231页。
② 同上,第231—232页。

归焉。因是立神秀为六祖,自称七祖。曹溪门人荷泽神会禅师白官辨之,尔后北宗祖号不立焉,所谓"神会曾磨普寂碑"也。开元天宝之间,乡大夫之钦艳普寂者多矣。工部生此时,顺时所趋,疑见普寂门人乎?又贞元中,荷泽受七祖谥,此事工部死而久矣。今详诗义,虽定曹溪宗趣,犹旁闻嵩山旨,是亦工部遍参之意也。

另外,对于唐代诗史中李杜元白的地位,虎关师炼亦予以了重新的评价[①]:

> 杨诚斋曰:"大抵诗之作也,兴上也,赋次也,赓和不得已也。我初无意于作是诗,而是物是事适然触于我,我之意亦适然感乎是物是事,触先焉,感随焉,而是诗出焉。我何与哉?天也,斯之谓兴。或属意一花,或分题一山,指某物课一咏,立其题徵一篇,是已非天矣,然犹专乎我也,斯之谓赋。至于赓和,则孰触之,孰感之,孰题之哉?人而已矣。出乎天犹惧戕乎天,专乎我犹惧强乎我,今牵乎人而已矣,尚冀其有一铢之天,一黍之我乎?盖我未尝观是物,而逆追彼之观,我不欲用是韵,而抑从彼之用,虽李杜能之乎?而李杜不为也。是故李杜之集无牵率之句,而元白有和韵之作。诗至和韵,而诗始大坏矣。故韩子苍以和韵为诗之大戒。"此书佳矣,然不必皆然矣。夫诗者,志之所之也,性情也,雅正也。若其形言也,或性情也,或雅正也者,虽赋和上也。或不性情也,不雅正也,虽兴次也。今夫有人,端居无事,忽焉思念出焉,其思念有正焉?有邪焉?君子之者,去其邪取其正。岂以其无事忽焉之思念为天?而不分邪正随之哉!物事之触我也,我之感也,又有邪正,岂以其触感之者为天?而不辨邪正而随之哉!况诗人之者,元有性情之权,雅正之衡。不质于此,只任触感之兴,恐陷僻邪之坑。昔者仲尼以风雅之权衡,删三千首裁三百篇也。后人若无雅正之权衡,不可言寺诗矣。又李杜无和韵,元白有和韵而诗大坏者,非也。夫人有上才焉,有下才

[①] 上村观光编:《五山文学全集》第一卷《济北集》卷十一《诗话》,东京:帝国教育会出版部,1936年,第238页。

焉。李杜者上才也,李杜若有和韵,其诗又必善矣。李杜世无和韵,故赓和之美恶不见矣。元白下才也,始作和韵,不必和韵而诗坏矣,只其下才之所为也。故其集中虽兴感之作,皆不及杜李,何特至赓和责之乎?夫上才之者,必有自得处。以其得处,寓于兴也、赋也、和也,无往而不自得焉。其自得之处,杨子所谓天也者也。其天也者何?特兴而已乎?赋也,和也,皆天也。下才之者,少自得处,只是沿袭、剽掠、牵合而已,是杨子之所谓大坏者也。只其下才之所为也,宁赓和之罪哉?多金之家作瓶、盘、钗、钏也,瓶、盘、钗、钏虽异,皆一金也,故其器皆美矣。寡金之家作器也,其用不足焉,杂逾银铅镴而成焉,故其器不美矣。杨子不辨上下才,谩言赋和者,过矣。子苍以和韵为诗之大戒者,激学者而警剽掠牵合耳,恐非杨子之所言之者矣。

这是现存日本古文献中可以确认到的首次将李杜与元白地位翻转的记载——将李杜定位为"上才",却将平安镰仓时期一时风靡的元白降级为了"下才",且明确指出"故其集中虽兴感之作,皆不及杜李"。也就是说,从大中元年(847年,日本承和十四年)杜甫、白居易文集一同传入日域那一刻算起,历经了近五百年之漫长岁月杜甫才终于超越了白居易,成为这一时期五山文学中被顶礼膜拜的新圣者。

如果说虎关师炼对杜诗注释的一些评论还只停留在其个人评杜的层面的话,比虎关师炼稍晚一点的心华元棣(1339—1410)则可谓是五山杜诗讲筵史上一个承上启下的关键人物。心华元棣出身于美浓国,一说生于历应二年(1339,南朝延元四年,元至元五年),卒年不详。十三岁上京入住建仁寺定慧院,受教于顽石昙生。后离开京都游学四方,回寺之后继承顽石昙生法嗣出任建仁寺第一座。顽石昙生入寂之后被补为定慧院第五代主持,与诸山长老多有文字交游,禅学与义堂周信(1325—1388)、惟忠通恕(1349—1429)比肩。义堂周信在《寄圣寿心华次韵二首》其二中曾赞誉其为僧中"白眉",其诗云[①]:

[①] 上村观光编:《五山文学全集》第二卷《空华集》卷五,东京:帝国教育会出版部,1936年,第576页。

见说心华已发明,十方刹土播芳尘。寻香逐色人无数,谁信壶中别有春。

一别东山消息稀,思君最在五更时。晓钟唤起天宫梦,五百僧中一白眉。

南禅寺第七十八世仲芳圆伊(1354—1413)对心华元棣之僧品评价也很高,在《送子瑜侍者之作州兼柬心华首座》诗中称赞其"高风四海",其诗云①:

高风四海老心华,闻讯那辞道路赊。到日清谈如及我,秋风零落旧迦沙。

太白真玄(1357—1415)亦对心华元棣广收门徒之开阔胸怀予以了赞赏,其在《次心华上人韵呈道元首座并叙》中写道②:

定惠心华上人,乃独步之才也,故天下桃李之士,悉竞游其门焉。余亦幸而弃瑕,辱荆州之一识也久矣。上人偶遇余兄大传老禅,留其与道元开士敲唱之诗稿,兄也不胜喜悦,口之手之,而遂和之。一日出以示余,余读之而至"参寥觉范时非远"之句,掩卷曰:"昔孔子作《春秋》也,褒贬之间,无一字而虚措焉。然今兄诗议论人才,何大高耶。兄辄出开士诗稿而视之,璨烂乎文字如隋珠卞璧之在前,而不觉使人按剑矣。乃知老兄不苟食言矣。""参寥觉范"之语,盖直于春秋之笔焉。抑开士于余,素昧平生也,然犹于此诗稿,若亲奉星风之表,而不丛夜雨对床而心已熟矣。噫! 叔向闻叔明一言以执交者,今于开士而信之矣。故叨依韵味,以充异日言交之具云。

太白真玄在这篇序中提到心华元棣不避门阀,因此桃李满天下。不过,其之后盛赞己兄大传老禅及道元开士的唱和诗歌,却未对心华元棣诗予以高评,

---

① 上村观光编:《五山文学全集》第三卷《懒室漫稿·云壑猿吟》,东京:帝国教育会出版部,1936年,第32—33页。
② 上村观光编:《五山文学全集》第三卷《峨眉鸦臭集》,东京:帝国教育会出版部,1936年,第12—13页。

当是其认为心华元棣虽以教学见长,然于诗文写作方面尚未达到一流水准。

心华元棣曾开筵主讲过多种内外典,尤以在各地讲释杜诗的《心华臆断》闻名于时。《日本名僧传》介绍其云:"心华,建仁定惠院,作《杜史臆断》,行于世。异本作相国僧,撰《杜子义抄》,号《心华臆断》。"①如根据《杜史臆断》这一书名来推测的话,心华元棣使用的底本当是南宋黄鹤、黄希父子注《黄氏补千家注纪年杜工部诗史》。

不过,义堂周信、仲芳圆伊、太白真玄等虽然对心华元棣的为人品格给予了高度评价。然对于其所作的杜诗讲释书之《心华臆断》却评价不高,甚至有时还不惜予以斥责。考今存《杜诗续翠抄》卷二《投赠哥舒开府翰二十韵》诗录江西龙派语云:

> 江西云:凡观杜诗,有一字格乃至有十字格等,总为十六字格矣。一指外篇。又云:分段过〔或作跨〕段,回照散段,观杜之法,不可过之。然而《心华臆断》有三三度改作焉。其第一番即语其简。第二番法具里书之,唯伊大阳传之世,不知此乃可见也。第三番今世间充满者整书是也,其科无尽而如网,见之则目可眩矣,颇似失诗意焉。况心华非诗僧,彼品评不可信也。若是唐人如此评则可也,或胜定国师、慈氏和尚等为之又可乎。盖诗人之由也。双桂亦甚嫌其《臆断》也。伊大阳者,心华之同宿。豨(陈按,江西自称,其别号豨庵)是以就大阳于江州舍亲闻其讲,而后谒太白,太白说毁心华之解,故请得闻太白之说也。三段与心华同矣。

在此注中,江西龙派提到《心华臆断》曾有三稿——第一稿语注极为简单;第二稿将阅读之法写在杜集纸背,只传给了伊太阳,这是最好一稿。伊太阳,生平无考,显非五山中顶级僧侣;第三稿也就是现在世上所传全本,诗注遍及杜集全作品,让人读得目眩头昏。江西龙派还指出,心华非"诗僧",本人并不通晓汉诗,这种以格调评诗的方法,只有精通诗歌的"唐人"可为。如在日本,则只有精通汉诗的胜定国师(绝海中津,1334—1405)或精通和歌

---

① 近藤瓶城编:《改定史籍集览》第19册《日本名僧传》,东京:近藤出版部,1921年,第8页。

的慈镇大和尚(慈圆,1155—1225)等"诗人"方能胜任。江西龙派还提到,双桂和尚惟肖得岩(1360—1437)亦对此书甚为厌恶。而自己年轻时曾在江州(近江国)伊太阳宿舍听其讲述过第二稿,后携之问于太白真玄,太白真玄认为心华的杜诗解释当予以销毁,因此又跟随太白真玄重新学习了一遍。

另外,对于心华元棣的学统,《杜诗续翠抄》卷十九《次晚州》"危沙折花当"句下注云:

> 玉卮无当,《文选》四卷《三都赋序》云:玉卮无当トハウツノシケレトモ不立用意也。此折花当トハ昔カラ沙汰入夕事也。《批点》出来カラ无不审也。《批》:当虽花根,与玉卮无当同,然对上文,妨字则不等。陈俞舜即刘同时古人乎?谓予言危沙记险,无他标识。故插花以当之,似有理。或田ノアセノ危处,或河水深不可涉处,为标识其险,折竹枝立之。今此危岸之上无他标识竹枝等者,故代之折花插之当竹也。或本作陈俞舜即谓言。心华义ハ同刘须溪也。胜定,渭清远、季潭传也;心华,尊西堂之传也。大年ハ《千家》传也。大年曰:危沙折花当ナリ,便当也;胜定曰:梗柟堂阻当之当,折花当也,《千家》花根尤恶也;凡四说也。

文中提到"胜定"即绝海中津;"季潭"即元末明初高僧季潭宗泐(?—1391),明太祖朱元璋呼之为"泐秀才";"渭清远"即元末明初高僧清远怀渭,号竹庵;"大年"即大年祥登(?—1408),《日本名僧传》记其曾"与俊伯英入唐学杜诗"[1]。言此注者认为"胜定"国师绝海中津之杜诗学于元末明初高僧怀渭清远与季潭宗泐,传承有绪,而心华元棣之杜诗解释则"尊西堂之传"。所谓"西堂",道元《正法眼藏》定义为"小院主持"[2],即小寺庙的前主持,此处"尊西堂"究竟指何人现在还不得而知,然从其行文来看,显然认为心华元棣之杜诗学出自乡野末寺,属于旁门外道,比不上入明学杜的绝海中津及大年祥登之正宗。

从上引江西龙派的这段话还可以看出,在五山中期的顶级文坛中,心华

---

[1] 近藤瓶城编:《改定史籍集览》第19册《日本名僧传》,东京:近藤出版部,1921年,第1页。
[2] 道元著:《正法眼藏》下卷《安居》,东京:岩波书店,1943年,第82页。

元棣甚至从未被认定为"诗僧",更远未达到"诗人"之水准,被认为并不具有释读杜诗的资格。而其整本杜诗注,也就是为后人整理出来的二十卷本《心华臆断》,虽然流行于地方寺庙的中下层禅僧之中,其注繁琐难读,虽偶有可取者,然总体上词不达意,错误百出。要之,对于太白真玄、义堂周兴、惟得肖岩这些五山顶级诗僧来说,《心华臆断》这部书水平太低,完全不能入他们之法眼。这种批判在《杜诗续翠抄》中随处可见。如卷一《游龙门奉先寺》题下注录江西语云:"《心华臆断》虽可,而又谬往往有焉。""已从招提游,游更招提境"句注云:"心华云:甫曾游,今又来宿。义(堂周信):大非也。"由见与心华元棣关系甚好的义堂周信也对其说不以为然。又,《临邑舍弟书至苦雨黄河泛溢隄防之患簿领所忧因寄此诗用宽其意》诗"吾衰同泛梗,利涉想蟠桃"句下注云:"心华云四句公自谓也。非也,偏也。此二句公自谓也,下二句谓舍弟也。言吾如泛梗而无益于世上,故因此大水,利涉想到东海上仙境也,才曰:蟠桃则为仙境矣。"这种引《心华臆断》注而非之的例子比比皆是,而后江西龙派一脉为精英弟子开筵讲杜,其中一个重要的因素或就是为了订正心华元棣所谓的"谬"论。

然而,从《心华臆断》在地方禅林之大流行又可看出,室町时期地方末寺禅僧们也十分渴望读杜习杜——这就说明了杜甫崇拜已经从京都及镰仓逐渐渗透到了地方寺庙,许多地方禅僧,尤其是诸如江西龙派一样有为且有进京野心的青年学子,都希望尽快接触到杜甫诗文,为日后上京升阶求学打下基础。江西龙派虽然后来从太白真玄重新学习了杜诗,然其在伊太阳处听讲《心华臆断》所得到的杜诗学识,无疑也是其进入京都五山的一块重要的敲门砖。可以说,《心华臆断》为末寺僧侣的杜诗自学提供了一本入门教材,成为莘莘学子进京升阶路上的一盏指明灯。

三

从上文之考证可知,江西龙派年轻时曾于伊太阳处听其讲释过《心华臆断》中最精华的第二稿,然而之后赴京遭到太白真玄否定,又从太白重修了一遍五山顶级禅僧的杜诗讲义。江西龙派所学后来又被反映到了《杜诗续翠抄》之中。高见三郎曾从《杜诗续翠抄》《杜诗抄》整理出了一份五山曾讲授过杜诗的"老师"名单。下参照高见名单,结合其生平事迹及现存文集①,依次来对这些顶级禅僧之杜诗受容略作考证。

其一为虎关师炼(1278—1346),临济宗禅僧,谥号本觉禅师。八岁时师事三圣寺开山东山湛照(1231—1291),十岁时于比叡山受戒。参禅之同时,又从菅原在辅(生卒年不详)学《文选》、六条有房(1251—1319)学《易经》。德治三年(1307,元大德十一年)赴镰仓建长寺造访来日普陀僧一山一宁(1247—1317)时被问及本朝名僧事迹无法具答,因此发奋著作,遍访名刹,历经二十余年,撰成日本僧录之四十卷《元亨释书》。历任东福寺、南禅寺住持。退任后隐居东福寺海藏院,因又被称为海藏和尚。兴国三年(1342,北朝康永元年,元至正二年)获后村上天皇(1328—1368,日本第97代,南朝第2代天皇,在位时期1339—1368)所赐国师号。其对杜诗之释读上文已有介绍,此处就不再赘言。

其二为太清宗渭(1321—1391),临济宗禅僧,乃丹波西禅院入元僧雪村友梅(1290—1347)入室弟子,雪村友梅则是一山一宁之高弟。太清宗渭历任镰仓净智寺、京都天龙寺、南禅寺、相国寺等住持,著有禅语录《太清录》,然惜无诗文集传世。

其三为空华道人义堂周信(1325—1388),临济宗禅僧。十四岁出家,先学台密,后投入梦窗疎石(1275—1351)门下改学禅宗,而梦窗疎石则是一山一宁的首座弟子。义堂周信曾出任室町幕府第二代镰仓公方足利氏满(1359—1398)之老师,亦是相国寺建立之功勋者。其历任建仁寺、南禅院、等持寺住持。对于义堂周信之喜好杜诗,元末明初高僧全室宗泐(又名季潭宗泐,？—1391)在为其文集《空华集》所撰写的序言中写道:

> 友人信义堂,禅文偕熟,余力学诗,风骚以后,作者商参,而究之最,于老杜、老坡二集,读之稔焉。而酝酿于胸中既久矣,时或感物兴发而作,则雄壮健峻,幽远古淡,众体具矣。若夫高之如山岳,深之如河海,

---

① 高见三郎:《杜诗の抄:杜詩続翠抄と杜詩抄》,载天理大学国语国文学会编《山边道:国文学研究志》第21集,1977年3月,第26—48页。

明之如日月,冥之如鬼神。其变化如风云雷电,其珍奇如珠贝金璧。以至其纵逸横放,则如猎虎豹熊貅之猛然,角之掎之,其力不得蹩假焉。紫燕之喧,黄鹂之嫩,其声于是无耻乎? 既然不以己所能之功为自伐也。非惟不自伐尔,视之如空华翳于病目,故目乃集曰"空华"。吾先觉为渊才雅思文中王,祇夜伽陀,梵音妙唱,令人乐闻。然亦谓:"诸佛世界,犹如空华。乱起乱灭,不即不离。"义堂设心在焉,自非禅文偕熟者,安能如斯之为耶?

与虎关师炼、惟肖得岩等一样,义堂周信也喜欢将李杜并列而论,如《答管翰林学士见和》诗云[1]:

翰林珠玉下青霄,唤起吟魂不待招。工部逸才诗似史,谪仙豪气笔凌飚。送迎每见云随马,来往时愁水断桥。应是交情无贵贱,武夫勿怪厕琚瑶。

又在《赠秀上人诗叙》中写道[2]:

凡赠答诗,先须审其人,曰僧俗、曰名氏、曰居处,以至年之老少、德之厚薄,而后作可也。唐能诗者,无若杜子美。开元天宝间,与李白齐名,时称李杜。杜之集中有《春日忆李白诗》云"白也诗无敌,飘然思不群",又曰"渭北春天树,江东日暮云",其"白也"云者,指言李公名也。"诗无敌"云者,李公才之豪也。"渭北"乃子美居处也,"江东"乃白之所寓也。"春天树"也,"日暮云"也,并叙其诗思也。由是诗家以云树为美谈。岂非名氏居处审而作者乎? 予顷见僧中后生不学之徒,有就人乞诗赠其友者,没其名匿其居而弗显,作诗者置而弗问,辄题其端曰赠人、曰答人,未知其人果僧邪俗邪? 其居果东乎西乎? 既不审其名氏居处,况其年乎? 况其德乎? 故其诗之与人弗合。诗言僧而其人俗者有

---

[1] 上村观光编:《五山文学全集》第二卷《空华集》卷九,东京:帝国教育会出版部,1936年,第733页。
[2] 上村观光编:《五山文学全集》第二卷《空华集》卷十一,东京:帝国教育会出版部,1936年,第772—773页。

之,其人居东而诗言西者有之,吁固哉! 法姪一上人有怀其友秀公言志而赠焉,同作者凡四十三人,偕云树之流亚也。一上人字以清,俗姓源氏,常州华族也。自幼为僧,年甫十八,见居相之鹿寺而习禅。时诵杜诗,以为歌颂之资。秀公号实夫,相州人,髫而投礼于前主净智通叟感禅师受业,天性聪慧,年始十六,今客于东武而读书云。

义堂周信亦曾为弟子讲授过杜诗,并对参列杜诗讲筵的弟子予以过严格的挑选,如《空华日用工夫略集》应安三年(1370,南朝建德元年,明洪武三年)年九月二十五日条中写道:"廿日,昙瑛恳求说老杜诗,余却之。"[1] 义堂周信的这些讲义亦部分被抄录在《杜诗续翠抄》之中。与惟肖得岩一样,义堂周信虽亦与心华元棣交情不菲,然对《心华臆断》也多持反对意见。如针对《游龙门奉先寺》诗"已从招提送,游更招提境"句,"心华云:甫曾游,今又来宿。义(堂周信):大非也";又,针对《刘九法曹郑瑕邱石门宴集》诗"泓下亦龙吟"句,《杜诗续翠抄》云:"人事已穷,而感异类。义(堂周信):《心华臆断》云云,《批》无可取,非谓末之一句,谓全篇言此。杜之所为此诗,即是而似非杜所作,故云。"可见,义堂周信对心华元棣的杜诗注解评价亦不高。

其四为胜定国师绝海中津(1334—1405),临济宗禅僧,别号蕉坚道人,勅谥"佛智广照国师""净印翊圣国师"。早年从学梦窗疎石,后入元与宋景濂、全室宗泐友善。回国之后深受幕府将军足利义满(1358—1408,将军在职1368—1394)信任,任鹿苑院主兼僧录司。历任相国寺、等持寺住持,文学与义堂周信齐名。在一众浮屠之中,绝海中津与瑞溪周凤之师相国寺无求禅师尤为友善。景徐周麟在为瑞溪周凤撰写的行状之《兴宗明教禅师行状》中特意提到"法门昆季,与绝海尤亲"[2]。

其五为梦岩祖应(?—1374),临济宗僧,谥号大智圆应。年轻时投师东福寺住持潜溪处谦,后回故乡出云国专心学问,擅长儒学,尤精《孟子》。应安二年(1369,南朝正平二十四年,明洪武二年)被召回京都任东福寺第四十

---

[1] 辻善之助校点:《空华日用工夫略集》卷一,东京:太洋社,1939年,第38页。
[2] 上村观光编:《五山文学全集》第四卷《翰林葫芦集》卷九,东京:帝国教育会出版部,1936年,第427—432页。

世住持。其《东福寺化云堂床席疏》云①：

> 得座披衣，自看开单。展钵于此，破蒲团上制害马。收视返听，百草头边放牡牛。横眠倒卧，不乐孤峰。独宿其奈，薄处先穿。绵（锦）鲸卷还，吟杜诗而慕古。荐席厚暖，诵佛语以告人。只图稳便，不事丝饰。切于丝来线去处，要见深锥痛扎功。清规不许床上穿钱，干缘也得袖中持疏。如有信士相予，可无工夫不成。

又《竹溪说》云②：

> 秋竹檀栾，秋水潺湲。秋风三叠，秋园日涉。时有客居士衣服者，介周阿缄忽来前曰："余字竹溪，以其说而待浼泓颖，可乎？"余告曰："古逸民者六，谓李孔韩裴张陶，惟高节是追。"曰："身犹世绊，小隐隐陵薮，大隐隐朝市。"曰："吾非夷聃，若尔飞矶触竹耳。偃溪声便明历动未明之事。"曰："心窃慕之。"余重告曰："今也师家，例如瞽无目，渔猎古迹，以为已得，而笼罩雏僧，佛之微也。由此子苟欲异此辙？竹送清韵月，只向此句下，旷日持久，忽然识得只是杜甫《谒蜀先主庙》诗也。则长法身短法身，一时俱出广长舌，说八万四千偈，助汝之喜。若不然手曳此君，问诸水滨，请书以为字说。"

可见其好用杜诗说禅法，用杜典命僧号，是一位奉杜甫为"诗佛"的忠实信者。

其六为太白真玄（1357—1415），即江西龙派重学杜诗之师，临济宗禅僧，继承太清宗渭法嗣，曾学诗于义堂周信，学四六文于绝海中津，可谓法统纯正。太白真玄认为杜甫"感动于自然，发以为文为诗矣"，因此建议年轻学子"欲学少陵之为诗，亦宜先学游矣"③。

其七为"甚嫌《臆断》"的双桂老人惟肖得岩（1360—1437）。惟肖得岩，

---

① 上村观光编：《五山文学全集》第一卷《旱霖集》，东京：帝国教育会出版部，1936年，第824页。
② 同上，第849页。
③ 上村观光编：《五山文学全集》第三卷《峨眉鸦臭集》，东京：帝国教育会出版部，1936年，第279—280页。

号蕉雪,继承南禅院少林寺草堂得芳法嗣,后求学于藏海性珍(1335—1409)、梦岩祖应、绝海中津。历任万寿寺、天龙寺、南禅寺住持。室町幕府第四代征夷大将军足利义持(1386—1428,将军在职 1394—1423)招其入相国寺蕴真轩教授自家子弟。晚年退隐南禅院双桂轩,因此又称双桂老人。惟肖得岩深爱韩愈杜甫,好将两人并而称之。其《重答自诚·汝舟》诗云①(830页):

> 累篇衔袖过门时,空使中郎叹色丝。坐上援毫书竹节,谭问博尘折松枝。韩毫因效孟郊体,杜集腾编严武诗。二子才雄吾懒拙,旁人定斥匪三宜。

又,《海山佳处》诗并序云②(832—833 页):

> 国山阴者六,皆山水胜游也。而云州为称首,鳄渊亦云中最也。惠日(圆尔)高弟正觉(山叟慧云)师创置华藏禅寺,号"山曰龙翔"焉。明窗英上人爱此山,筑室而处有年。兹春来京,藉〔籍〕名琴台(万寿寺),登外记任,既美罢,偶秋风一夕而起,卷衲径归,寄纸需扁〔匾〕其室。余闻鳄渊之胜耳热〔熟〕,欲往一游,未能而已。仍摘"海山佳处"四字题纸还之,别赋唐律二章,前篇则以所得于传闻,形容此山万一,且壮上人行色;后篇则寄声于山中主盟咲山(笑岩韶闇)老友,以抒中年感慨之所寓。云:

> 山阴胜绝说云阳,华藏重重开瑶坊。巨鳄他移沙户喜,群龙自赴法筵翔。江湖〔潮〕隐隐扬僧梵,岛雾霏霏杂佛香。维下黄尘还似海,知君皈梦赴秋凉。

> 四十头颅已可悲,海山佳处苦相思。半间分座尔同去,方丈老禅吾最知。有志非韩(韩愈)忘辅教,无能是杜(杜甫)爱唫诗。西风江上易悽断,采采芙蓉寄与谁。

---

① 玉村竹二编:《五山文学新集》第二卷《东海琼华集律诗绝句》,东京:东京大学出版会,1968年,第830页。
② 同上,第832—833页。

又在为希世灵彦(1403—1488)《村庵稿》所撰写的序言中,对刘辰翁批点杜集之举予以了肯定,其文云①:

> 听松(细川满元)阁下,以希世灵彦《壬寅稿》一百首见示,需之评点。今兹才半岁余耳,此外必有不登稿者,何其多哉。名章俊语,篇篇皆然;连珠叠璧,拙目辄可定其价乎? 然严命弗得而拒,颇加批改,岂谓至当。近世刘会孟(刘辰翁)采少陵(杜甫)、东坡(苏轼)、昌谷(李贺)、简斋(陈与义)全集,或批或点,会孟岂出于杜苏之上耶? 但述管见而已,观者毋诮焉,闰十月(应永二十九年)初三日,歇即道人岩(惟肖得岩)谨志:盛作一通,讽玩终日。手之不释,来命难拒。少加批点,亦倾倒至也。即兹奉还,盖至宝非寠人氏可久留者,续有编集,不吝见示,则老乡慰藉,莫大于此。祝、祝!

其实,惟肖得岩与心华元棣交友极为密切友善,心华元棣在《要中、惟肖二上人寄东浓猷仲上人诗后序》中写道②:

> 杜工部诗曰"文章有神交有道,端复得之名誉早",余常有意于是,而诵斯言。夫文章不有神,不足以绍述圣贤事业,而耸动远近视听。交不有道,不足以忠信相推,而始终相成。名誉不早,不足以处得其位,而著兼善之功。是故君子,文也贵神,交也贵道,名也贵早。经史百家,古今治乱之变该而通之,三光五岳之气融而禀之,于是乎蕴藉浑厚,下笔成章,郁郁乎自然得于思虑营度之表,谓之文章有神矣。取友必端,不谄不渎,五交三衅,无一于此,谓之交有道矣。文有神也,其辞可玩。交有道也,其人可信。可玩之声由中而发焉,可信之知由外而应焉,于是乎天下翕然服从,虽愚且疏者,争以邮传,谓之名誉早矣。南禅近有名缁二人曰玄要中,天下大禅师前净智之高弟也。崑岳厥玉,凤穴厥雏。曰岩惟肖,少林昌昌华胄也,高标难攀,余芳袭人。盖斯二人,文也者相

---

① 玉村竹二编:《五山文学新集》第二卷《东海琼华集》卷下,东京:东京大学出版会,1968年,第802—803页。
② 上村观光:《五山文学全集》第三卷《业镜台》,东京:帝国教育会出版部,1936年,第249—250页。

为伯仲,交也者相为师友,名也者相为匹敌。端复何人,未可多让。昨者二人相携,辱临弊庐,襄出巨轴,请之后序。拒弗获命,受而系尔,寔惟二人倡和,以寄其友东浓宣猷仲也。凡若干首,命曰碧云之什,寓意可见。于戏! 何其容貌潇洒小季,而形于言雄健且老也如此耶? 悠悠东浓,日之又日,山哀浦思之晨也,独梦孤吟之夕也,想必黯然而已,安知有之? 因谕二人曰:"为吾谢宣猷仲,夜光投前,得无按剑乎!"

心华元棟在文中称两人之关系"不谄不渎""交有道矣"。由此可见,惟肖得岩"甚嫌《臆断》"并非出于妒忌之类的私人感情。

其八为瑞溪周凤(1392—1473)。瑞溪周凤为临济宗梦窗疎石派僧人,号卧云山人,谥兴宗明教禅师,被季琼真蘂(1401—1469)推荐为第六代征夷大将军足利义教(1394—1441,将军在职1429—1441)担任其文胆。后任等持寺主持,永享十二年(1440·明正统五年)任相国寺第五十代主持,文安三年(1446·明正统十一年)任相国寺鹿苑院主兼僧录,同时又是第八代征夷大将军足利义政(1436—1490,将军在职1449—1474)文胆,编有外交史书《善邻国宝记》,留有日记《卧云日件录》,诗文集《卧云稿》一卷、《瑞溪疏》一卷、《温泉行记》一卷。

瑞溪周凤酷爱杜甫画轴,有多首七绝画赞诗存世。如其《少陵出蜀图》诗云:"草堂春晚听啼鹃,一掬饭心棹客船。杜曲回头胡骑满,半帆影落楚江天。"[1]《杜陵春游图》诗云:"万斛新愁两鬓银,锦城老去又逢春。是翁真个诗中佛,花外柳边千亿身。"[2]《题杜子美(杜甫)像》诗云:"诗酒自宽忧未消,风尘满目鬓飘萧。一游入蜀亦天幸,圣主曾巡万里桥。"[3]《杜陵(杜甫)访赞公图》诗云:"大云寺里去想看,花影已移灯影残。他日犹寻今夜约,西枝村畔暮钟寒。"[4]《杜甫北征图》诗云:"杜子苍茫去问家,驴疲仆倦路犹赊。东游恰似北征客,菊亦今秋已欲花。"[5]《杜子美(杜甫)像》诗云:"蜀地窜身如

---

[1] 玉村竹二编:《五山文学新集》第五卷《卧云稿》,东京:东京大学出版会,1971年,第503页。
[2] 同上,第514页。
[3] 同上,第529页。
[4] 同上,第535页。
[5] 同上,第552页。

卧龙,风霜历经几三冬。当时尺五城南杜,万里桥西望九重。"① 又在《画鹰二首并序》序文中盛赞杜甫嫉恶如仇之忠义精神②:

> 然画鹰无抟击功,间有爱焉者何也?盖拳娱玩耳。杜陵咏鹰多矣,无真画见于集中,后人述其意曰嫉恶刚肠,尤思排击,然则非向所谓曰猎也,娱玩之类焉,其意深远矣。伊势势州守(伊势贞亲),早辅府君,而忠义超于先烈,国势之所以系,名称其实,亦岂无嫉恶思击之意哉!近得画鹰,命予赋之,系以小绝。

瑞溪周凤亦曾于鹿苑寺开筵讲杜诗,并对其杜诗学之传承亦有所记载,《卧云日件录拔尤》宝德三年(1451年,明景泰二年)十二月十七日条云③:

> 读杜诗二十毕。宝德己巳五月八日于鹿苑寺开讲,至今凡三十三月而结局也。予三十三岁,寓相国方丈藏中席下时,西胤西堂居于考祥轩讲杜诗,自一至五而已,予听此讲。尔后,西胤居胜定又讲之,自十七至二十。后十余年,就双桂和尚求听此讲,才五六卷耳,盖所未闻之卷也。中间听严仲子瑜元璞讲,或两三卷,或四五卷而止矣。诸老之义,略记所闻。后来为虾西堂所告,皆是也。

由此可知,瑞溪周凤于三十三岁之时在相国寺严中周噩(1358—1428)门下时,曾就西胤俊承(1358—1422)讲读杜诗之卷一至卷五、卷十七至卷二十,后又于惟肖得岩席下学习了卷六至卷十六中的五六卷,其中又在严中周噩、子瑜元瑾(生卒年不详)、元璞惠珙(1372—1429)处听讲了一些卷帙。另外,《卧云日件录拔尤》还记录了瑞溪周凤与友人谈解杜诗的一些具体场面,如宝德二年二月二十三日条记云④:

> 一华来,留之闲谈,及杜诗句每每卒难解之事。一华曰:"或解'啭

---

① 玉村竹二编:《五山文学新集》第五卷《卧云稿》,东京:东京大学出版会,1971年,第560页。
② 同上,第565—566页。
③ 近藤瓶城编:《史籍集览》第11辑《卧云日件拔尤》卷十一,东京:近藤活版所,1893年,第67页。
④ 同上,第50—51页。

枝黄鸟近,泛渚白鸥轻。一迳野花落,孤村春水生。'苟曰:'啭字作转可也。盖转枝故次第相近也。又渚则无水处,然白鸥泛则以春水生也。又花落之谓则以黄鸟转枝也。此解如何?'予曰:"颇似有此理,然近于穿凿附会耳。如此商榷者文字者多矣。"

又,同年四月五日条记云①:

  天英西堂来,话次及云林和尚事,盖心华法孙,而于俗瓜葛也。天英曰:"某曾读杜诗批语有憋百里之语,林云:盖出于《毛诗》中,偶不记何篇云云。后检《毛诗》,则在《小弁》篇中。又某曾见双桂和尚杜诗本'卷帘残月影,高枕远江声'之下,批有'党合'二字,改党作傥,后告之云林,林曰:'党合'二字,虽未知出处,而作党而合之义乎? 双桂改作傥,未为可也云云。云林又曰:高枕之高属远江声,则不可也云云。"

两文中"一华",即一华建怤(生卒年不详),后任南禅寺第 191 代住持;天英,即天英周贤(1403—1462);双桂和尚,即惟肖得岩;云林和尚,生平事迹及生卒年不详,据瑞溪周凤记载为心华元棣之同门。

另外,除上举诸禅僧之外,《杜诗续翠抄》中另见偶有引用渡日元僧竺仙梵仙(1292—1348)、日田利涉(? —1384)、云溪和尚(生卒年不详)、伯英憨儇(? —1403)、景南英文(1372—1454)、东岳澄昕(1388—1463)等人之杜诗讲义,然征引不多,且诸人事迹不甚详,亦无诗文集存世,文献无征,此处就不作进一步考证。不过不难看出,与《心华臆断》的读者群不同,从《杜诗续翠抄》中勾勒出来的这份讲杜"老师"名单,传承有序,才是室町时期上层读杜讲杜尊杜之核心群体。而也正是这一众禅僧,长期执掌着室町幕府政教牛耳,构成室町时期五山文化之主流。

四

通过以上考证可知,心华元棣所著《心华臆断》虽然在五山顶级禅僧中

---

① 近藤瓶城编:《史籍集览》第 11 辑《卧云日件拔尤》卷十一,东京:近藤活版所,1893 年,第 51—52 页。

的评价并不高,然在基本不会参与到中央政务的地方禅院却颇为流行。究其原因,当与五山禅林受到了元末明初诗禅一致思想之普及不无关系。要之,读诗即为修禅,诗集等同于禅录——这一思想也逐渐向下浸透到了本可不习汉文的地方末寺僧众。对于此,《杜诗续翠抄》卷四《晚出左掖》"骑马欲鸡栖"句下注云:

> 江西云:凡《千家》注虽好,《批点》中批语读则好矣,不可不读批语矣。季潭荷担《批点》,俊用章荷担《千家》。季潭、用章共虽为诉笑隐弟子,相异也。大年所取王洙注也。胜定国师用批语也。今唐土天童前住讲杜儒者多,听之诗与经不二也。近顷渡来书(禅书也)有谓今只诗耳是禅家录也。然则禅与诗不异,故中峰和尚亦有梅诗百首与传海棠粟结交矣。

文中提到的"季潭"即季潭宗泐;"俊用章",为元末明初高僧用章廷俊(1299—1368),别号"懒庵",曾与入元日僧无我省吾(1310—1381)与椿庭海寿(1318—1401)友善;"大年"即大年祥登,与心华元棣、太白真玄均以讲杜闻名;"胜定"为绝海中津;"中峰和尚"则是指宋末元初临济宗高僧中峰明本(1263—1323),后被元顺帝追封为"普应国师"。江西龙派还以中峰明本之《梅花百咏》作为诗禅合一的典范,并提到彼时大陆禅宗五山之一宁波天童山的住持盛行以讲杜诗当作解禅机锋,与讲经无异。

或正是受到了这一思想浸透的影响,室町中晚期之日域禅林讲杜风气大炽,不分派阀出身、中央地方,人人欲学杜。甚至可以说,不修以杜为主之唐诗便似乎无从以修得禅悟。如万里集九(1428—?)便曾招聘至美浓(今岐阜)灵药山正法寺为寺僧们讲授唐诗,其诗云①:

> 寒更灯雨,灵药山之诸彦,为余展待,盖谢唐诗之讲也。
> 连雨借窗眠未佳,老年灯似雾中花。诸君可笑舌犹短,话尽唐诗八百家。

---

① 市木武雄著:《梅花无尽藏注释》卷一,东京:续群书类丛完成会,1993年,第228—229页。

此处虽未直接提到杜甫,然其授课之中无疑会提到这位"唐诗八百家"中最为杰出诗人。不过,万里集九虽然为灵药山正法寺讲授唐诗,但并未专门开坛讲杜,显见其亦认为以地方禅僧的文学水平还不足以读懂杜诗。或也正是因为这些五山顶级禅僧不愿意到地方直接开坛讲授杜诗,这部被认为水平不高的《心华臆断》才会在地方上受到如此追捧。

对于《心华臆断》在禅林中的大流行,江西龙派之得意弟子天隐龙泽(1422—1500)《和文总首座韵并序》一文中提到[①]:

> 万年松鸥首座,服勤北禅明教师左右岁久矣。以故有冲楼伟作,朋辈皆避一头地也。应仁之乱,洛东洛西群衲寓城地,盖待天下澄清也。时时聚头叹吾道明夷。槐夏日永,松鸥欲余讲杜少陵诗,余牢辞之曰:"三百篇之后有少陵者,六经之后有司马迁也。岂可吾徒下嘴者哉!"自开元天宝全盛,迄至德大历乱离,凡千四百余篇。致君忧民,感时恨别之意,寓之于集中。句句有眼,字字有据。《苕溪渔隐》曰:"子美诗集有八家。近世所刊《老杜事实》,及李歜所注《诗史》,皆行于世。其议凿空无可考,吾所不取焉。"《渔隐》之后,赵次公、虞伯生注,元朝刘辰翁评点,明朝单汤元愚诗,诸氏笺解,炉载马驮,互有异同也;本朝禅林耆宿,大年、心华、太白诸大老,口义惟夥,后学抄以藏之于中笥,留之于几上者几家哉?独《心华臆断》与刘氏《评点》盛行于世也。五十年前,吾山江西和尚集诸家善说,以为绛帐谈柄,听徒如予。余壮岁屡踞席次以濡耳,又径二三老宿以扣之,虽不克仿佛其万一。应松鸥恳求,时时鼓唇皮,一月之中,不过五六日,或隔月,或隔岁,不必为专攻也。长安收复之日,余亦移家于东山旧址,松鸥又来,遂终其说。卜长享二年小春某日,为获麟一句,其间殆乎更十四岁箐,旧雨来人,十无四五,为可感也。松鸥寄佳篇二章,请次芳押。余也懒废涉日,迥不获默,强而露丑,恕之则可乎?一芫。
>
> 诗中有史与谁论,绛帐无人册页翻。岂谓少陵弦断后,韦庄重续浣

[①] 《大日本佛教全书》第145册《翰林五凤集》卷二十八,东京:佛教刊行会,1915年,第545—546页。

花村。

不过,如天隐龙泽所云,五山耆宿讲杜者虽多,但多仅局限于口传之"口义"或书于私用杜本之批校,且均秘藏于本家嫡系弟子之书斋,罕为他人所知,唯有《心华臆断》被整理成稿公诸于世。另一方面,天隐龙泽所提到的"刘氏评点",当是指刘辰翁批点《集千家注批点杜工部诗集》。尔时五山已有元刊本《集千家注批点杜工部诗集》(高楚芳编辑)之覆刻本,这就使得五山禅僧比较容易接触到此书。五山初期禅林多用二十五卷本《集千家注分类杜工部诗》,到中晚期则多改用二十卷本《集千家注批点杜工部诗集》,于此太田亨已有详考,于此就不再赘言了[1]。

与五山的顶级禅僧不同,从天隐龙泽的这篇序文可知,当时中下层禅僧一般以《集千家注批点杜工部诗集》为读本,结合《心华臆断》来学习杜诗,由此可见,心华元棣在一般禅僧之中影响更为巨大。对于心华元棣的学识,瑞溪周凤还专门咨询过南禅寺东禅院景南英文,《卧云日件录拔尤》享德二年十月二十五日条记云:[2]

> 东禅景南来访,话次及多岩中岩之事。南曰:"心华曾谓闻多岩讲《蒲室集》,就中有曾不解之语,侧耳听之,岩曰此乃元人氏族也。实余人所不及也云云。"又问:"曾在心华席下听讲何书耶?"南曰:"《杜诗》《柳文》《蒲室集》,又略讲《大惠书》云云。"又笑今时丛林下衰,语言虽非而无呵表者,恐文字禅亦扫地尽矣。

可知景南英文亦曾从心华元棣学习过杜诗,且心华元棣在讲《杜诗》《柳文》《蒲室集》《大惠书》等,亦是将其当作一种"文字禅"予以传授。另外,《心华臆断》也为五山后期雪岭永瑾(1447—1537)《杜诗抄》所大量袭用[3]。据太

---

[1] 太田亨:《日本禅林における杜诗注释书受容—〈集千家註分類杜工部詩〉から〈集千家註評點杜工部詩集〉へ》,《日本中国学会报》第55集,2003年10月,第240—256页。

[2] 近藤瓶城编:《史籍集览》第11辑《卧云日件拔尤》卷十九,东京:近藤活版所,1894年,第20—21页。

[3] 详考可参照高桥武:《雪嶺永瑾〈杜诗抄〉の研究—歌行詩を中心に—》,广岛大学文学研究科中国文学语学专业陈翀研究室2018年度修士论文。

田亨的统计,今存《杜诗续翠抄》有二百六首诗,《杜诗抄》则有近四百首诗引用了《心华臆断》[1]。可见,《心华臆断》虽然遭到同时期顶级禅僧们的非议,但遑论其注解是否精辟,无疑已经成为后世五山禅僧讲读杜诗无法避开的一本杜诗抄物了。

在这种诗禅合一、特别是以杜修禅思想流行的时代背景之下,此后,同为大觉派的仁甫圣寿(生卒年不详)还曾仿照《心华臆断》撰写了一部《续臆断》,并请景徐周麟作序。仁甫圣寿之师为子瑜元瑾,与心华元棟同为顽石昙生一门之翘楚。景徐周麟《续臆断序》见收于《翰林葫芦集》卷七,其文云[2]:

> 仁甫老禅,禅余注解杜诗以秘于家。凡撰《草堂》《千家》之善说与《批点》之所评者,并系之一句一篇之下,甲可乙否,旁引诗话证焉,名之曰《续臆断》,盖原乎师叔心华老人之所名也。一日袖此以示予,欲以言冠其首。予得之,摩老眼读之。其辞简而其义明,如梦而寤,如病而愈,乃掩卷叹曰:"丛林衰末,不图复见斯作!"老禅早游乎一时名胜之门,而亲炙于续翠、春耕二老者久矣。年未满而立,归卧东湖,自号碧鸥子。前年玉府诸老,胥议荐之,钧帖俄降,不获已,起董丈席。予时制臆测江湖疏,粗言其行实,因思尝闻一老宿讲此集,曰:"元末明初,方外畦衣之玩杜诗者,俊用、章泐、季潭在焉。"潭祖批点,章好千家。今老禅兼之,拔尤于草堂。予窃比诸伯乐过冀北之野,可谓精撰矣。吁!老禅中年不离玉府,而为后进讲习此集者几徧,则宜光饰诗灯,徒掷大雅音于棹歌渔唱之间者有年矣,可惜也。然而今后不秘之,而得广之于丛林,足以慰我往感也。而复可使读之者,知老禅之意,非唯续乎前《臆断》之仅绝于第五,而能益于学者之大焉。故书予所欲,为之序云。

仁甫圣寿的这部《续臆断》过去一直被认为已经散佚,然最近于庆应义

---

[1] 太田亨:《杜詩注釋書〈心華臆斷〉について——日本禅林における杜詩解釋の樣相》,《日本中国学会報》2002年第54集,第299—314页。

[2] 上村观光编:《五山文学全集》第四卷《翰林葫芦集》卷九,东京:帝国教育会出版部,1936年,第330—331页。

塾大学斯道文库发现了其明应七年僧碧翁抄本一册,此书笔者还未有机会调查,无法予以详考。然而毫无疑问,今后应将此书与《杜诗续翠抄》《杜诗抄》及同馆所藏《大堂供坊帐纸背杜诗抄》尽快整理出来并予以综合之研究[①],以求更细致地还原出五山以杜修禅之种种细节及各派之学术脉络,为元明诗禅合一研究提供更多更具体的原始材料。

作者单位:日本国立广岛大学中国文学语学研究室

[①] 太田亨:《慶應義塾图書館所藏〈大堂供坊帳紙背杜詩抄〉(仮称)について》,《中国古典文学研究》2013 年第 11 号,第 1—28 页;又《仁甫圣寿抄〈续臆断〉(庆应义塾大学斯道文库所藏)瞥见》,《杜甫研究年报》2021 年第 4 号,第 64—78 页。

《管见抄》及其校勘价值新证*

文艳蓉

摘 要 《管见抄》是日本镰仓时代抄录白居易作品最多的本土选集,根据抄者识语和卷末所载北宋景祐四年勘定《白氏文集》牒文、同时代白集流传的文献载录、篇目排列及文字等,可以推定其底本为北宋刊本。《管见抄》虽为世所用,但还有不尽之处。本文列出可补正他本校注文字者103处,并试图厘清《和微之诗二十三首》流传过程导致的讹误和疑窦。

关键词 《管见抄》 《白氏文集》 校勘 价值

《管见抄》是日人抄于镰仓时代的白居易作品选集,其抄录数量近乎《白氏文集》三分之一,是与金泽文库本、《要文抄》、《文集抄》一样具有极高校勘价值的日本古抄本。花房英树《白氏文集の批判研究》、太田次男《白氏文集の本文研究》等多有关注,谢思炜《白居易诗集校注》《白居易文集校注》利用《管见抄》颇有创获,然诗集所校《管见抄》文字多引自日本学者成果,有部分篇章尚未利用。平冈武夫、今井清校《白氏文集》利用比较详尽,但仅限于金泽文库本等21卷和补遗。日本校勘集大成者冈村繁《白氏文集》亦未能充分利用。关于其底本来源,中日学者也颇有争议。本文结合中日文献,试图再证《管见抄》的版本系统及未曾为他人公开利用的文字校勘情况,以解决白居易研究中的一些问题。

---

* 本文为国家社科基金项目《唐诗在日本平安时代的传播与受容研究》(17BZW091)阶段性成果之一。

一、《管见抄》的版本来源

《重抄管见抄》现藏于日本内阁文库,其末载编者识语云:"本奥云:……《管见抄》内此文集处者,自康元之初年初冬中旬四日至正元之初历初冬上旬七日,都庐三年,其功既毕。或公务之隙,目想而忘疲;或病患之中,心游而不怠,遂抄七十卷,合为一十卷。……永仁三(年)五(月)廿六(日)于关东田中坊书之。"知其原抄于康元元年(1256)至正元元年(1259),重抄于永仁三年(1295)。目前存世共9册9卷,第3册已佚,第1、2、4、5、8册有少量欠叶。另有2009年《白居易研究年报》第10号公布智积院新文库藏《管见抄》断简,正为内阁文库本欠叶①,可补齐前四卷已佚白居易诗文。第一册卷一补《贺雨》《凶宅》等6首,第二册卷十一补《东城寻春》《花下对酒》及《不二门》诗题,第四册《管见抄》卷首补《张平叔可户部侍郎知度支制》大部分文字。第五册《管见抄》补《策林序》后部分及《策头》前部分。此抄未署撰者,太田次男驳斥了阿部隆一"北条实时说",主张为北条时赖。陈翀《『管见抄白氏文集』の発見経緯とその奥書に関する考釈》则认为编者是宗尊亲王(1242—1274)②。因作者未明确署名,以上皆多为推论,仅知其为地位尊贵之高官。

《管见抄》篇目卷数属白集中的前后续集本,卷七十一后再抄录部分诗文。虽抄于镰仓时代,但其底本与金泽本颇近。太田次男曾仔细考校《管见抄》与诸本的关系,认为:"《管见抄》本在相当于文集七十一卷的部分之前,可以推测根据接近金泽本的古书,只有之后的几篇是从北宋刊本抄写的部分。而且,这种从北宋刊本抄出的附加部分到底是由原撰者从一开始就附在上面的,还是后补,这一点由于现存本是转抄本的原因,现在很难断定。《管见抄》如果是在镰仓之地被抄出来的话,当然与金泽文库本的关系会成

---

① [日]宇都宫启吾:《【资料介绍】智积院新文库藏『管见抄』(断简)について》,《白居易研究年报》第10号,2009年,第264—276页。
② 陈翀:《『管见抄白氏文集』の発見経緯とその奥書に関する考釈》,《中国中世文学研究》68号,2016年,第27—41页。

为问题,但两本如所述,肯定是系统相同、极近的书,但不能说以金泽本为底本而从它进行抄出。《管见抄》的诗文摘录互为文集的全卷。从奥书以及本文的探讨来看,无法明确这七十一卷再加上附篇的量的诗文,是从得到完本的文集后抄出来的,还是将各种古抄本进行搭配的结果。"[1]谢思炜《日本古抄本白氏文集的源流及校勘价值》也认为:"末册还抄有与刊本《外集》相当的篇目,并附有景祐四年杭州详定牒文,可知这一部分所据为北宋杭州刊本。但通过与金泽本等古抄本对勘,《管见抄》同七十卷白集相当的部分与古抄本文字更为接近。而与宋刊本有较大距离。原抄跋文中明言'遂抄七十卷合为一卷',故七十卷之外的内容有可能是后人附入的。"[2]观点与太田次男一致。

笔者以为,《管见抄》的底本应为北宋刊本。首先,重抄者转抄北宋刊本末识语云:"详定所:准景祐四年(1038)正月十六日,转运司牒准、礼部贡院牒准。敕命指挥毁弃谣伪浮浅,俚曲秽辞,并近年及第进士一时程试文字不可行用者。除已追取印板当毁弃外,有《白氏文集》一部七十二卷可以印行,今于元印板后录略。"编者原识语也明确说明:"或公务之隙,目想而忘疲;或病患之中,心游而不怠,遂抄七十卷,合为一十卷。"因为"七十卷"与"七十二卷"不合,故太田次男将文字分为七十一卷前和后的部分。其实更可能是抄者将七十二卷略称为七十卷,其所见七十二卷本就是如此排列。若以其他古抄本抄录,抄者为何不在识语中说明?《管见抄》与金泽文库本复杂的版本来源不同,它较少经历校对。编者既已抄录景祐四年刊本牒文,应没有理由怀疑其版本来源。《管见抄》与日本藏古抄本文字的相近恰恰证明北宋刊本与唐抄本之间关系密切,且无论是前后续集的排列还是文字都还未经历大的错讹和窜改,《管见抄》的版本价值恰恰在这方面应予以充分关注。

其次,《管见抄》与宋刊本流入日本的相关文献佐证,如藤原道长《御堂关白记》"宽弘三年(1006)十月廿日"条载:"己丑。参内,着左仗座。唐人

---

[1] [日] 太田次男:《内阁文库藏〈管见抄〉について》,《斯道文库论集》1979 年第 9 期,第 217 页。后收录在《旧钞本を中心とする白氏文集本文の研究》中册,第 123—125 页。
[2] 谢思炜:《白居易集综论》,北京:中国社会科学出版社,1997 年,第 47 页。

(曾)令文所及苏木、茶院(垸)等持来,《五臣注文选》《文集》等持来。"①"长和二年(1013)九月十四日"条载:"癸卯。入唐寂昭弟子念救入京后初来,志折本《文集》并《天台山图》等。"②又"长和四年(1015)七月十五日"条载:"壬戌,唐僧念救归朝,从唐天台山所求作祈物送之。……又唐僧常智送《文集》一部,其返物貂裘一领送之。"③曾令文为明州客商,念救所得《文集》皆与浙江密切相关,极可能为浙本。《管见抄》所载景祐四年北宋刊本并非原刊本,而是复刻。从时间来说,与曾令文等所献《文集》较为接近,极可能为同一或同源刊本。

再次,从篇目安排及文字来看。金泽本卷六十五有《听芦管吹竹枝》《初寒即事忆皇甫十》《小亭寒夜寄梦得》《除夜言怀兼赠张常侍》《送张常侍西归》《和河南郑尹新岁对雪》《吹笙内人出家》《菩提寺晚眺》《醉中见微之旧诗有感》等诗为我国传本所无,最后一诗有校语"自《听芦管吹竹枝》至此诗折本无之"。又《赠郑尹》上有校语"自'往来东道千余骑'诗至此诗折本无之"④,包括《和杨同州寒食乾坑会后闻杨工部欲到知予与工部有敷水之期荣喜虽多欢宴且阻辱示长句因而答之》《别杨同州后却寄》《狐泉店前作》《赠卢缜》《与裴华州同过敷水戏赠》《西还寿安路西歇马》《歇马重吟》《闲游》《池畔闲坐兼呈侍中》等诗。尊经阁藏天海校本白集也有校语云:"已上十八篇古本有之,折本无之。"⑤《管见抄》卷六十五抄有《小亭寒夜寄梦得》《除夜言怀兼赠张常侍》,与金泽本等所称之折本不同。折本之义,据杨守敬《日本访书志》卷一《春秋左传集解三十卷古抄卷子本》载:"所云折本者,即谓宋本也。"卷三又载:"余谓古书分合以唐宋为一大关键,盖由卷子改折本之故。今存北宋本尚多旧式,至南宋则面目全非。此唐宋志所以违异,而《崇文总

---

① [日]藤原道长:《御堂关白记》上册,《大日本古记录》本,东京:岩波书店,1952年,第196页。
② [日]藤原道长:《御堂关白记》中册,第243页。
③ [日]藤原道长:《御堂关白记》下册,第18—20页。
④ [日]川濑一马监修:《金泽文库本白氏文集》(影印)第四册,东京:勉诚社,1984年,第148—156页。
⑤ [日]天海校:《白氏文集》卷六十五,日本尊经阁文库藏。

目》又多不同于《读书志》也。"①知折本为宋刊本之意,与卷子本相对。但杨守敬也明确说到北宋本与南宋本的差别,也可知折本亦应有北宋折本与南宋折本之分。《管见抄》初抄于康元元年,重抄于永仁三年(1295),文中有抄者少量校注,其校本注为"本""或本""イ本""イ""才本""才""折本""折"等。其中标注折本者有:卷十五《曲江醉后赠诸亲故》"除却醉来闻口笑,世间何事更关身","闻口",校"开口,可见折本";《放言五首》其"今朝门底可张罗。北邙未省留闲地","门底"校"折:外","可"校"好,折","邙"校"邙,折";卷四十《与崇文诏》"宜知悉冬寒"后有校注"已上五字折本无"。以上所校折本文字皆与南宋绍兴本同。可知,《管见抄》所校"折本"即南宋刊本。

以上可知,《管见抄》为北宋刊本的可能性最大,但《管见抄》在卷七十一《白氏集后记》之后抄录《初见刘二十八郎中有感》《小亭寒夜寄梦得》《除夜言怀兼赠张常侍》《送张常侍西归》《吹笙内人出家》《醉中见微之旧诗有感》《雨歇池上》等七首,其中二首与卷六十五重复,也可见白集北宋刊本在流传过程中的复杂情况。

二、《管见抄》的校勘补正

《管见抄》虽经中日诸学者所关注校勘,但笔者在利用时发现尚有不尽之处,故特将与诸家相校有得之处分卷和条依次列于下文,卷数以那波本为准,校勘主要以补《白居易诗集校注》之所阙为主,《管见抄》简称为管,谢思炜《白居易诗集校注》称谢注,冈村繁校注本简称冈村本,林道春校那波本称为林道春本,蓬左文库藏那波本称为蓬左本,尊经阁文库藏天海校那波本称为天海本,明马元调刊本称为马本,明《唐音统签》称为唐音。另有《管见抄》所抄《和微之诗二十三首》,文字特出,与其他日本古抄本结合可厘清传世之文疑窦,故单独列于本文第三部分予以细证。

1. 卷一《杂兴三首》其二"千里稻苗死","千里"管作"千家"。

---

① 杨守敬撰,赵嘉等标注:《日本访书志标注》卷一,上海:上海古籍出版社,2023年,第21、75页。

2. **卷五**《常乐里闲居偶题十六韵兼寄刘十五……张十五仲方》,各本题后有"时为校书郎",管此五字为小注,是。

3.《感时》"人生讵几何?在世犹如寄",管作"人生谁几许?在世倏如寄"。

4.《养拙》"逍遥无所为",管作"超遥无所为"。"超遥",高远貌,阮籍《清思赋》:"超遥茫渺,不能究其所在。"①

5.《效陶体十六首》中《原生衣百结》"况兹清渭曲,居处安且闲"。"安"管作"幽"。"即此自可乐","自可"管作"可自"。《湛湛樽中酒》"我今代其说","我"管作"吾"。"前驱千万卒","千万"管作"十万"。《吾闻浔阳郡》"且效醉昏昏","且"管作"但"。《有一燕赵士》"及归种禾黍","及归"管作"归乡"。《南巷有贵人》"出扶桑藜杖","桑"管作"落"。

6. **卷七**《春游二林寺》:"下马西林寺,翛然进轻策。朝为公府吏,暮是灵山客。二月匡庐北,冰雪始消释。阳丛抽茗牙,阴窦泄泉脉。"管首句作"下马西林西"。按,从句式结构看,与后面"二月匡庐北"相衬,朝、暮对阴、阳,故"西"字较合诗意。"古今同此适"后小注中"二林寺"管作"二林间"。

7.《咏意》"平生爱慕道,今日近此流",管作"平生慕此道,今日近此流"。"朝餐夕安寝",管作"朝吟夕安寝"。

8.《香炉峰下新置草堂即事咏怀题于石上》"屋头落飞泉","落"管作"泻"。"人间多险艰","艰"管作"难",与马本、唐音同。

9.《草堂前新开一池养鱼种荷日有幽趣》"小萍加泛泛","加"管与《唐音统签》本作"始",是。

10.《咏怀》:"穷通不由己,欢戚不由天。命即无奈何,心可使泰然。且务由己者,省躬谅非难。勿问由天者,天高难与言。""省躬"管作"躬行"。

11.《达理二首》其一"薆然与化俱,混然与俗同","化"管作"时"。

12. **卷八**《秋蝶》"朝生夕俱死","死"管与金泽本作"化"。

13.《咏怀》"有酒不敢吃","敢"金泽本作"假",管作"暇"。

14. **卷十**《朱陈村》"十五能属文","属"管作"为"。"羸马四经秦","经"管作"入"。"江南与江北","江北"管作"海北"。

---

① 陈伯君:《阮籍集校注》,北京:中华书局,1987年,第34页。

15.《叹老三首》其一"今古称扁鹊","今古"管作"古今"。

16.《沐浴》"经年不沐浴","年"管作"时"。

17.《自觉二首》其二"聚作鼻头辛","头"管作"中"。冈村本以管为是。

18.《渐老》"白发逐梳落,朱颜辞镜去","逐梳落"管作"遂梳多"。"形质属天地,推迁从不住","从"管作"徒"。

19. 卷十一《不二门》"安得长依旧","安"管作"焉"。"至今金阙籍","金阙"管作"金闺",林道春本、蓬左本、天海本同。

20.《哭诸故人因寄元八》"屈指数年世","世"管作"齿",蓬左本同。

21. 卷十三《酬哥舒大见赠》注"今叙会散之愁意",管作"今叙会散欢愁之意也",是。

22.《留别吴七正字》"成名共记甲科上","记"管作"寄"。"秋蓬常转水长闲","常"管作"长"。

23.《凉夜有怀》注"自此后诗并未应举时作","时"管作"前",是。

24.《花下自劝酒》"酒盏酌来须满满,花枝看即落纷纷",管作"酒盏把时须满满,花枝攀处欲纷纷"。

25. 卷十五《靖安北街赠李二十》"还似往年安福寺","福"管作"业"。据《旧唐书》卷十一载:"丁未,子仪自泾阳入觐,诏宰臣百僚迎之于开远门,上御安福寺待之。"①安福寺在开远门附近,离靖安坊远,北街非必经之地。安业寺,据《资治通鉴》卷一百九十九"高宗永徽五年春正月"条载:"太宗崩,武氏随众感业寺为尼。"下注云:"《长安志》曰:'贞观二十三年五月,太宗上仙。其年即以安业坊济度尼寺为灵宝寺,尽度太宗嫔御为尼以处之。'程大昌曰:'以《通鉴》及《长安志》及吕大坊《长安图》参定,《通鉴》言武氏在感业寺,《长安志》在安业寺,惟此差不同。然《志》能言寺之位置及始末,则安业者是也。'"②安业寺,位于安业坊,正在靖安坊北街西边,为二人必经之地,甚是。

26.《重到华阳观旧居》"病鬓愁心四十三","愁"管作"秋",天海本同。

---

① 《旧唐书》卷十一,北京:中华书局,1975年,第276—277页。
② 《资治通鉴》卷一百九十九,北京:中华书局,1956年,第6284页。

27.《燕子楼三首并序》"迨兹仅一纪矣","仅"管作"余",天海本同。"词甚婉丽","婉"管作"怨"。

28.《白鹭》"人生四十未全衰,我为愁多白发垂","生"管作"年"。

29.《浦中夜泊》"暗上江堤还独立","还"管作"闲"。

30.《宴坐闲吟》"酒伴衰颜只暂红","伴"管作"借"。"千愁万念一时空","愁"管作"悲"。

31.《江楼偶宴赠同座》"相逢且同乐,何必旧新知","新"管作"亲",是。

32.《放言五首》序中"意古而词新","词"管作"调"。"荷露虽团岂是珠","岂"管作"不"。"今朝门外好张罗",管作"今朝门底可张罗"。"北邙未省留闲地","未"管作"不"。"颜子无心羡老彭","颜"管作"殇"。

33.《强酒》,管作"强醉"。"争那闲思往事何","争那"管作"争奈"。

34. 卷十六《谪居》"远谪江州为郡吏","江州"管作"江西"。"遭时荣悴一时间","遭时"管作"偶逢"。

35.《官舍闲题》末注"龟儿,即小侄名",管作"龟儿,是少侄名也"。

36.《香炉峰下新卜山居草堂初成偶题东壁》"石阶桂柱竹编墙","桂"管作"松"。

37.《重题》"岁晚深谙世俗情","岁晚"管作"近日"。"匡庐便是逃名地","匡庐"管作"庐山","故乡可独在长安","可"管作"何"。"身外浮荣何足论","何"管作"不"。

38.《自到浔阳生三女子因诠真理用遣妄怀》"宦途本自安身拙","宦"管与金泽作"官"。"赖学空王治苦法,使从烦恼入头陀。""使从"管作"便从",他本作"须抛"。

39. 卷十八《郡斋暇日忆庐山草堂兼寄二林寺僧社三十韵多叙贬官已来出处之意》,"二林僧社",管作"二林寺僧社","多叙"等十字管为小注,是。"脚重下蛇岗",后有注"庐山岗名",管注作"庐山北脚名蛇岗"。绍兴本作"有期追永远"注云:"晋时永、远二法师,曾居此寺。"管作"有期追远永",小注云"晋宋间远法师、永禅师同隐庐山二林寺",蓬左本、《文苑英华》同。

40.《感樱桃花因招饮客》"感樱桃花因招",管作"樱桃花时招"。

41.《寄微之》"龟缘难死久揩床","揩"管作"支"。

42. **卷十九**《暮归》"早晚得开颜","得"管作"拟"。

43. 《七言十二句赠驾部吴郎中七兄》,管题作《早夏朝归闲斋独处偶题七言十二句因赠驾部吴郎中七兄》,蓬左本同。

44. 《梨园弟子》"白头垂泪话梨园","头"管作"鬓"。

45. 《秋房夜》"云露青天月漏光",管作"云霁青天月满光"。

46. **卷二十**《赠江州李十使君员外十二韵》"寻觅武陵人","人"管作"春"。

47. 《夜泊旅望》:"少睡多愁客,中宵起望乡。沙明连浦月,帆白满船霜。近海江弥阔,迎秋夜更长。""迎秋"管作"迎冬",按满船霜说明此时为秋天,故冬是。

48. 《秋寒》"病看妻捡药","看"管作"省"。

49. 《闲坐》"无儿比邓攸","比"管作"似"。通行本此诗在卷十九。

50. 《衰病》管作"衰疾"。"禄食分供鹤","食"管作"米"。"性多移不得","多"管作"成"。"郡政谩如绳","谩"管作"慢"。

51. 《钱湖州以箬下酒李苏州以五酘酒相次寄到无因同饮聊咏所怀》"铛脚三州何处会"管本后有小注:"河北有铛脚刺史,载在《唐书》。"

52. 《新秋病起》,管作"新秋病酒"。

53. 《悲歌》"眼前唯觉少年多","唯觉"管作"只见"。"独有衰颜留不得","留"管作"移"。

54. 《饮后夜醒》"欲灭窗灯复却明","复却"管作"却复"。

55. 《与诸客携酒寻去年梅花有感》"酒酣闲唤管弦来","闲"管作"还"。诗后小注,"去年与薛景文秀才同赏"管作"去年与萨景文秀才同赏梅花"。

56. 《正月十五日夜月》管作"正月十五夜"。

57. 《早兴》"新脱冬衣体乍轻","乍"管作"忽"。"睡觉心空思想尽","睡觉"管作"渐觉"。

58. **卷五十一**《花前叹》,"从霜成雪君看取"后小注"五年前",管作"三年前",与大东本同,是。"几人得老莫自嫌",后三字管作"莫嫌老"。

59. 《自咏五首》其一"不知梦是梦",管作"不知梦见梦"。其三"何以不休官","以"管作"故"。

60. 《和微之听妻弹别鹤操因为解释其义依韵加四句》"依韵加四句",管作小字注为"依来韵外仍加四句"。

61.《自问行何迟》"前月发京口","口"管作"中"。"二句四百里","二"管作"三"。

62.《有感三首》其一"彼来此须去,品物之常理","品"管作"天"。其三"往事勿追思,追思多悲怆","悲怆"管作"伤悲"。

63.《就花枝》"醉翻衫袖抛小令","令"管作"曲"。

64.《寄皇甫宾客》"形体方自遂","形体"管作"形骸"。"卧掩罗雀门","罗雀"管作"雀罗"。

65.《落花》"劝君尝绿醅,教人拾红萼","君"管见作"客"。

66.《对镜吟》管作"掩镜吟"。"墓树已抽三五枝","五"管作"丈"。

67.《耳顺吟寄敦诗梦得》"七十八十百病缠","病"管作"疾"。

68. 卷五十三《张十八员外以新诗廿五首见寄郡楼月下吟玩通夕因题卷后封寄微之》,"月下"管作"月中"。

69.《酬微之》尾句后小注"微之句云:'天遣两家无嗣子,欲将文字付谁人'故以此举之",管作"微之诗末句云:'天遣两家无嗣子,欲将文集与阿谁?'故以此答之"。按,元稹原诗《郡务稍简因得整比旧诗并连缀焚削封章繁委箧笥仅逾百轴偶成自叹因寄乐天》云:"近来章奏小年诗,一种成空尽可悲。书得眼昏朱似碧,用来心破发如丝。催身易老缘多事,报主深恩在几时! 天遣两家无嗣子,欲将文集与它谁?"①管是。"它谁",应为"阿谁"。

70.《失鹤》"影沉明月中","沉"管作"辞"。

71.《赠侯三郎中》"且与苏田游过春","苏田"管作"田苏",天海本同,是。

72.《求分司东都寄牛相公十韵》"天竺石相随"后注:"余罢杭州,得华亭鹤、天竺石,同载而归。""余"管作"予","而"管作"以"。

73.《履道新居二十韵》"琴书中有得","有"管作"自"。

74.《分司》"已出闲游多到夜","游"管作"行"。

75.《洛城东花下作》"记得旧诗章,花多数洛阳"。谢注云:"此句注引

---

① 周相录:《元稹集校注》卷二十二,上海:上海古籍出版社,2011年,第658页。

'更待城东桃李发',见本卷《赠杨使君》,余二诗不见今本白集。"①按,管后小注与我国传本有异文,其云:"旧诗云:洛阳城东西云云,今来花似雪。又云:洛阳城东桃李花。又云:花满洛阳城。"知此旧诗章非白居易己诗,首句为范云《别诗二首》其一"洛阳城东西,长作经时别。昔去雪如花,今来花似雪。"②"洛阳城东桃李花"为刘希夷《代悲白头翁》首句。最后一句源自崔湜《酬杜麟台春思》:"春还上林苑,花满洛阳城。"③

76.《寄殷协律》"亦曾骑马咏红裙"小注"又有诗云:着红骑马是何人","着红"管作"红裙"。

77. 卷五十六《酬令狐尚书春日寻花见寄六韵》,管后有小注"依体次韵"。《和微之春日投简阳明洞天五十韵》,管作"和春分投简阳明洞天生","生",疑为五字之误。

78. 卷五十七《戊申岁暮咏怀三首》管后有"呈三宰相后便请长告罢官",蓬左本略同。

79.《赠梦得》"花前胜醉两三场","前"管作"时","场"管作"觞"。

80.《不出门》"书卷展时逢古人","古"管作"故"。

81.《题崔常侍济上别墅》"散员疏去未为贵,小邑陶休何足云"后有小注"疏广罢太子傅,陶潜弃彭泽令,岂与常侍贵近同而语哉",天海本同。

82. 卷五十八《无梦》"渐蠲名利想,无梦到长安","蠲"管作"销"。

83.《天老》"暮年发似镜中丝","似"管作"作"。

84.《病眼花》"花发眼中犹足怪","犹"管作"何","大窠罗绮看才辨","窠",管作"花"。

85.《府西池》"柳无气力枝先动","枝"管作"条",与《千载佳句》相同。

86.《初丧崔儿报微之晦叔》"欲题崔字泪先垂","泪"管作"涕"。

87.《履道居三首》其二"收得身来已五年","身来"管作"老身"。

88. 卷六十二《吟四虽》末注"分司同官中,韦长史绩,年七十余","绩"

---

① 谢思炜:《白居易诗集校注》卷二十三,北京:中华书局,2006年,第1862页。
② 逯钦立:《先秦汉魏晋南北朝诗》梁诗卷二,北京:中华书局,1983年,第1553页。
③《全唐诗》卷五十四,北京:中华书局,1960年,第664页。

金泽本作"填",管作"缜",按,当时韦缜分司东都,与白居易多有唱和,应为其人。

89.《短歌行》"抱书雪前宿",管作"把书霜前宿"。"马肥初食粟","肥"管作"饱"。

90.《咏怀》"一事尚难成,两途安可得","途"管作"逢"。

91. **卷六十三**《风雪中作》"心为身君父,身为心臣子",第二个"为"管、金泽、蓬左作"是"。

92. **卷六十四**《微之敦诗晦叔相次长逝岿然自伤因成二绝》,"长逝"《文苑英华》、管作"薨逝"。

93.《把酒思闲事二首》:"把酒思闲事,春娇何处多？试鞍新白马,弄镜小青娥。掌上初教舞,花前欲按歌。""处"管作"事"。

94.《香山寺二绝》其一"半移生计入香山","入"管作"在"。其二"已共云泉结缘境","境"管作"竟"。

95.《送刘吾司马赴任硖州兼寄崔使君》"老过荣公六七年","公"管作"翁"。"箪瓢从陋也销残",管作"箪瓢徒弃拟请钱"。

96. **卷六十六**《宿香山寺酬广陵牛相公见寄》"广陵",管作"淮南",蓬左本同。

97. **卷六十九**《感旧》小序后管有"七言"小字注。

98.《达哉乐天行》"但恐此钱用不尽","不"管作"未"。

99.《偶吟》"渐抽身入蕙荷中"后小注"荷衣、蕙带,是《楚词》也",管作"荷衣、蕙带,见《楚词》"。

100.《池鹤八绝句》小注"予非冶长,不通其意。因戏与赠答,以意斟酌之。聊亦自取笑耳","以意斟酌之",管无"意"字。

101. **卷七十一**《初致仕后戏酬留守牛相公并呈分司诸寮友》,管后七字为小注。

102.《狂吟七言十四韵》"游依二室成三友","二室"管作"一室"。

103.《禽虫十二章》其一"一时一日不参差",小注"燕衔泥常避戊己日,鹊巢口常避太岁","衔"管作"啗","口"管作"向"。其十二"知者唯应是圣人"后小注中"皆饱而去之","去"管作"肥",绍兴本作"肌"。

三、《和微之诗二十三首》考①

《和微之诗二十三首》是白居易作于大和二年(828)的一组与元稹唱和的诗歌,其序云:"微之又以近作四十三首寄来,命仆继和。其间瘀絮四百字、车斜二十篇者流,皆韵剧辞殚,瑰奇怪谲。又题云:'奉烦只此一度,乞不见辞。'意欲定霸取威,置仆于穷地耳。大凡依次用韵,韵同而意殊。约体为文,文成而理胜。此足下素所长者,仆何有焉? 今足下果用所长,过蒙见窘。然敌则气作,急则计生,四十二章,麾扫并毕,不知大敌以为如何?"②此段序云"四十三首",又云"四十二章",诗题又是"二十三首",颇令人不解。

岑仲勉《论〈白氏长庆集〉源流并评东洋本〈白集〉》首先质疑"微之又以近作四十三首寄来""四十二章麾扫并毕"之数目有误,云:"然前云四十三首,后云四十二章,大敌当前,居易未必示弱,则疑任一数目有误。且今仅存二十三首,尤与卌三、卌二相差太远,非白氏自行删汰,即传本有阙矣。"③朱金城则考之较细,云:"诗序中所言'车斜二十篇者流',盖指《白集》卷二六《和春深二十首》而言,元稹《春深二十首》已佚,《刘禹锡集》外集卷二《同乐天和微之深春二十首》题下自注云:'同用家花车斜四韵。'则与《和微之诗二十三首》合计适为四十三首之数。白氏大和二年十月十五日作之《因继集重序》(卷六九)云:'《和晨兴》一章录在别纸。'此文较《和微之二十三首》之时间为早,《和晨兴》即二十三首中之《和晨兴因报问龟儿》,此一首诗盖先草成寄与微之,故后余四十二章矣。"④他认为四十三首即《和微之诗二十三首》加《和春深二十首》,四十二章外一章为《和晨兴》,颇为中允。《管见抄》及金泽诸本文字与我国传本颇有异同,为解决四十三首诗提供了新的可能性。

---

① 本人发表的《白居易诗文校注补正三则》(《江海学刊》2023 年第 2 期)已对此诗有所论及,但仍有未尽之处。另外,《补正三则》提及《管见抄》中《和酬郑侍御多雨春空过诗三十韵》放在《和微之春日投简阳明洞天五十韵》(《管见抄》无"微之"二字)和《和春深二十首》之间,颇误,《管见抄》并未选录《和春深二十首》,特此声明并表示歉意。
② 谢思炜:《白居易诗集校注》卷二十二,第 1721 页。
③ 岑仲勉:《岑仲勉史学论文集》,北京:中华书局,1990 年,第 33 页。
④ 朱金城:《白居易集笺校》,上海:上海古籍出版社,1988 年,第 1465 页。

《和雨中花》云:"真宰倒持生杀柄,闲物命长人短命。松枝上鹤薝下龟,千年不死仍无病。人生不得似龟鹤,少去老来同旦暝。何异花开旦暝间,未落仍遭风雨横?草得经年菜连月,唯花不与多时节。一年三百六十日,花能几日供攀折?桃李无言难自诉,黄莺解语凭君说。莺虽为说不分明,叶底枝头谩饶舌。"①金泽本作《和雨中花二首》,《管见抄》也分前后八句各为一首。笔者以为,应以二本为是。从用韵来说,前八句命、病、横为去声敬韵,暝为去声径韵,邻韵相押。后八句则一韵到底,为入声屑韵。并且古代入声韵不和其他部韵相押。从诗意来看,前八句写人,表达鹤龟等闲物命长,人则如花般命短,还要似花般经历风雨摧残。后八句写花,花开短暂且无言难诉,还要被黄莺饶舌,诗人应与元稹皆有所指。

另外,我国传世版本中收录二十三首的有《和朝回与王炼师游南山下》《和尝新酒》《和顺之琴者》,金泽文库本这三首诗前面都没有"和"字。《要文抄》录后二首,亦无"和"字。此三首诗分别云:"蔼蔼春景余,峨峨夏云初。蹀蹀退朝骑,飘摇随风裾。晨从四丞相,入拜白玉除。暮与一道士,出寻青溪居。吏隐本齐致,朝野孰云殊。道在有中适,机忘无外虞。但愧烟霄上,鸾凤为吾徒。又惭云水间,鸥鹤不我疏。坐倾数杯酒,卧枕一卷书。兴酣头兀兀,睡觉心于于。以此送日月,问师为何如?""空腹尝新酒,偶成卯时醉。醉来拥褐裘,直至斋时睡。静酣不语笑,真寝无梦寐。殆欲忘形骸,讵知属天地。醒余和未散,起坐澹无事。举臂一欠伸,引琴弹秋思。""阴阴花院月,耿耿兰房烛。中有弄琴人,声貌俱如玉。清泠石泉引,澹泞风松曲。遂使君子心,不爱凡丝竹。"②第一首诗写自己退朝后与王炼师游南山自得的吏隐生活,最后一句明显是戏问王炼师的口吻。第二首写自己尝新酒后的忘怀形骸及自在生活。第三首写听夜晚听顺之谈琴之惬。三篇诗意均为乐天自叙语,无与元稹相关的唱和视角。

又白集卷五十六《酬郑侍御多雨春空过诗三十韵》,《管见抄》诗题前有"和"字,且按传本其诗放在《和微之春日投简阳明洞天五十韵》(《管见抄》

---

① 谢思炜:《白居易诗集校注》卷二十二,第 1757 页。
② 同上,第 1760—1761 页。

无"微之"二字)《和春深二十首》之间。诗中郑侍御曾为元稹浙东从事,"何处可相将"后小注"此已下述浙东政事"(《管见抄》作"自此下叙浙东政事"),诗尾云"尚书心若此,不枉系金章"意指元稹,盖此诗应为白居易和元稹酬郑鲂诗。《和微之二十三首》亦有两首涉及郑侍御,与相关史实合。此二十二首与前面二十一首加起来正合四十三篇之数。

故白居易与元稹的四十三首和诗应为:《和晨霞》《和刘道士游天台》《和枾沐寄道友》《和祝苍华》《和我年三首》《和三月三十日四十韵》《和寄乐天》《和寄问刘白》《和新楼北园偶集从孙公度周巡官韩秀才卢秀才范处士小饮郑侍御判官周刘二从事皆归》《和除夜作》《和知非作》《和望晓》《和李势女》《和酬郑侍御东阳春闷放怀追越游见寄》《和自劝二首》《和雨中花二首》《和晨兴》《和春日投简阳明洞天五十韵》《和酬郑侍御多雨春空过诗三十韵》《和春深二十首》。这些唱和诗原在元白的唱和集中以时间分类,白居易在后来编大集时以文体分类,题名虽保持《和微之二十三首》,但其中二首律诗却按诗体归入卷五十六中。《雨中花二首》在流传中被合并成一首,后人整理白集时,遂按数索诗,将《和晨兴》后三首诗加上"和"字。

作者单位:中国矿业大学人文与艺术学院

明王黉《唐诗联选》及其在日本的传播考论

段天姝

摘　要　本文在梳理明王黉《唐诗联选》现存和刻本各版本之间的相互关系基础上，考论王黉其人的时代、身份及《唐诗联选》的体例、内容、选诗标准与倾向。并进一步指出松下乌石校阅《唐诗联选》与其作为服部南郭弟子和“唐样”书法家双重身份的关系，以及大典显常《唐诗撷英》乃据《唐诗联选》增补而成，又以其体例和选诗呈现出与原书截然不同的特点。

关键词　《唐诗联选》　王黉　松下乌石　大典显常

引　言

《唐诗联选》是明代王黉编选的一部唐诗选本。此书原本未见于明清重要书目著录，目前国内各重要图书馆亦无存。幸运的是，在日本国立国会图书馆、佐贺县图书馆等地仍存有江户时代中期刊印的和刻本《唐诗联选》多种版本。本文即从和刻本《唐诗联选》的版本情况谈起，考论王黉其人与《唐诗联选》的体例、内容、选诗标准与倾向，和刻本《唐诗联选》刻印传播情况，校阅者松下乌石及其唐诗观念，《唐诗联选》与僧显常补《唐诗撷英》二书的关系等问题，兼及《唐诗联选》所反映的明中后期唐诗学观念转变，与《唐诗联选》在日本的传播所反映出的江户中后期唐诗学观念转变等问题。

一、现有研究中《唐诗联选》的定位

关于王黉所编选的《唐诗联选》，其原书目前国内已无存。亦未见于明清重要书目著录,当代著录情况主要是两类,一类是作为明李洪宇辑《诗坛合璧》十六卷的组成部分而存在,如陈伯海、朱易安《唐诗书目总录》及金生奎《明代唐诗选本研究》等书。

《唐诗书目总录》第二编"合集"类收录《诗坛合璧》:

> 《诗坛合璧》十六卷,(明)李洪宇辑。录明李攀龙辑《唐诗选注》八卷、《唐诗联选》二卷、《诗韵辑要》五卷,并附诸名家评说一卷。
> 明金陵书坊李洪宇刻本(故宫博物院藏)[1]

未对《唐诗联选》的作者及其他基本情况作进一步介绍。

金书则著录较详:

> 此本全名《陈眉公笺释李于鳞唐诗选》,八卷,题明李攀龙辑、陈继儒笺释,有焦竑、王稚登、李攀龙等三人序。后附《唐诗联选》二卷,题王簧辑;《诗韵辑要》五卷,题李攀龙辑;《附刻诸名家评说》一卷,合称《诗坛合璧》,计十六卷四册。半页十行二十字,白口,四周单边。明金陵书坊李洪宇编刻,《故宫普通书目》卷四记为万历年间刊本。今存,藏故宫博物院、台湾东海大学图书馆。[2]

与上引文字相类似,《唐诗联选》在现有的唐诗选本研究中的定位,基本是作为唐诗汇刻本之一的《诗坛合璧》的组成部分,或者说旧题李攀龙《唐诗选》的附属而存在的,其原书的独立价值尚未得到充分重视与挖掘。

又,除了唐诗学研究者之外,当代楹联研究者在研究楹联史时,其实也已注意到此书,但亦未引起重视,只是将其视为明代开始出现的联话、联语汇编一类著作加以著录。如常江《中国对联谭概》一书中引今人整理"古今联书知见录"对此书的著录云:

> 从近人整理的"古今联书知见录"中,可见还有宋朱熹《联语》、宋周守忠《姝联》、宋徐晋卿《春秋经传类对赋》、明杨慎《谢华启秀》、明钱德范《玉堂巧对》、明王子承《唐诗联选》,甚至隋杜公瞻《编珠》。这些

---

[1] 陈伯海、朱易安:《唐诗书目总录》,上海:上海古籍出版社,2015年,第228页。
[2] 金生奎:《明代唐诗选本研究》,合肥:合肥工业大学出版社,2007年,第105页。

都在梁著之前,但它们或者附载于他书,规模不大,或者已佚而难见,性质难定。①

又如咸丰收《明代联话笺注》其二"正统编(对联汇集类)",列明代"对联汇集类"著述19种,其中就有《唐诗联选》:

《唐诗联选》万历庚申(1620年)刻本　明·王子承撰②

可见《唐诗联选》在当前楹联研究中的定位,亦归属于明代"对联汇集"的"联书"之一种,又以有杨慎、冯梦龙等文名显赫的联书编者在侧,而未能得到充分重视。应当指出的是,虽然都被归于"联书",但这几种明代"联书"的内容和性质事实上是存在差异的。杨慎《谢华启秀》与冯梦龙《金声巧联》、钱德范《玉堂巧对》三书最为人所知。杨书自二字以至八字各为一卷,属于取经子中语熔铸以成文字,二字、三字等卷内容,严格而言尚不能称之为"对联",更宜看作为蒙童提供由易到难的"对语"示例以资启迪的文本,其性质更接近于蒙书。冯、钱二书,则都是联话类著作,以收集历代巧对妙联及楹联相关轶事为主,对此后清代集大成的梁章钜《楹联丛话》等书有重要影响。包括《唐诗联选》与上述三书在内的明代"对联汇集"类"联书"的产生,本身就是明代楹联创作兴盛发达的重要表现。而《唐诗联选》所选录的"诗联",一方面按照楹联题写内容之别进行分类,体现出"联书"不同于其他唐诗选本的特点;另一方面,在选择诗联文本及其作者时,又有较鲜明的诗史意识与偏好,体现出"唐诗选本"不同于其他"联书"的特点。可见,王黉《唐诗联选》在唐诗选本与联书两重意义上,都具有独立且独特的价值,仍有待回归到其版本及文本本身以展开讨论。

二、日本现存《唐诗联选》各版本基本情况

如前文所述,《唐诗联选》原书目前国内已无存。幸运的是,日本目前仍

---

① 常江:《中国对联谭概》,北京:华夏出版社,1989年,第38页。
② 咸丰收:《明代联话笺注》,成都:巴蜀书社,2019年,第365页。

存留有此书和刻本数种,各本收藏情况如下:

  全唐诗联选二卷,明王黉撰,宽延一,江户结崎市郎兵卫等刊,东京都立 中央

  全唐诗联选二卷,明王黉撰,宽延元年,东都结崎市郎兵卫等刊,国会

  全唐诗联选二卷,明王黉编,笔写本,山梨县图

  全唐诗(五言)联选二卷,明王黉编,〔江户中期〕刊,佐贺县图

  全唐诗联选二卷,明王黉编,宽延元年刊,公文书馆

  全唐诗联选二卷,明王黉辑,江户奥村喜兵卫刊本,宽延元年江户八丈岛屋与市等重印,宫城县图

  全唐诗联选二卷,明王黉选编,宽延元年,东都结崎市郎兵卫等据明万历中刻本重刻,实践女子[①]

根据笔者所寓目的情况,以上诸版本,事实上都应归属于同一版本系统,下分别介绍其异同。

现存和刻本《唐诗联选》二卷,卷上题作"全唐诗五言联选卷之上",卷下题作"全唐诗七言联选卷之下",有万历庚申(1620)明王黉《序唐诗联选》一篇,延享戊辰(1748)源定乡(松平定乡)《唐诗联选叙》一篇,各版本二序文版式字体(王序楷体汉字,源叙草书汉字附假名注音)等完全一致,但前后位置有不同。正文前又有《唐诗联选目录》与《全唐诗联选名家诸公姓氏》,各版本目录内容及字体亦一致,但目录与"诸公姓氏"之前后位置亦有不同。

除序文、目录前后顺序外,各版本其他版式特点均一致(参见图一、图二):无内封,四周单边;花口,口内卷上书"五言",卷下书"七言";白线鱼尾(双线型,上两横线,斜向亦为两条线,版心下方无横线),板心刻卷次、分类及页数。序文半叶六行,各行间有界格,行十二字,王黉序汉字楷书无假名注音,源定乡序汉字草书交织假名注音。

[①] 检索数据来源:京都大学人文科学研究所附属东亚人文情报学研究中心全國漢籍データベース:http://kanji.zinbun.kyoto-u.ac.jp/kanseki

图一　日本国立公文书馆藏
《唐诗联选》卷上页一

图二　佐贺县图书馆藏《唐诗联选》
卷上页二

目录汉字楷书，上下卷均分为事功、隐逸、山居、花园、春联、翠馆、禅林、道院、客寓、感慨十类。

事功　五言计一百十三联，七言计三十五联

隐逸　五言计三百二十六联，七言计七十七联

山居　五言计二百九十六联，七言计九十七联

花园　五言计三百五十六联，七言计九十七联

春联　五言计二百零六联，七言计七十七联

翠馆　五言计一百十六联，七言计七十七联

禅林　五言计一百十六联，七言计五十七联

道院　五言计一百七十六联，七言计五十七联

客寓　五言计一百四十六联，七言计一百十七联

感慨　五言计八十一联，七言计六十七联

诸公姓氏自唐太宗起,至唐彦谦终,唐太宗、高宗、中宗、玄宗、德宗以下,均以姓氏相从,各姓氏内按诗人所处时代先后排列,共324人,末附羽士4人、衲子12人、女士5人。

正文汉字楷书,无假名注音。正文卷上,半叶十行,行十五字,每二行之间有一黑界格,每一界格内实为五言三联,行头书作者名;卷下半叶五栏十行,行十四字,每二行之间有一黑界格,每一界格内实为七言二联,行头书作者名。

除以上基本完全一致的内容、构成与版式信息之外,各版本之间的刊刻情况差异与关系主要在于书末之牌记(刊记),可据此将现有和刻本《唐诗联选》分为三类:

① 佐贺县图书馆藏,奥村喜兵卫刊印本

此本佐贺县图书馆莲池郭岛家文库目录著录为《全唐诗(五言)联选二卷》,明王黉编,江户中期刊。内容实际即为《唐诗联选》二卷全,卷下七言部分亦无缺损。

结构顺序为延享戊辰源定乡叙——万历庚申王黉序——唐诗联选目录——全唐诗联选名家诸公姓氏——正文——奥村喜兵卫藏版目录。

书末附有江户书商奥村喜兵卫"藏版目录"共三页(参见图三),涉及和汉书籍59种。其中即有《唐诗联选》,题署为"乌石先生校阅 唐世名家联 二册"。乌石先生也即源定乡在《唐诗联选叙》中所谈到的本书的校阅者,"寡人述职之余暇,以书癖与乌石山人者为尘外之游"的"乌石山人",也即江户中期著名的"唐样"书法家松下乌石。源定乡叙文中是由书法练习和书写内容的角度

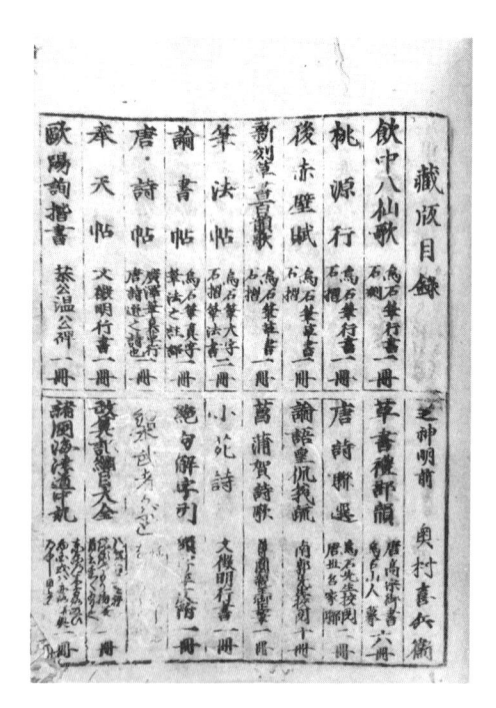

图三 佐贺县图书馆藏,《唐诗联选》书末,奥村喜兵卫藏版目录,页一

出发来谈论《唐诗联选》一书的,这一点有待后文详细展开,但奥村喜兵卫对于乌石先生校阅《唐诗联选》之出版兴趣与选择,毫无疑问与乌石作为当时著名书法家的身份是有密切关系的。

与此相联系,"藏版目录"中还可注意的是,除"乌石先生校阅"《唐诗联选》外,奥村氏还刊刻发行了其他十种松下乌石"真书"书帖和所校阅的书籍,具体如下:

> 桃源行 乌石笔行书石折 一册
> 后赤壁赋 乌石笔草书石折 一册
> 新刻草书百韵歌 乌石笔草书石折 一册
> 笔法帖 乌石笔大字石折笔法书 一册
> 论书帖 乌石笔真字,笔法之注译 一册
> 禅林席牌 乌石笔,大字楷书 一册
> 新刻千字文 乌石先生真书 一册
> 定本真草千字文 乌石笔 二册
> 香炉记 乌石先生真书 一册
> 汉隶分韵 平上去入引隶字之书,乌石校阅①

而以上十一种奥村喜兵卫持有"版权"的松下乌石相关书帖、书籍,参照坂本宗子《享保以后板元别书籍目录》②所引江户"割印帐"(江户书坊出版物开版、贩卖许可的官方登记簿)记录情况,有九种为奥村氏所独有(《香炉记》板元后售出)。

剩余两种,乌石笔《定本真草千字文》二册,板元为奥村氏与山城屋茂左卫门、西村源六三家书坊所共有。乌石校阅《唐诗联选》二册,除奥村氏单独刊行的这一版本(版本①)之外,又有奥村喜兵卫、西村源六、小川彦九郎、结崎市郎兵卫四家共同翻刻版本(即版本②)。"割印帐"中还存有奥村氏将《眠江节用集》《论语集解义疏》等书籍板元出售给小川彦九郎和西村源六的记录。

---

① 据佐贺县图书馆藏,奥村喜兵卫刊印本《唐诗联选》书末"藏版目录"。
② [日]坂本宗子:《享保以后板元别书籍目录》,大阪:清文堂,1982年,第131—133页。

综上,笔者倾向于推测佐贺县图书馆藏奥村喜兵卫刊印本稍早于四书坊合刊翻刻本,由松下乌石校阅审定后,可能于延享戊辰(1748)三月,源定乡写成《唐诗联选叙》后不久即刊行贩卖,并在获得市场欢迎后,进行了多次翻刻。

② 日本国立国会图书馆、国立公文书馆、东京独立中央图书馆、实践女子大学山岸文库藏本

此本结构顺序为万历庚申王鼖序——全唐诗联选名家诸公姓氏——唐诗联选目录——正文——延享戊辰源定乡叙——翻刻牌记。

书末附有四家江户书坊的共有板元翻刻牌记(见图四):

宽延改元戊辰初秋吉日

东都书林

奥村喜兵卫 西村源六 小川彦九郎 结崎市郎兵卫

翻刻

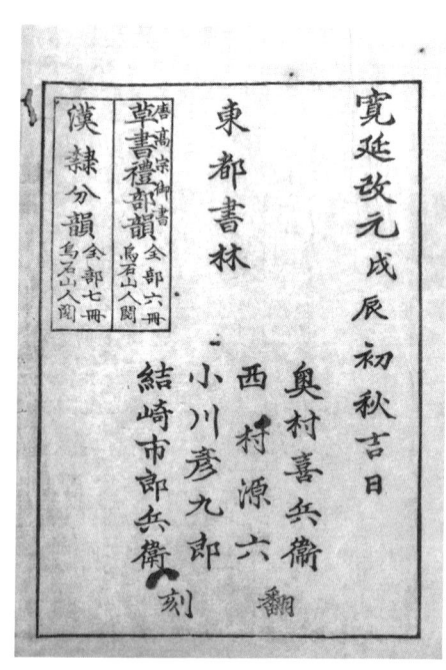

图四　日本国立公文书馆藏　　　图五　山梨县图书馆藏笔写本
　　　《唐诗联选》书末牌记　　　　　　《唐诗联选》封面

宽延戊辰，其实也即公元1748年，延享五年七月十二日改元宽延。如前所述，则在这一年的三月，源定乡写成《唐诗联选叙》，不久后由奥村喜兵卫刊行贩卖，并在获得市场欢迎后，于同一年初秋，四家书坊联合进行了更大规模的翻刻。国立国会图书馆、国立公文书馆、东京独立中央图书馆、实践女子大学山岸文库藏本等各版本构成、顺序及内容，包括翻刻板记、板框大小均一致，但天头地脚尺寸及纸质等，相互之间各有差异。则可能共有板元的四家书坊各自翻刻或相近时间内多次翻刻时，未对翻刻牌记加以改动。而这些源自同一板元的多种翻刻版本之留存，本身已是《唐诗联选》一书在江户中期得以刊行之后，至少在江户地区（今东京及附近）受到读者欢迎的鲜明证据。

③ 宫城县图书馆伊达文库藏，奥村喜兵卫刊，宽延元年江户八丈岛屋与市等重印本

此版本惜未能亲见。但以宫城县图书馆主页古典籍类所藏资料著录情况看，明确著录为江户奥村喜兵卫刊本，宽延元年江户八丈岛屋与市等重印。则这一版本可能亦为版本①奥村喜兵卫单独版本之重印本。版本及牌记内容仍有待查证，但同一年内又一版本的出现，亦再一次佐证《唐诗联选》和刻本出版后的受欢迎程度。

除去以上三类和刻本版本外，比较特殊的是山梨县图书馆川上经男氏旧藏书所收笔写本《全唐诗联选》二卷。此本为小本开本，纵15厘米，横10厘米，左右双边，白口，版心书有页数，半叶六行，行间有界格，卷上行十字，卷下行七字。全书均为汉字楷书笔写，全书无假名与注音。山梨县图书馆主页著录为2册七百五十八首，实际其书上册即为《唐诗联选》上卷，五言共计一千九百三十二联（附六言十六联），下册即为《唐诗联选》下卷，七言共计七百五十八联。除正文前后无序文、无目录、无诸公姓氏外，正文诗联内容及分目、次序均与前及奥村喜兵卫本及四书坊合印翻刻本完全一致（笔写本有个别抄写舛误及异体的情况）。特别是刻本系统各本卷下最末尾误将"共计七百五十八联"作"共计七百五十八首"（卷上最后总计时作"联"，且联选内部不同类目之诗联，有几联出于同一首诗的情况），包括山梨县图藏笔写本在内，均延续这一错误，仍用"首"，亦可作为各本同出一源的佐证。

另，关于山梨县图藏笔写本《唐诗联选》的抄写时间与抄写者，各处均无

著录。实则其书卷上最末尾有抄书者题识云(见图六):

宝历八戊寅年冬十月　中致宽书

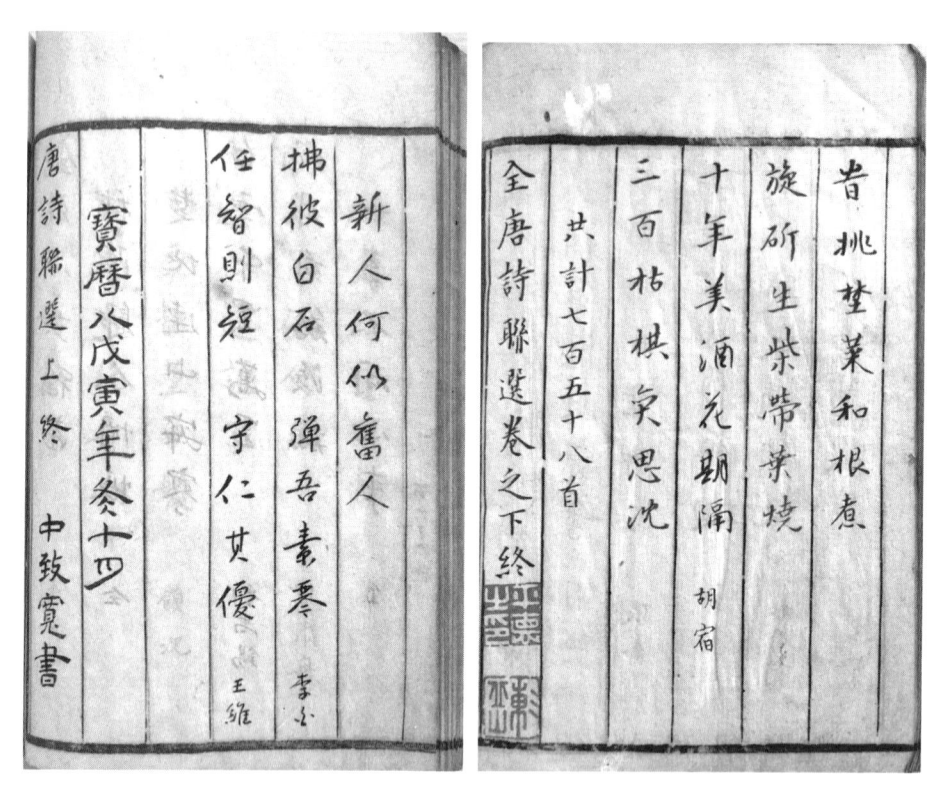

图六　山梨县图书馆藏笔写本《唐诗联选》内页,卷上末附题识

图七　山梨县图书馆藏笔写本《唐诗联选》内页,卷下朱印两方

交代了抄写时间为宝历八年戊寅(1758),抄写者为"中致宽",但目前未能找到更多关于此人的其他信息。另外,山梨县图藏笔写本上册封皮题签《唐诗联选》下隐约可辨"惇笃"二字(见图五)。检《日本人名大辞典》,应为活跃于江户时代中后期(1743—1806)的书法家平林东岳(名惇德,后改名淳笃,号东岳)。又,此本卷下最末尾有两方朱印,可辨识"平林""东岳"字样(见图七)。则此笔写本应为宝历八年(1758)由中致宽手抄,后为平林东岳家藏。在和刻本诸本集中刻印的延享五年/宽延元年(1748)以后十年诞生的这一笔写本,也是《唐诗联选》在江户中期曾一度流行并产生较大的影响

的另一佐证。又,这一笔写本的文本形式与藏家平林东岳作为书法家(书道家)的身份,或许也提示我们,《唐诗联选》在当时的流行与影响,与作为此书"校阅者"的松下乌石的影响是分不开的。以下即聚焦王黉其人与《唐诗联选》本文的基本情况展开讨论,《唐诗联选》的选诗特点、观点,与松下乌石对这一选本的选择与推荐有着直接的联系。

三、松下乌石的贡献与其唐诗观念及渊源

前文已介绍了日本现存《唐诗联选》的各版本及其相互关系。可以发现,虽然现有各版本著录信息中均未提及"校阅者"松下乌石,但乌石对于江户中期《唐诗联选》一书的刊印及流行,毫无疑问是具有重大影响的。在讨论王黉与《唐诗联选》本文前,还应对和刻本刊行过程中,乌石所做的工作加以辨析。乌石"校阅"《唐诗联选》的情况不见于乌石的其他著述,现存联选本文各版本亦无乌石批阅、校订等的文本痕迹,唯一一篇可以了解相关情况的文本,即现存各版本均附有的源定乡《唐诗联选叙》,今录其全文如下:

> 寡人述职之余暇,以书癖,与乌石山人者,为尘外之游。初见之时,一听其之心醉焉,曰:"夫书虽小技,自有法,稽古是训,践迹为宗。是以下一点画,未尝不承由之旧样也。积久之后,独至其形势,则各拯其便,亦其性之所得也。何复背谒拂触以构新奇,而续之观哉。世之衒人,不能稽古而竭其力,而谓吾循我性情,发我气象,穷我更敫,拘拘乎临模法帖,台习之遂,是即文已拙,而欺他蒙者,乃不通之论也。尔后频频逼而迎之。"山人以余如之何,如之何? 情其同好也。有时来见,一日语及作字困于采择古诗,何自而得焉? 山人因曰:"吾书之搁管者,亦穷于此。幸有《唐诗联选》在,改梓而施之,既命矣。"侯之言符焉,请为显其首。不辞,是为序。
>
> 延享戊辰三月
>
> 今张　源定乡　撰①

---

① 据佐贺县图书馆藏奥村喜兵卫刊印本与国立公文书馆藏四书坊翻刻本。本文为汉字草书,交织片假名、注音符号,故部分文字识读存在一定困难。

今张源定乡即松平定乡,伊予今治藩久松松平氏第五代藩主,在书法、绘画方面都有一定建树,《熙朝诗荟》收录源定乡所作汉诗7首。关于源定乡与松下乌石的交往情况,今无其他更多线索。但这篇叙文对于松下乌石校阅《唐诗联选》的出发点与相关工作,陈述还是比较清楚的。

源定乡的叙文是从他与乌石交往的原因——"书癖",也即他与乌石都耽于书道这一出发点谈起的,这也与松下乌石以书道,特别是"唐样"书道在当时闻名的情况相吻合。源定乡还以对话的形式记录了松下乌石对于书道(书法)的看法:乌石认为书道的正途是"稽古是训,践迹为宗",从初下点墨开始,就应当竭尽全力去学习、循法"旧样",只有在模仿和学习达到炉火纯青的境界之后,才能够真正发挥各人情性,进一步获得突破。如果第一步取法和学习的对象选取有差,亦或是"稽古、践迹"的模仿与练习用功不足,那么是不可能在书道上取得进展的。由乌石的其他存世书法作品、字帖、书信,特别是乌石于元文四年(1739)前后完成的书论著作《书法群碎》中的相关论述来看,乌石的"稽古是训,践迹为宗"明确指向"学唐"(书体主要学欧阳询,书论主要学张怀瓘),而"学唐"又上溯到"学晋"(主要学王羲之)[①]。前文提及的,奥村喜兵卫、西村源六等三家书坊所共有板元的乌石笔《定本真草千字文》,以及日本多处有藏的乌石《行书千字文》《隶书千字文》等书帖,都是乌石"唐样"书法的重要体现,也是乌石作为"唐样"书法的代表人物,其书体在当时风靡一时的体现。

源定乡叙文还进一步谈到,磨炼书法,"稽古、践迹"时,不仅应当特别注意在字体、书体上模仿唐人,也应当注意练习书法时书写内容的选择,这正是作为书道家的乌石校阅《唐诗联选》的出发点与用心之所在。对于源定乡"作字困于采择古诗"的困惑,乌石的回答是:"吾书之搁管者,亦穷于此。幸有《唐诗联选》在,改梓而施之。"也就是说,乌石对于"唐样"书道的练习和书写内容,也首推唐诗,将《唐诗联选》作为"采择古诗"之难的解决方案。

当然,此处也应当注意源定乡的措辞,乌石对于《唐诗联选》刊刻所做的主要工作是"改梓而施之",也即按王黉《唐诗联选》原书加以改定、付梓、刊

[①] 据早稻田大学图书馆藏,户仓屋喜兵卫刊,《书法群碎》"学书法"一节。

行,没有校订、注释等更进一步文献工作的痕迹。又,从《唐诗联选》和刻本的正文来看,也未见校订、注释、批注痕迹,亦无日文假名和注音。且《唐诗联选》和刻本各版本内文板心均为双线形线鱼尾,这与明代中晚期,特别是万历时期刻本鱼尾形态的常见特点相吻合①。且《唐诗联选》内文中,书前的《全唐诗联选名家诸公姓氏》中,李林甫、李峤、李泌、王世良、陈彪、薛能、顾在镕、于武陵、包何、汤洙、冷朝阳、翁绶、谈用之、唐彦谦等14位列入此表的诗人,正文中实际并无相应选诗;又,《联选》将其他传世文献可证确为崔湜所作的诗联分列于"崔湜""崔湿"二诗人名下,而"湜"与"湿"应为字体相近所导致的舛误。和刻本系列各版本对于以上原书较为明显的错误和问题,亦未加以改定和修正,也只是原样沿袭。综上,可以推断,松下乌石的所谓"校阅"工作,主要可能就是择取自己所见保存较完善的原本付梓刊行,和刻本《唐诗联选》基本可以认为反映的是万历庚申(1620)王篑《唐诗联选》的原貌。

除此之外,松下乌石在众多唐诗选本当中择取《唐诗联选》加以刊刻,这一选择也应当与松下乌石的身份联系起来。除了书道家之外,松下乌石的另一重身份,是江户中期汉学名家服部南郭的弟子,《南郭先生文集》二编即为乌石辑校而成。而旧题李攀龙《唐诗选》的第一部题名为《唐诗选》的日本翻刻本,正是在享保九年(1724)由服部南郭校订后刊行的。

据日野龙夫《服部南郭年谱考证》②,享保五年(1720),服部南郭为荻生徂徕所编的《唐后诗》作序。享保九年(1724),南郭考订的《唐诗选》刊行,徂徕为之作序。享保十三年(1728)前后,松下乌石开始跟随南郭学习汉诗文。享保十八年(1733),南郭考订《唐诗品汇》五七言绝句部分交由江户嵩山房刊印。元文元年(1736),乌石校订《明七才子诗》并为之作序,南郭作《题明七子七律新刻》诗。宝历三年(1753)前后,南郭为门人讲授《唐诗选》,讲解内容后由南郭弟子林元圭整理编成《唐诗选国字解》,附日语假名,很快成为

---

① 向辉:《试论古籍版式中的鱼尾及其在版本鉴定中的功能》,《版本目录学研究》第六辑,2015年。
② [日]日野龙夫:《服部南郭年谱考证》,日本国文学研究资料馆编《国文学研究资料馆纪要》卷三,国文学研究资料馆,1977年。

《唐诗选》最广为流行的日语读本,为《唐诗选》在江户中后期的大流行进一步扫清了障碍。

以上简要勾勒,可以见出荻生徂徕——服部南郭——松下乌石在汉诗写作和传授过程中以唐诗(特别是盛唐诗)为学习榜样,又以明诗为理解唐诗的阶梯①的基本理念,以及三人之间的传承关系。徂徕在《唐后诗总论》中谈到:

> 故欲学唐诗者,便当以唐诗语分类抄出。……各别贮箧中,不得混杂,欲作一语,取诸箧中,无则已,不得更向他处搜寻。如此日久,自然相似……但唐诗苦少,当补以明李于鳞、王元美等七才子诗,此唐诗正脉。②

南郭则在《唐诗选附言》中谈到:

> 初学熟沧溟选,乃后稍稍就诸家读焉,则左右取之,无不逢其源。诸家则《沧浪诗话》《品汇》《正声》、弇州《卮言》、元瑞《诗薮》,此其杰然者,亦不可不读焉。蒋氏所注二三评语,诸家已具,读之可,不读亦可。③

可以看到徂徕—南郭一派对于一些重要唐诗选本的基本认识,也即认为旧题李攀龙《唐诗选》是最基础和根本的选读和学习对象,之后可再参考严羽《沧浪诗话》、高棅《唐诗品汇》《唐诗正声》,以及王世贞《艺苑卮言》和胡应麟《诗薮》等杰出选本。而这些唐诗选本都是较为明确地区分四唐,并在四唐中推崇盛唐的。徂徕和南郭又都以明诗中的七才子诗特别是李攀龙和王世贞诗作为唐诗的补充和学习唐诗的门径。

服部南郭最推崇的旧题李攀龙《唐诗选》在选诗宗盛唐方面显得较为极端,其中一个鲜明的体现就是《唐诗选》全书未选白居易诗,南郭在

---

① 陈广宏:《明代文学东传与江户汉诗的唐宋之争》,《上海师范大学学报(社会科学版)》,2010年第6期。
② [日]荻生徂徕编:《唐后诗》,享保五年序,国立国会图书馆藏。
③ (明)李攀龙编选,[日]服部南郭考订:《唐诗选·附言》,嵩山房天明二年刊,早稻田大学图书馆藏。

论诗时也并未直接称赏过白诗。但是,从南郭自身的汉诗创作来看,南郭有长篇七言古诗《小督词》三十六韵,以平安末高仓天皇与宠姬小督的爱情悲剧为书写对象,从题材内容到"汉宫明月为谁悲,中夜君王有所思。帐外无人帘未下,金殿沉沉玉漏迟"等诗句来看,都完全是以白居易《长恨歌》为模仿对象的。可见,从汉诗创作实践层面来看,南郭的唐诗观实际上比《唐诗选》所体现的"宗盛唐"观念要更具包容性。更值得注意的是,服部南郭模仿《长恨歌》所作的这首《小督词》,今存安永五年(1776)由松下乌石手书的行书书帖一卷①,乌石对于包括白居易诗在内的中唐诗想来也是持包容态度的。

虽然松下乌石没有更多直接阐述自身汉诗观念的论述,但从现存乌石手书《行书唐诗选五言绝句》②(图八)和《草书唐诗选》(图九、图十)、南郭《小督词》以及乌石校订《明七才子诗》等情况来看,乌石也继承了徂徕—南郭对于唐诗和明诗的基本观点。其中尤其值得注意的是龙谷大学图书馆藏乌石书《草书唐诗选》后,附有一篇源定乡写于宝历三年(1753)的跋文。源定乡也即是乌石校阅《唐诗联选》叙文的作者,跋文写于叙文后约5年,可见二人交往之深,也可以帮助我们进一步了解乌石一以贯之的唐诗观念,今全录其文如下:

> 夫在心为志,发言为诗,心之所在,见之于形,故曰:"书,心画也。"书契以来,何世无书,何代无诗?独称晋称唐,道异代弗可及也。虽然,晋之所以为晋,唐之所以为唐,造其所至,何世无晋,何代无唐?晋之所以为晋,有法帖焉;唐之所以为唐,有诗选焉。李于鳞之《诗选》,迪于异代也,尚矣。属者乌石山人,草书其《诗选》,玉壶冰碎,瑶台月辉。且山人之于书,犹于鳞之于诗也,造其所至,见之自运。斯诗而后有斯书,足以并迪于异代矣。③

---

① [日]服元乔著,葛辰书:《小督词》,天明六年(1786)跋,早稻田大学图书馆藏。
② [日]乌石葛辰书:《行书唐诗选五言绝句》三卷,泉本八兵卫,安永前后,国立国会图书馆藏。
③ [日]乌石书:《草书唐诗选》一卷,宝历三年(1753)跋,龙谷大学图书馆藏。

图八　国立国会图书馆藏，乌石葛辰书：《行书唐诗选五言绝句》三卷，泉本八兵卫，安永前后（内页）

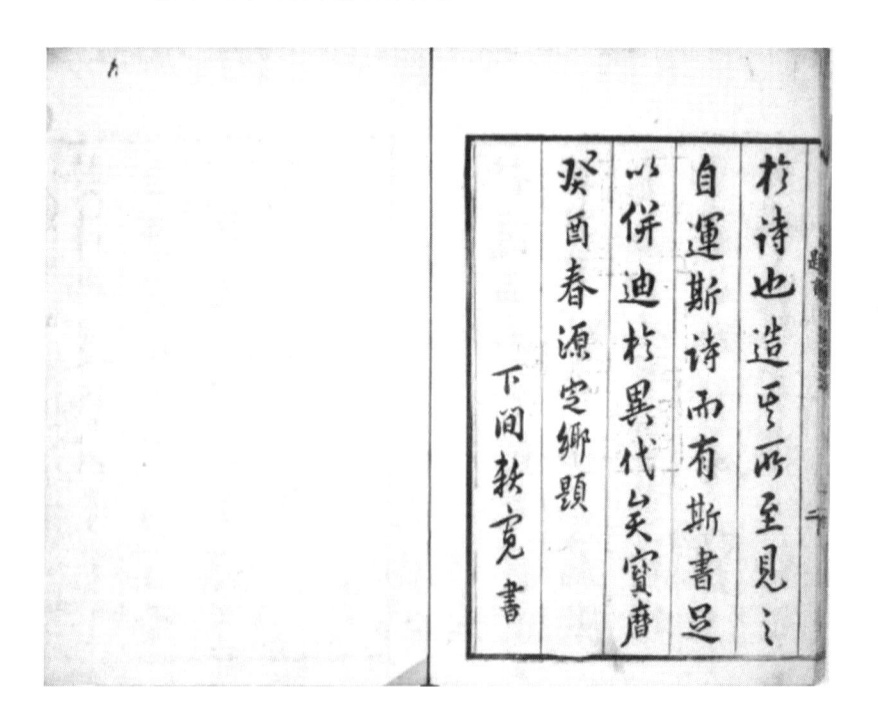

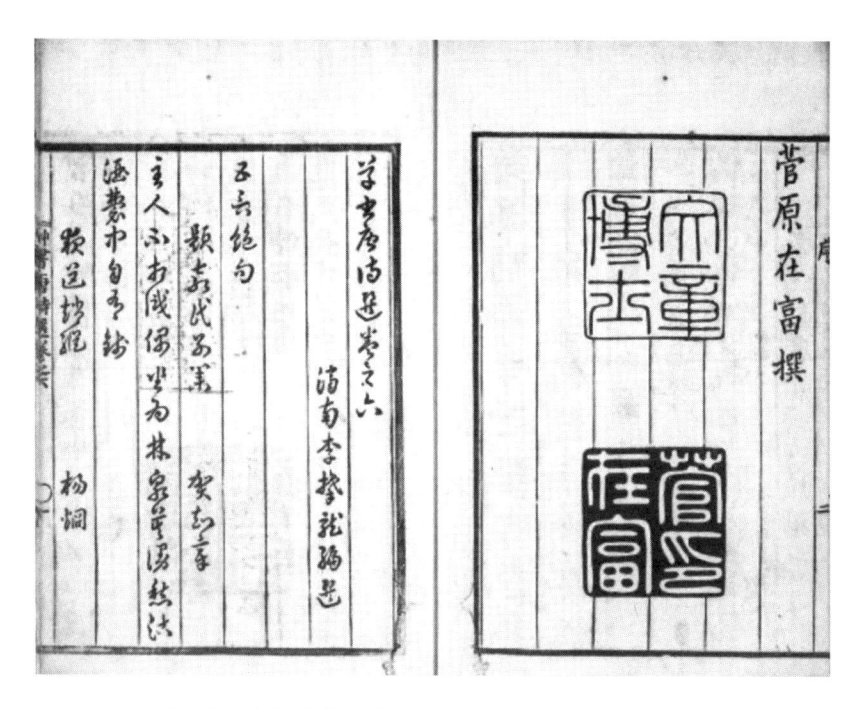

图九、十　龙谷大学图书馆藏，乌石书《草书唐诗选》一卷，
宝历三年（1753）跋（正文首页、跋文末页）

与《唐诗联选叙》相类似，源定乡的序／跋出发点仍是松下乌石的书法，而他推赏松下乌石的书法，又始终是从"诗书一体"的基本观点出发的。如果说《唐诗联选叙》还只是较为模糊地提出书道之法在于"稽古是训，践迹为宗"，并用乌石的话指出采择"古诗"，最好的就是唐诗，可以《唐诗联选》这一选本作为指导。那么《草书唐诗选跋》就已很明确地指出，要"稽古""践迹"的话，书法最好的是晋，而诗最好的是唐。更有意思的是"造其所至，何世无晋，何代无唐"及以下几句，事实上已经道明江户中期乌石等人摹写晋之法帖，学习唐之诗选的用心：如果将"晋书"和"唐诗"看作是书法和诗歌方面登峰造极的两种艺术风格，而不仅仅是两个特定时代的书法和诗歌作品来看的话，通过不断的学习模仿并结合自己的领悟和感受，未必不能在其他的时代再造"晋书"和"唐诗"。在源定乡看来，（旧题）李攀龙的《唐诗选》就是李攀龙在明代对于唐诗的一种"迪于异代"的再创造，而乌石之于江户书道，正如李攀龙之于明代诗歌，都是一种"迪于异代"的升华；乌石对

于书法"形"的发挥,又受益于李攀龙对于书写对象,也即《唐诗选》诗歌编选的功绩。

综上,可以说,松下乌石作为徂徕—南郭一门弟子,其诗歌观念深受其师服部南郭及南郭校订刊行的旧题李攀龙《唐诗选》影响,尊盛唐诗。但从汉诗和书法的创作实践来看,乌石对待中唐诗的看法应比《唐诗选》更为宽容,并以明诗特别是李攀龙和王世贞诗作为唐诗的补充。在《唐诗选》风行一时的江户中期,乌石一方面以《唐诗选》为汉诗学习和书法书写的主要对象,另一方面,也有可能对于《唐诗选》选诗的明显缺陷有所感知和遗憾,和刻本《唐诗联选》的校阅与刊行,正是乌石创作实践与唐诗观念结合下,试图寻找其他唐诗选本,也即汉诗学习与书法书写新范本的一种努力。

松下乌石校阅刊行《唐诗联选》在当时形成一定风潮,以及松下乌石的多种草书、行书《唐诗选》书帖的刊行,也提示我们,唐诗选本在江户时代的日本,除了一般意义上的汉诗读本与汉学启蒙之外,也承载了书法摹写范本和书写对象的功能。江户时代唐诗的传播与接受,很大程度上也与当时掀起热潮的"唐样"书法是联系在一起的。而诗歌与书法,正是江户时期,日本士人思想上利用宋明理学的理论武器打破明家经学的理论地位,全方位吸收中国文化(特别是明代主流文化与文学)的具象呈现。松下乌石学习《唐诗选》,以"唐样"书体书写唐诗作品,声名鹊起;又以自己的唐诗观念和品味找寻新的唐诗选本,刊行《唐诗联选》,并因自己在书法方面的声名而使《联选》在当时得到关注与传播——这正是唐诗与"唐样"书法在江户时代交互传播并产生影响的一个生动案例。

当然,松下乌石对于《唐诗联选》文本的选择,也离不开《唐诗联选》其书本身在规模、选诗上的诸多优点。

四、王黉其人与《唐诗联选》其书

前文已厘清和刻本《唐诗联选》各版本的情况,并明确了松下乌石所做的校阅工作可能主要是择取自己所见保存较完善的原本付梓刊行,和刻本

《唐诗联选》基本可以认为反映的是万历庚申(1620)王黉《唐诗联选》的原貌。

目前可见署名王黉的,还有一种《开辟衍绎通俗志传》,六卷八十回,题"五岳山人周游仰止集,靖竹居士王黉子承释"。卷首序题署为"旃蒙大渊献春王正月人日靖竹居士王黉子承父书于柳浪轩","旃蒙大渊献"即乙亥,崇祯乙亥也,即崇祯八年(1635)。《开辟衍绎通俗志传》现存主要版本有明崇祯古吴麟瑞堂藏板本、清道光十年刊本、同治八年刊本、光绪十三年刊本等。作为一种当时较为流行的白话长篇历史演义小说,此书在韩国、日本也早有流传。除上述古吴麟瑞堂藏板本外,王古鲁在日本宫内厅书陵部还访得一种无封面的明刊本,王古鲁所抄录的王黉序文及题署与他本无异,但据王古鲁所见,该本卷一正文首页"五岳山人周游仰止集"的"五岳"及"周游"四字,显系挖补;又于第一页下半页第一行中发现"余仰止曰"四字。该书内容也与署名余象斗(明代万历年间建阳书坊主余象斗,字仰止)所编集《列国前编十二朝》四卷基本一致,仅有少数文字加以改动。王古鲁因此推定,此书原应为三台山人余仰止所刊,板落另一书贾周游之手后,将余象斗之名挖改后而成。王古鲁还进一步推断:"从这个痕迹来看,'王黉'一名,也极可疑。如果确是此人,序文末尾也不至于露出挖去一字的痕迹也。"[①]

除了无封面明刊本的挖补情况外,事实上,三台馆梓行余象斗编集《列国前编十二朝》卷首序末段:

> 斯集为人民不识天开地辟三皇五帝夏商诸事迹者,附相讹传,固不按搜采各书,如前诸传式,按鉴演义,自天开地辟起,至商王罢妲已止,将天道星象、草木禽兽并天下民用之物、婚配、饮食、药石等出处始制,今皆寔考,无所不至。[②]

与《开辟衍绎通俗志传》卷首的王黉序末段:

> 未有开天辟地、三皇五帝、夏商周诸代事迹,因民附相讹传,寥寥无

[①] 王古鲁:《王古鲁日本访书记》,福州:海峡文艺出版社,1986年,第9页
[②] 余象斗编集:《列国前编十二朝》,三台馆梓行本,哈佛燕京图书馆藏。

实。即看鉴士子,亦只识其大略,更有不干正事者,未入鉴中,失录甚多。今搜辑各书,若各传式,按鉴参演,补入遗缺,但上古尚未有文法,故皆老成朴实言语。自盘古氏分天地起,至武王伐纣止,将天象日月、山川草木禽兽及民用器物、婚配、饮食、药石、礼法、圣主贤臣、孝子节妇,一一载得明白。知有出处,而识开辟,至今有所考,使民不至于相讹传矣。古名曰《开辟衍绎》云。

崇祯岁在旃蒙大渊献春王正月人日靖竹居士王黉子承父书于柳浪轩①

两段文字一加对比,即可见出王黉序是在余象斗书卷首序的基础上对措辞及顺序略加改动之后扩写而成的。王古鲁对于《列国前编十二朝》和《开辟衍绎通俗志传》之间渊源关系的基本判断应该是正确的。但是王黉的具体身份大概恰恰可以从余象斗这里得到一些启发。

建阳余氏以历史小说的刊刻而闻名,而余象斗刊刻《新刊大宋中兴通俗演义》被认为是以万卷楼(金陵周曰校)的书板挖改重印而成,还有余象斗三台馆刻本《万用正宗不求人》竟直接印入刘少岗乔山堂本牌记等②,又余象斗刊《南北宋志传》的"题评"本也是从江南"原板"引进③。由此可以看出,明代书坊刻书,金陵、苏州与建阳等地书坊交流和联系颇为频繁,而刊布通俗小说、历史演义一类,为抢占市场、吸引读者,本来也多存在相互抄袭、翻人成书以为己书的行为。余象斗三台馆刻书中这样的例子屡见不鲜,周游将余象斗《列国前编十二朝》稍作增删修改便改头换面名之为《开辟衍绎通俗志传》,也是一例。则为此书作序的王黉,身份也未必可疑,而应该与作为书贾或书坊坊主的周游关系密切,可能是万历末崇祯初金陵一代的中下层文人,也有可能其本身也是一位书坊坊主。

这一判断也可以在王黉《序唐诗联选》题署和金陵书坊李洪宇编刻《诗坛合璧》的相关情况中得到印证。《序唐诗联选》末题署为:

---

① 周游集,王黉释:《开辟衍绎通俗志传》,古吴麟瑞堂刊本,京都大学人文科学研究所藏。
② 肖东发:《建阳余氏刻书考略(中)》,《文献》1984年第4期。
③ 刘海燕:《明代建阳书坊主余象斗》,《光明日报》2018年1月26日第16版。

万历庚申春孟金陵鹤翁居士

王黉子承甫书于清溪草堂①

  万历庚申即万历四十八年(1620),与《开辟衍绎通俗志传》卷首序中提到的"崇祯岁在旃蒙大渊献"(1635)相距不过十五年,以这段时间为王黉的活动时间范围应当是合理的。又,两篇序文中都称呼王黉为"王黉子承甫"或"王黉子承父",则王黉应字子承,号鹤翁居士。至于两篇序文中所提到的王黉室名、堂号,有"清溪草堂"和"柳浪轩",都是较为常见的室名、堂号,难以进一步考察。再则写于万历末的《序唐诗联选》中明确指出王黉为金陵人士,《故宫普通书目》卷四中著录为万历年间刊本的明金陵书坊李洪宇汇刻《诗坛合璧》亦收入《唐诗联选》二卷,《开辟衍绎通俗志传》明刊本之一为古吴(苏州)麟瑞堂刊印。可以推测王黉应为金陵人士,或者其活动范围至少为金陵、苏州一带。又以王黉参与的目前可考的两种书籍,题王黉释《开辟衍绎通俗志传》为当时流行的通俗历史演义小说类;王黉选编《唐诗联选》既有学诗入门之用,又可看作是对联、联语类的小型类书。而科举应试书、民间日常参考实用类书、通俗文学之书,正是明代书坊业刊刻书籍中占比最大的三类②,从书商逐利的角度看来,也正是当时最为流行和最受读者欢迎的书籍门类。由此来看,王黉本人作为书坊坊主,或与书坊关系密切的中下层文人的身份应当是无疑的。

  《开辟衍绎通俗志传》对余象斗原书稍加删改之后即改头换面刊行的行为,与前文已提到的《唐诗联选》正文中诸多舛误可谓一脉相承,应当可以看作是书坊刻印以逐利为目的而造成的局限性。而了解了王黉其人及其活跃的时间、地点、身份之后,再来看待《唐诗联选》,将其定义为"明代中后期书坊编刻的通俗性唐诗选本"应当是比较合适的。这一方面使我们能够理解《唐诗联选》文字内容伪误衍漏较多的原因;另一方面也使我们看到明代唐诗选本刊刻繁荣兴盛的总体面貌,以及明代中后期普及性唐诗观念的转变。

---

① 据佐贺县图书馆藏奥村喜兵卫刊印本与国立公文书馆藏四书坊翻刻本《唐诗联选》录。
② 谢君:《明清书坊业与通俗小说研究》第一章第一节,北京:中国社会科学出版社,2021年。

《唐诗联选》的内容及构成已在本文第二部分论及。《唐诗联选》二卷，卷上题作"全唐诗五言联选卷之上"，卷下题作"全唐诗七言联选卷之下"，卷首有万历庚申(1620)王簧《序唐诗联选》一篇，卷首又有《唐诗联选目录》与《全唐诗联选名家诸公姓氏》，各版本目录内容及字体亦一致，但目录与"诸公姓氏"之前后位置有不同。上下卷均分为事功、隐逸、山居、花园、春联、翠馆、禅林、道院、客寓、感慨十类。诸公姓氏自唐太宗起，至唐彦谦终，唐太宗、高宗、中宗、玄宗、德宗以下，均以姓氏相从，各姓氏内按诗人所处时代先后排列，共324人，末附羽士4人，衲子12人，女士5人。正文卷上，半叶十行，五言十五联，行头书作者名，卷上末尾附六言十六联、四言两联；卷下半叶十行，七言十联，行头书作者名。《唐诗联选》正文所收录的诗联，只在类目之下标示作者并以作者时代先后大略排列，对于所选诗联的出处没有说明，全书也没有对所选诗联的评点或批语等。因此，讨论《唐诗联选》的选诗标准及其所反映的诗歌观念，主要只能由类目、选诗数量及分期、王簧序文等加以分析和考察。

卷首所附王簧序，对王簧编选此书的用心及对此书的定位是有所说明的，今全录其文如下：

> 文皇开国，以诗罗士，而诗才之至盛，莫过于唐。夫诗自古有之，至唐体始定。虽四唐之变作不同，而其为诗，必先以得嘉联奇句，然后成诗之用。盖初唐之诗多宗汉魏，盛唐之诗多宗六朝，而中唐即宗于初唐，晚唐即宗于盛唐也。如太宗之浑雅，玄宗之豪爽，虞魏王杨卢骆之美丽，陈李沈宋苏张之清新，李杜王孟高岑王李之雅正，刘韦钱郎韩柳元白之精妙，杜许温李刘马之逸迈，大都诸家诗联，多得对偶之邃趣。若宋延清为灵隐寺诗，必欲得一奇联，久思而不可得。骆丞赓联之曰"楼观沧海日，门听浙江潮"，遂为妙绝；孟襄阳曰"微云澹河汉，疏雨滴梧桐"，举坐皆惊。若李太白之"三山半落青天外，二水中分白鹭洲"，杜少陵之"锦江春色来天地，玉垒浮云变古今"，此俱天来才思非凡者可能达耶？故韩文公曰："李杜文章在，光焰万丈长。"此言尊重其诗赋而宗之也。唐人尚宗于唐，而今人岂可不宗于唐焉？又杜荀鹤之"风暖鸟声

粹,日高花影重",人以为此又复有初唐之风味矣。斯是书选不尽之选,然为联名之用,而寔诗学者之一助也欤。

万历庚申春孟金陵鹤翁居士

王簧子承甫书于清溪草堂①

首先,王簧在这篇序文中"宗唐"的立场是非常明确的,"诗才之至盛,莫过于唐","唐人尚宗于唐,而今人岂可不宗于唐",都是非常明确的表达。

其次,王簧对于唐诗分期的看法,基本遵循高棅《唐诗品汇》对于初、盛、中、晚"四唐"的分期和断限,但又有其具体变化。"四唐之变作不同"很明显是王簧沿袭高棅"四唐"说与"四唐"之间"渐变"理论的痕迹;但是,高棅的"四唐"是一个以世次为经、品第为纬的严整细密的理论框架②,而在王簧这里,反而将"四唐"之间的渐变关系进行了简化与折叠。在王簧看来,"初唐之诗多宗汉魏,盛唐之诗多宗六朝,而中唐即宗于初唐,晚唐即宗于盛唐也",他在汉魏诗——初唐诗——中唐诗,六朝诗——盛唐诗——晚唐诗之间搭建起两条相对平行又交错的取法、创作、传承的唐诗发展路径。这一点与高棅明确以开元、天宝诗为楷式,而对汉魏、六朝诗均有否定的观点是有差异的。也可以说,在王簧的序文中,他所推重的唐诗典范,主要就是"初唐"与"盛唐"两种,中唐诗和晚唐诗更大程度上只是学习取法初唐和盛唐的结果,或曰初唐、盛唐的再现。王簧序中举例唐代杰出诗联时,所举的四联诗例,一则为《本事诗·徵异》所载传说宋之问以事累贬黜江南放还后游灵隐寺,苦思奇联,得老僧点化,后得知老僧即骆宾王事相关诗联;三则为孟浩然、李白、杜甫诗联。而王簧引述韩愈诗对李杜诗的评价和杜荀鹤诗联"有初唐之风味",都是作为"唐人尚宗于唐,而今人岂可不宗于唐"的实例而使用的。当然,仔细揣摩上述诗联选例及其呈现方式,也可以感受到,王簧的推重初、盛唐,又更偏向盛唐。对唐诗诸家点评时,李杜王孟高岑王李归之于"雅正",以盛唐为"雅正"的态度是鲜明的,这也可以在《唐诗联选》的选

---

① 据佐贺县图书馆藏奥村喜兵卫刊印本与国立公文书馆藏四书坊翻刻本《唐诗联选》录。
② 陈伯海:《唐诗学史稿》第二章第三节,《明代诗学的第一个范本:〈唐诗品汇〉》,上海:上海古籍出版社,2016年,第435页。

诗篇目及作者数量比重中得到印证，详见后文。

第三，与明代影响力较大的几种唐诗选本（《唐诗品汇》《唐诗正声》《唐诗选》等）按诗体编排不同，王黉在序文中对于诗体和辩体等明代唐诗选本常见的焦点论题，以一句"夫诗自古有之，至唐体始定"而简单带过。在承认唐代是诗歌古今各体体制得以完全确定的时期之后，将重点放在"嘉联奇句"的写作之上。认为写诗时最重要的是"必先以得嘉联奇句，然后成诗之用"，对诸家风格的最后总论落在"大都诸家诗联，多得对偶之邃趣"，全书的目的也正是为了"为联名之用，而寔诗学者之一助也"。也就是说，王黉编选《唐诗联选》时，对于"诗联"的关注超过了对于诗联所出的具体诗体的关注，或者说《联选》编选时是以"联"为出发点，而不是以"诗"为出发点的。《联选》按类目而不按诗体编排，五七言诗联中也不区分古近体，是序文中这一理念的具体体现。《联选》的类目编排也呈现出与其他明代唐诗选本不同的一些特点，而更接近于五七言联语、对联集合的小型类书。

最后，虽然王黉在此篇序文中亦未直接谈及"格调""神韵"等明代唐诗选本常涉及的重要概念范畴，但以王黉对于唐诗诸家的简单点评来看，"浑雅""豪爽""美丽""清新""雅正""精妙""逸迈"等语，都更多的是从神情韵味，而不是具体的体格声调来谈的。特别是说杜荀鹤诗联"又复有初唐之风味"，所谓"风味"，强调更多的是超乎具象之外的趣味风神，并且通过"风味"这一概念，在汉魏——初唐——晚唐之间搭建起桥梁，使得晚唐诗亦能因"复有初唐之风味"而得到肯定。因此，从《唐诗联选》和王黉所处的时代来看，王黉所谓"风味"以及王黉在尊盛唐、法初唐的基础上对于中、晚唐的宽容，应当也可以看作是万历以后，以胡应麟在《诗薮》中提出"兴象风神"作为"体格声调"的补充[1]为首，明代唐诗论者对于格调范式加以突破并逐渐转向神韵范式的一种体现。

由于《唐诗联选》全书无点评、注释、批语，讨论《唐诗联选》的选诗标准

---

[1] 陈伯海：《唐诗学史稿》第四章第五节《走向神韵》，上海：上海古籍出版社，2016年，第573页。

及其所反映的观念,除了王箕序文之外,最主要的还是应当从《联选》的类目设置、选诗及诗人数量占比等加以讨论,以下即详述之。

先谈《唐诗联选》的类目设置。《唐诗联选》上卷五言,下卷七言,均分为:事功、隐逸、山居、花园、春联、翠馆、禅林、道院、客寓、感慨十类。分类编选唐诗的选本,现存最早的应当是唐人编选《搜玉小集》一卷,具体选编者不详,今存明刊《唐人选唐诗六种》本①。该书所收录的主要是初唐诗(最晚者为魏徵),按应制诗、边塞歌行、古诗、闺情怀人、岁时应景、行旅述怀等类目排列,但具体篇目的分类又颇为混杂,重出叠见,看不出编撰的体例。到北宋,李昉等修撰大型诗文合刊总集《文苑英华》,录南朝梁末至唐五代诗一百八十卷。《文苑英华》所收诗歌按内容、题材为依据,分为天部、地部、帝德、应制、应令、应教、省试、音乐、人事、释门、道门、隐逸等共26大类,天部、地部、应制等18个大类下又各有子类。此后所出现的南宋两种重要唐诗分类选本,题刘克庄编《分门纂类唐宋时贤千家诗选》分十四门类,赵孟頫编《分门纂类唐歌诗》分八大类,大类下又各分小类,其诗歌分类方式都很明显地受到《文苑英华》影响。而二书分门纂类编辑唐诗的方式,又进一步影响到明代张之象《唐诗类苑》、敖英《类编唐诗七言绝句》等分门类编撰的唐诗总集和选本。(其余明代分类唐诗选本还有:周叙《唐诗类编》十卷,《明史·艺文志》有著录,但其书已佚,内容及类目不详。吕炯《唐诗分类精选》二十卷,《文章辨体汇选》存桑悦《唐诗分类精选后序》,未论及吕书的具体类目。顾应祥《唐诗类钞》八卷,以杨士弘《唐音》为基础,取《唐诗品汇》《三体诗》等选本增入而成,名为"类钞",实际仍按五言古、律、绝,七言古、律、绝的顺序编订。蔡云程《唐律类钞》二卷,取《唐音》《唐诗品汇》中五、七言律诗五百首,分十五类,北师大、宁波天一阁藏有明嘉靖间刻本,惜笔者未得见其书,不明具体类目。)

将王箕《唐诗联选》的分类类目置于这样一个分类编纂唐诗选本发展的历史序列中,能更好地见出王箕编选唐诗类目设置的源头与王箕的创新与用意。

---

① 陈伯海、李定广:《唐诗总集纂要》,上海:上海古籍出版社,2016年,第14—16页。

书　　名	诗歌分类类目
李昉等修撰《文苑英华》	26大类：天部、地部、帝德、应制、应令、应教、省试、朝省、乐府、音乐、人事、释门、道门、隐逸、寺院、酬和、寄赠、送行、留别、行迈、军旅、悲悼、居处、郊祀、花木、禽兽
题刘克庄编《分门纂类唐宋时贤千家诗选》	14大类：时令、节候、气候、昼夜、百花、竹木、天文、地理、宫室、器用、音乐、禽兽、昆虫、人品
赵孟頫编《分门纂类唐歌诗》	8大类：天地山川类、朝会宫阙类、经史诗集类、城郭园庐类、仙释观寺类、服食器用类、兵师边塞类、草虫鱼类
张之象编《唐诗类苑》	39部：天、岁、时、地、山、水、京都、州郡、边塞、帝王、帝戚、职官、治政、礼、乐、文、武、人、儒、释、道、居处、寺观、祠庙、产业、器用、服食、玉帛、巧艺、方术、花、草、果、木、鸟兽、鳞介、虫豸、祥异、杂部
敖英编《类编唐诗七言绝句》	15类：吊古、送别、寄赠、怀思、游览、纪行、征戍、写怀、悲戚、隐逸、宫词、闺情、时序、杂咏、道释
王簧编《唐诗联选》	10类：事功、隐逸、山居、花园、春联、翠馆、禅林、道院、客寓、感慨

通过上表的比较，我们可以较直观地看出，王簧编选《唐诗联选》时的十大类目，与《文苑英华》以来宋、明各重要的分类总集、选本的类目，是一脉相承的，以诗歌的内容题材或写作对象来对唐诗进行分类。这其中值得注意的是：

第一，《唐诗联选》中"事功"类虽然是前书类目中所未出现过的名目，但其所选的诗联内容，基本对应于《文苑英华》中的帝德、应制、应令、应教、省试、朝省六大类和赵孟頫《分门纂类唐歌诗》中的朝会宫阙类等。多为应帝王、诸王之命所作，或在君臣、同僚宴饮或内廷值守等场合所作的诗联。唐太宗、唐玄宗等李唐帝王在相应场合所作的诗联也收录于"事功"类。除"事功"类之外，"隐逸""感慨"二类目也都与前书类目中的相关名目一脉相承或一致。

第二，山居、花园、翠馆、禅林、道院、客寓六个类目的设置也都可以在前书类目中找到多少重合或相关的类目。但与其他唐诗总集、选本的类目设置相对比,可以发现,《唐诗联选》的类目中去掉了天地、鸟兽草木等与天文自然相关的类目和服食器用、巧艺方术等与生活器物相关的类目。与之相对,至少在"山居、花园、翠馆、禅林、道院、客寓"这六个类目的名称上又都强调和突出了空间属性,指向的不仅仅是这些诗联所属诗歌的写作内容题材,也同时指向楹联最基本的使用范畴和场景——张贴、书写于亭台楼阁的门楹之上。

在明代成书较早的李开先《中麓山人拙对》(今存嘉靖三十二年[1553]刊本,国家图书馆藏)卷首小序中,李开先谈到了其时对联/对语的流行,所谓"近世士大夫家,或新岁,或创起亭台楼阁,门楹之间颇尚对语",又"余自罢太常,归旧里,稍稍广田园、葺庐舍,依山傍水……遍设对扁以见志,林泉、花鸟、耕嫁之外无他辞。游客往往见取,录之而去"。可见明代文人间为亭台楼阁、田园庐舍等题写楹联已成为一时风尚。对联还完成了文本形态由纸笔向木刻、石刻的"对扁""门楹"的转换,对联与亭台楼阁、田园庐舍等地理空间的关系得到强化。并且不仅题写者认为对联可以彰显个人志趣,对联、楹联张挂之后,还有可能引发游客的阅读欣赏甚至传抄,对联作为一种文体的独立性由此越来越突出。在这一前提下重新思考王黉《唐诗联选》中的类目设置,则"山居、花园、翠馆、禅林、道院、客寓"这六个类目的名称与其突出的空间属性都与其时成为风尚的门楹、门联有关。而李开先小序中所提到的明代文人中流行的对语的另一大类:"新岁",在《唐诗联选》中亦有所反映。

第三,《唐诗联选》十个类目中最特别的是第五类"春联"。虽然从选诗内容来看,不超出此前分类唐诗总集和选本的岁时、时令、节候类诗歌,但"春联"名目的使用也再一次提示我们,王黉此书的编选始终是以"联"为出发点,而不是以"诗"为出发点的。事实上,谈论楹联的起源时,明代以来联话类著作往往上溯到五代时后蜀孟昶题桃符版一事,"桃符"将吉祥祝语写于整块桃木板上,已具备春联的雏形;而当代学者则通过对敦煌遗书(S. 0610V)的研究[1],将春联产生的时间上推到晚唐以前,"敦煌春联"中有"三

---

[1] 谭蝉雪:《我国最早的楹联》,《文史知识》1991年第4期。

阳始布""书门左右"等语,也指向"春联"的以庆贺新岁的对偶吉语书写张贴于门之左右的基本形式。从这一点上来看,王篔在"春联类"中所收录的五、七言唐诗联,也即李开先小序中所提到的明代流行的"新岁"对语。如李白"寒雪梅中尽 春风柳上归"、杜甫"迟日江山丽 春风花草香"等,基本都可以独立作为春联加以书写和使用,具有很强的实用性。这正是《唐诗联选》不同于其他唐诗选本的特色之一,也是《唐诗联选》流行、通俗、实用性的具体体现。

结合以上对《唐诗联选》类目设置的分析,再看王篔在序文中的一些表达,可以发现,王篔所说的"其为诗,必先以得嘉联奇句,然后成诗之用",虽然一定程度上也可说是继承了六朝以来,元兢《古今诗人秀句》一类诗歌摘句批评法。但王篔的编选重点和基本单位不在于"秀句"之"秀"在何处,而在于"嘉联"的对偶的性质,并认为对联/对句是构成诗的基本单位。又,王篔谈"大都诸家诗联,多得对偶之邃趣",进一步将四唐诸家诗值得推尊和学习的杰出的重要原因之一归结于各家诗联能够得对偶之邃趣。因此,从序文中王篔自陈的编选唐诗联之用心和类目设置来看,王篔编选此书始终都是以"联"而不是"诗"为出发点的,主要的目的是为了"为联名之用",又因为对句/对联是构成诗的基本单位,因此有"寔学者之一助也"的附带作用。王篔对《唐诗联选》的定位,恐怕首先是唐诗诗联按类编辑的小型实用类书,其次才是以联为单位的唐诗选本。

在王篔自序和目录之后,《唐诗联选》正文前还有《全唐诗联选名家诸公姓氏》。诸公姓氏自唐太宗起,至唐彦谦终,唐太宗、高宗、中宗、玄宗、德宗以下,均以姓氏相从,各姓氏内按诗人时代先后排列,共324人,末附羽士4人、衲子12人、女士5人。这很明显是受到高棅《唐诗品汇》卷首列《诗人爵里详节》,并按帝王、公卿名士、道士、衲子、女冠、宫闺、外夷对诗人进行分类排序之影响。又,前文已经提到的,王篔所列"诸公姓氏"之名氏与正文选诗对比,可以发现李林甫、李峤、李泌、王世良、陈彪、薛能、顾在镕、于武陵、包何、汤洙、冷朝阳、翁绶、谈用之、唐彦谦等14位"诸公姓氏"有载的诗人,《唐诗联选》正文中实际并无相应诗联选入。而这14位诗人,又都见于高棅所列《诗人爵里详节》,这可以说是王篔《全唐诗联选名家诸公姓氏》直接因袭《诗人爵里详节》的一大力证。从中也可以看出王簧《唐诗联选》编选工作之粗糙，与前文推测王簧可能为与书坊坊主关系密切的中下层文人，或本人即为书坊坊主的身份，和编辑刊行此书以为逐利的目的是相符合的。

具体到《唐诗联选》所选诗人和诗联①的数量来看，《唐诗联选》卷上末尾有"共计一千九百三十二联"，卷下末尾有"共计七百五十八首"（"联"误作"首"）字样，也即五言诗联 1 932 联，七言诗联 758 联，总数 2 690 联，五言诗联占总数的 71.8%，七言诗联占总数的 28.2%。再将所选诗联系于具体的作者，并按"四唐"说加以分期，则《唐诗联选》全书选诗联超过 10 联的诗人总计 57 人，总计 1 974 联。其中：

分　　期	初　唐	盛　唐	中　唐	晚　唐
诗人诗联数	14 位诗人 共 467 联	14 位诗人 共 912 联	23 位诗人 共 458 联	6 位诗人 共 137 联
诗联数占比	23.7%	46.2%	23.2%	6.9%

可以发现，选诗联数超过 10 联的作者总计 57 人，这个数量不过是全书选诗作者总数（345 人）的 16.5%，但这 57 位作者的所选诗联数量已占到全书选诗数量的 74.5%，其余绝大多数作者被选诗联数多在 1—2 联。以"四唐"各期所选诗联数占总数之比来看，则初唐约占 23.7%，盛唐约占 46.2%，中唐约占 23.2%，晚唐约占 6.9%。盛唐诗所占比重最大，初、中唐诗比重相当，初唐略多于中唐，且二者数量之总和才稍多于盛唐诗，晚唐诗数量最少。这一选诗比重所体现出的宗盛唐倾向，与王簧在自序中的倾向是一致的，也与高棅《唐诗品汇》中的宗盛唐倾向和选四唐诗的比重基本一致，所谓"详于盛唐，次则初唐、中唐，其晚唐则略矣"。（《唐诗品汇·凡例》）

选诗联总数前十位的作者按顺序为：杜甫 308 联、李白 140 联、孟浩然 93 联、王维 91 联、岑参 70 联、许浑 69 联、宋之问 69 联、钱起 61 联、王勃 53

---

① 按：《唐诗联选》正文以一联（对仗的上下句，出句对句）为基本单位，本文对该书的数量统计，也统一以联为单位。

联、刘长卿52联。"四唐"各期选诗联数量前三位的作者,则初唐为宋之问、王勃、骆宾王;盛唐为杜甫、李白、孟浩然;中唐为钱起、刘长卿、韦应物;晚唐为许浑、刘沧、赵嘏。这一作者选诗联数量排序值得关注的特点还有:选诗联总数最多者为杜甫,是第二的李白诗联数量的2倍有余;中唐诗人中,大历诗人选诗联数量多,而元和以后诗人选诗少;《唐诗品汇》中列为五言古诗"正宗"的陈子昂,《唐诗联选》收诗联24联,这个数量不过与刘沧、韩翃的21联差不多相当;《唐诗品汇》中列为七言绝句"正宗"的王昌龄,《唐诗联选》收诗联33联,而这33联全出自《唐诗联选》卷上,也即全为五言诗联,七言一联未收;旧题李攀龙《唐诗选》中一首未收的白居易、李贺、杜牧,《唐诗联选》中则分别收诗联13联、8联和2联。这些统计数字所反映的趋势,应当在《唐诗联选》具体的选诗实践中加以理解。以下即以《唐诗联选》中选录的杜甫、李白诗联,特别是事功、春联、禅林三个类目的相关诗联为中心加以说明。

《唐诗联选》选诗数量最多的作者是杜甫308联,其次是李白140联,并且所选杜甫诗联是李白诗联书目的2倍以上,以全书的总体选诗规模来看,数量差异相当巨大。唐宋及元代唐诗选本中多"李杜大家不录",到高棅《唐诗品汇》才开始推重李杜。并且《唐诗品汇》各体均列入"正宗"的仅李白一人,杜甫则标为"大家",选诗数量上也是李白收录400首,杜甫收录301首。总体来看,高棅虽然宗盛唐以李杜为主,但在各体叙目中都较为鲜明地表达出认为李白比杜甫更能代表盛唐诗之"正宗"。到《唐诗联选》这里,何以不仅选杜诗多于李诗,且数量差距如此巨大?再具体对比杜甫和李白所选诗联在每一类目下的诗联数量详表,则:

	分卷	事功	隐逸	山居	花园	春联	翠馆	禅林	道院	客寓	感慨	总计
杜甫	五言	21	48	30	36	12	6	3	6	18	15	308
	七言	12	14	10	20	12	6	1	2	20	16	
李白	五言	6	21	21	24	9	15	6	9	12	3	140
	七言	2	8	2	0	2	0	0	0	0	0	

可以发现,《唐诗联选》中,在上、下卷(五、七言)诗联十个类目下,在绝大多数类目中,所选杜甫诗联都压倒性地多于李白诗联。特别是在下卷的七言诗联中,有多达6个类目完全没有选入李白七言诗联。以事功、春联、禅林①三个类目的杜甫、李白诗联情况来作进一步讨论,则:

1. 虽然王黉在自序和类目设置中都未对唐诗的辨体问题作相关说明,但从所选诗联出处的原诗来看,《唐诗联选》中所选的唐诗集中于五七言律诗和排律。以"事功类""春联类""禅林类"为例,三类目总共选杜甫五言诗联36联,七言诗联25联;李白五言诗联21联,七言诗联4联。考其原出处,则以上杜甫五言诗联出自33首五言诗,其中,五言律诗19首,五言排律12首,五言绝句1首,截七言排律句子为五言诗联1首②;杜甫七言诗联出自25首七言诗,其中,七言律诗20首,七言古诗2首,七言绝句2首,晚唐诗联误收入杜甫诗1首③。李白五言诗联出自15首五言诗,其中,五言律诗10首,五言排律3首,五言古诗1首,王勃五言绝句误收入李白诗1首④。李白七言诗联出自4首七言诗,其中,七言律诗2首,七言古诗2首。三类目所选李白、杜甫诗联涉及77首原诗,其中五七言律诗和排律合计总数达68首,占了88%;五七言古诗总共5首,五七言绝句总共3首。也就是说,虽然王黉在自序和类目设置中都以简单的五、七言划分和内容题材之类目回避了对于辨体问题的讨论,但回归《唐诗联选》中的选诗实践,王黉所选录的唐诗实际上主要以律体为主,包括五、七言律诗和五、七言排律,在实践层面严格区分了

---

① 按:"事功"为上下卷第一个类目,"春联"前已说明,为《唐诗联选》十类目中最体现"联"之特色的类目,"禅林"则是全书所选李白诗联多于杜甫诗联的三个类目之一。
② 《唐诗联选》卷上《春联类》收录题杜甫"楼阁烟云里 山河锦绣中"五言联,据《杜诗镜铨》卷十九,原诗题为《清明二首》其二,原句为:"秦城楼阁烟花里,汉主山河锦绣中。"乃自七言排律对句中截出五言联。
③ 《唐诗联选》卷下《春联类》收录题杜甫"鱼跃锦江抛玉尺 莺穿丝柳织金梭"七言联,《杜诗镜铨》卷四《曲江二首》下引叶梦得《石林诗话》语云:"其精微然,读之浑然,全似未尝用力,所以不碍气格超胜。使晚唐人为之,便涉'鱼跃练川抛玉尺,莺穿丝柳织金梭'矣。"可见此一联为叶梦得所举作为反面例子的晚唐诗联,绝非杜甫诗。
④ 《唐诗联选》卷上《春联类》收录题李白"缀叶归烟晚 乘花落照春"五言联,李白诗集无收。此联《王子安集》卷三题为《他乡叙兴》,《万首唐人绝句》《唐诗品汇》亦作王勃诗,乃五言绝句截出五言诗联,并误收于李白诗联。

古体和律体,并以律体为尊。

2. 当然,还应该注意的是,王簧在《唐诗联选》中的选诗实践严格区分古体、律体并以律体为尊,这只是呈现出的结果。王簧对于律体的选择,还是要与选"联"这一最根本的出发点联系在一起。王簧并不是主动地参与到唐诗古律体之辨的争论之中,而是在明代中后期,对联这一文学形式随着春联、楹联等形式的流行,越来越具有独立性,也越来越为一般民众所接受的社会背景下,为满足模仿、题写、张挂的参考需要而编撰的一部唐诗诗联类书。以"联"为出发点和本位,指向的是所选录"诗联"之"一联",必须符合对联的基本要求,简单来说就是上下句/出对句的两句之间,必须满足声音上的平仄相对和形式意义上的对偶/对仗。在对联的平仄和对偶要求下,反求唐诗中的"诗联",则古体诗中严格对仗的诗句本就少,又有字数不定、平仄不拘、不避重字等特点,当然地在古体诗和绝句中符合要求的"诗联"比重就远不如律诗和排律。李白闻名于世的古体佳作中符合上述要求的"诗联"相对较少,而作为律诗艺术真正成熟的奠基人的杜甫,所创作的律诗数量本就多,还常常于一般只要求中间两联完全对仗的律诗中使用三联对句,又以前人所未有的热情创作了大量长篇排律,这些排律一般除却头尾两联外,中间十数联甚至数十联都符合"诗联"的要求,都可成为王簧采择的对象。此消彼长,明确"诗联"这一编选的出发点之后,《唐诗联选》中所选录的杜甫诗远多于李白诗,也就不难理解了。又,以"联"而不是"诗"为基本单位,以符合对联要求为重的编选宗旨,也有助于我们理解一些《唐诗联选》与其他明代唐诗选本的异文。如卷下"春联"类,选杜甫"映阶碧草来春色 隔叶黄鹂送好音"一联,此联出自杜甫七言律诗《蜀相》,通行的杜诗集和唐诗选本所录,一般为"映阶碧草自春色 隔叶黄鹂空好音",出句第五字"自"应平而仄,拗,故以对句第五字"空"平声救之,是杜诗拗救诗法的常见诗例。而在《唐诗联选》中,将出句"自"改为"来",对句"空"改为"送",如果以诗选的立场,是失却了杜诗着力营造的拗格互易相生的独特、高明的美感;但如果以联选的立场,则在调换平仄之后,回归到符合对联平仄要求,也便于一般读者模拟、学习的对联联句,这也是由《联选》的性质和编选意图所决定的。

3. 在此基础上,可以发现,《唐诗联选》中选编诗联总数靠前的作者:杜甫、李白、孟浩然、王维、岑参、许浑、宋之问、钱起、王勃、刘长卿等,都是公认的长于律体的唐诗作者。又"四唐"各期选诗联数量前三位的作者,初唐为宋之问、王勃、骆宾王;盛唐为杜甫、李白、孟浩然;中唐为钱起、刘长卿、韦应物;晚唐为许浑、刘沧、赵嘏。再参考《唐诗品汇》各体叙目中对律体各体"正宗""大家"等的评语,则如:

《五言律诗叙目·正始》:"唐初工之者众,王杨卢骆四君子以俪句相尚,美丽相矜……神龙以后,陈、杜、沈、宋、苏颋、李峤、二张(说、九龄)之流,相与继述,而此体始盛。"《五言律诗叙目·正宗》:"盛唐律句之妙者,李翰林气象雄逸,孟襄阳兴致清远,王右丞词意雅秀,岑嘉州造语奇峻,高常侍骨格浑厚,皆开元天宝以来名家。"《五言律诗叙目·大家》:"杜公律法变化尤高,难以句摘。"《五言律诗叙目·接武》:"中唐作者尤多,气亦少下。若刘、钱、韦、郎数公,颇绍前诸家。次则皇甫、司空、卢、李、耿、韩以尽乎大历诸贤,声律犹近。"《五言律诗叙目·正变》:"许浑、李商隐对偶精密,李频、马戴后来,兴致超迈时人。"《五言排律叙目·大家》:"排律之盛,至少陵极矣,诸家皆不及。"《五言排律叙目·接武》:"中唐来,作者亦多,而钱、刘二子尤盛。"《七言律诗叙目·大家》:"少陵七言律法独异诸家,而篇什亦盛。"《七言律诗叙目·羽翼》:"天宝以还,钱起、刘长卿并鸣于时。"《七言律诗叙目·正变》:"元和后,律体屡变,其间有卓然成家者,皆自鸣所长。若李商隐之长于咏史,许浑、刘沧之长于怀古,此其著也。"[1]

可以见出,《唐诗联选》选诗总数靠前的作者中,杜甫选诗数量的一骑绝尘与他在五、七言律诗和排律每一体中的创作篇目之多和水平之高是密切相关的;初、盛、中、晚唐各段中选诗联数量较多的作者,也都是以律体闻名或律体创作较多者,如钱、刘在中唐的脱颖而出;以及晚唐"许浑、李商隐对偶精密""许浑、刘沧之长于怀古",则"对偶精密"本身符合王籈以"联"为单位的择取标准,"长于怀古"又符合《联选》类目设置中便于作为楹联/门联书写的各与亭台楼阁等地理空间的关联,所以晚唐诗中以许浑选录最多,也是

---

[1] 据明嘉靖十六年刻《唐诗品汇》本,转引自陈伯海、李定广:《唐诗总集纂要》,上海:上海古籍出版社,2016年,第279—283页。

渊源有自的。

4. 当然,虽则王篑编选《唐诗联选》是以"联"而不是"诗"为本位,并以符合对联要求为基本编选宗旨而进行选诗的。但是正如前文已论及的,《唐诗联选》书前"诸公姓氏"很明显脱胎自《唐诗品汇》书前的《诗人爵里详节》,总体选诗数量上的详于盛唐,次则初唐、中唐,略于晚唐的整体趋势也与《品汇》一致。《唐诗联选》在其"联选"的性质之外,也确实地作为一种唐诗选本,反映出明代中后期唐诗观念的变化和唐诗选本的范式转换。其中尤其值得关注的是,与旧题李攀龙《唐诗选》中白居易、李贺、杜牧一首未收相比,《唐诗联选》中则分别收这三位诗人的诗联 13 联、8 联和 2 联。且明代前期唐诗选本选录中唐诗多止于大历,而《唐诗联选》所收录的中晚唐诗联虽然在数量上仍然不多,但是中唐部分已较为充分地吸收元和、长庆诸家,晚唐部分所涉及的诗人数量也大大增加。这一变化与明代后期在性灵派推崇下,中晚唐诗人开始受到关注,朱之蕃辑《中唐十二家诗集》《晚唐十二家诗集》,陆梦龙辑评《韩柳合刻》,徐守铭辑《元白长庆集》等大量中晚唐诗汇刻本得以刊行的总体趋向是一致的。

综上,王篑编选的《唐诗联选》,是以"联"而不是"诗"为本位,并以符合对联平仄对仗等格律要求为基本编选宗旨而进行选诗的一部唐诗选本。《唐诗联选》一方面因其"联选"的出发点和定位,选诗以五七言律诗和排律为主,选诗数量较多的诗人多长于律体,特别是对偶/对仗的诗艺技法,自具特色;另一方面,则其在选诗上也体现出明代后期唐诗选本所共通的时代特点,在尊盛唐的基础上,更广泛和宽容地选录中晚唐诗歌,选诗范围能够较全面地覆盖"四唐"各期的大小作者。再考虑到《唐诗联选》作为唐诗选本的规模,全书总收诗联 2 690 联,按律诗四联一首计算,则不过相当于约 672 首,与《唐诗品汇》(含拾遗)的 6 723 首,《唐诗归》的 2 233 首,《唐诗别裁集》的 1 940 首[1]相比,规模明显更小,也更利于传播。

---

[1] 此处三种唐诗选本选诗总数之数字,引自刘芳亮:《〈唐诗选〉在日本的流行及其原因再论》,《东亚唐诗学研究论集(第二辑)》,上海:上海辞书出版社,2021 年,第 165 页。

可以看出,《唐诗联选》较为合理的选诗构成和选诗规模,以及其选诗以较为浅俗的五七言律诗和排律为主,又择取与日常生活密切相关的类目等特点,都使得《唐诗联选》本身具备作为一种流行、通俗性唐诗选本的潜质。特别是《唐诗联选》较为广泛选录中晚唐诗歌同时又不偏离"尊盛唐"特点,对于《唐诗选》流行的江户时代的日本汉诗学界而言,是具备一定吸引力的。这或许正是松下乌石作为《唐诗选》校订者服部南郭的弟子,在《唐诗选》已风行一时的前提下,仍选择校阅刊行《唐诗联选》的原因之所在。

当然,《唐诗联选》以"对联"/"楹联"为基本单位,也反映出明代开始"楹联"完成的由文字纸笔向书法与木刻、石刻的"对扁""门楹"相结合的书写介质之转换。《唐诗联选》之"联",本身即隐含有便于学联者模仿、拟写,并以书法书写后张挂的用意在内。松下乌石对《唐诗联选》这一选本的刊刻,也与他书法家的身份和需求相符合,是江户中期日本学者唐诗与"唐样"书法在江户时代交互传播并产生影响的一个生动案例。

五、《唐诗联选》与显常《唐诗撷英》的关系

前文已重点讨论了松下乌石校阅《唐诗联选》各版本及王黉《唐诗联选》的编选特点与其在日本的传播之间的关系等问题。值得注意的是,按照长泽规矩也《和刻本汉籍分类目录》的定义,江户时代《唐诗联选》在日本除了流传有松下乌石校阅的"和刻本汉籍"本之外,还有一种由大典显常增补重订后的"准汉籍"本,也即《唐诗撷英》。此书前人亦较少关注,故在此一并加以介绍。

《唐诗撷英》一卷,日本国内现存两个版本。较早的版本为九州大学图书馆藏,宽保二年(1742)京师(今日本京都)田原重兵卫梓本,卷末刊记旁还附有"《唐诗撷英五言》《明诗撷英》□出"字样(残损一字,以上下文义推断,应为"待出"之类)。后出的版本为紫野图书馆藏,宽政元年(1789)京都林权兵卫刊本,卷末刊记云"宽政元年己酉冬求板 寺町通二条下 京都书林 林权兵卫"。除卷末刊记不同外,其余卷首序、目录及正文顺序、字体、内容均一致,又有"求板"刊记字样,则林权兵卫刊本之板元可能乃从田原重兵卫处求得。

书前题署"明金陵王黉子承编,日本近江释显常大典补",卷首有宽保壬戌(1742)三月癸未近江宇鼎所撰《唐诗撷英序》一篇。正文前又有《唐诗撷英十四门》,列春吟、秋兴、朝廷、山林、空门、道流、闺情、边塞、古迹、旅游附送别、登览、宴赏、事功、感慨十四类目。正文每一类目下又按起句、联句、结句三个部分选录诗联,每一部分又以作者时代先后为序。(见图十一)无内封,四周单边;白口,板心刻"撷英"二字及页数。序文半叶七行,行十二字,汉字楷体无假名注音。正文半叶 10 行,行头署诗人姓名,下半部行十四字(七言一联二句),汉字楷体附假名及注音,各行间无界格。

图十一　九州大学图书馆藏,王黉编,显常补《唐诗撷英》一卷正文首页

关于《唐诗撷英》及订补者大典显常,有几个值得注意的方面:

1.《唐诗撷英》现存最早的刊本刊刻于宽保二年(1742),这比松下乌石校阅和刻本《唐诗联选》最早的刊本刊行的约延享戊辰(1748)三月还要早了 6 年。且《唐诗撷英》现存刊本均刊刻于西日本的京都书林书坊,而《唐诗联选》现存刊本则主要刊刻于东日本的江户书林书坊。则明王黉《唐诗联选》

在江户中期日本的传播范围之广、影响深度之深可见一斑,当时大典显常和松下乌石等人应当都寓目了一种或多种传入日本的《唐诗联选》原本,并以不同的方式加以接受和校阅、补订,最后生成了新的不同的汉籍文本形态。由此看来,《唐诗联选》可说是《唐诗选》之外,又一种在江户中期流行于日本并产生一定影响的明代唐诗选本。

2.《唐诗撷英》与和刻本《唐诗联选》虽然源出同一文本,但是和刻本《唐诗联选》基本上是遵循王黉万历年间刻本原貌的重刻,而《唐诗撷英》则很大程度上是显常的改造和补订。《唐诗撷英》所选全部诗联均为七言诗联,且宽保二年(1742)田原重兵卫梓本,卷末刊记旁还附有"《唐诗撷英五言》《明诗撷英》□出"字样。则显常可能原计划以同样的体例编选三部选本,而后两部未能完成,现存的《唐诗撷英》一卷,事实上是《唐诗撷英(七言)》。从选诗联、按题材内容分门别类,门类下又按作者时代先后次序这几个方面,《唐诗撷英》是完全因袭《联选》的。《唐诗撷英》的十四门类不但比起《唐诗联选》的十门类有所增加,且其门类设置也不再强调与"门槛""门联"所密切相关的空间属性。最本质的差别则在于显常在每一门类之下都按"起句、联句、结句"三个部分选录诗联,这很明显地对应于七言律诗结构中的首联、颔联颈联、尾联。而七言律诗中对首尾联都不要求对仗,相应地,如《唐诗撷英·春吟·起句》所收第一联,为杜审言的"今年游寓独游身 愁思看春不当春";《唐诗撷英·春吟·结句》所收最后一联为释皎然的"无限幽芳徒欲寄 郎官那赏石门春",二联都完全不符合对联较为严格的对仗要求。也就是说,《唐诗撷英》中事实上只有"联句"部分的选联符合前文所述王黉在《唐诗联选》中的编选标准,"起句""结句"两部分全为显常所新增补。并且,将"起句、联句、结句"三个部分综合起来看,虽然"联句"部分绝大部分诗联以及全书的总体体例因袭自《唐诗联选》,但二书的性质与编选标准和目的已经完全不同了。显常增补后的《唐诗撷英》不再以"诗联"为基本的出发点,而是以一首完整的"七言律诗"为选录标准,这是一个很大的转变。

3. 关于显常增补《唐诗撷英》的用意与目的,宇鼎所撰《唐诗撷英序》有较为明确的说明,今录序文全文如下:

诗言性情者也,而气象之不同也。触事遇境而不同,逐世随时而不同,辞亦从之。古诗乐府姑无论,唐人创体,盖文质彬彬云,宋文质皆病,元稍文而质不足,明人监之,郁郁乎文也,其推唐人亦至矣。曰山林宴游则兴寄清远,朝飨侍从则制存庄丽,边塞征伐则凄婉悲壮,暌离患难则沈痛感慨,缘机触变,各适其宜。唐人之妙以此,王氏选唐诗之联,意在斯乎?吾大典师之补之即以斯尔。王氏所选无几,至大典师,然后群英类撷殆无溃焉。夫外辞而求意,宋人之所以离也;主文而守格,明人之所以合也。监亦不远,唐诗其庶几乎?虽然,缘机触变,各适其宜,唐有少陵,明有济南,其余名家者,率有偏长,鲜能兼之,况学者乎?诚使学者由辞以得气象,因格以得字句,亦无所不撷,则其英何必唐。师之功固大矣,即不能然,苟有取法而不沿袭,不剽窃,亦不可谓无功已。

宽保壬戌三月癸未

近江宇鼎撰[1]

这篇序文的作者宇鼎,也即大典显常在汉诗文方面的恩师宇野明霞。而由序文中复古、尊唐,并以明人为学习唐人之中介和补充的基本观点,也感受到宇野明霞与蘐园一派观点的接近。事实也确实如此,根据岩桥遵成《徂徕研究》一书对于荻生徂徕学问传承谱系的梳理,前所梳理荻生徂徕——服部南郭——松下乌石是徂徕汉诗文学问的一条传承路径,而荻生徂徕——大潮元皓——宇野明霞——大典显常又是一条传承路径。蘐园派对于《唐诗选》在江户时代风行所起到的重要作用,前文谈及服部南郭对《唐诗选》的校订刊刻之功和服部南郭用日语解诗的《唐诗选国字解》时也有所涉及。相应的,宇野明霞编,大典显常补《唐诗集注》,事实上是合蒋一葵注、唐汝询解,并加以增补的《唐诗选》集注本。除此之外,大典显常还著有《唐诗解颐》和《杜律发挥》,此二种书籍是大典独著的《唐诗选》注释本和杜诗律诗选注本,特色就在于"以文字通异域"(石见浦世《杜律发挥序》),对于所选诗歌的语词有详细的解释和日语假名、注音等。因此,大典显常和宇野明霞传统上被认为可

---

[1] 据九州大学图书馆藏,宽保二年(1742)京师田原重兵卫梓本。

以归属到江户汉诗诗坛的"宗唐拟古"一派,与以山本北山、市河宽斋为代表的主张清新性灵的宋诗一派形成对立之势①。而看似对立的两派,其中两位人物又有交集:市河宽斋编选《全唐诗逸》以辑补补诗日本所存《全唐诗》未收的作品,《全唐诗逸序》(天明八年,1788)的作者即为大典显常。

至此可以说,江户诗坛汉诗的"唐宋之争"当然并非完全对立,而两派关于汉诗诗风和取法对象的争论,虽然长期是以《唐诗选》为中心的,但各派论者在《唐诗选》流行的长期过程中,其实也并没有停下寻找其他可能替代《唐诗选》的更完善选本的脚步。王霁《唐诗联选》即是这样被选择的。

从王霁《唐诗联选》原书,到松下乌石校阅和刻本《唐诗联选》和大典显常增补《唐诗撷英》,是中国古代典籍流传到日本并进一步传播和发生影响,由汉籍原本到和刻汉籍再到准汉籍的传播和嬗变过程,也是江户汉诗坛不同作者对于汉诗学习和范式选择的不同尝试路径。旧题李攀龙《唐诗选》在江户时代日本的风行与其巨大的影响当然是不争的事实,但如同王霁《唐诗联选》一样,或许也还有更多被湮没于时间长河的唐诗选本及其丰富立体的传播与接受过程,仍有待进一步的挖掘和探讨。

作者单位:云南大学文学院

本文在文献材料收集和写作过程中得到日本九州大学静永健、岩崎华奈子,佐贺县图书馆阿部大地、山梨县图书馆山本香菜子等师长和工作人员的协助,特在此鸣谢。

---

① 陈广宏:《明代文学东传与江户汉诗的唐宋之争》,《上海师范大学学报(哲学社会科学版)》2010年第6期。

二十世纪以来日本学者的
杜甫诗歌研究述要

邱美琼

摘　要　二十世纪以来,日本学者的杜甫诗歌研究成绩,主要体现在对杜甫及其诗作的一般性综论、对杜甫诗歌版本及其诗作的考论、对杜甫诗作的个案探析、对杜甫及其诗作传播接受与影响的考察等领域。它们从不同板块呈示出日本学者对杜甫研究的推进及贡献,不断夯实了东亚古典诗学的学科建构。

关键词　二十世纪以来　日本学者　杜甫诗歌　研究园地　学术成绩

杜甫诗歌研究历来是日本学者唐代诗学研究特别的重镇,取得了不菲的成绩,保持着十分明显的优势地位。日本学者的杜甫诗歌研究内容,主要体现在对杜甫及其诗作的一般性综论、对杜甫诗歌版本及其诗作的考论、对杜甫诗作的个案探析、对杜甫及其诗作传播接受与影响的考察等领域。本文对二十世纪以来日本学者的杜甫诗歌研究成绩予以扼要述论。

一、对杜甫及其诗作的一般性综论

在这一研究板块,所出现论文主要有:吉川幸次郎《杜甫小感》《杜甫的家系》《杜甫的忧郁》《杜甫》《杜甫小记》《杜甫与饮酒》《杜甫偶释》《杜甫与陶潜》《杜甫的友情》《李白与杜甫》《杜甫与月》《杜甫的诗论与诗》《杜甫与阴铿》《读杜初笺》《杜甫的诗论和诗——京都大学文学部最终讲义》,田木繁《杜甫研究》,野原四郎《作为爱国诗人的杜甫》,伊藤正文《关于杜诗的性灵》《杜甫的问题——以开元、天宝时期而论》,和田利男《杜甫的题画诗》《杜诗的绘画性》《杜甫与〈文选〉》,高木正一《对杜甫对句的考察》《对杜诗写景的考察》《杜甫有关马与鹰的诗》《杜甫与七言律诗的成熟》,服部靖《关于杜甫之后诗歌创作的考察——从统一到分派》,儿玉六郎《从诗歌看杜甫的一生》(1—5),杉本行夫《选诗与杜诗——及其连章法》(1—4),水原渭江《读杜小录》,大矢根文次郎《杜甫的遣兴诗、戏题诗及其风趣》,浅野通友《杜诗所表现的悲秋感情——〈楚辞·九辩〉的影响》,大谷健夫《杜甫与秦州》(1—2),高岛俊男《李白与杜甫》,入谷仙介《乾坤与天地——把握杜甫世界观的线索》,伊藤正文《作为诗家的杜甫》《杜甫与元结——〈箧中集〉中的诗人》,仓田淳之助《关于杜诗的抒情》,小川环树《吾道长悠悠——杜甫的自觉》《杜甫的诗与佛教》,斋藤勇《杜甫——以人生观为主而论》,竹岛淳夫《论杜甫》,仓石武四郎《杜甫的乐府》,赤木健介《平和与民众之爱——杜甫诞辰一千二百五十年》,稻田孝《韦济与杜甫——从"拙"的视点而论》,菱沼透《杜甫的古体诗研究》,近藤春雄《杜甫的被认识(1)》,吉川利一《杜甫的遗产——人间现实的探求》,小川昭一《杜甫的交友》,三宝政美《夔州时期的杜甫——兼论其忆旧诗》,川北泰彦《关于杜甫社会诗的变迁(上)——从〈兵车行〉到〈石壕吏〉》《从杜诗〈咏怀古迹〉五首看诗家自觉的问题》《杜甫在盛唐诗坛的地位——关于"晚节渐于诗律细"诗句(2)》,铃木修次《高适与杜甫(上)》《高适与杜甫(下)》《岑参的生涯与杜甫》《杜甫三十岁以前的诗》《秦州时期的杜甫诗》《杜甫诗中的"乱""歆""危"》《杜甫的诗与"情"》《岑参与杜甫》,田中克己《杜甫的晚年》,竹岛淳夫《房琯与杜甫》,黑川洋一《杜甫佛教观的一个侧面》《杜诗的象征性及其哲学意味》《论〈唐书·杜甫传〉中的"传说"》《杜诗中所见摩诃萨埵的影响》《杜甫与佛教》《夔州之思——杜诗研究点滴》,高岛俊男《李白与杜甫——其行动与文学》,细田三喜夫《杜甫小论》,西本严《杜甫的自然观与人生观——以星光为对象而论》《杜甫在秦州、同谷时的流寓》,村上哲见《杜甫的酒史及其诗歌创作》,向山宽夫《飘泊湖南时期的杜甫》,安东俊六《杜甫的思考形态及其诗作》《论杜甫秦州所作诸多五言律诗的创作动机》《关于杜甫的"诗家"》《杜甫诗中的"懒"与"拙"》《杜甫写景诗所表现的书画观》《杜甫诗中歌咏的事》《对杜诗中所表现不可知事物的憧憬》《杜甫对异能的强烈关心》《杜甫对陶渊明理解的程度》《杜甫对陶渊明理解的程度（续）》《再论杜甫的"诗家"自觉》《杜甫诗中所表现的夔州》《夔州时期所见杜甫新的执着》《论杜甫的夔州诗》，松浦友久《爷娘妻子走相送——唐诗的白话表现与厌战诗》，向岛成美《关于杜甫诗歌的用韵》，土岐善麿《慈恩寺塔与杜甫》，朝仓尚《禅林中的杜甫形象管见——"文章一小技"与"杜甫忠心"》，高木重俊《杜甫与庾信》《对国家内乱的悲哀——杜甫的生涯与〈春望〉》，高桥清《论杜诗中的"借对"》，望月真澄《杜甫——成都之旅》，山田胜久《杜甫与其忧愁的文学》《杜甫与安禄山之乱——〈石壕吏〉中所见儒教理念的崩坏与诗家的自觉》，加藤国安《杜甫与"竹枝歌"》《杜甫的"拗格七律"》《杜甫的"倒"表现》《杜甫所表现的庾信——其受容与发展（安史之乱以前）》《杜甫所表现的庾信——其受容与发展（安史之乱至秦州时期）》《成都时期的杜诗与庾信文学》《杜甫"物我合一"的意境及其在诗中的表现——以成都时期的〈江村〉诗为中心》《杜甫"古风"的形式》《杜甫的奇异想象力——收集新词语》《杜甫表现行为的"奇"》，加藤国安《杜甫的"拗体七律"》，人见丰《杜甫秦州时期所表现出隐逸倾向的主因》，松冈幸三《杜诗研究——关于成都时期的自然观》，松原朗《杜甫对排律的完成——关于成都期以降其排律的抒情化》《关于"当句对"——杜甫歌行诗论（附考）》《李白与杜甫——关于"李杜比较论"》《漂泊之旅的开始——杜甫的望乡诗》《杜甫的望乡意识——蜀中前期》《长安的杜甫》《蜀中后期的杜甫——以节度参谋辞职前后为中心》《"杜甫严武反目之说"的消长》《杜甫咏写没落者的诗——对礼乐秩序的怀想》《杜甫的歌行——兼及其在歌行史上的位置》《论杜甫在蜀中前期的望乡意识》，松原朗《抚育杜甫成长的世界——继祖母卢氏的氏族观探微》，竹村则行《李白之月与杜甫之月——李、杜咏月诗论》，浅野通友《由唐代杜甫形成的中国悲秋文学的高潮》，芳原一男《杜诗与〈诗经〉》，水谷诚《关于杜甫诗的换韵——以音韵的特色为中心》，谷口真由实《关于杜甫"戏题诗"——"戏"的意识初探》《关于杜甫的"拙"》《杜甫的社会批判诗与房琯事件》，岩城秀夫《杜甫诗中为何无海棠花？——唐宋间审美意识的变迁》，芳原一郎《〈文选〉"鸷鸟类"与杜诗》，加固理一郎《杜甫诗自然描写的一个侧面——以"庭草"为中心》,上田武《东鲁时期杜甫与李白的交友及其诗作》,深泽一幸《杜甫与道教(上)》《杜甫与道教(下)》,驹林麻理子《杜甫诗对"月"的表现》,森野繁夫《杜甫的生涯及诗作》《杜甫与自然》,森博行《杜诗中的"陶谢"——以"真"字为线索》,今西凯夫《李白与杜甫所表现的梦》,宫泽谨次《杜甫诗所表现唐代机构的变迁》,广濑恭子《杜甫诗对鸟的表现》,森濑寿三《杜甫的立场——"诗圣"的内部事情》《杜诗中所表现的绘画与画家(1)》,矢岛美都子《杜甫诗对星与月的吟咏》,向岛成美《杜甫之旅追踪(4)——秦州行》《杜甫之旅追踪(5)——蜀道》《杜甫之旅追踪(6)——蜀中客居》《杜甫之旅追踪(7)——南船下江》《杜甫之旅追踪(8)——孤舟漂泊》,繁原央《定型及其个中意味——杜甫与颜真卿》,岩崎允胤《杜甫与白居易》,小池一郎《杜甫的漂泊与助词的复活》,佐藤浩一《杜甫长篇诗的体式——"散文论"序说》《杜甫所表现出的"诗家"的自觉——以蜀中期为分水岭》,安藤太郎《关于李白、杜甫的题画诗与经国集〈清凉殿画壁山水歌〉表现的考察》,川合康三《杜陵野老——杜甫的自我认识》,古川末喜《伴随杜甫农村生活的佣人与杜甫夔州时期的生活诗》《杜甫的桔子诗与桔园经营》《歌咏职业的浣花草堂时期的杜甫》《杜甫的诗歌创作与生活方式》《杜甫的浣花草堂——兼及外部环境与地理景观》《秦州时期杜甫的隐逸计划与对农事的关心》《杜甫描写蒜头的诗——以秦州隐逸时期为中心》《关于杜甫诗所描写的瀼西宅的位置——白帝城东、草堂河西》《杜甫描写种菜的诗》,中钵雅量《唐宋口语释义拾遗(1):以杜诗为中心》,枯骨闲人《壶中天醉步——读中国的饮酒诗(11):杜甫》,佐佐木美登《杜甫的现实认识——以女性观为中心》,后藤秋正《"归葬诗"札记(2)——以杜甫诗为中心》,岩村悠美《杜甫诗中的月亮》,平野显照《杜甫诗中"逃禅"语释余论》,松宫贵之《以"名品选、李白、杜甫"为内容的作品》,松本肇《关于杜甫的"高枕"》,平松美幸《变革诗人杜甫描绘的两类妻子形象——对互联网数据库利用的一种尝试》,松岛孝行《杜甫的文人意识》,长谷部刚《关于杜甫的"新题乐府"》,重松咏子《杜甫诗中的杨贵妃形象》,荒木梨香《杜甫诗论》,高桥彰三郎《严武与杜甫的关系》,矢岛美都子《杜甫诗中所表现的六朝诗人观》,山岛惠《杜甫诗中所表现的游戏——以"狂"字的用例为中心》,村井美登《杜甫的诗史——以女性视点为中心》,静永健《汉诗的色彩——从杜甫与白居易的诗而论》,大方高典《韵文的语学解析——以杜甫的作品为例》,市原里美《杜甫诗中的"生理"一词》,植田渥雄《战乱中的杜甫与李白——以〈春望〉与〈秋浦歌〉为中心》,兴膳宏《杜诗之月》,笕久美子《"赠给妻子的诗"与"爱怜妻子的诗"——试论李白和杜甫诗中的妻子形象》,川合康三《"冥搜"的系谱——从杜甫到中唐诗人》,等等。

关于杜甫成长及其思想形成的考察,松原朗《抚育杜甫成长的世界——继祖母卢氏的氏族观探微》以杜甫为其继祖母卢氏所作《唐故范阳太君卢氏墓志》为切入点,探究卢氏对杜氏家族的影响。通过分析由卢氏操持的杜闲、杜甫两代人的通婚情况,可以看出,杜氏家族通婚对象多为门第较高但家世衰落的贵族。这种做法,是唐代贵族在渐趋衰微、政治地位下降的情况下,用联姻维持其社会地位的普遍做法,体现了卢氏强烈的门阀意识。卢氏的氏族观念通过家族传承,对形成与塑造杜甫的贵族意识与文化守卫者的责任产生了积极的作用,从而进一步影响到其文学创作。①

关于杜甫的七言律诗创作,加藤国安《杜甫的"拗体七律"》从韵律学角度探讨杜甫的"拗体七律"及其文学史意义。他认为,杜甫的近体诗中有相当多不规则的拗体格律。夔州时期之后,杜甫创作了许多拗体七律诗作。文章具体分析了长安时期的《题省中院壁》、夔州时期的《白帝城最高楼》及湖南时期的《暮归》《晓发公安》二诗,认为湖南时期的拗体风格与夔州时期不同,它在单纯的悲叹之外,最终产生出一种巨大的开阔感。诗人无意修饰平仄格律,而是呈现出一种平静的内心状态,老练而出色地表现出"古拙"的技法。可以说,以《暮归》《晓发公安》两首杰作为标志,杜甫的"拗体七律"开创出了新的天地。②

关于杜甫某一时期的诗歌创作,安东俊六《论杜甫的夔州诗》对杜甫在夔州所作诗的意义进行了探讨。他认为,在夔州,杜甫的烦恼除了厌恶当地

---

① [日]松原朗:《抚育杜甫成长的世界——继祖母卢氏的氏族观探微》,李寅生译,《杜甫研究学刊》2019年第6期,第83—94页。
② [日]加藤国安:《杜甫的"拗体七律"》,张思茗译,《杜甫研究学刊》2020年第3期,第81—91页。

的一些风俗习惯之外,还有客食之身的痛苦及与他人交往等方面。杜甫夔州诗的创作特征,主要体现在四个方面:一是交际方面的赠诗较多;二是追怀过去的诗较多;三是有关时政的诗较多;四是描写日常细微生活的诗也为数不少,这在杜甫的诗歌创作中显现出个性特征。总体来看,杜甫在夔州以近似日记形式所写的感怀诗,虽有寻求闲适与书写农事等内容,但最令他感叹的还是回顾客食生活而对安定的期待。这些诗在内容上包括了希望从客食之苦中解脱出来和能够过上安定生活两方面的内容,这就是杜甫在此期间创作较多诗歌的主要意义所在。①

关于杜甫诗歌的内涵表现,松原朗《论杜甫在蜀中前期的望乡意识》一方面从蜀中与京洛的交通情况入手,另一方面就杜甫在蜀中的生活、思想与交往对其望乡意识进行考察。他认为,杜甫弃官赴秦州之后便开始了其漂泊生涯。由于空间上与京洛之地的隔绝,思乡之情进一步浓厚与深化。但杜甫所言之乡,其意识中一贯指洛阳的陆浑庄,这是他铭记在心的唯一故乡。杜甫望乡诗的特征是把故乡看作"家"的同义词来加以观照及表现,它是骨肉家族一体化的有机象征。在他的心目中,故乡并不只是单纯的生活避难所,而是精神归趋的目的地。蜀中时期使杜甫的望乡系列之作开始走向成熟。作者详细分析了作为漂泊者的杜甫与严武、高适的交往及私人关系,将杜甫在蜀中前期的望乡意识解剖得细致入微。②

关于杜甫所涉书写妻子的诗,笕久美子《"赠给妻子的诗"与"爱怜妻子的诗"——试论李白和杜甫诗中的妻子形象》一文从女性学的视点探讨李白与杜甫关于妻子的诗作,考察其相异的创作特征。她认为,李白为妻子而作、吟咏妻子的诗歌有 10 余首,杜甫描写妻子的诗歌达到 20 余首。李白是一位善于将妻子的情感转化为自己的心理,并将其美化升华而进行创作的人。其热衷于想象妻子是如何思念与爱恋他的,喜欢站在妻子的立场上"自代内赠"。杜甫所描绘的则是一个确实存在于其精神世界中的妻子。他笔

① [日]安东俊六:《论杜甫的夔州诗》,李寅生译,《杜甫研究学刊》2001 年第 4 期,第 89—95 页。
② [日]松原朗:《论杜甫在蜀中前期的望乡意识》,李寅生译,《杜甫研究学刊》2008 年第 1 期,第 85—92 页。

下的妻子形象毫不造作、质朴自然,"糟糠之妻"宛若眼前,相伴相随、相依为命,足以使人感受到相互之间真情的分量。杜甫描写妻子的诗歌在今天仍然深深地打动我们,就在于他情感中将妻子所处的位置与人不同,从中更能让人感受到其夫妻情感的真切牢固,也更切合人之常情。总之,李白诗歌中所表现的是以对等关系相处的夫妻,而杜甫诗歌中所表现的更多是富于亲情的人伦夫妻。①

二、对杜甫诗歌版本及其诗作的考论

在这一研究板块,所出现论文主要有:嵯峨宽《〈杜工部集〉传本系统表》,田中谦二《杜诗〈闻官军收河南河北〉考》,国枝稔《〈杜诗饮中八仙歌译〉补注——创作年代考、逃禅解》,松浦友久《"烽火连三月"考——关于数词的声调》,渡部英喜《李、杜交友考》,安东俊六《宋本〈杜工部集〉与钞本〈杜工部集〉》《关于宋本〈杜工部集〉——"甲本即重刻王琪本"说质疑》,高见三郎《杜诗的抄本——〈杜诗续翠抄〉与〈杜诗抄〉》,黑川洋一《杜诗"幽兴"考——把握杜甫自然观的线索》《关于王洙本〈杜工部集〉的流传》《杜甫与药草——〈同谷七歌〉中的"黄精"考》,松原朗《杜甫排律论考——长安时期长篇排律创作的尝试》《杜甫歌行诗论考——关于"歌"之诗与"行"之诗的对立》《杜甫〈咏怀古迹〉诗考——古迹的意味》《杜甫夔州诗考序论——以任职尚书郎为视点》《试论杜甫〈旅夜书怀〉诗的写作时期》,宇野直人《"此外"考——杜甫〈江村〉诗尾联释疑》,浅川贵之《〈旅夜书怀〉诗考——兼及其颔联的解释》,小见山春生《关于李太白、杜工部诗集的玉几山人许自昌校本》,松本肇《杜诗中的"风尘"考》《杜甫"杖藜"考》,筧文生《"如麻"考——杜甫〈茅屋为秋风所破歌〉札记》,高桥清《杜甫儿女诗考》,富山敦史《〈立秋后题〉考——秦州时期的杜甫序说》,广濑智《唐代战乱诗考——杜甫、韦庄的战乱诗》,西上胜《杜甫"轻燕受风斜"句考》,富山敦史《杜甫"可

---

① [日]筧久美子:《"赠给妻子的诗"与"爱怜妻子的诗"——试论李白和杜甫诗中的妻子形象》,《中国李白研究》1991 年集,南京:江苏古籍出版社,1993 年,第 263—268 页。

叹"考》，长谷部刚《〈宋本杜工部集〉的诸问题——附：关于〈钱注杜诗〉与吴若本》《杜甫诗律小考（上）：以杜甫前半期的五言律诗为中心》，黑川洋一《杜甫夔州诗考》，静永健《杜甫"人生七十古来稀"句的典故出处》，太田亨《关于〈杜诗续翠抄〉》，等等。

如松原朗《试论杜甫〈旅夜书怀〉诗的写作时期》一文提出："星垂平野阔"的景象与峡谷之城忠州的地貌是很难相符的。"细草微风岸"之"细草"，其实就是指春天刚萌发的嫩草，而非特指秋天所出现之景象。作者认为《旅夜书怀》诗的写作应该满足三个方面的条件：一是在春天；二是在广阔的平野之中；三是在漂泊于大江上的船里。最终，作者确定《旅夜书怀》诗的写作时期为唐大历三年的春天，也就是杜甫离开夔州，顺着长江穿过三峡之后行到江陵一带的那段时期。①

三、对杜甫诗作的个案探析

在这一研究板块，所出现论文主要有：吉川幸次郎《杜少陵〈九日〉诗释》《杜少陵〈月夜〉诗释》《杜少陵〈春雨〉诗释》《〈北征〉——杜甫传之一关节》《〈初月〉——杜诗评释》《杜甫笔记——〈先帝贵妃〉》《杜甫笔记——〈骢子〉》《杜甫笔记——〈贼中〉》《杜甫笔记——〈元日〉》《杜甫笔记——〈宦官〉》《杜甫笔记——〈悲陈陶〉》，桑原武夫《杜诗鉴赏——关于〈赠卫八处士〉》，黑川洋一《杜甫〈秋兴八首〉序说》《关于杜甫〈登岳阳楼〉诗》，入矢义高《杜甫〈饮中八仙歌〉译注》，杉本行夫《〈出塞〉与何园的连章诗》，川北泰彦《〈秋兴八首〉中所表现的孤独感》《杜诗〈同元使君春陵行〉的创作年代》，前川幸雄《〈丽人行〉浅说》，星川清孝《关于杜甫〈登岳阳楼〉与王粲〈登楼赋〉的关系》《关于杜甫〈秋兴八首〉》《杜甫〈秋兴八首〉札记（1—5）》《关于杜甫〈登岳阳楼〉诗》《杜甫〈秋兴八首〉札记（续完）》，中岛久万吉《关于杜甫〈秦州杂诗二十首〉》，谷川英则《关于"无边落木萧萧下"之句——杜诗与

---

① ［日］松原朗：《试论杜甫〈旅夜书怀〉诗的写作时期》，《杜甫研究学刊》1994 年第 4 期，第 50—53 页。

〈楚辞〉的连接与隔断》,黑川洋一《关于杜诗感人之本——以〈北征〉中对孩子的描写为中心》《杜甫〈凤凰台〉诗中所见佛教的舍身因素》《关于杜甫〈又呈吴郎〉诗——即防远客虽多事,便插疏篱却甚真》《关于杜甫〈咏怀古迹五首〉》《读杜琐记——泛舟惭小妇,飘泊损红颜》,高桥君平《杜甫〈春望〉释》,荒井瑞雄《杜诗〈又呈吴郎〉笺释》,西本严《杜甫的戏题诗(1)——关于〈官定后戏赠〉诗》,清水茂《关于〈城春草木深〉中的"春"》,三宝政美《关于杜甫的"三吏""三别"》,稻益俊男《关于杜甫〈兵车行〉——从战争体验继承的视点而论》,中田喜胜《杜甫〈醉时歌〉的创作背景》,吉田诚夫《关于杜甫〈望岳〉〈胡马〉〈画鹰〉诗》,西冈市祐《关于杜甫〈丈人山〉中的"扫除白发"——脱离动荡的壮年时期》,稻田孝《关于〈今夕行〉——杜甫试论》,水谷诚《〈彭衙行〉是拟古押韵诗吗?——杜甫诗韵札记》《仇氏的"一头两脚体"——关于杜甫〈兵车行〉的换韵》,平部朝淳《关于杜甫〈赠花卿〉诗》,谷口真由实《关于杜甫〈登高〉诗——潦倒新停浊酒杯》,森濑寿三《关于杜甫〈登高〉的两点质疑》,松原朗《关于杜甫〈旅夜书怀〉诗的创作时期》,缲井洁《杜甫诗之我说——〈新婚别〉》《杜甫〈旅夜书怀〉诗的读法》《杜甫诗自注——〈新安吏〉〈潼关吏〉》《读杜甫〈春望〉〈哀江头〉诗》《杜甫诗注:〈垂老别〉〈无家别〉》,野口宗亲《关于杜甫〈春望〉诗中的"溅泪"》《关于杜甫〈春望〉诗中的"惊心"》,加藤国安《杜甫关于风的象征诗——〈旅夜书怀〉论》,竹村则行《杜甫〈春望〉诗中的"花"与"鸟"》,宇野直人《杜甫色彩表现的象征性——〈绝句二首〉(其二)》,小川恒男《关于杜甫"满目悲生事,因人作远游"》,户崎哲彦《杜甫与花卿(上):关于杜诗〈赠花卿〉〈戏作花卿歌〉的解释》《杜甫与花卿(下):关于杜诗〈赠花卿〉〈戏作花卿歌〉的解释》,户崎哲彦《杜甫与花卿——杜甫〈赠花卿〉〈戏作花卿歌〉解释商榷》,东泰子《杜甫〈月夜〉的指导》,塚越义幸《关于"国破山河在,城春草木深"的解释》,薄井信治《杜甫〈春望〉诗中的花与鸟》《关于杜甫〈九日蓝田崔氏庄〉》,铃木敏雄《关于杜甫〈述古〉三首之"杂拟"特征》,静永健《悲愤社会现象的诗——对杜甫〈石壕吏〉的另一种解读》,川口喜治《关于杜甫〈送高三十五书记〉诗的创作——高适研究之一端》,坂口三树《古来白骨无人收——杜甫〈兵车行〉》,长谷部刚《杜甫〈兵车行〉与古乐府》,谷口真由实《杜甫"三吏三别"诗的世界》《任职华州司功参军时期的杜甫——〈乾元元年华州试进士策问五首〉的问题意识》，阿赖耶顺宏《杜诗小论——娇儿不离膝，畏我复却去》，森野繁夫《关于杜甫〈哀江头〉诗》《关于杜甫〈屏迹〉诗》，松原朗《试论杜甫〈旅夜书怀〉诗的写作时期》，上田武《从〈立秋后题〉诗看杜甫人生的一大转机》，等等。

如关于杜甫的《登高》诗，森濑寿三《关于杜甫〈登高〉的两点质疑》一文认为七言律诗是诗歌体裁中最精美的样式，这一样式的集大成者便是杜甫。在他生涯的前半期，主要致力于五言古诗的创作，而自离开长安开始流浪漂泊生活之后，杜甫诗歌创作的中心则转向七律。其原因与他自身诗歌创作意识的变化或所面向读者的变化有关。华州时期以前的杜甫，毕竟作为唐朝官僚的一员或作为应该成为其中一员的士人，其诗歌创作基本是以执政要员为读者对象。而在现实中出仕为左拾遗的杜甫，深深体味到自身品格与作为官僚保身术之间水火不容的矛盾，在远离长安向秦州转移，成为离群的独自一人之后依然对大唐王朝怀有赤子之心。秦州时期以后，杜甫以七律为主的借题之作急剧增多，这意味着其创作所面向的读者不再心理设定。以成都为活动中心时期，杜甫所创作的社会交往诗及其后所作七律，往往是他"自己生活的写照"或者说具有"托于百代之后"的气概。①

四、对杜甫及其诗作传播接受与影响的考察

在这一研究板块，所出现论文主要如：岩田九郎《芭蕉文学中所见杜甫的影响》，土屋文明《杜甫与〈万叶集〉》，堀正人《杜甫与芭蕉》，吉田贞一《杜甫的浣华草堂与桃青的芭蕉庵》，川口久雄《关于芭蕉笔下所表现的中国与日本的杜甫》，金子悦雄《藤村与杜诗》，吉川幸次郎《杜甫在东洋文学中的意义》，神田喜一郎《杜甫在日本》，和田利男《漱石的汉诗中所见杜甫的影响》，龟山明生《杜甫与忆良——现实主义的方法与基础》《杜甫与忆良——作为社会派作家的比较》，黑川洋一《论中唐至北宋末年对杜甫的接受》《芭蕉文

---

① ［日］森濑寿三：《关于杜甫〈登高〉的两点质疑》，刘维治译，《青海师范专科学校学报》1994年第1期，第32—37页。

学中的杜甫》、新田大作《中国之旅——〈唐诗选〉之旅：杜甫篇》、朝仓尚《杜甫与禅——禅林中的杜甫形象管见》、成泽胜《关于朝鲜的集千家注系杜诗——〈杜诗谚解〉中杜诗解释的系统研究序说》、太田亨《日本禅林对杜诗的解释——关于〈登岳阳楼〉》《日本禅林对杜诗的受容——初期对杜诗的评价》《日本禅林对杜诗的受容——对"忠孝"的关注》《日本禅林对中国杜诗注释书的受容——初期的状况》《关于杜诗注释书中的"心华臆断"》《日本禅林对中国杜诗注释书的受容》《日本禅林的杜诗解释——关于杜甫〈巳上人茅斋〉》《日本禅林对杜诗的受容——从中期禅林的杜甫画像赞诗着眼》《禅林对中国杜诗注释书受容的一个侧面——〈杜诗续翠抄〉的背景》《日本中世禅林的杜诗受容——对杜甫情怀的关心》、加藤国安《杜甫诗与清冈卓行——个人的随想》、稻田浩治《一休与中国的诗人：杜甫》、佐藤浩一《关于中华书局排印本〈杜诗详注〉——兼及点校者与编纂背景及与〈九家集注杜诗〉的关联》、佐藤浩一《论〈杜诗详注〉中的论世知人——关于浙东鄞县文化磁场的考察》、长谷部刚《杜甫〈江南逢李龟年〉在唐代的流传》、静永健《近世日本〈杜甫诗集〉阅读史考》、松原朗《近代以来日本的杜甫研究——兼及〈杜甫全诗译注〉》，等等。

关于《杜甫诗集》在日本的传播及影响，静永健《近世日本〈杜甫诗集〉阅读史考》一文将近世日本《杜甫诗集》阅读的历史划分为三个时期。一是公元九至十世纪为《杜甫诗集》初传日本时期。这一期间，《杜甫诗集》传入日本最原始的记录是在入唐留学僧圆仁的《入唐新求圣教目录》之中，其中包括了一个两卷本的《杜员外集》。公元十世纪，平安时代文人大江维时所编的《千载佳句》中可找到杜诗传入日本的确切证据。但杜甫在平安时期文人中知名度并不高，只能算为数众多的唐代诗人中的一位而已。二是公元十四至十五世纪为《杜甫诗集》再传日本时期。此期，杜诗最初流行于一些禅僧之间，出现有杜诗讲义，日本本土开始了对杜诗笺注本进行覆刻的工作。但杜诗仍然没有像白居易诗文一样被吸收融入日本文化之中，后来随着以五山为中心禅林文化的衰退，《杜甫诗集》再次淡出了人们的视域。三是公元十七至十八世纪，《杜甫诗集》第三次传入日本。这一时期，杜诗在日本才真正得到广泛地传播接受。其主要载体为邵博所编撰的《杜律集解》，其因注释诠解简洁适要、通俗易懂而流行。借助明清时期诗学思潮之滥觞,杜诗终于确立了其作为中国古典文学大家的经典地位。它对日本近代知识分子学术思想的形成及文艺创作都有着不可忽视的价值和意义。[1]

二十世纪以来日本学者的杜甫诗歌研究,所勒成的专著与论文集主要有:斋藤勇《杜甫——其人其诗》(研究社,1946年),藤林广超《杜甫》(弘文堂书店,1948年),吉川幸次郎《杜甫笔记(1)》(筑摩书房,1950年)、《杜甫笔记》(创元社,1952年)、《杜甫笔记》(筑摩书房,1954年)、《杜诗讲义》(筑摩书房,1963年),松田毅堂《杜甫行状记》(北海诗友社,1955年),土岐善麿《杜甫草堂记》(春秋社,1962年)、《杜甫周边记》(春秋社,1967年),目加田诚《杜甫》(集英社,1965年)、《杜甫物语》(社会思想社,1969年),福原龙藏《杜甫——沉痛漂泊的诗圣》(讲谈社,1969年),高木正一《杜甫》(中央公论社,1969年),高岛俊男《李白与杜甫——其行动与文学》(评论社,1972年)、《李白与杜甫》(讲谈社,1997年),黑川洋一《杜甫》(筑摩书房,1973年)、《杜甫研究》(创文社,1977年),田中克己《杜甫传》(讲谈社,1976年),武部利男《解读杜甫》(岩波书店,1976年),太田青丘《芭蕉与杜甫》(1978年),高岛俊男、松浦友久、前野直彬、横山伊势雄等《李白与杜甫》(尚学图书社,1979年6月),铃木修次《杜甫》(清水书院,1980年),爱川一实《热情的诗人杜甫》(荣光出版社,1981年),和田利男《杜甫——生平及文学》(MERUKUMARU社,1981年),森野繁夫《沉郁诗人——杜甫》(集英社,1982年),广田二郎《芭蕉与杜甫——影响的展开与体系》(有精堂书店,1990年),森槐南著,松岗秀明校订《杜诗讲义》(1—4)(平凡社,1993年),安东俊六《杜甫研究》(风间书房,1996年),朝仓尚《杜甫与禅》(自印,1997年),矢田顺治《漂泊之咏——杜甫诗传》(现代诗研究会,2006年),等等。

总结二十世纪以来日本学者的杜甫诗歌研究,可以看出,其成绩主要体现在四个领域:一是对杜甫及其诗作的一般性综论,二是对杜甫诗歌版本及其诗作的考论,三是对杜甫诗作的个案探析,四是对杜甫及其诗作传播接受

---

[1] [日]静永健:《近世日本〈杜甫诗集〉阅读史考》,陈翀译,《中国文论》(第一辑),上海:上海古籍出版社,2014年,第208—214页。

与影响的考察。它们从不同的板块呈示出了日本学者对杜甫研究的多元推进与学术贡献,从多样的视点与角度延伸拓展了杜甫诗歌研究,不断夯实了东亚古典诗学的学科建构。未来,日本学者的杜甫诗歌研究,可在研究领域的拓展深化上进一步彰显其学术潜力。

作者单位:云南师范大学文学院

韩国唐诗学

手抄本《李白七言》谚解作者考论

[韩] 许敬震　韩继镐　著　千金梅　译

摘　要　《训民正音》颁布之后,很多经典被谚解刊行,中国代表性的诗人杜甫的诗集也根据王命出版了 25 卷 17 册的谚解本。但是李白的诗却没有刊行的记录。1978 年洪润彪教授从一处全州的古文献收集商那里偶然购得《李白七言》手抄本,此书由"李白七言""遗响""李白古风"三部分构成,包括李白诗 76 首在内,共 148 首诗被翻译成韩文,并有注释。这本书只有手抄本传世,可见它并不是据王命翻译的,而是由个人自主翻译。通过调查各种古文献,最终在鳌川韩伯愈(1675—1742)的年谱中发现,他曾在 56 岁时谚解《唐音》,57 岁时谚解《李白七言》。他的出生地泰仁古县城,正是全州古文献收集商首次购入《李白七言》手抄本的地区。他又是编撰《韵解训民正音》的文字学家申景濬的老师,他教授申景濬的内容与记载在《李白七言》谚解本中的内容完全相同。通过种种线索和研究,可以确定韩伯愈正是《李白七言》谚解本的作者。

关键词　《李白七言》　谚解　韩伯愈　申景濬

1. 绪　　论

《训民正音》颁布以后,很多古典谚解本刊行,中国代表性诗人杜甫的诗集,奉王命刊行了《分类杜工部诗谚解》25 卷 17 册,1481 年刊行活字印刷本。但李白的诗没有刊行记录,因此一直认为杜甫诗符合朝鲜朝的统治理念,而李白诗却因不符合,所以没有谚解。①

---

① [韩]许敬震:《한국에서 李白 詩가 언해된 배경에 대하여(李白诗在韩国被谚解的背景)》,《东方学志》128 辑,2004 年,第 311 页。

2003 年《李白七言》谚解在学界公开,上述误会虽然解除,但作者是谁,为何要谚解《李白七言》,这些问题没有揭晓。

《李白七言》谚解是洪润彪教授 1978 年 3 月在全州的一个古书商那里偶然购得收藏的。《李白七言》没有标题①,手抄本,内容由"李白七言""遗响""李白古风"三部分构成,包括李白七言 78 首,全书共有 148 首诗的谚解,并有注释。根据《李白七言》谚解本收藏者的提议,2003 年 5 月 29 日在延世大学为堂馆召开了《李白诗谚解发表会》,由许敬震、柳晟俊、洪润彪三位教授发表。②为进一步研究《李白七言》谚解本与唐诗的关系,2005 年延世大学国学研究院客座教授中国延边大学韩继镐教授发表了《李白七言的注释与谚解》③,回国后又发表了关于《遗响》的研究④,但此谚解本的作者却始终没有确定。

本文将对《李白七言》所载《唐音遗响》的谚解与原诗及其他现存抄本《遗响》进行比较研究,并揭示谚解李白七言诗的《李白七言》编撰者是谁。

2.《唐音》在朝鲜的流通

杨士弘撰《唐音》由《始音》《正音》《遗响》三部分构成,共载 1 424 首唐诗⑤。1344 年《唐音》14 卷原本出版之后,张震编撰 14 卷本《唐音集注》,顾

---

① 当时此抄本没有标题,作者未详,因此洪润彪、许敬震、韩继镐等按照古书命名原则,就以卷首题目"李白七言"称呼。本文也暂且称作《李白七言》展开论述,最后在结语中提议将其改称为《注解七言李白》。

② 这些论文经过修改完善后发表在各个学术期刊上。[韩] 柳晟俊:《필사본 李白诗谚解本의 구성과 그 시의 열거(笔写本李白诗谚解本的构成与其诗的列举)》,《外国语教育研究》17 辑,2003 年;[韩] 洪润彪:《李白诗谚解의 국어학적 가치(李白诗谚解的国语学价值)》,《国语史研究》4 辑,2004 年;[韩] 许敬震:《한국에서 李白诗가 언해된 배경에 대하여(李白诗在韩国被谚解的背景)》,《东方学志》128 辑,2004 年。

③ [韩] 韩继镐:《필사본〈李白七言〉의 주석과 언해 양상(笔写本〈李白七言〉的注释与谚解情况)》,《洌上古典研究》24 辑,2006 年。

④ [韩] 韩继镐:《필사본〈遗响〉에 관하여(关于笔写本〈遗响〉)》,《朝鲜-韩国语言文学研究》5 辑,2008 年。

⑤ 杨士弘在自序中说精选了 1 341 首诗,但具体在叙目中所列诗却有 1 424 首。陶文鹏、魏祖钦根据各种版本重新整理点校的《唐音》,收录 1 421 首诗,由河北大学出版社 2006 年 10 月出版。

璘(1476—1545)编撰15卷本《批点唐音》。在朝鲜,《唐音集注》常常被复刻,广泛阅读。

朝鲜《燕山君日记》十一年(1505)5月19日记事中,有燕山君喜欢诗而命校书馆刊行《唐音》的记载,《正祖大王实录》十九年(1795)年4月30日记事中,有正祖夸赞元子每天背诵《唐音》的记录。

《唐音》的缺点是没有收录李白、杜甫、韩愈的诗,因此后来流传补录李白、杜甫、韩愈诗的抄本,也有补录李白诗而编撰的《唐音精选》七言及《增订注解七言唐音》在朝鲜刊行。但《李白七言》中抄录的《遗响》,是与杨士弘14卷本《唐音》不同的版本。

3. 手抄本《李白七言》的谚解与注释

本文所使用的底本是作者未详的手抄本《李白七言》,其构成与内容如下。这里仅举第一首诗考察其谚解与注释的样貌。

第一部分 《李白七言》,自《远别离》至《幽涧泉》,共74题78首(至83面)

第二部分 《唐音》《遗响》,自贺兰进明的《行路难》至无名氏的《琵琶行》,共70题(至130面)

第三部分 李白的《古风》

○《李白七言》没有抄录诗的原文,只有诗题、解题、谚解和注释。本文为方便读者理解,将该诗的原文补上,并将抄本的注释序号标记在相应的诗句之后,注释内容写在原文之下。

[诗题1] 远别离
[解题]
此乐府曲名。盖以皇、英别帝舜为辞者也。白托言已之远别皇,而兼言时事,以咏叹之。五言诗中有"流离湘水滨"之句①,疑此时所作也。

---

① 出自唐代李白《门有车马客行》:"廓落无所合,流离湘水滨。"

[諺解]

멀니 別離ᄒᆞᆫ 녜 皇英二女ㅣ 이시니 이에 洞庭ㅅ南 湘浦蒲에 잇도다.

海水에 直下ᄒᆞ야 萬裏예 깁허시니 誰人이 此離苦호믈 言치 아니ᄒᆞ리오.

日이 慘慘ᄒᆞ고 云이 冥冥ᄒᆞ니 猩猩은 煙의 啼ᄒᆞ고 鬼ᄂᆞᆫ 雨에 嘯ᄒᆞᆺ다.

내 비록 言ᄒᆞᆫᄃᆞᆯ 쟝ᄎᆞᆺ 엇디 補ᄒᆞ리노다마ᄂᆞᆫ?

皇穹이 그으기 내의 忠誠에 照치 아니믈 恐ᄒᆞ거늘 雷ㅣ 憑憑ᄒᆞ야 吼怒코져 ᄒᆞᆺ다.

堯舜이 當ᄒᆞ셔도 ᄯᅩᄒᆞᆫ 禹의게 禪ᄒᆞ시리로다.

君이 臣의게 失호매 龍이 魚ㅣ 되엿고 權이 臣에게 歸호매 鼠ㅣ 虎로 變ᄒᆞ엿도다.①

或言호ᄃᆡ 堯는 幽囚ᄒᆞ시고, 舜은 野의 死ᄒᆞᆺ다.

九疑ㅣ 聯綿ᄒᆞ야 다 서로 ㄱㅅᄐᆞ니 重瞳의 孤墳이 ᄆᆞᄎᆞᆷ내 어ᄃᆡ이요?

帝子ㅣ 綠云ㅅ이에셔 泣ᄒᆞ니 波을 隨ᄒᆞ야 去ᄒᆞ고 還치 못ᄒᆞᆺ다.

慟哭ᄒᆞ고 멀이 望ᄒᆞ니 蒼梧의 深山만 보리로다.

蒼梧山이 崩ᄒᆞ고 湘水絶ᄒᆞ여야 竹上읫 淚ㅣ 이에 可히 滅ᄒᆞ리라.

[原文]

远别离,古有皇英之二女,乃在洞庭之南,潇湘之浦。(1)

海水直下万里深,谁人不言此离苦?(2)

日惨惨兮云冥冥,猩猩啼烟兮鬼啸雨。

我纵言之将何补?(3)

皇穹窃恐不照余之忠诚,雷凭凭兮欲吼怒。(4)

---

① 抄本作"鼠로 虎ㅣ",根据文脉改正为"鼠ㅣ 虎로"。

尧舜当之亦禅禹。(5)

君失臣兮龙为鱼,权归臣兮鼠变虎。(6)

或言:尧幽囚,舜野死。

九疑联绵皆相似,重瞳孤坟竟何是?(7)

帝子泣兮绿云间,随风波兮去无还。(8)

恸哭兮远望,见苍梧之深山。(9)

苍梧山崩湘水绝,竹上之泪乃可灭。(10)

[注释]

(1) 二女死于湘浦,言别恨在此也。

(2) 言湘水带二女之恨,直下海水至于万里之深,谁不言此别之苦乎?

(3) 此似言湘江暮景,而以日喻君,以云鬼、猩猩,喻小人。

(4) 皇穹,指君也。云,喻小人。凭凭,盛貌。吼怒,叫也。窃●①我而欲害。

(5) 时事难危●…●尧舜●禅●…●。

(6) 异家书言"舜囚尧,禹逐舜"。言时事,又以舜野死,巡守还。题远别本意●…●。

(7) 未知谁为上峰故名九疑。舜墓在其中矣。此托言不知皇帝所在也。重瞳,舜也。

(8) 帝子指二女也。托言流离,思君心未能自已也。

(9) 托言远望明皇所在,但见云山苍苍耳。

(10) 言远别之恨无穷时也。

○《遗响》也是没有原文,只有诗题、解题(部分诗)、诗人小传(部分诗人)、谚解、注释。《遗响》部分对照现存多种抄本补充整理如下。

遗 响 (1)

(1)遗响之韵法,清越高妙,捕风捉月。只言形容,不言全体。言彼而此在其中,言此而彼在其中,各尽态度。悲思喜情,各尽题意,甚宜诗人所法,但恨句法软弱,非如李杜诸子可比也。

---

① 或许是"恐"。

[诗题1] 行路难二首。贺兰进明
[解题]

行路难者,贤士遇君之路难也。贤士遇君之难,有似乎妇人久别其夫而难遇。故以妇人之怨思为比而咏叹之。下仿此。

[诗人小传]

《纲目》:至德五载,迁贺兰为岭南经略使①。诗评云:博雅好古,经籍满腹,著述百余篇,颇究天人之际,为古诗八十首,大体符于阮公,又阮诗忧国将亡,述诗寄怀,进明镇临淮拥兵,不救睢阳(濉阳)之急。当此之时,天人之际安在? 而体阮之诗,亦不过美于其辞耳。②

[谚解](一)

君이 门前柳를 不见ᄒᆞ연ᄂᆞ냐 荣耀ㅣ 몃ᄯᅢ요 萧索ᄒᆞ미 오래도다.

ᄯᅩ 陌上花를 보지 아녀ᄂᆞ냐 狂风이 吹去ᄒᆞ야 谁家에 落ᄒᆞᄂᆞ뇨?

린家에 思妇 보고 탄식ᄒᆞ니 蓬首를 梳치 아니ᄒᆞ고 心이 历乱토다.

盛年에 夫婿를 기리 别离ᄒᆞ니 岁暮호매 相逢ᄒᆞ여도 色이 凋换ᄒᆞ리로다.

[原文]

君不见门前柳,荣耀几时萧索久。(1)
君不见陌上花,狂风吹去落谁家。(2)
邻家思妇见之叹,蓬首不梳心历乱。(3)
盛年夫婿长别离,岁暮相逢色凋换。(4)

[注释]

(1) 喻人之易老。兴而比也。

---

① 一本(陶文鹏等整理点校:《唐音》2006年)作:河北招讨使。
② 一本作:至德五载,迁贺兰为岭南经略使。诗评云:博雅好古,经籍满腹,然不救濉阳之急也。

(2) 与上句同意,上下句为对,谓之双扇格。言"谁家",将言下"邻家"。

(3) 孰不恨老,而思妇之心尤切。盖未遇其夫,容色先老故也。诗曰:"首如飞蓬。"

(4) 少时久别夫,其晚后虽相逢,而色已凋,则欢心小矣。奈何?喻君子老后,虽遇君,而精力衰耗,亦难行道。

○ 手抄本《李白七言》对李白的古风59首没有记录原文和谚解,只有注释。而此手抄本有部分阙失,缺古风42—48首。

其五十九

恻恻泣路歧,哀哀悲素丝。
路歧有南北,素丝易变移。(1)
万事固如此,人生无定期。
田窦相倾夺,宾客互盈亏。(2)
世途多翻覆,交道方险巇。(3)
斗酒强然诺,寸心终自疑。(4)
张陈竟火灭,萧朱亦星离。(5)
众鸟集荣柯,穷鱼守枯池。(6)
嗟嗟失权客,勤问何所规。(7)

[注释]

(1)《淮南子》曰:杨子见歧路而哭之。为其可以南,可以北。墨子见练丝而泣之。为其可以黄可以黑。此诗哀交①。士赟曰:欧阳建诗②,"恻恻心中酸"。

(2) 田窦者,婴蚡也。《汉书》曰:婴,孝文皇后从兄子,喜宾客。蚡者,孝景王皇后同母弟也。卑下宾客,进名士家居者,欲以倾魏其③诸将相。蚡

---

① 手抄本衍"父母"。
② 《临终诗》之句。欧阳建(约269—300)西晋渤海人,字坚石,世为冀方右族。石崇甥,有才藻思理。擅名北州,后为贾谧"二十四友"之一。
③ 手抄本脱"魏其",据《汉书》补。

以王太后故亲幸,数言事多效,天下吏士①趋势力者,皆去婴而归蚡②。六年,窦太后崩。因与蚡争灌夫事,太后怒,后婴、灌皆论弃市。春,蚡疾,竟死。曹颜远诗:"富贵他人合,贫贱亲戚虽。廉蔺门易轨,田窦相夺移。"

(3) 陆机诗曰:"休咎相乘蹑,翻复若波澜。"

(4) 曹植③《名都篇》:"美酒斗十千。"《广雅》:"诺,应也。"《白马篇》④:"一朝许人诺。"注诺:"相然之辞。"《老子》:"轻诺必寡信。"徐庶曰:"方寸乱矣。"⑤

(5) 张耳、陈馀,为刎颈之交。班固赞曰:"耳、馀,始居约时,相然信死,及处国争权,卒相灭亡。"萧育与陈咸、朱博为友,著闻当世⑥。故长安语曰:"萧、朱结绶,王、贡弹冠。"言其相荐荐也。博、育,后有隙,不能终,故世以交为难。故曰:火灭、星离。

(6) 曹颜远诗:"晨风集茂林,栖鸟去枯枝。"⑦此诗谶。

(7) 此诗讥⑧市道交者,必⑨当时有所为而作。太白罹难之余,友朋之交道,不能始终如一而奔趋移门者,谅亦多矣,徒有一类失欢之客,勤勤问劳,亦何所规益乎?观此诗者亦可以知,人心之不古已夫。

4.《李白七言》注释的准确性

本文列举《遗响》中的几个例子来论证《李白七言》注释的准确性。

1)《白纻歌》时期比定

此手抄本《遗响》第 3 首《白纻歌》二首解题中写"吴王夫差时所作曲

---

① 手抄本"工吏",据《汉书》改。
② 《汉书》:"皆去魏其,而归武安。"魏其即婴,武安即蚡,指涉同人。未改。
③ 据篇名和诗句内容,补诗人之名。
④ 袁淑《效曹子建〈白马篇〉》。
⑤ 《三国志·蜀书·诸葛亮传》:"(刘备)为曹公所追破,获庶母。庶辞先主而指其心曰:'本欲与将军共图王霸之业者,以此方寸之地也。今已失老母,方寸乱矣,无益于事,请从此别。'遂诣曹公。"
⑥ 《汉书·萧育传》。
⑦ 魏晋曹摅的《感旧诗》。
⑧ 脱:此诗讥。据"萧注"删。
⑨ 衍"吏":据"萧注"删。

名"。而张震的注释中没有此内容,可见作者自行补充了张震注释。

2)《春坊正字剑子歌》诗语的解释

此手抄本《遗响》第14首李贺《春坊正字剑子歌》结句中的"鬼母",张震根据佛经错误地将其解释为"鬼子母"(西方白帝剑精也。金蜀西方金故云尔。鬼母经昔老佛降鬼子母),而此手抄本作者却根据《史记》作出正确的解释:"此用沛公斩蛇事。"相对于比较简略的张震《遗响》注释,手抄本作者对《遗响》的注释更为详细。因此手抄本的注释是有价值的。

3)《琵琶行》的作者问题

高丽士人李奎报的《白云小说》中认为《琵琶行》的作者是崔致远。

> 崔致远孤云,有破天荒之大功,故东方学者,皆以为宗。其所著《琵琶行》一首,载于《唐音遗响》,而录以无名氏,后之疑信未定。或以"洞庭月落孤云归"之句,证为致远之作,然亦未可以此为断案。①

但此手抄本《遗响》诗第70首《琵琶行》中没有将"孤云"当作崔致远的号,而是将其谚解为"洞庭에 月落하고 孤云이 归하놋다",解释为"孤独的云"。

4) 参照很多注释书

张震的《遗响》注释比较简略,而《李白七言》手抄本作者对《遗响》的注释则非常详实。中国的李白研究专家郁贤皓编撰的《李白全集注评》把历代批评家对李白诗的评论集大成,而手抄本注释与此书对照看,手抄本不仅参照了杨斋贤、萧士赟等人的注释,甚至还参考了编者未详的《李诗直解》的注释,同时还作出自己独有的注释。

5.《注解七言李白》与《注解板唐音十卷》的编撰者韩伯愈

2003年《李白七言》手抄本公开之后,学界发表了几篇研究论文,但对《李白七言》和《唐音遗响》进行注释和谚解的编撰者是谁的问题,20年来始

---

① 李奎报,《白云小说》3。

终没有解决。笔者长期以来通过各种方法进行检索,以"李白""七言""注解""唐音"等关键词检索,终于在青州韩氏中央宗亲会的网站上找到关键性线索,即"鳌川公韩伯愈(1675—1742)曾撰有《注解板唐音十卷》《注解七言李白》等很多训诂书,但因灾祸而散佚"的记录。

韩伯愈1675年在泰仁古县内出生,父濬,从小聪慧,师从外祖父宽谷崔瑞琳(1632—1698)。崔瑞琳是慎独斋金集(1574—1656)的门人,1662年进士,1694年拜恭陵参奉,但没有出仕,而是致力于培养后生。1701年,祭祀崔瑞琳的龙溪书院创建乡贤祠;1757年,韩伯愈追配于龙溪书院。今全罗北道正邑市七宝面诗山里688番地有重建的龙溪书院。

韩伯愈也对出仕无意,而专心致力于学问。1717年,43岁时赴任顺天府训导教授。晚年在故乡泰仁专心著书,著有很多训诂书。引年谱中相关内容如下:

> 申酉年(1681年,先生7岁):次韵李白天上白玉京作诗。
>
> 丁酉年(1717年,先生43岁):顺天府使黄翼再建养士斋,为振兴一乡之学问而邀先生,先生携两弟往而居。
>
> 丁未年(1727年,先生53岁):从顺天回泰仁。
>
> 庚戌年(1730年,先生56岁):《注解板唐音十卷》
>
> 申亥年(1731年,先生57岁):《注解七言李白》

年谱中记载《注解板唐音十卷》《注解七言李白》等著作是从顺天回来之后完成的,但实际上是在顺天乡校时撰写。韩伯愈在顺天乡校教学的记录在《养士斋碑阴记》和《明师行》中可以确认。

赵泰命1782年撰写的《养士斋碑阴记》载于顺天邑志《新增升平志》。

> 惟我黄公翼成之裔也,名曰翼再,再叟其字,其荣达盖有自矣。岁丙申莅兹土,以教育为务,于彼香林斋而养士。士争赴,并冠童几百。乃迎士人韩伯愈为师,训古书,及时尚白战。以考艺,以陟降,其罚夏楚二物,其赏文房四友。旬朔考课,日月将就,三年兴学焉。……
>
> 崇祯纪元后再壬寅二月乙丑　赵泰命记

《养士斋碑阴记》的记录比较模糊,但载于《南道乐府》中的《明师行》却具体记录了谚解《唐音遗响》的事实。

> 韩先生伯愈,字退汝,号鳌川,清州人也。……十五岁以前皆教小学,十六岁以后或庸学或教论孟诲谕。……释字训以授门弟者多,而<u>《唐音遗响》</u><u>以谚文释吐注解</u>。

由此可知,在顺天乡校教生徒时已经在谚解《唐音遗响》进行教学,回到泰仁以后完成。此书便是《注解板唐音十卷》。

朝鲜朝末期在罫线笔记本中默写的《遗响具解附陆律》,曾在 hanauction 竞拍中出现,《遗响》部分有谚解,并画有文庙排列图。这张排列图中有孔子弟子 10 名,宋朝四贤及朝鲜朝 16 贤的牌位。而如今的乡校中供奉朝鲜朝 18 贤。这个抄本缺少了金集和赵宪,此二人是在 1883 年被追奉,由此可知这个抄本是 1883 年之前的版本。虽然不能确定它与顺天乡校有关,但可以推测在乡校《唐音遗响》的讲学持续进行,而生徒们做了笔记抄录。

手抄本《唐音遗响》谚解本已发现两三种,与韩伯愈谚解本有一些文字上的出入。可知在很多地方以多种形式传承着李白诗的谚解或者《唐音》的谚解。

如此形式多样传承的李白诗谚解中,洪润彪教授 2003 年公开《李白七言》最为重要的原因是编撰者明确,且编撰者韩伯愈的弟子申景瀁(1712—1781)将其发展至《训民正音韵解》的阶段。《鳌川先生年谱》戊午年(1738 年,64 岁)记录中有教申景瀁的记载。

> 戊午(先生年谓六十四岁)……谓门人申景瀁曰:"男儿生世,担当天地,把握宇宙,则何学而非为己之学也。但聪明有限,义理无穷,则不能于一,何暇论多? 不能于小,何暇论大?"又曰:"大而揣摩天下之势,小而分析秋毫之末,然后方可谓君子知见。如徒务其大而遗其小者,则虽似能矣,而末尽。徒尽其小而弃其大者,虽似巧而不成自读书穷理,以至修齐治平。何事不然?"

申景瀁出生于全罗道顺昌,当时 27 岁,正是往返于首尔与全罗道学习期间。手抄本《李白七言》所载《李白古风》第9首注释中"一体变易尚未能知,悠悠万事岂能书知乎?"之句,与韩伯愈教申景濬的话内容相同。通过这些句子,可以确认手抄本《李白七言》,正是韩伯愈年谱中介绍的《注解七言李白》。

任天常撰写的申景濬行状《左承旨旅庵申公行状》中更具体的描述了两人的关系。

> 年十六,从韩伯愈,闻为学之术,伯愈南士所宗,公尊师之,常语称韩先生,而韩先生顾贤公,常曰:"子吾师也。"
> ——任天常,《左承旨旅庵申公行状》,《穷悟集》卷八

九世孙韩锡坤为纪念韩伯愈诞辰300周年而刊行《鳌川遗稿》时,其《后书》中写道:"曾有《谚解三略》《注解板唐音十卷》《注解七言李白》《训解小学大学大义》等诸多训诂书,但经过多次的灾祸,都散佚了,实在是惋惜。"但韩伯愈所撰《注解七言李白》,如今以卷首为《李白七言》的形式与《唐音》中的《遗响》一同流传,而被后人发现。如此看来,他在顺天乡校养士斋任教期间编撰的《注解板唐音十卷》也有可能会被发现。

6. 结　语

韩伯愈的《注解七言李白》比《杜诗谚解》重刊本晚99年。《杜诗谚解》是国家层面经过漫长时间,把杜甫诗1 600余首全部翻译。而韩伯愈则以个人力量,将李白的古风59首和《注解七言李白》《注解板唐音十卷》等共1 500余首诗进行了翻译。

至今一直将撰者未详的手抄本称作《李白七言》或《李白诗谚解》,从今以后应称作《注解七言李白》更为合适。因为这个名称符合手抄本既有注释又有谚解的性质,而且也是编撰者韩伯愈曾经所命名的。

韩伯愈的注释针对的对象是学诗的学徒,因此有"宰,杀也"等在中国人看来比较浅薄的内容。但古风第59首的注释中引陆机、曹植的诗句进行解释,这是元代萧士赟、南宋杨齐贤、清代王琦等李白诗注释家没有提及的部分。诸如此类的注释偶尔可见,因此与其他文献进行比较和对照来整理《李

白七言》即《注解七言李白》是有价值的研究。①

同时,手抄本《遗响》的诗句注释中也有中国学者未曾提及的有价值的注解②。因此今后将收集现存《唐音遗响》的抄本,及高丽大学中央图书馆藏《谚解唐音》等多种谚解本,复原散佚的韩伯愈撰《注解板唐音十卷》。

作者单位:韩国延世大学国语国文学系;延边大学外国语学院
译者单位:南通大学文学院

---

① 《注解七言李白》由延边大学韩继镐教授用中文注释和翻译,由延边大学出版社出版,书名为《〈李白诗谚解〉的整理与研究》,笔者作了注释与翻译的校订。本论文与韩继镐教授共同执笔,获得韩教授首肯后在中国发表。本文原文题为《필사본〈李白七言〉언해의 저자에 대하여》,原载韩国古典文学汉文学研究学会主办《古典与解释》第40辑(2023)。

② 现存《遗响》手抄本解释《唐音遗响》第一首《行路难》诗句时,大多关注其双扇格。但是为《唐音》作注的张震和加了批点的顾璘没有明确指出叫双扇格。顾璘在批点《行路难》二首时,对第一首起句说"四句浅",对第二首说"四句起胜前篇"。双扇格是杨诚斋在论杜甫诗《一百五日夜对月》时,曾举偷春格和双扇格之例。即诗呃前四句言景,后四句言情,则为双扇格。韩伯愈《鳌川遗稿》中《论作诗体法》论作诗要遵守的诗格,其中非常重视双扇格。"诗有三看,曰叙事也,曰写情也,曰画格也。又有五格,风月格,动静格,问答格,双扇格,卒乃指其实格也。此外,妙法不一,古诗备矣。"(韩伯愈,《鳌川遗稿》卷一《论作诗体法》)

诗风·战争·易代
——燕行文献中的次杜诗研究

左 江

摘 要 朝鲜燕行文献中的次杜诗很丰富,它们是朝鲜汉文学的一部分,也是近五百年间中朝两国政治、思想、文化、文学关系的外现。申叔舟、成三问的次杜诗展现的是世宗朝的文化政策以及诗坛风尚的变化;宋献、崔有海等人的次杜《诸将五首》,是明与后金战场风云的再现;而王述善对崔有海疏离甚至略显排斥的态度,透露的是中朝人物交流的另一样态。柳梦寅出使明,李颐命、金昌集出使清,都有次《秦州杂诗》二十首,柳作是对明的渴慕向往,百年后的李、金之作则表现出对以清代明的感伤。使行路上的次杜诗是朝鲜诗坛风尚转变的外化,是人在旅途、局势动荡等艰难时刻的情感流露,也是使臣们对两国关系、华夷观念的重新审视。

关键词 燕行文献 次杜 诸将五首 秦州杂诗

朝鲜王朝(1392—1910)与中国的明清两朝都保持着藩属关系,使节往来频繁,朝鲜使臣及随行人员留下了大量的"朝天录""燕行录",文中统称为"燕行文献",唱和诗是其中的重要内容,使臣们诗歌次作的方式包括:一、同行酬唱;二、次和使行路上的前辈或家族成员的作品;三、次作中国诗人诗作;四、进入中国后与中国人诗歌酬唱。就次和中国诗人诗作而言,杜诗是尤为丰富的诗料库,朝鲜文人在使行途中一人次杜、同行次杜或者与中国人一起次杜的情况很多。阅读、创作都是个人行为,会因人、因时、因地而有很大不同,本文试图回答以下问题:朝鲜使臣在什么情境下次作杜诗?选择哪些杜诗次作?又如何次作?在近五百年的时间里,有些使臣在使行路上次作了同一首或同一组杜诗,这些次作又有何不同?

一、申、成次杜诗中的诗坛风尚

杜诗最晚在十一世纪八十年代就传入朝鲜半岛,高丽文人已开始作文赞颂杜甫,诗作中化用杜诗,以及在诗话中评论杜诗艺术成就,但由李仁老(1152—1220)以杜甫之伟大"在一饭未尝忘君"之忠义、崔滋(1188—1260)"言诗不及杜,如言儒不及夫子"、李穑(1328—1396)"遗芳馥馥大雅堂"等论述①,可看出高丽文人对杜甫及杜诗的评价明显受到苏轼、黄庭坚及宋人诗话的影响,较少自己的创见。杜甫及杜诗的影响力要到朝鲜世宗(1419—1450在位)时期才真正显现出来。

世宗是朝鲜历史上文治武功都颇有建树的君王,文化上,世宗二十五年(1443),他令集贤殿诸臣及当时杜诗学者注解、编纂杜诗②,并于次年完成《纂注分类杜诗》,这是东国的第一部杜诗注解本,也成为在朝鲜流传最广的杜诗集之一③;同一时期,他还领导集贤殿诸臣创制谚文,并于二十八年(1446)正式颁行,是为"训民正音"。在创制谚文的过程中,他欲以谚文翻译《韵会》等书,就派遣集贤殿修撰申叔舟(1417—1475)、成均馆注簿成三问(1418—1456)等前往辽东,问韵于罪贬辽东的明前翰林院庶吉士、刑部主事黄瓒,前后往返凡十三度。④

---

① 以上论述分别见[高丽]李仁老《破闲集》卷中(赵锺业编《韩国诗话丛编》第1册,首尔:太学社,1996年,第52页)、[高丽]崔滋《补闲集》卷下(《韩国诗话丛编》第1册,第111页)、[高丽]李穑《牧隐稿》诗稿卷二十一《前篇意在兴吾道大也不可必也,至于诗家亦有正宗,故以少陵终焉,幸无忽》(《韩国文集丛刊》第4册,首尔:民族文化推进会,1990年,第285页)。
② 《世宗实录》卷一百世宗二十五年(1443)四月丙午(21日):"命购杜诗诸家注于中外。时令集贤殿参校杜诗诸家注释,会粹为一,故求购之。"(《朝鲜王朝实录》第4册,首尔:国史编纂委员会,1984年,第474页。)
③ 左江:《李植杜诗批解研究》附录三《〈纂注分类杜诗〉研究》,北京:中华书局,2007年,第321—358页。
④ 《世宗实录》卷一百零七世宗二十七年(1445)正月辛巳(7日):"遣集贤殿副修撰申叔舟、成均注簿成三问、行司勇孙寿山于辽东,质问韵书。"(《朝鲜王朝实录》第4册,第603页。)李承召撰申叔舟《碑铭》所言甚详:"世宗以诸国各制字以记国语,独我国无之,御制(转下页)

申叔舟与成三问是知交好友,申叔舟是编纂注解《纂注分类杜诗》的集贤殿六臣之一,成三问大概也参与了此项文化工程,二人在前往辽东及问韵学习之余,即以共同次杜酬唱来打发闲暇时光,二人次作杜诗及杜诗原韵见下表:

	申叔舟	成三问	杜甫
1	次工部夜雨诗韵示谨甫		夜雨(五律)
2	次工部韵示谨甫		孤雁(五律)
3	次工部韵示谨甫	次工部韵	日暮(五律)
4	次工部秋晴韵示谨甫	次工部秋晴韵	秋清(五律)
5	次工部中宵韵示谨甫	次工部中宵韵	中宵(五律)
6	在辽阳馆次工部韵三首示谨甫		《陪郑广文游何将军山林》十首之十、一、二(五律)
7	《取杜工部怀古五首与成谨甫探韵行二首每一韵三和之题义州牧使俞公诗卷》(劳、疑,各三首)		《咏怀古迹五首》之二、五(七律)
8	登义州望华楼,次杜工部登楼诗韵示谨甫		登楼(七律)
9	次杜工部韵示谨甫	用工部韵和泛翁诗	院中晚晴怀西郭茅舍(七律)
10	次谨甫用工部韵见示仆与子厚诗韵	次工部韵	玉台观(七律)

(接上页)字母二十八字,名曰谚文,开局禁中,择文臣撰定,公独出入内殿,亲承睿裁,定其五音清浊之辨,纽字谐声之法,诸儒受成而已。世宗又欲以谚字翻华音,闻翰林学士黄瓒以罪配辽东,命公随朝京使入辽东,见瓒质问。公闻言辄解,不差毫厘,瓒大奇之。自是往返辽东凡十三。"([朝]申叔舟《保闲斋集》附录,《韩国文集丛刊》第10册,1988年,第167页。)

续 表

	申叔舟	成三问	杜甫
11	次谨甫用工部韵效简斋体见示诗韵		《十二月一日三首》之二(七律)
12	次工部韵示谨甫	次工部韵	水会渡(五古)
13	《次谨甫工部韵见示》二首	用工部韵和泛翁	寄裴施州(七古)
14	次工部韵示谨甫	用工部韵和泛翁	严氏溪放歌行(七古)
15	次谨甫用工部韵见示	用工部韵和泛翁	锦树行(七古)

申叔舟次杜诗15题23首,成三问次杜诗9题9首,这是现存朝鲜文集中第一次出现集中次和杜诗的情形。

由上表来看,在申、成二人次杜过程中,申叔舟是主导者,因其文集中的诗作是按诗体编排,现已不能确定这些次杜诗的写作顺序,但由诗题或诗中出现的龙湾、义州、鸭江、辽阳馆等可知这些诗作写于前往中国途中及进入辽东后。二人此时集中作杜诗,原因大概有三:

一、世宗的提倡引导,加上《纂注分类杜诗》的编纂完成,进一步刺激了朝鲜文人真正关注杜诗、学习杜诗,而不是仅仅被动地停留在接受苏、黄的影响上。比如与申叔舟、成三问同时的徐居正(1420—1488),在其《四佳集》中近200次提到杜甫及杜诗,还有15次"李杜""甫白"并称,其中明确将自己与杜甫相比,甚至以自己为杜甫在后世之轮回的表述就有十多次,正因为他对杜甫极其钦慕向往,最终在其笔下完成了朝鲜文人对杜甫的形象塑造。[1] 与徐居正相比,申叔舟、成三问都曾参与《纂注分类杜诗》的编纂,对杜诗也有更深刻的理解与体会。

二、申叔舟、成三问二人年纪相当、官阶相同,无年序、位阶造成的交往障碍,加上同样远离家乡问韵辽东,这让二人的关系更为亲密,申叔舟次《孤

---

[1] 左江:《朝鲜时代杜诗评论的特点》,载左江辑校《高丽朝鲜时代杜甫评论资料汇编》,上海:上海古籍出版社,2021年,第3—10页。

雁》首联即云:"他乡吾与子,万里独离群。"① 异国他乡的生活难免孤寂无聊,申叔舟云"寂寞辽阳馆,清狂客里歌",又云"家乡无处望,时入梦中遥"②,思乡成为生活的主旋律之一,这样的情绪需要调节、转移,诗作次和就成为日常消遣的最佳方式,正如欧阳修所言:"庶几所谓群居燕处言谈之文,亦所以宣其底滞而忘其倦怠也。"③

三、申叔舟与成三问去辽东向黄瓒问韵,而杜诗以对仗工整、格律谨严著称,杜甫夫子自道说"晚年渐于诗律细",这里的诗律并不局限于近体诗,"杜甫的五古和七古在作法乃至音律节奏方面努力突出古体的体式特点与律诗的区别也是'渐于诗律细'的体现"。④ 其在用韵、声调、韵部的选择上,都能切合诗作的内容与情感特点,真正做到声情并茂、韵与意合,申、成二人在问韵的过程中,以杜诗为典范进行模仿次作,正是在运用中更好地理解声韵的好办法。

在申叔舟15题23首次作中,只有五律、七律、五古、七古四种诗体,没有绝句。申叔舟《保闲斋集》收入五绝两卷、七绝三卷,五律、七律、五古、七古都只有一卷,就数量而言,绝句远多于其他诗体,但其中没有一首次杜诗,可见杜诗的五七言律诗及五七言古体才是他们学习模仿的对象,绝句是他们所不取的。在各种诗体中,杜甫的绝句争议最多,宋人严羽即云:"五言绝句,众唐人是一样,少陵是一样,韩退之是一样。"⑤至明人胡应麟说得更直白:"子美于绝句无所解,不必法也。"⑥由申叔舟次作杜诗的选择,大概也能推断出他对杜诗绝句的态度。

---

① [朝] 申叔舟:《保闲斋集》卷八《次工部韵示谨甫》,《韩国文集丛刊》第10册,第68页。
② [朝] 申叔舟:《保闲斋集》卷八《在辽阳馆次工部韵三首示谨甫》其一、其二,《韩国文集丛刊》第10册,第68页。
③ 欧阳修撰,洪本健校笺:《欧阳修诗文集校笺·居士集》卷四十三《礼部唱和诗序》,上海:上海古籍出版社,2009年,第1107页。
④ 葛晓音:《杜诗艺术与辨体》余论《杜甫的诗学思想与艺术追求》,北京:北京大学出版社,2018年,第353页。
⑤ 严羽:《沧浪诗话》之《诗评》,收入何文焕辑《历代诗话》(下),北京:中华书局,2004年,第695页。
⑥ 胡应麟:《诗薮》内编卷六,上海:上海古籍出版社,1979年,第109页。

申叔舟、成三问二人同次杜诗是朝天资料中的第一次,就整个高丽朝鲜汉文学史来考察,此前李奎报(1168—1241)有次杜诗 3 题 16 首,郑枢(1333—1382)有次杜诗 7 题 11 首,除一题一首外,其他都是和李穑(1328—1396)的次杜诗,已可见杜诗的影响力,但申叔舟、成三问是同一情境下的次作,数量也更多,这与当时君王的倡导推动、《纂注分类杜诗》的编纂完成、诗坛的风尚变化等都密切相关。申叔舟、成三问二人的次杜诗为我们考察世宗朝的文化政策打开了一扇窗,从编纂杜诗集到创制谚文再到以谚文翻译汉文典籍,由二人一个小小的举措联系起来,从中可略窥一个时代的面貌,一代君主的影响力,一代文人蓬勃的创造力。

　　在申叔舟、成三问之后,朝天路上的次杜诗会很多吗？并没有。虽然论及杜甫的人不少,如徐居正《用萧进士山海登楼诗韵》云:"杜老题诗常恋主,仲宣作赋苦思乡。"[1]洪贵达(1438—1504)《端阳日宿高岭下,申次韶夜闻鹃声有诗,用其韵云》:"前身工部已尘土,再拜如今恨后时。"[2]但直到一百四十年后我们才在朝天诗中看到一首次杜诗,即 1584 年(宣祖十七年)韩应寅(1554—1614)以书状官第一次出使明时写下的《牛家庄次德求杜甫秋兴诗韵诗》[3]"砧"韵一首,甚至在此后的十年间我们看到的仍是次苏轼、陈与义、何景明、李梦阳等人作品的朝天诗[4],唯独不见次杜诗,申叔舟、成三问的次杜诗似乎只是近一个半世纪朝天诗中的孤例,更可见世宗之倡导、《纂注分类杜诗》的编辑刊印在当时之影响。

　　这也说明,虽然有君王的强力推动,但文学的发展、文风的演变有其自

---

[1] [朝]徐居正:《四佳集》诗集卷七,《韩国文集丛刊》第 10 册,第 321 页。
[2] [朝]洪贵达:《虚白亭集》续集卷四,《韩国文集丛刊》第 14 册,1988 年,第 184 页。
[3] [朝]韩应寅:《百拙斋遗稿》卷一,《韩国文集丛刊》第 60 册,1990 年,第 498 页。
[4] 如[朝]郑士龙(1491—1570)《湖阴杂稿》卷二《朝天录》收入《东关解梦效李义山》《无题效李义山》《效李义山》等(《韩国文集丛刊》第 25 册,1988 年,第 37—42 页),[朝]裴三益(1534—1588)《朝天录》(1587)有次陈与义作品 5 题 7 首([韩]林基中编《燕行录全集》第 3 册,首尔:东国大学校出版部,2001 年,第 507—522 页),[朝]尹根寿(1537—1616)《月汀集》之《朝天录》(1589)收入次何景明、李梦阳诗作数题(《韩国文集丛刊》第 47 册,1989 年,第 244—255 页),[朝]崔岦(1539—1612)《简易集》卷七《甲午行录》(1594)收入次苏轼诗作十数首(《韩国文集丛刊》第 49 册,1990 年,第 472—522 页)。

身的规律,朝鲜诗坛诗风有由宋而唐,由苏、黄而李、杜的转变,申钦(1566—1627)云:"近年以来稍稍不喜(东坡),为诗者皆学唐人。"①许筠(1569—1618)更将"近年"定位为宣祖朝(1568—1608):"我朝诗,至宣庙朝大备,卢苏斋(守慎)得杜法,而黄芝川(廷彧)代兴,崔(庆昌)、白(光勋)法唐而李益之(达)阐其流。"②诗风由宋而唐的转变也反映在次杜诗中,申叔舟、成三问之后,朝鲜文人也有写作次杜诗者,但只到崔岦(1539—1612)次作 21 题 24 首,才稍稍能与申叔舟媲美,稍后之苏光震(1566—1611)则在壬辰倭乱中按《杜律虞注》依次次作杜诗七律 151 首,更让人震撼。③ 使行路上,朝鲜使臣对中国诗人的选择也与诗坛风气的转变一致,同样是在十七世纪初,使行途中的次杜诗也丰富起来,光海君元年(1609),柳梦寅(1559—1623)以圣节行正使出使明,其《朝天录》中有次杜《秦州杂诗》的《燕京杂诗》20 首④;郑士信(1558—1619)于光海君二年(1610)以冬至行副使出使中国,写作了次杜诗 5 首,其中 4 首都为长篇排律⑤。其后,朝天及燕行途中的次杜诗越来越多,我们先来看一组写于 1629 年十二月的次杜甫《诸将五首》。

二、次《诸将五首》中的明末战争

从 1621 至 1636 年间,由于辽东道路为后金阻隔,朝鲜人不得不冒着生命危险由海路进入中国,海路又有两线,一是经辽东觉华岛,一是由山东登州登陆。朝鲜使臣经由登州往返,集中于 1621 至 1630 年间,留下了近 20 种

---

① [朝] 申钦:《晴窗软谈》,《韩国诗话丛编》第 2 册,第 587 页。
② [朝] 许筠:《惺所覆瓿稿》卷二十五《惺叟诗话》,《韩国文集丛刊》第 74 册,1991 年,第 362 页。
③ [朝] 崔岦:《简易集》卷六《分津录》、卷七《松都录》(《韩国文集丛刊》第 42 册,1989 年,第 399—403 页、第 447 页),苏光震:《后泉遗稿》卷二(韩国国立中央图书馆藏本,木活字本,1898 年刊刻)。
④ [朝] 柳梦寅:《於于集》后集卷二《朝天录》,《韩国文集丛刊》第 63 册,1990 年,第 443 页。
⑤ [朝] 郑士信:《梅窗集》卷二《偶次杜子美府咏怀百韵》《辛亥正月一日留广宁,想得一家弟侄齐会宗家参拜祠庙,旅泊绝塞,怀可知也,次杜子得观书韵》《次杜子美府咏怀四十韵》《次杜子寄刘协律排律四十韵》《辽阳咏雪,次杜子寄张山人三十韵》,《韩国文集丛刊续》第 10 册,首尔:民族文化推进会,2005 年,第 431—434 页。

朝天文献,①其中崔有海(1587—1641)的三卷本《东槎录》②尤为重要。仁祖五年(1629)九月初六,崔有海以赍咨兼问安使出使宁远,却因风浪在十二月漂至登州,并滞留约三个月。其《东槎录》中参与交流的明人多达20人,保留的公私信函67封,明人所写序跋、题辞7种,崔有海为中国人书写序跋、题辞5种,诗作酬唱也很多,并且大多附有原韵或次作,《东槎录》表现出的丰富性、多样性在朝鲜人出使明的朝天文献中仅此一家。

崔有海《东槎录》中的唱和诗包括了全部4种形态,在此,我们重点看看崔有海与中国官员、文人因广渠门大捷③而进行的较大规模的诗歌次作活动,将此次的次作列表如下(表格中括号内的字为尾联韵字)④:

崔有海	宋献	吴大斌	王述善
次	闻白水大捷,次杜少陵诸将五首	次宋民部喜闻大捷韵呈大方崔学士五首	次宋如园闻捷韵
晴川示以瞻斗韵,次呈求正			闻捷音喜赋(深)
晴川以捷音告喜,赋诗求和(皇)		次二首(皇皇)	拙作美崔先生闻捷之什,次呈吴晴川
次		次	闻房酋被创奏捷,圣上召袁督师赐宴解裘喜赋(楼)
又次闻捷韵(幽)			

---

① 参见漆永祥《燕行录千种解题》(北京大学出版社,2021年)的介绍。
② [朝]崔有海:《默守堂先生文集东槎录》,见韩国国立中央图书馆藏本,古活字本。三卷两册,四周双边,半郭23.9 cm×14.9 cm,9行17字,注双行,内向二叶花纹鱼尾,31.7 cm×19.6 cm。
③ 广渠门之战,指崇祯二年(1629)十一月二十日,明朝与后金在北京广渠门下爆发的一场战争,明军在袁崇焕的指挥下,经过数小时的血战,成功击退了后金军进攻,获得广渠门之战的胜利。
④ 本文引用诗作出自[朝]崔有海三卷本《东槎录》,无页码标注。另[朝]崔有海《嘿守堂集》(《韩国文集丛刊续》第23册,2006年)《燕行录全集》第17册都收入二卷本《东槎录》,次《诸将五首》分别在《韩国文集丛刊续》第23册第430—431页、《燕行录全集》第17册第562—568页,可参看。

先介绍一下表中的另三位人物。宋献(1572—1647),字献孺,号如园,江苏溧阳人。天启壬戌(1622)赞画阁部军务,从枢辅孙承宗督师宁远;己巳(1629),升任山东司户部郎中。吴大斌(1556—1632),字叔宪,号晴川,山阴人。他曾至东北投靠参与抗击壬辰倭乱的侄子吴宗道①,1623年起又避乱至登州,寓居开元寺,与途经登州的朝鲜使臣交往繁密。王述善(1594—?),字瞻斗,登州蓬莱人。天启辛酉(1621)进士,历任南京刑部郎中等职,此时告病归乡。

此次次和始于户部郎中宋献。由于消息滞后,登州到十二月才得知战事情况,宋献喜不自禁,写作《闻白水大捷,次杜少陵诸将五首》,王述善、崔有海、吴大斌都有次作。围绕广渠门之战,王述善又有《闻捷音喜赋》,崔氏有次作。崔氏又作《晴川以捷音告,喜赋诗求和》一首,吴大斌次作两首,王述善见吴氏之作,又次作《拙作美崔先生闻捷之什次呈吴晴川》,并附与吴氏书信一封。王述善又作《闻房酋被剑奏捷,圣上召袁督师赐宴解裘喜赋》,崔有海、吴大斌都有次作。由表中诗题,可以清楚地看到此次诗作唱和中吴大斌的推动之力。

宋献曾跟随孙承宗督师宁远,是战争的亲历者,对朝中动态及参与战争的将领都很熟悉,这也许是其选择次作《诸将五首》的原因之一,其次作亦如同时事播报,虽较为难解,但结合诗句间的小注,我们还是能略加分析。其第一首云:

> 锦宁两战屹如山,敢复前窥虎豹关。共说绸缪周外备,遂忘瑕衅启乘间。中丞殉难城俱覆,主将全生地转闲。烽火甘泉连夜达,群公何以破愁颜。

首联,"锦宁两战"指天启七年(1627),明军在袁崇焕构置的宁锦防线及正确的战略战术的指导下获取的"宁锦大捷"。皇太极虽战败,仍虎视眈眈想进

---

① 关于吴宗道、吴大斌的情况以及山阴吴氏家族与朝鲜、辽东及明清易代的关系,参见杨海英《东征故将与山阴世家——关于吴宗道的研究》(载《纪念王钟翰先生百年诞辰学术文集》,北京:中央民族大学出版社,2013年,第160—173页)《山阴世家与明清易代》(载《历史研究》2018年第4期,第37—54页)二文。

入山海关。颔联讲明朝将兵力集中在宁远防线上,忽略了对内蒙古一线的防御,给皇太极以可乘之机,他改变策略,于崇祯二年(1629)十月假道蒙古科尔沁部,自北向南,直奔北京,给明朝以重击。颈联上句讲巡抚王元雅殉难事,十月三十日,皇太极领兵至遵化,王元雅凭城固守,拒不投降,十一月三日于官署自缢而亡,城中官兵百姓反抗者皆被屠杀。下句似指三屯营总兵朱国彦自杀,副总兵朱来同等潜逃,后金军破三屯营一事。尾联似指后金军队攻占遵化后,势如破竹,很快直逼北京城下,让明朝君臣一筹莫展心急如焚。第二首首句"营平方略诵金城",下有小注"赵帅没",此指赵率教十一月四日遇后金埋伏战死一事。① 结合《崇祯长编》这一时期的记载,其他小注也能一一确指:"高阳孙阁老承宗再入相",指孙承宗以少师兼太子太师兵部尚书中极殿大学士督理兵马钱粮;"庶常金刘二公",指吏部庶吉士金声、刘之纶;"下兵部王于狱",指兵部尚书王洽入狱事;"监军方侍御",指巡按直隶御史方大任。② 这组诗与时事紧密相连,可见宋献对朝中动态、战场风云都非常了解。

再看看其他人的次作。王述善此时虽不在朝中,但作为政界一员,对战事以及人员安排也很熟悉,并有自己的判断。第一首首联云:"虎豹曾闻旧在山,谁将纨袴易重关。"小注云:"中协路将方易,非其人。"似对临阵换将表示不满,认为所换之人并不合适,但所指何人,已不能确指。第二首前四句云:"方叔天生是赤城,宣威路洵遍干旌。飞驰豸绣身亲矢,直指鱼书腹蓄兵。"此方叔与宋献诗中小注"监军方侍御"应为同一人,都指方大任。

吴大斌虽然活跃于登州军政要人与士人间,毕竟只是一介平民,即使耳闻很多消息,对具体战况、人员变动等也不会特别清楚,所以他的次作多泛泛而谈,如第一首云:

  关雄百二海连山,何事天骄寇我关。云扰三屯亭障外,烽传千里蓟

---

① 以上内容参见孙文良、李治亭著《明清战争史略》第八章《后金千里奔袭》,北京:中国人民大学出版社,2012年。
② 参见汪楫编《崇祯长编》卷二十七、二十八,台北:"中央研究院"历史语言研究所校印本,1962年。

幽间。金台命将谋谁识,羽扇挥兵意自闲。虏殪白河归赤焰,望春楼御凤龙颜。

诗中提到三屯、蓟幽、白河,概括了战事过程,但写将领运筹帷幄、气定神闲,就不免有些不着边际了。明、后金的局势与朝鲜的命运休戚相关,但崔有海作为异域之人对明朝中情况更不了解,他将重点放在了战争凯旋的场景与奖赏上。最后一首稍有特色,诗云:

孤槎飘泊自东来,故郭残更画角哀。海月寒时愁倚枕,燕云望处独登台。风驱西塞千峰雪,日照南山万寿杯。仗义勤王参大庆,皇朝知有栋梁材。

诗中所言是人在异乡的孤独伤感,面对动荡局势的无能为力,以及对袁崇焕带兵解北京之围的颂扬,多是异域之人的视野。

广渠门大捷的消息让登州军政要人及相关人士精神振奋心情激荡,王述善、崔有海也分别写作诗歌记事抒怀,彼此之间也都有次和,但他们并未谋面,诗作往还都是经由吴大斌传递的,我们需对此单独分析,以见中朝文人交往过程中的复杂面相与心态。

崔有海与王述善结缘于次杜《诸将五首》,王述善还次作了崔有海的《晴川以捷音告,喜赋诗求和》,崔氏大为感动,恳请吴大斌将他所撰其他诗与文上呈王述善,希望能得到王氏评点,并希望王氏能为其父书稿题写数语。崔有海之所以仰慕王述善,大概因为王氏的身份地位在登州士人中最高。但王述善谨守"人臣无外交"的原则,并未与崔有海见面,甚至避免与崔氏的一切直接交流,即使次作崔氏诗也是"呈吴晴川"。《东槎录》中收入王氏两封书信,都是给吴大斌的,其中一封称:

崔使客先生,生虽遥瞻大雅,但于地方为乡绅,义不得有境外之交,拙诗因台翁以污使客,复得使客佳咏,即此已足,岂敢复图晤且生褊衷?每闻见颁诏之使驻岛之戎,却馈者倍仰高风,戕伤者怒若民贼。今岂敢自食其言以贻笑未同耶?生今惟慕重泄柳,即佳编亦不敢再赓矣。陶公祖诗若叙委一辞不能赞,惟祈相知者在知心也。(卷一《王瞻斗抵吴晴川揭》)

此信包含三层意思：一、"人臣无外交"，二人通过吴大斌有两次诗作酬唱已足够了，不应有更多交往；二、有些朝鲜使臣及随行人员有若"民贼"，对当地治安及百姓生活都造成了负面影响，他也不愿意与外国使臣往来；三、因以上原因，他不会再与崔有海有文字交流，也不会对崔氏所作诗文进行评点。

"人臣无外交"的确在一定程度上制约了崔有海与中国士人的交往自由，但吴大斌能数次拜访崔有海，宋献也与崔有海有较多诗文交流，王述善的"义不得有境外之交"更多的还是托词，他的这封信让我们看到了中国士人对朝鲜使臣的另一种态度，不热情不亲近，甚至有些疏离排斥，当我们较多地关注中朝士人交流的热烈场景与正面影响时，也应注意到不一样的态度与声音，这样才能更好地构建两国文人交流的整体面相。

三、次《秦州杂诗》中的明清易代

虽然朝天及燕行途中的次杜诗越来越多，但最为朝鲜使臣及随行人员欣赏的还是杜甫的纪行诗作、表示时节变化的作品，以及《秦州杂诗》《秋兴八首》[1]等，这些次杜诗各有特色，有必要进行综合整理与研究。在此我们来看看他们的次《秦州杂诗》。

《秦州杂诗》写于乾元二年（759）秋，杜甫弃官西去秦州后。二十首诗"以入秦起，以去秦终，中皆言客秦景事"[2]，写作方法是"或一首一事，或二首一事，起中结位置秩然。……〇以随意所及，为诗不拘一时，不拘一境，不拘一事，故曰杂诗"[3]。《秦州杂诗》写景记事，主题多样，感慨深重，结构井然，也就为学习次作者提供了更多路径、更广空间。当朝鲜使臣出使中国时，往返数千里，用时四至六个月，所见的异国之人、事、景更为丰富，所思所想也更为复杂，《秦州杂诗》就成为他们模拟创作的范本。

---

[1] 关于朝鲜文人次杜《秋兴八首》，参见左江《朝鲜文人次杜〈秋兴八首〉研究》，载《域外汉籍研究》第 19 辑，北京：中华书局，2020 年。
[2] 仇兆鳌：《杜诗详注》卷七，北京：中华书局，1999 年，第 589 页。
[3] 张溍：《读书堂杜工部诗集注解》卷五，收入黄永武编《杜诗丛刊》第四辑，台北：大通书局，1974 年，第 666—667 页。

首先在朝天诗中次作《秦州杂诗》的是柳梦寅(1559—1623),他自称曾三次出使明①,但其在仁祖反正(1623)初被告发有谋逆之行而被诛,因此文集散佚严重,现可考使行仅两次,一是宣祖二十四年(1591),以谢恩兼进慰行正使出使;一是光海君元年(1609)以圣节行正使出行,两次使行有诗作《星槎录》《朝天录》及诗序、呈文等,次《秦州杂诗》的《燕京杂诗》二十首就写于1609年出使之时。

诗题为《燕京杂诗》②,则二十首诗作都围绕北京而来,主题有三:一是离家万里人在北京的孤寂思乡之情;二是在北京的活动,以及北京的名胜、风景、人事;三是与北京相关的遗迹故事。第一首云:"鲍系三韩老,萍浮万里游。征尘过蓟远,旅馆滞燕愁。月白摩山夕,风寒易水秋。凭谁湔旧恨,遗迹至今留。"这是对二十首诗作的总括,中心词是万里游、滞燕愁、遗迹留,其后十九首就围绕这几个中心词而来。

《燕京杂诗》次杜《秦州杂诗》,但二者之不同显而易见,《秦州杂诗》每首的主旨都很清晰,二十首诗虽不拘一时、一境、一事,但结构井然,柳梦寅之作则较混乱,第一首总括;第二、三两首写东岳庙与玉河;第四首忽然转入征夫与思妇;第五首至第七首重新回到京城的繁华景象;第八、九两首写使臣幽闭馆舍之孤寂及思乡之情;第十至十四首写在北京的游历及所见景象,有街市繁华、朝参、朝天宫、敬德街、天坛等;第十五首至第二十首,写燕地遗迹及相关历史典故,主要是两件事:一是乐毅辅佐燕昭王,二是荆轲刺秦王,但第十七首云:"殊方惊节晚,庭树已秋光。万语蛮侵榻,新花菊耀墙。同行多卧病,孤坐一深堂。愁伴乡关月,清宵敌岁长。"写的是出使异域,时光流逝,渐入深秋,同行者大多病卧在馆,更感孤寂及乡愁之难以排遣。诗作虽情真意切,但与前后之作格格不入,非常突兀。

二十首主题重复之处更多,如写北京之繁华富庶以及国泰民安之升平

---

① 分别见[朝]柳梦寅《於于集》卷三《送冬至使俞景休大桢序》云"余辱价命凡三"、《送冬至使李昌庭序》云"余尝三忝观国,猥厕朝贺之班"、卷四《送高书状用厚序》云"余亦三忝观国宾",《韩国文集丛刊》第63册,第362、365、376页。
② [朝]柳梦寅:《於于集》后集卷二《朝天诗》之《燕京杂诗》,《韩国文集丛刊》第63册,第484—485页。

景象,第三、五、六、七、十、十三都有相关内容,第三、十两首云:

> 玉河通舳舰,铜陌静尘沙。珠履三千客,银扉百万家。日华红箔焕,风色彩幡斜。文物升平乐,人人总可夸。

> 市货积昆仑,鱼鳞纤丽繁。蹄踪如凑辐,陆海亦穷源。珠出越南墓,绡成泉底村。夕归休掉臂,朝入尽争门。

二首诗颇为雷同,都描写了街市之热闹富丽,物品之丰富奇特,百姓之闲适自在,正如张溍所讥讽的"若今人至十首以外情景皆重,何取于多"①。

柳梦寅极为钦慕中华之礼乐文明、大明之富庶繁华,他有《独乐寺施诗》六首,每首第一句都是"东国之人愿往生中原",六首分述六个理由:区内极宽平、言语是真声、衣服动光晶、民物总醇明、官爵最多荣、万事胜王京,所以在佛前许下心愿:"唯希百百千千劫,长作华人住大明。"②《燕京杂诗》二十首可谓对"万事胜王京"的具体描写,强化了其间的区内宽平、衣服光晶、民物醇明。

柳梦寅是最早在使行途中次作杜甫《秦州杂诗》的朝鲜使臣,慕华事大的心情迫切且强烈。就其诗作而言,无论是主旨之清晰还是结构之井然都与杜诗有着较大差距,还有待后来者进一步完善。近百年后,肃宗三十年(1704),李颐命(1658—1722)以冬至兼三节年贡行正使出使清,写下燕行诗六十多首,包括《燕京次杜工部秦州杂诗》③二十首。

如果说柳梦寅次作尚不能体现《秦州杂诗》"或一首一事,或二首一事"的特点,李颐命次作则每首咏一景、一人或一事,前八首咏北京八景的居庸叠翠、玉泉垂虹、太液晴波、琼岛春云、金台夕照、蓟门烟树、芦沟晓月、西山霁景,第九首至第二十首分咏十二事,分别为燕都、忆万历、伤崇祯、吊柴市、入燕京、隆福寺、东岳庙、淹留、再赴朝参、燕俗、思归、观棋,诗中小注更将每首的写作背景或诗中所咏人、事、景交代得很清楚,如第十六首云:

---

① 张溍:《读书堂杜工部诗集注解》卷五,《杜诗丛刊》第四辑,第 666 页。
② [朝] 柳梦寅:《於于集》卷二《朝天录》之《独乐寺施诗》,《韩国文集丛刊》第 63 册,第 323 页。
③ [朝] 李颐命:《疏斋集》卷一,《韩国文集丛刊》第 172 册,1996 年,第 66—68 页。

译书奚补事,输币在何间。半月常封印,三阳亦闭关。离宫百戏毕,汤井几时还。任尔盘游乐,长愁远客颜。 右淹留 清主出游,且以文书翻译之误,方物久未输。

这首是写他们滞留北京的原因,一是康熙出游,二是文书翻译有误,进贡之物久滞未纳,出使的任务也就无法完成。汤井指行使路上的汤井站,诗中充溢着不得还乡的焦虑与愁苦。

朝鲜在与中国的外交中,长期以来奉行"事大慕华"的政策,认为自身是仅次于中国的"小中华",对周围的其他国家与地区有一种"字小"的优越感,在世祖(1455—1468在位)时就有这样的记载:"况我殿下即位以来,德洽仁深……若野人、若日本、若三岛、若琉球国四夷,皆来庭焉。"[1]野人就是指朝鲜北面、鸭绿江及豆满江以北居住的女真人。女真一直是朝鲜人所鄙视的蛮夷之地,此时却入主中原。在与明的外交中,"事大"与"慕华"是一致的,而到了清朝,"事清"变成了"事夷",事大的政治秩序与华夷观的文化意识间出现了分裂。因此,在与清朝的关系中,朝鲜从对明的事大义理及华夷观出发,一直到肃宗朝(1675—1720)仍视清为仇雠。在明亡一甲子之际的1704年三月戊午,肃宗还以太牢祭祀崇祯帝,又于十二月建成大报坛,祭祀万历帝。[2] 李颐命作为肃宗朝重要朝臣,国家意识、君王思想都在他的诗中有所反映,其次《秦州杂诗》中有《忆万历》《伤崇祯》两首,"故国腥尘暗,人间甲子回""此地难为客,如何且久留"等诗句虽比较克制,还是能感受到其间"尊明攘夷"的情绪以及愤懑不平的心思。这与柳梦寅在《燕京杂诗》中渲染的明朝的国泰民安、北京的繁华富庶,以及表现出的对明朝的钦慕向往已完全不同。

其后在燕行作品中次《秦州杂诗》的是金昌集(1648—1722),他于肃宗三十八年(1712)以谢恩兼冬至使出使清,弟金昌业(1658—1721)随行,兄弟

---

[1] 《世祖实录》卷四十五世祖十四年(1468)三月乙酉(25日),《朝鲜王朝实录》第8册,第172页。

[2] 参见陈尚胜等著《朝鲜王朝(1392—1910)对华观的演变》之《后论:事大论——华夷论——北学论》,济南:山东大学出版社,1999年,第294—297页;孙卫国《大明旗号与小中华意识》第二章《尊周思明与大报坛崇祀》,成都:四川人民出版社,2021年,第96—143页。

二人此行都写有《燕行埙篪录》,其中金昌集有《用老杜秦州杂诗韵追记燕行》①一组二十首诗。李颐命为金昌集友人,还为金氏《燕行埙篪录》题写了序跋,其燕行路上的次《秦州杂诗》也成为金昌集次作的先导。

李颐命集中写在北京的所见所思,金昌集之作则如题目所示,强调的是"追记燕行",记载一路之行程,以及在北京的见闻。金氏之作也如杜甫原诗一样,一诗一事或两诗一事:第一首写接受出使之命;第二首写饯饮辞朝;第三首写弘济桥边的离别;第四首写夜宿碧蹄之愁思;第五首写行至龙湾的感慨;第六首写在龙湾的饯饮宴乐;第七首写在松鹘山之所见所感;第八首写行至栅外,即将踏上清朝土地;第九首写入栅后的行程;第十至十二首分别写驻跸所、烂泥堡、医巫闾山;第十三首写沿途所见之人与事;第十四首写经过松山、杏山堡及祖氏石牌坊;第十五首写山海关之雄壮;第十六首写首阳山及伯夷、叔齐之事;第十七首写抵达北京入住玉河馆;第十八首写归程之快意;第十九首总括使行之艰苦;第二十首写回到家中的愉悦。略举两例如下:

> 其十三:彩榜纷开市,雕甍竞起家。爨薪常用秫,农地尽耕沙。何术扰禽兽,非时护果瓜。弓鞋多汉女,髻上总簪花。

> 其十七:久客浑尘面,相看不复光。毡裘严护馆,箪屋创依墙。帘出知廛市,钟来认庙堂。归期谁报的,苦况欲言长。

第十三首写沿途所见,首联见城镇之繁华,二、三两联写农村景象,百姓用高粱秆烧火,耕地大多沙化,田地里长着瓜果,作者很好奇:老百姓是怎样赶走或捉住飞禽走兽以保护瓜果生长的呢?尾联写路上见到的女性:裹着小脚穿着弓鞋的多是汉族女子,她们喜欢在头上簪插鲜花。第十七首是入住玉河馆的情形,长途跋涉后,大家一身尘土,满面沧桑,而玉河馆舍颓败不堪,使团要做的第一件事就是维修馆舍:

> 吾辈所入炕多穿破。言于馆夫,召泥工以泥灰涂之。屋既高大廊

---

① [朝]金昌集:《梦窝集》卷三《燕行埙篪录》之《用老杜秦州杂诗韵追记燕行》,《韩国文集丛刊》第158册,1995年,第70—72页。

落,室与大厅之间出入板门多隙,风入疏冷,不似室中。伯氏炕上设房帐,余炕以簟为屋,其长丈余,广仅半之。①

此可为"毡裘严护馆,簟屋创依墙"一联之补充说明,可见使团一行条件之艰苦,这就让他们更加迫急地期待归期,只觉在北京滞留的时间无比漫长。

金昌集出使时的1712年,正好是壬辰倭乱过去两甲子,肃宗在赆行诗中即云:"此行上价弟兄偕,其所相须岂有涯。今岁壬辰周甲再,山河触目定伤怀。"②又是一个壬辰年,让朝鲜君臣再次想起明朝倾力相助的再造之恩,大明不再,山河轮转,使行必然"伤怀",肃宗已为此行定下基调。再加上祖父金尚宪(1570—1652)因反对议和被羁押沈阳数年的经历,让金氏兄弟感慨良多。行经沈阳,思及祖父,金昌集写下《沈阳感怀次北溪韵》,诗云:"邦国遗羞尚忍论,长河欲挽洗乾坤。北庭持节怀先祖,西夏衔纶愧后孙。冰雪窖边遗迹昧,日星天下大名存。惊心皮币来输地,暗傍毡裘掩涕痕。"③对以清代明之愤慨、对祖父被拘之伤感、对出使清而愧对先人之羞惭都清晰可见。

就金氏兄弟《燕行壎篪录》来看,"伤怀"之情绪表达很复杂,更多的还是一种无可奈何,如金昌集《玉河馆感怀》云:"东来冠盖入燕都,触事那堪感慨俱。三世使星前后继,百年文物古今殊。敢言专对追先武,但把遗篇验旧途。不肖纵惭多忝坠,囊中应复越金无。"④"三世使星"指金氏三代金尚宪、金寿恒(1629—1689)、金昌集祖孙三代出使明清之事,百年间早已是沧海桑田,物是人非,自己带上祖、父的使行诗文,不敢说追赶先人的成就,只想根据他们的诗文来考查沿途的变化。自己虽不肖,但可以保证不会贪贿求利,不会辱没先人们的声名。虽然金昌集《燕行壎篪录》的情绪比较复杂,但就《用老杜秦州杂诗韵追记燕行》来看,则比较客观写实,并无太多华夷观的流露,更不像李颐命那样有"尊明攘夷"的想法。

就近百年的长时段来看,明清易代天翻地覆的变化,深刻地影响着朝鲜

---

① [朝]金昌业:《老稼斋燕行日记》卷三,《燕行录全集》第32册,第559页。
② [朝]金昌集:《梦窝集》卷三《燕行壎篪录》附《燕行时肃宗大王御制赆章》,《韩国文集丛刊》第158册,第50页。
③ [朝]金昌集:《梦窝集》卷三《燕行壎篪录》,《韩国文集丛刊》第158册,第61页。
④ 同上,第64页。

文人对中国的看法,也影响到他们的诗文写作。使行路上的三组次杜《秦州杂诗》,是三种写作方法,也是三种情绪表达。柳梦寅使明,重点写北京的繁华以及燕地的历史典故,其对明之渴慕向往非常强烈。李颐命与金昌集次作都写于出使清时,李颐命重在写燕京之景及在北京的所见所感,金昌集则是追记出使行程。就情绪表达而言,李颐命尊明攘夷的倾向更为强烈,金昌集相对更为客观写实。金昌集与李颐命为友人,受李氏影响次作《秦州杂诗》,又要同中求异,选择不同的角度与方法,丰富了次杜诗的写作。

结　语

朝鲜使臣及其随行人员出使明清留下了大量使行文献,其中唱和诗作非常丰富,杜诗作为文学典范,也是朝鲜使臣们次作的重要选择。阅读及创作既然是个人行为,那在什么情况下发生,在哪里发生,又是以何种方式加以呈现,都是值得探讨的问题。

申叔舟与成三问多次去辽东问韵于黄瓒,在他们的文集中第一次出现较多的次杜之作,这是世宗倡导杜诗的反映,也是《纂注分类杜诗》影响的表现。但在申叔舟、成三问之后,使行路上直到近一个半世纪之后的宣祖朝才再次出现次杜之作,这与诗坛风尚由宋而唐、由苏黄而李杜的转变完全吻合。朝天、燕行文献也是诗文坛的一个部分,与文学风尚的转移、变化密切相关。

1629年12月,崔有海漂流至登州,广渠门大捷后,他与登州士人一起写作了大量诗歌、次作了杜甫《诸将五首》,形成了一个两国文人诗作唱和的小高潮,而不同的人,因为不同的身份,不同的地位,对朝政、将领、战场情况的熟悉与了解程度不同,在次杜时也选择了截然不同的写作方法,有的如同时事播报,有的全是想象之辞。在朝鲜使臣与中国官员的交往过程中,我们还看到了一种较为疏离的态度。以往的研究更多地关注两国人之间热情、友好的交往状态,注意到这种疏离甚至排斥的态度才能更好地构建中朝两国人物交往的完整样态。

朝鲜使臣在使行路上次杜诗时,会选择杜甫的纪行之作,这与他们人在旅途的境遇更为契合；他们也会选择表现时间、节序的杜诗次作，将人在异乡的焦虑及强烈的思乡之情表达出来。另一次作较多的是《秦州杂诗》，柳梦寅极为钦慕中华文明，他在明末出使中国，此时的中国已走向衰落，各种矛盾突出，但在柳梦寅的次作中，我们看到的是繁华富庶，国泰民安，其乐融融的升平景象。约一个世纪后，当李颐命、金昌集进入中国时，这是清康熙四十三年（1704）与五十一年（1712），清已逐渐走向稳定与兴盛，但因为后金（清）对朝鲜的侵扰，女真又是朝鲜人眼中的野人，根深蒂固的华夷观仍让他们充溢着以夷乱华的愤怒，以及对中华文明凋零的忧伤。

三人都写作了次《秦州杂诗》，写作方法又各有不同，柳梦寅重点写北京的繁华以及燕地的历史典故，他似乎未能领会《秦州杂诗》一首一事或二首一事的精妙，二十首之间内容较多重复。李颐命与金昌集都延续了《秦州杂诗》一首一事的写作手法，但李颐命重点写在北京的所见所感，金昌集则重在写路上所经之地、所见之人，以及由景与人触发的所思所想。在情绪表达上，李颐命更为强烈，金昌集则相对客观平和。李颐命与金昌集是知交好友，他们在使行路上都选择了次作《秦州杂诗》，但又能努力同中求异，写出不一样的次杜之作。

朝鲜使臣及随行人员在使行路上写下大量次杜之作，这一过程又必然与他们所处的时代、生活的环境、交往的人物等种种因素相关，所以我们要"注重文化意义的阐释，注重不同语境下相同文献的不同意义"[1]，从这些次杜诗中，我们既能看到朝廷文化政策的导向，诗文坛风尚的变化，也能看到两国间的政治风云，以及明清易代在两国文人之间引发的复杂的心绪变化，所以次杜诗不仅仅是诗歌写作，它更是一面镜子，是政治、文化、思想、文学的反应，需要我们进行综合系统深入的研究。

作者单位：深圳大学人文学院

---

[1] 张伯伟：《东亚汉文学研究的方法与实践》导言《新材料·新问题·新方法》，北京：中华书局，2017年，第17页。

杜甫联章组诗在韩国的传播与影响*

徐婉琦

摘　要　杜甫诗歌在韩国文坛传播广泛,影响深远。其联章组诗在写作方式、情感内涵及章法结构等方面呈现出独特的艺术魅力。韩国诗人为韵、分韵、次韵等拟作颇多,在接受过程中不断创变,形成韩国诗坛杜甫组诗的接受奇观。因组诗篇幅长、容量大的体式特点,韩国文人效仿杜甫以诗为史,书写现实,铺排宏大场面,形成多样化的叙述层次,扩充情感容量的同时增强叙事的感染力。对杜甫组诗中的诗史精神、现实笔法及忠君爱国的博大情怀解读深刻,运用得体,推动了韩国文坛诗歌纪实叙事功能的开拓。章法结构层面,韩国文人对杜甫组诗的接受多侧重于格律用韵,并用心安排布置组诗的体式章法结构。逐首联章而自成脉络,各章之间亦整齐亦参差,在理性层面有意识地构架了每首之间的顺序关系,同时注重整体抒情感受与体悟,还兼顾了联章诗体的逻辑与美感,平衡与灵动。韩国诗人创作接受杜甫组诗过程中,亦结合自身经历和社会现实,通过移植主题内容、转移抒情对象、变化体裁形式等方式对杜甫原作加以创变,拓展出更具本土化特色的组诗作品。

关键词　杜甫　联章组诗　韩国　传播接受

唐代文化对东亚韩国影响深远。中韩的文化交流渐盛于唐代,据史料载,唐代武德四年(621),新罗初受唐代文化。唐太宗贞观十四年(640),

---

* 青岛市社会科学规划项目"杜甫联章组诗在韩国的传播与影响研究"(项目编号QDSKL2301073)。

荣留王遣子弟请入唐朝国学。唐至德元载(756),新罗君主遣使入唐,唐玄宗御制御书五言十韵诗赐赠,显示了两国最高统治者对文化交流的重视。双方帝王支持,两国使者频繁往来,礼仪互通,肇开了唐诗之路。此后,韩国大量派遣遣唐使、留学僧入唐,唐诗典籍随之传播到韩国。韩国诗人宗法唐诗,在广泛接受唐诗的基础上,进行再创作,再传播,再辐射。

韩国汉诗作品以杜诗为典范,蔚然成风。李氏朝鲜内府本御定《杜律分韵》《杜陆千选》等书籍刊行,反映出杜诗深受韩国上层文人的喜爱乃至尊奉。杜诗诸多体式中,联章组诗在章法结构、情感容量、体裁韵律等方面都具有独特的艺术魅力,自新罗、高丽至朝鲜各时期文坛巨匠竞相仿作、次韵、唱和。作品笔法独特,情感内容充沛,艺术技巧精湛,形成韩国文坛杜甫组诗接受奇观。

一、杜甫联章组诗史书笔法与情感内容的韩国接受

诗与史在中国文化中自古就有着不即不离的联系。前者长于抒情,后者擅在叙事。自杜甫首以韵语纪时事,开创了中国文学史上独特的"诗史"传统。晚唐孟启《本事诗》言杜甫"逢禄山之难,流离陇蜀,毕陈于诗,推见至隐,殆无遗事"[1],首以"诗史"定位杜甫诗歌。肯定其以史为诗,书写历史时事,抒发家国怀抱,将"诗"的抒情性和"史"的叙事性充分调和,留给后世生生不已的感动。逢民族危亡之际,杜甫作品中的诗史精神及笔法,最易引发文坛共鸣,后世文人纷纷效仿;更远涉重洋,对东亚韩国文人产生了深远影响。

杜甫组诗因篇幅容量增加,更适合运用史笔,且逐首联章而成的诗体形式更易于安排长故事、大事件的结构,形成多样化的叙述层次,同时增强抒情性和叙事感染力。如《八哀诗》,追忆八位著名人物,写作动机为叹旧怀贤,描绘八位贤人事迹,又夹杂评论,向来被誉为人物史传。王嗣奭评:"此

---

[1] 丁福保:《历代诗话续编》,北京:中华书局,2006年,第15页。

八公传也,而以韵语纪之,乃老杜创格……'诗史'不虚耳。"①仇兆鳌注引郝敬语曰:"《八哀》诗雄富,是传纪文字之用韵者。文史为诗,自子美始。"②八首诗将历史大事通过传主经历娓娓道来,其中难以直言的社会背景亦表现得历历清晰而又含蓄蕴藉,达到了《左传》标榜的"微而显,志而晦,婉而成章,尽而不污,惩恶而劝善"的史家高境。再如《乾元中寓居同谷县作歌七首》叙事抒怀皆即景为之,感慨身世。尤其第六首,更托寓遥深。借南湫之龙为比,以"龙在山湫"寓身当厄运;"枝樛""龙蛰"寓干戈侵扰;"腹蛇东来"寓史孽寇逼;结句"溪壑为我回春姿"寓反对乱政,指望太平。相比于前五首以悲哀基调结尾,此首托寓而后将情绪上扬,以组诗形式形成情感语义的起伏顿挫,更彰显史书叙事的变化之妙。《陪郑广文游何将军山林十首》中咏戎王子,而出之议论;《黄河二首》描写胡人侵入导致蜀中困顿,前首为因,后首为果,结尾感叹"愿驱众庶戴君王,混一车书弃金玉",为民生疾苦大声疾呼。《遣兴五首》中"天用莫如龙""地用莫如马"则以天地、龙马、君臣、忠邪相对,一警戒,一希冀,笔触历史,将诗意、寓意共济,分而成章,联则一体。

韩国文人对杜诗中的诗史精神及笔法解读深刻,接受广泛。诗话评论中常体现对杜甫"诗史"之才的认同和追慕。如李瀷(1681—1763)解释杜甫《覆舟》二首中"丹砂同陨石,翠羽共沈舟""竹宫时望拜,桂馆或求仙"称其"讥刺时君之失,可谓诗史"(《星湖僿说》);李圭景(生卒年不详)赞杜甫"诗圣诗史之才""然身后之名洋溢中外"(《诗家点灯》续集卷一),充分挖掘子美诗史内涵,认为杜诗记人之言行交游、唱和,可谓人之史;而其关怀民生疾苦,切实体察民间风情,刺寓政治得失,情怀博大,"某风土之礼瘠,人民之苦乐,与其当事者之政治得失亦具见,于是又非特一人之史也"(《诗家点灯》),写实记录,关怀天下,则史笔的包容性进一步扩大。李家源(1917—2000)以"诗话"作对比,认为诗史"史观先要确立,取材期于严正"(《玉溜山庄诗话》),从作品题材观念层面挖掘史笔为诗的特色。金瑗根(生卒年不详)自

---

① 王嗣奭:《杜臆》,上海:上海古籍出版社,1983年,第235页。
② 杜甫著,仇兆鳌注:《杜诗详注》,北京:中华书局,1979年,第1420页。

著《诗史》,序言中对"诗"与"史"的功能加以区别,将古之"题楼垲,或咏山川,或咏时物,或赞才艺,或吊忠烈,或悲战场,或怀古都,或奋而咨嗟,或开怀而咏叹者"均系以实事,谓"诵古诗,微逸史,一举两备"①。集中所录,均本诗中有实事,随见随录原则,深得杜甫史笔为诗真谛。高尚颜(1553—1623)《效颦杂记》解释杜甫组诗《戏作俳谐体遣闷二首》时,更直接以"诗史"之名指代杜甫。

从创作接受的诗学理论建构看,韩国文人对杜甫"诗史"的不断解读体现出其对诗歌纪实、叙事功能的高度重视。而杜甫的组诗分而成章,合而为一,体制篇幅和情感容量都适于宏大历史事件的铺排和深沉情感的发挥。韩国文人将诗与史合,拟作杜诗时,多选杜甫联章组诗为模仿对象,作为史笔叙事的载体。如洪命元(1573—1623)《次杜诗〈秋兴八首〉》(《海峰集》卷之二)其三写"挥戈无术驻西晖,谩向江天动少微"分析战争局势,指出朝鲜边境反女真扰边战术不当,致使战争久不平息;并分析时局,建言献策:"传语王郎莫轻战,此时胡马正骄肥",提出秋季是胡虏兵肥马壮之时,应当避开敌人锋芒,以防止边境损失惨重。其六写"谁将一箭落旄头,天下兵戈已十秋""消息关心皆可惧,风光触眼总堪愁",诗人触目风光,满眼忧愁,均源于对民生国运的忧心。

尚震(1493—1564)《次老杜秋兴》作于朝鲜前期朝廷内部勋旧派与士林派两党相争的士祸②时期,此时文人命运与时代命运紧密相连。尚震身处朝政,两度经历士祸。明宗五年(1550),朝鲜王室崇佛事,监司郑万钟引进僧人普雨,大张佛法,奉禅、教二宗。尚震四次上书论两宗禅科不可复立之事,未得明宗允准,后以病呈辞请免,亦不允。胸中忧愤,故将其对朝廷的失望融入组诗创作。"心事支离世所违"(其三),"欲补圣明才固拙"(其六),写出英雄无用武之地的悲哀。第七首展开议论,以"谁遣小虫催献功,恐令贫妇泣机中""酬尽官租无尺帛,活来余岁藉陈红"书写沉重的社会现实。士祸

---

① 蔡美花、赵季等:《韩国诗话全编校注》,北京:人民文学出版社,2012年。
② 指朝鲜成宗以后开始作为新政治势力而登场的"士林"受祸的一连串政治事件,尤以戊午士祸、甲子士祸、己卯士祸、乙巳士祸四次最为惨烈。

频起,连累国库乏资,民不聊生,所谓"四方米布,无路至京,而京城之民,将有饿死之患矣"①。其"恐令"句,"贫妇"句,正是饿殍遍野,社会混乱的写照。

清代施闰章论杜甫以诗为史时比较诗与史的关系,认为"史重褒讥,其言真而核;诗兼比兴,其风婉以长"②,指出二者各司其职,各具优势特质;浦起龙谓杜甫"一人之性情,而三朝之事会寄焉者也"③,将真挚性情寄于历史事件,且"述事申哀,笔情缭绕"④,达到诗史相融的艺术高度。这源于杜诗史笔之中蕴含着深厚的情感。而联章组诗的体制,不仅加长了纪实叙事的史传篇幅,亦扩大加深了情感容量。在对宏大历史事件叙述描绘的过程中,杜甫自然而然地融入了博大深沉的家国情怀,以及真切深挚的亲友之情。李朝中期,朝鲜内忧外患严重,民生艰难,社会动荡,满目萧然。心系国家兴衰命运的有识之士与杜甫的忠怀忧国产生强烈共鸣,效仿杜甫组诗创作时不仅注重体式用韵,如实记录社会动乱现实,蕴含其中的家国之思更与杜甫一脉相承,如朝鲜仁祖二十年(1643),尹顺之(1591—1666)同赵䌹(字龙洲)以通信使身份出使日本,途中所写《次龙洲用杜陵〈秋兴八首〉韵》言:"世事年来若累棋,万方多难有余悲。干戈满地仍今日,玉帛朝天更几时。"化用杜甫诗句的同时,纪行写实,抒发了国破家亡的巨大悲痛。

严昕(1508—1553)为人忠廉,谈论时政得失,刚直不阿,故常损害到权臣利益,引发不满,被坐事罢官。诗人满腔抱负只能转化为无尽忧愤,诗作处处充溢家国怀抱与壮志难酬,次韵杜甫组诗《秋兴》时,忠君情怀亦与老杜如出一辙:"他年认取关怀地,一片丹心两老翁"(其四);"伤秋飒飒千茎发,报国悠悠一片心"(其六);"簿领半岁身将老,湖海三秋梦久违"(其八)。面对萧瑟秋风,年华老去,报国理想始终未得实现,恰如杜甫《秋兴》中"每依北斗望京华""白头吟望苦低垂"的沧桑感慨。

车天辂(1556—1615)《用老杜〈诸将五首〉韵赋》中,以切实笔触描绘倭

---

① [韩]尚震:《泛虚亭集》卷六,《影印标点韩国文集丛刊》第26册,首尔:景仁文化社,1988年,第98页。
② 施闰章:《施愚山集·文集》卷四,合肥:黄山书社,1982年,第68—69页。
③ 浦起龙:《读杜心解》,北京:中华书局,1961年,第162页。
④ 同上,第658页。

寇作乱的场面：

> 虎符谁复作乾城，未卜边头卷旆旌。南越空闻回使节，北平愁见宿羸兵。马冲杀气尘犹暗，鲸动腥风海不清。弧矢直须威绝域，肯容孤岛梗源平。

> 警急频传紫塞烽，戈船横截海云重。卫青不复穿榆塞，关白居然受汉封。桂海有氛兵已老，胃星无色食难供。六年赍送劳蹄踵，那得三时不夺农。

> 龙刀不斩骇鲸来，城郭荒凉鼓角哀。壮士可能探虎穴，将军只合画云台。青丘此日空千里，沧海何人看一杯。许国壮心犹未折，书生自恨乏奇才。

三首诗分别次韵杜甫《诸将五首》中的二、三、五首韵，不仅在格律上严格遵循了七律的首、颔、颈、尾之起承转合和对仗，在笔法内容上亦追摩杜甫。第一首从虎符旌旗攒动起兴战争场面，"马冲杀气尘犹暗，鲸动腥风海不清"如实描绘了万马奔腾、杀气横边、腥风血雨、飞沙暗尘的战争实况。"绝域""孤岛"则描摹出饱受战争疮痍的国土状态。第二首从警报频传写起，"紫塞烽""海云重"，渲染了烽火狼烟的宏大战争场面。而后引中国历史功臣卫青、霍光典故，暗比自身不得重用。尾句"六年""三时"表达对民生疾苦的体恤。第三首则以龙刀骇鲸与荒城鼓角，壮士探虎穴与将军画云台两相对比，引出许国壮志难酬，书生空余愤恨的悲哀。全诗继承了杜甫以律体大发议论的笔法，而如"弧矢""直须""壮士""将军""许国""书生"等句，虽不及杜甫讥诮直露，亦语含反诘，含蓄可思，语意冷峭，简劲有力。诗人多次运用对照手法，耐人玩味，议论叙事虽以史笔而夹情韵以行，则并不削弱抒情成分。

从诗歌叙事、抒情功能角度讲，杜甫联章组诗"以史笔为诗"将诗、史文类互渗，在保证抒情初衷的同时，强化了诗歌的叙事性。韩国文人在拟作接受的过程中将诗歌言志与抒情功能妥善融合，笔写现实，情牵家国，不断进行"以诗为史"的创作实践，且杜甫联章组诗的"抒情之长"亦被韩国文人继承在自己的拟作之中，促进了诗心与史笔的有机融合，对拓展诗歌的内容、情感容量,提升诗歌境界多有裨益。

二、杜甫联章组诗形式韵律与章法结构的韩国接受

　　杜甫为诗特重章法,在其组诗创作中体现得尤为明显。相较于唐前,杜甫组诗篇幅虽长,诸篇之间层次分明而意脉不断,故称"联章"。浦起龙谓其"章法一线"①,每一组都可视为一个整体,后世文人大多关注到此特点。如王嗣奭评杜甫《秋兴》章法,认为第一首起兴,后七首俱发中怀,承上启下,相互生发,遥相呼应,"总是一篇文字,拆去一章不得,单选一章不得"②;钟惺曾批评李攀龙诗选杜甫前后《出塞》只择其一的做法不严谨。王嗣奭则指出:"五章一气转折到底。"③杨伦亦云:"五首只如一首,章法相衔而下。"④杜甫寓居同谷时所作的联章七古《乾元中寓居同谷县作歌七首》亦被选家认为"脉理相通,章节俱协"⑤。杜甫组诗无论古律体式,均有意识地在整体性的基础上谋篇布局,不仅每一单篇均有起结章法,组合起来亦呈现清晰脉络。胡震亨《唐音癸签》卷三载范梈论杜甫组诗之结构云:"诗一题一首,自为起合无论。"⑥即便每首组诗各有主题,但整体来看,首诗可作开端,末诗可作结尾,自成脉络,不宜随意易置位置。元末明初赵汸亦推杜甫组诗为典范,评杜甫《陪郑广文游何将军山林十首》及《重过何氏五首》时肯定其首尾布置之功,认为"每章各有主意,无繁复不伦之失"⑦。

　　但韩国文人拟作杜甫联章组诗时,却较少注意到其通篇的整体性构架,此与我国本土历代接受者的重点有所不同。以杜甫著名组诗《秋兴八首》为例,在中国古典文学不断讨论的"联章之法""长篇之法"基础上,将杜甫联章

---

① 浦起龙:《读杜心解》,北京:中华书局,2000 年,第 9 页。
② 王嗣奭:《杜臆》,上海:上海古籍出版社,1983 年,第 277 页。
③ 同上,第 102 页。
④ 杨伦:《杜诗镜铨》,上海:上海古籍出版社,1998 年,第 103 页。
⑤ 王嗣奭:《杜臆》,上海:上海古籍出版社,1983 年,第 112 页。
⑥ 胡震亨:《唐音癸签》,上海:上海古籍出版社,1981 年,第 23 页。
⑦ 杜甫著,仇兆鳌注:《杜诗详注》,北京:中华书局,1979 年,第 147 页。

组诗视为不可分割的整体,始终是方家共识。钱谦益以"无量楼阁"①作比,陈廷敬以"兵家常山阵"②为喻,都旨在强调杜甫组诗章法的不可割裂性。而这一点往往被韩国文人所忽视。因近体诗多有固定标准的格律,学习创作时有法可依,尤其是杜甫的律诗,在文学史上占据崇高地位,在韩国接受程度颇高。成伣(1439—1504)言:"我国诗道大成,而代不乏人,然皆知律而不知古。"③指出韩国文坛对律诗与古诗的认知差异;洪良浩(1724—1802)亦云:"独我东俗专尚近体……开口缀辞,便学律绝,不知古风长句之为何状。"④可见韩国文人模拟杜甫诗作,重点在于格律用韵的学习。

考察韩国文人拟作杜甫《秋兴》的情况,不少文人以次韵方式促进格律掌握,但并未按杜甫原作八首的数量逐首次韵。如权榘(1672—1794)《枝谷路上次杜秋兴首韵》,李榘(1613—1654)《秋夜有感次老杜〈秋兴〉韵》仅拈《秋兴》首韵"砧",成诗一首;吴斗寅(1624—1689)《山寺滞雨次杜甫〈秋兴八首〉韵遣怀》取其中"花""思"两韵,成诗两首;洪仁谟(1755—1812)《又次杜秋兴韵二十一首》杂取其韵,衍出二十一首;宋纯(1493—1583)、金光炫(1584—1647)、姜柏年(1603—1681)、曹文秀(1590—1647)等次韵杜甫《秋兴》之作则标以"月课";李世白(1635—1703)、柳尚运(1637—1707)、崔锡鼎(1646—1715)、李喜朝(1655—1724)、韩元震(1682—1751)等人所作次韵杜甫《秋兴》诗,则多以唱和交游形式收录于文人宴饮雅集中。拟作虽盛,重点却不在谋篇布局之整体性,更为关注格律韵脚之合辙妥帖。肃宗四十年甲午(1714),金昌业与兄长金昌翕曾有往来信件讨论次韵杜甫《秋兴》诗作的写法,其中所言"为此体者则多就窄境小题中趁韵牵押,故不堪着眼""一以声韵包广为主如何"⑤云云,着眼点亦多在于笔法和格律。

---

① 钱谦益:"此诗一事叠为八章,章虽有八,重重钩摄,有无量楼阁门在。"见杜甫著,钱谦益笺注:《钱注杜诗》,上海:上海古籍出版社,2009年,第504页。
② 陈廷敬:"杜此八首……章各有法,合则首尾如一章,兵家常山阵庶几似之。"见萧涤非等:《杜甫全集校注》第7册,北京:人民文学出版社,2014年,第3835页。
③ [朝]成伣:《虚白堂集》文集卷六《风骚轨范序》,《韩国文集丛刊》第14册,第463页。
④ [朝]洪良浩:《耳溪集》卷一五《与宋德文论诗书》,《韩国文集丛刊》第241册,第261页。
⑤ [朝]金昌翕:《三渊集》拾遗卷一四《答大有(甲午)》,《韩国文集丛刊》第166册,第479页。

在保持组诗整体性、完整性的同时,杜甫组诗还格外注重每首之间的结构联系。这种联系,不同于前代,多在仪式规范下多人唱和,以一题数首的形式罗列,而是凭借诗人敏锐的情感和匠心,用严密清晰的内容线索勾勒而成。仇兆鳌言杜诗"凡数章承接,必有相连章法"①,杨伦亦云"杜集凡连章诗,必通各首为章法,最属整齐完密,此体千古独严"②,注意到杜甫联章诗次第分明,首尾照应,各首间组合排布均用巧思。清代吴见思《杜诗论文》总结得更为细致,将杜甫联章组诗章法细划为九种:"一题数首,而逐首分咏者""各题数首,而上下联接者""下首而分承上首者""下首而反前首者""下首而解前首者""上首而生出下首者""两首而中间相合者""首尾环应者""首尾相对者"③等,丰富多样。

韩国文人拟杜组诗创作中,虽忽视其整体性构架,但仍关注到组诗章法和布局结构。《诗文清话》云:"由浅而深,作文最妙,其感动之情,箴规之意与文章法度节奏,一步进一步,多少涵蓄,读之令人神爽。"④谈到诗文的情感内容要逐步递进,层层深入才能引人入胜。李圭景《诗家点灯》卷二转引金圣叹《贯华堂诗话》所云:"看好山水,眼中须有章法;述好山水,口中须有章法。"以口、眼、山水为喻,强调诗文章法布置的重要性。前文所论韩国文人次韵杜甫《秋兴八首》未能顾及组诗整体性的问题,亦曾在本国文坛受到批判。《啸虹笔记》载:"自杜工部《秋兴》诗一时兴会,恰成'八律',后人漫不论章法,每凑八首,辄谓摹杜。岂知诗写性情,兴尽即止,独不可减而为四、为六、为七,增而为九、为十乎?"⑤(《诗家点灯》卷六)

因组诗体制为一题多首,铺排而来,总有杂乱无端之弊。但韩国文人拟作接受杜诗过程中,虽不及杜甫心思巧妙,珠联璧合,亦仍体现出对结构章法安排布置之用心。如韩元震(1682—1751)《次杜律〈春日江村〉韵》,描写

---

① 杜甫著,仇兆鳌注:《杜诗详注》,北京:中华书局,2013年,第1246页。
② 杨伦:《杜诗镜铨》,上海:上海古籍出版社,1998年,第67页。
③ 吴见思撰,潘眉评:《杜诗论文》,《四库全书存目丛书》集部七,济南:齐鲁书社,1997年,第20页。
④ 蔡美花、赵季等:《韩国诗话全编校注》,北京:人民文学出版社,2012年。
⑤ 同上。

村居生活,起首"岁去惊华发,时危负宿心"奠定了全诗的主题和抒情基调,即感慨岁月流逝,忧虑危难时局。二、三、四首均是对幽居环境景物的描绘,其中"幽居无一事,佳兴又新年""宇宙百年客,林泉一病翁""休官安素履,学道愧凡材"等句不断迎合首诗的情绪。结尾一首则通篇议论言情,抒发对危乱时局的无奈。组诗五篇,主题与格律均步杜甫,篇章结构则按"总述主题—景物描绘—议论抒情"的脉络一线贯穿。

金镇商(1684—1755)《次老杜〈同谷县七歌〉韵》起首以先朝文物、云韶天声、彤管金殿等起兴,引出自己被贬逐到关塞之外之景。第二首叙述自身悲惨遭遇,"圣人手握活民柄,穷达死生惟天命",描绘边关塞外穷山恶水的险恶环境,抒发不得知遇的苦闷悲愤。三、四、五首进一步述说苦难:"不怕穷山豺穴险,只愁高堂鹤发长""有儿新得遽生离,汝身幼弱汝妹痴""我幼无知今始悲,汝又当家百责集"。通过书写父母、幼子等家人的惨状,深化自身不幸经历。六、七二首则重点转向描写放逐之地的景物,并借景抒情。"鸣呼六歌兮春事迟,陇水关山淡无姿""鸣呼七歌兮歌七曲,满林花鸟春意速",反复感叹春意迟来而速去,不仅抒发了对春光的期盼,亦是对人生易老的无奈感叹。全诗笔法基调都效仿杜甫,以古体组诗形式逐首层层推进对悲惨境遇的描写,以及复杂不平的心态的展现,真切感人,作者的激越悲情得到了动人传达。

从篇章结构层面看,韩国文人拟杜联章组诗作品兼顾了整体的平衡与灵动,各章之间整齐亦参差,不仅在理性层面有意识地构架每首之间的总分、并列、递进、转折等关系,同时注重整体抒情感受与体悟,既有逻辑,亦不失诗歌美学本性。

三、韩国文人对杜甫组诗内容形式的移植与创变

杜甫联章组诗在韩国传播的过程中,既以自身的独特艺术魅力为韩国文坛提供了范本,亦被韩国文人结合自身经历体悟和所处时代赋予了具有本土文化特点的诠释。从拟作作者对杜诗内容形式的理解来看,一般情况下,杜甫组诗的效仿之作多会与原诗的主题内容保持一致。但不同作者对

杜甫同一组诗的理解不同,就会导致创作接受的主旨及抒情倾向有所偏差。如《秋兴八首》之旨,正祖李祘(1752—1800)将其概括为"忠君爱国之诚";权以镇(1668—1724)称其为"羁旅感慨、不遇悲伤之怀"[1]。多样化的主题理解,赋予了其创作更高的自由度和更广泛的发挥空间。

在接受过程中,韩国不少诗人拟作、次韵杜诗而在内容情感上则不受原作拘束,赋予自己的发挥。如杜甫《陪郑广文游何将军山林十首》及《重过何氏五首》,描绘将军山林盛景,充满野趣闲情。金正国(1485—1541)次杜甫《重过何氏五首》,内容则是题曹三宰冥鸿堂,"鱼跳清水面,鸿集白沙陂。日暮渔樵返,村村掩竹篱"等景物描绘均为冥鸿堂实景,而后"英武多才略,筹边虑更长""久客天南极,还期尚来年""残骸犹未乞,乡思日悠然"等句抒发的壮志未酬之情和久客思乡之情,亦根据作者当时心境如实生发。

黄㦿(1604—1656)《春兴七首次老杜〈秋兴〉韵》(《漫浪集》卷之五)次韵杜甫《秋兴八首》,内容则是"春兴"。杜甫原作中的金风玉露、孤舟丛菊、落日猿声、关塞飞鸟、粉红莲房等秋日情境,在次韵拟作中也变成了宫柳苑花、玉柱翠华、戎马飞龙、垂杨芳草等春意盎然的景象。"上林昨夜春风起,吹动乡园万里思""春来故国无消息,梦里归朝缀贺班"等句则重点抒发羁旅思乡之情。

洪宇远(1605—1687)《寓居凤城七歌效杜工部体》(《南坡先生文集》卷之三),效拟杜甫《乾元中寓居同谷县作歌七首》,并非次韵,而全效其体。从开篇"有客有客"的重复,到每首结尾"呜呼一歌"至"呜呼七歌"的叠沓全仿杜甫而作。杜甫原作采用七古体式,描绘流离颠沛的生涯,抒发老病穷愁的感喟,大有"长歌可以当哭"的意味。洪氏拟作亦写于寓居之时,地点则由同谷改为凤城;诗歌从旅客天涯写到四处低头促步求乞致辞而对人冷脸的窘状,再到与母亲、子嗣、弟弟、亲人分别,未能履行自己作为儿子、父亲、兄长的职责;结尾三首再咏凤城景物,映照羁旅愁肠。全诗反复咏叹,似拟杜而全写自身情状,且每首结尾"呜呼"句倒置了杜甫原作体式,情感上则由潮水般绵长的咏叹变得更为悲愤顿宕。

---

[1] [朝]权以镇:《有怀堂集》卷一《拟古》,《韩国文集丛刊续》第56册,第159页。

从创作初衷及写作场合来看,韩国文人拟作中选取杜甫组诗多是为了展示才华,精进诗艺,故不少拟作均为多人宴饮、交游、集会时唱酬、次韵、分韵而成。相比于杜甫原作,呈现出了更为丰富多样的内容和体式。如徐居正(1420—1488)《题申大谏同年汉江别墅》(《四佳诗集》之二十九)是为咏申大谏别墅盛景而作,创作灵感则取材于杜甫《陪郑广文游何将军山林十首》及《重过何氏五首》,诗中"绝胜林亭旧姓何,我如杜老几经过"及序言"昔杜少陵游何将军林亭,留五言律十首。再游又题五首,极尽景物登览之胜。今读其诗,可想二老风流气象"等,虽明确点出仿作意图,但细观作品,内容上大赞申氏汉江别墅风光之胜,情感上豁达开阔,与原作情感基调有别,体式亦不同于杜甫原作五言而用七言。

杜诗中不少精妙名句亦得韩国文人反复玩味,常以之为韵或分韵共赋,作品主题基本与分韵句保持一致,结集起来亦成为全新的组诗。如俞好仁(1445—1494)用杜甫组诗《望岳三首》(其二)中"直待秋风凉冷后,高寻白帝问真源"为韵,成组诗十四首,主题是雨潦未果,寻访青鹤;金䜣(1448—1492)《分"忆弟看云白日眠"七字为韵》(《颜乐堂集》卷之一),取杜甫《恨别》中名句,依此为韵作七首诗成一组,主题为羁旅相思,观浮云追月而怀念亲人。

或有诗人读罢杜诗某句某联甚为激赏或感触颇深,以读后感形式连成组诗。如卢守慎(1515—1590)《诵杜陵"畏人成小筑,褊性合幽栖"一联觉似为今日道,遂用为韵成十绝》(《苏斋先生文集》卷之三),是读杜甫《畏人》诗后因其中诗句对心境颇有触动,感发而成十绝句,围绕幽居避世的主题反复咏叹,抒发郁结心气,与杜甫当时心境产生共鸣。李廷馣(1541—1600)《读杜诗至"时危思报主,衰谢不能休"之句有感于怀,因以其字作十绝》(《四留斋集》卷之一),是读杜甫《江上》诗触发感怀,以其末联十字依次为韵,成十首绝句。诗句抒发的情感怀抱与杜甫如出一辙,诗人亦自言"异世同怀抱,平生杜老诗。更吟诗一句,恨未得同时",将杜甫许为异代知音。由杜甫诗中一句,生发出十首意脉相连的组诗,对杜甫的接受已直抵心灵深处。

或有诗人由杜甫诗中名句生发,结合原句主旨,融入自己的理解,组成新主题、新形式的联章作品,展现出更具本土特色的风貌。如姜希孟(1424—1483)的七言古诗《赠卜校尉》(《私淑斋集卷》之四)作于其奉使朝燕时,路遇卜以龄校尉,被其索诗。作者则以"久客之余,屡扣不应,非义也。顾无以塞请"之由赋诗作答。分韵取句用杜甫七言古体组诗《同谷七歌》中"久客惜人情"一句,与作者所处情境相衬应。诗歌内容则完全写实,第一首从作者所居的玉河公馆写起,从空床夜冷写到晨光熹微,昼夜流转中,发出"人间万事逐日生,远客思归感叹久"的悲慨。第二首赞美作者与卜校尉的相交之情,"我虽潦倒无好语,题诗只要为莫逆",虽客居异乡,穷困潦倒,但仍愿为莫逆知己题诗相赠。第三首转而谈到燕山景物,雪重风恶,但幸有诗书安慰。第四首继续以宾主对举形式写知己相交之情。最后一首归结到自身,叙写自身经历,结句以"远人无以谢缱绻,羞将拙诗书姓名"总叙题诗之事。诗歌虽在体裁韵律上效仿杜甫,情感内容则紧密贴合自身境遇。

再如金世弼的五言古诗取杜甫组诗《八哀诗》中"公来雪山重,公去雪山轻"分韵(《十清轩集》卷之一),杜甫原诗是哀悼八位亡友所作,此组诗则为送希刚出镇西塞而赋,诗中"千里望塞垣""边愁岂尽胡""辕门日置犒,士卒无辛艰"等诗句想象西塞场景,亦结合现实变换了杜甫原诗主题。尹根寿(1537—1616)《以"落日心犹壮,秋风病欲苏"为韵作五言十绝》(《月汀先生集》),以杜甫《江汉》诗颈联逐字为韵,作五言绝句十首,抒发对故乡的怀念和祖国河山的眷恋。李山海(1539—1609)《以"今春看又过,何日是归年"为韵作古诗》(《鹅溪遗稿》卷之二)以杜甫《绝句二首》(其二)中尾句逐字为韵,抒发对人生易老,生命流逝的无奈。玄德升(1564—1627)《以"好雨知时节,当春乃发生"为韵,随笔得十首》(《希庵先生遗稿》卷之一)是在春日久旱,偶得雨水时,次韵杜甫《春夜喜雨》所作十首古诗,情景心境完全与杜甫原诗对应,因是随笔感性而作,体式则一改杜甫原作工整律体而作古诗。

卢守慎(1515—1590)《"庭前甘菊移时晚"以"青蕊重阳不堪摘"为韵,对菊自叹》(《稣斋先生文集》卷之二)更独创一体,别出新意。

庭前甘菊移时晚,九月一日犹自青。但得东篱拼渴饮,宁须楚泽慰饥醒。

庭前甘菊移时晚,二日三日更熟视。手提破瓮灌朝曛,一一精神大小蕊。

庭前甘菊移时晚,四日方看蕊蕊重。可笑年华余几许,殷勤相访逐游蜂。

庭前甘菊移时晚,五日浮光里面黄。湛露凉风饶昨夜,幽姿试与暴朝阳。

庭前甘菊移时晚,我自阻君君岂不。六日已过七日来,日暮徘徊独壹郁。

庭前甘菊移时晚,保养栽培又未堪。我有秘方非七七,君知明日是三三。

庭前甘菊移时晚,何必区区今日摘。只恐寒威渐相凌,毕竟天运自当易。

组诗以杜甫《叹庭前甘菊花》首二句重作七首绝句。每首首句均为杜甫原诗首句"庭前甘菊移时晚",韵字则依次押"青蕊重阳不堪摘"七字。诗咏庭前菊花,从一日写到七日,从"九月一日犹自青"到"幽姿试与暴朝阳",描绘菊花每天不同的状态,首句的重复构成反复咏叹、回还顿宕的艺术效果。而后又作《"青蕊重阳不堪摘"以"庭前甘菊移时晚"为韵,代菊相解》对前诗加以回应。从菊花的视角体察其样态品格,理解菊花孤芳难容于世的寂寥,与菊花互许知音。两组诗各为十首七言绝句,本身即为联章组诗。而前一首"对菊自叹",后一首又"代菊相解",一叹一解,一问一答,则总体上又重新构成了意脉相连的组诗,在杜甫原作基础上拓展出更多的变化和特色。

但需要指出的是,韩国文人拟杜组诗创作中形成的"同题组诗"和"联句组诗",与狭义的"联章组诗"尚有区别。韩国文人效拟杜甫诗作时,常在宴饮唱和背景下进行,或次韵杜诗,或以杜诗分韵,就组诗一体而言,韩国文人效仿杜甫组诗创作时,亦为多人共同分韵一首或一句。因主题相同,虽各篇章具备不同诗人独立的个性,有时却难以构成内容上的连贯性和连续性,一定程度上削弱了"组"的特征。或者可以说,杜甫的联章组诗在创作之初即以联章成组的形式出现,作品结构和表情达意本身更具完整性。而韩国文人通过唱和情境促成的联章作品每首之间各能自足,更准确来说是"同题共作"。其分杜诗韵所作成的"联句组诗",一般情况下是每人分两句至四句,联句而成章。此既与杜甫作联章组诗本身有所区别,亦不同于杜甫之前的文人联句。周啸天《唐绝句史》言:"南朝文人联句之风甚炽,其性质与后世文人联句不同,并非合众人诗句共为一诗,而是各咏一事,意思不相联属。"[1]并举何逊、范云、刘孝绰《拟古三首联句》既称"三首"又称"联句",指出众人唱和联句所成之篇在诗意连贯性上似粘似脱,若即若离,以示"唱和联句"与"联章组诗"之别。韩国文人拟杜联章组诗创作中,有不少作品属于前者,本文不特作辨析。

　　总的来看,杜甫联章组诗在韩国传播广泛,影响深远。韩国文人从内容、情感、艺术等不同层面理解接受,并以次韵、为韵等方式效拟仿作。继承杜甫联章组诗直指现实的诗史精神和长篇叙事笔法,以铺排联章的形式书写大事件,描绘大场景,不断扩充诗歌的情感容量。在章法上,虽因看重格律而忽视组诗的整体性,仍以层次性和结构性有意识突出组诗的体裁特色,亦以组诗形式对杜诗名篇名句进行移植和再造,创作接受过程中,作品不断彰显出时代特色和诗人经历的个性化特征。

　　　　　　　　　　　　作者单位:青岛大学文学与新闻传播学院

---

[1]　周啸天:《唐绝句史》,合肥:安徽大学出版社,1999年,第1—2页。

越南唐诗学

唐诗影响视域下的安南使臣北使诗歌谫论

李谟润　唐　倩

摘　要　自丁部领建大瞿越国以来至阮朝同庆元年,精通汉文化并深受唐诗创作影响的古越南北使使臣不绝于途,形成了一条相对固定的北使之路。它是九百余年中越特殊宗藩关系的历史产物,也伴随着中越宗藩关系的结束而终止。古越南使臣北使途中,创制出大量深受唐诗影响的五言或七言格律汉诗,因而除属维护古代中越两国政治外交关系之路外,还是一条深受唐诗影响发展的海外诗路。使臣北使每至一地,咏吟江山胜景之外,还对沿途古中国圣哲贤能表达出无限仰慕赞叹之情,从此角度而言,它又是一条文化瞻仰之路。同时,使臣北使,中越文人士夫间唱和酬赠、坦诚相待、互动频频,因此它还是一条中越古代文人间的友谊之路。安南使臣的北使,有许多学术问题,值得深入研究、挖掘与开拓。

关键词　安南使臣　北使诗歌　海外唐诗之路

"玉书捧下五云端,万里单车渡汉关。"[①]诗句出自安南阮攸于阮朝嘉隆十二年至十三年(1813—1814)使清途中所撰唐律《北行杂录·南关道中》。越人所称唐律,特指安南文人受唐代近体诗影响,模仿学习所作五言或七言近体诗,以别于五言或七言古体诗与安南文人独创的汉文六八体诗。南关即镇南关(今友谊关),位于广西凭祥市边境,为古往今来中越人民南来北往

[①] [越]阮攸:《北行杂录》,见中国复旦大学文史研究院、越南汉喃研究院合编《越南汉文燕行文献集成》(影印本)第十册,上海:复旦大学出版社,2010年,第15页。

重要通道。"玉书",指皇帝的诏书;"五云端",喻指皇帝的居处;"万里单车",极言使程的遥远,也透露出使程的孤单寂寞;"渡汉关"既指北使需渡过的一个个关卡,也隐含使途中的艰辛、劳顿。阮攸的两句诗,展示了中国古代驿道图景与精通汉文化并擅长汉诗创作的安南使臣间的关联,同时也隐隐透露出因壮游、宦游、从军、隐逸、贬谪等众多因素形成的唐诗之路外,还存在着一条唐诗流播影响到安南、日本、高丽等域外国家而形成的诗路。在这里,我们只探讨唐诗流播影响下存续于历史中越宗藩关系期间的安南使臣的北使诗歌。

北属郡县时期的汉文化与汉字文学

越南是一个深受汉文化与汉字文学影响的国度,就其与汉文化及汉字文学关联而言的整个越南古代发展史,大体可分为传说中的原始部落时期、北属郡县时期、独立建国时期、法属殖民地时期四个阶段。其中,独立建国时期,汉文化与汉字文学的发展尤为繁荣兴盛。

越南原始部落时期,虽看不出与汉文化及汉字文学的直接关联,但从见诸《汉书》《后汉书》《通志》《册府元龟》及《岭南摭怪》等中越史书中有关"越裳氏献雉"与越南民族自称为龙的传人及"望夫石"民间故事等方面的载录,可以看出越南民族即便在远古时代,也与北方中华民族有交往并受其汉文化的影响。

自秦朝至唐五代千余年间北属中国的郡县时期(前214—公元968),是于史有征的汉文化及汉字文学在今越南本土生根发芽的信史时期。据《史记》等中国历史文献记载,秦王嬴政三十三年(前214)平定岭南,设桂林、南海、象郡等三郡,其中今越南北部、中部地区属为象郡的管辖范围,经西汉更为交趾、九真、日南三郡,建安中改为交州,至唐高宗调露元年(679)于此设安南都护府(越南古称安南源此)辖交、爱、骥、演等十三州三十九县,此间千余年的安南本属中国领土一部,故越史称之为"北属时期"或"郡县时代"。《安南志略》卷一载云:

  古南交,周号"越裳",秦名"象郡"。秦末,南海尉赵佗击并之,自立为国,僭号。西汉初,高帝封为南越王。历数世,其相吕嘉叛,杀其王及汉使者。孝武遣伏波将军路德博平南越,灭其国,置九郡,设官守任。今安南居九郡之内,曰交趾、九真、日南是也。后历朝沿革,郡县不一。五季间,爱州人吴权据交趾。后丁、黎、李、陈相继篡夺。宋因封王爵,官制、刑政,稍效中州。①

  古南交,即古越南。"宋因封王爵",指丁部领受宋太祖册封为交趾郡王及自丁部领至陈朝历代统治者受册封一事(其实,古越南沦为法国殖民地之前,陈朝之后的历代封建王朝统治者登基,均受北方中国封建王朝册封)。寓居元大都的安南陈末士人黎崱从建置沿革角度叙述了越南自北属郡县时期至独立建国陈朝间的历史发展,隐含越南北属中国郡县时期深受北方中原文化的影响,即便是自丁朝至陈朝间的独立建国时期也与北方中国存在着在文化与制度等方面的关联。

  越南北属郡县时代的早期,因大量中原文人避居或仕宦其地而有力地促进了汉文化与汉字文学在当地的生根发芽。其中,赵佗(前 207—前 137)治交,大力推行汉文化,设立学校,越史称其"以《诗》《书》而化训国俗,以仁义而固结人心"。② 西汉平帝时,锡光"守交趾,教民礼义"③。东汉任延为九真太守,始教耕犁,文化交土,行媒聘娶。东吴士燮(186—226)为交州刺史,使之成为诗书礼仪之邦,《大越史记全书》卷一:"士王(燮)习鲁国之风流,学问博洽,谦虚下士,化国俗以《诗》《书》,淑人心以礼乐。"④ 无论是秦汉之际的赵佗治交,还是东汉时期任延等人为九真太守或交州刺史,主要侧重的是以儒家经典及其精神为内核的汉文化传播,汉字文学创作方面的教授似乎有所忽略或传授指导创作的成绩并不显著,因而此时未见安南本土诗人涌

---

① [越] 黎崱著,武尚清点校:《安南志略》,北京:中华书局,2008 年,第 17 页。
② [越] 黎嵩:《越鉴通考总论》,见[越] 吴士连等撰:《大越史记全书》,越南汉喃研究院藏本,馆藏号 A.3/1。
③ [越] 黎崱著,武尚清点校:《安南志略》,北京:中华书局,2008 年,第 159 页。
④ [越] 黎嵩:《越鉴通考总论》,见[越] 吴士连等撰《大越史记全书》,越南汉喃研究院藏本,馆藏号 A.3/1。

现或有汉字诗歌传世。

　　唐代部分著名诗人谪宦或为官于安南,曾撰有诗歌存世。如初唐王福畤受其子王勃私自藏匿与坑杀官奴之罪而远贬交趾县令,《全唐文》卷一七九收录王勃《上降州上官司马书》《上百里昌言疏》二文,显示王勃曾赴安南看望远贬的父亲。沈佺期与杜审言因结交张昌宗、张易之兄弟分别流放到驩州与峰州,《全唐诗》卷九五至卷九七收录沈佺期有《初达驩州二首》《三日独坐驩州思忆旧游》《驩州南亭夜梦》《从驩州廨宅移住山间水亭赠苏使君》《答宁爱州报赦》《绍隆寺》《九真山净居寺谒无碍上人》等创于安南的诗篇,同书卷六二杜审言有《旅寓安南》诗,显见作于流放之地的诗歌。晚唐高骈于唐懿宗咸通五年(864)任安南都护、经略招讨使,负责平定安南的叛乱,七年(866)平定南诏对安南的南侵,改安南都护为静海军,自任静海军首任节度使,修筑大罗城(在今河内)。《全唐诗》卷五九八收录高骈在安南撰有《赴安南却寄台司》《安南送曹别敕归朝》《南征叙怀》等诗。

　　隋唐时期,以诗歌与策赋为主要科目的科举考试制度(其实质是中央与地方用人制度的改变)的全面铺开,北方中原文史古籍、天文地理、科学技术以及典章制度源源不断流入安南,安南士人至中原求学、求仕、供职者络绎不绝,如廖有方、姜公辅、姜公复等安南本土士人荣登进士,于朝中担任要职,并有部分诗文传世。廖有方,交州人,元和十二年(817)进士,官校书郎,《唐诗纪事》卷四九收录其《葬宝鸡逆旅士人铭诗》诗一首(另见《全唐诗》卷四九〇),柳宗元有《答贡士廖有方论文书》《送诗人廖有方序》。《送诗人廖有方序》称赞其"刚健重厚,孝悌信让,以质乎中而文乎外,为唐诗则有大雅之道"[①]。姜公辅(730—805),爱州日南县人,累官至同中书门下平章事(即宰相),《全唐文》卷四四六收录其《白云照春海赋》(以鲜碧镜春海为韵)、《对直言极谏策》二文。姜公复,公辅弟,官比部郎中,《全唐文》卷六二二录其《对兵部试射判》一文。从部分安南士子的诗文作品及仕宦履历看,汉文化与汉字文学已在古越南生根发芽,部分士子汉文化与汉字的文学修养已

[①] (唐)柳宗元著,尹占华、韩文厅校注:《柳宗元集校注》,北京:中华书局,2014年,第1653页。

达到相当高的水平。

北属中国郡县时代的安南,由于汉字与汉文化的传入,为古越南汉文化与汉字文学的发展并走向全盛打下了坚实基础。同时,由于部分北方中原文人的南下谪宦或任职,以及安南本土士人的北上中原求学、求仕,沿途吟咏,后世安南使臣的北使诗路隐现雏形。

中越宗藩关系的形成与安南使臣的北使

唐末五代,北方中原战事频仍,中央集权对安南无暇顾及,掌控安南的静海军节度使脱离北方中原中央集权的倾向越来越明显。静海军节度使自高骈之后,孙德昭(遥领,实未到职)与独孤损(未到职,为朱温所杀)及安南本土土豪曲(曲承裕、曲颢、曲承美)、杨(杨廷艺)、矫(矫公羡)、吴(吴权、吴昌岌、吴昌濬、吴昌文)相继被封或自称静海军节度使,割据安南。

宋太祖开宝元年(968)丁部领自北方南汉政权脱离,建大瞿越国(史称丁朝,968—980),标志着古越南千余年北属郡县时代的结束与独立建国时期的开始。《大越史记全书·丁纪》卷一载丁部领于太平元年(970)即宋太祖开宝三年遣使如宋结好。《宋十朝纲要》卷一载宋太祖开宝六年五月癸亥交州丁琏(丁部领子)遣使来贡,宋太祖封其为静海军节度,七年八月丙午又封丁部领为交趾郡王,标志着中越两国历史宗藩关系正式确立。自此之后,安南迭经前黎朝(980—1008)、李朝(1009—1225)、陈朝(1225—1400)、胡朝(1400—1407)、后陈朝(1407—1413)、明属时期(1407—1428)、后黎朝(1428—1787)及其南北朝时期的莫朝(1527—1592)、西山王朝(1787—1802)、阮朝(1802—1945)等封建藩属王朝或时期。凡求封、告哀、求援、吊祭、奏事、岁贡、祝寿及贺登极与贺建储等大事,安南历代封建王朝统治者均派出使臣北使。据《大越史记全书》《钦定越史通鉴纲目》《大南实录》《安南志略》《殊域周咨录》《续资治通鉴》《越峤书》《明实录》《清实录》等中越文献载录统计,越南历代封建王朝派出使臣的北使活动,计丁朝五次,前黎朝十一次,李朝二十四次,陈朝二十六次,后黎朝百余次,莫朝二十次,西山朝四次,阮朝三十二次。阮朝景宗同庆元年(1885)即清光绪十一年,越南沦为法国的殖民地,中越宗藩关系至此结束,安南使臣北使之路亦随之终止。越南汉喃研究院现藏有《宋李邦交集录》《大南国书集》《北国来封启》《西山邦交集》《邦交录》《邦交文集》《越南封诰册》《檄谕安南国政府》《奖黎安莫集》等载录中越邦交方面的文献,充分显示出中越两国特殊的历史宗藩关系。

为维持中越两国历史特殊宗藩关系的正常运转,安南派出的北使使臣,均为极一时之选、深受汉文化浸染与娴于汉字诗歌创作的科举及第人士。

自丁部领独立建国之后,安南历代封建王朝的统治者重视文化教育,推行以阐释儒家经义与测试汉文诗赋写作水平为主要类别的科举考试制度,汉字为官方文告唯一用语与文人写作的主要语言载体,汉文化与汉字文学逐步走向繁荣。丁朝与前黎朝为短命王朝,相关制度与文化尚未来得及建立。李朝统治者崇奉佛教的同时也开始重视儒教,兴办学校,在京城升龙(今河内)修建文庙,推行科举考试,任用儒生。《大越史记全书·李纪》卷三载李仁宗泰宁四年,即宋神宗熙宁八年(1075)春二月,"诏选明经博学,及试儒学三场。黎文盛中选,进侍帝学"①。李仁宗此举,被后世誉为越南科举之始。明人严从简《殊域周咨录》卷六清晰揭橥中越两国在文化、文学层面上的密切关系:"自初开学校以来,都用中夏汉字,并不习夷字。及其黎氏诸王,自奉天朝正朔,其国递年差使臣往来,常有文学之人,则往习学艺,遍买经传诸书,并抄取礼仪官制,内外文武等职与刑律制度,将回其国,一一仿行。因此,风俗文章、字样书写、衣裳制度并科举学校、官制朝仪、礼乐教化,翕然可观。"②

钩辑梳爬统计安南后黎朝潘辉温(1755—1786)《天南历朝列县登科备考》所载自李朝至黎朝科举及第的北使使臣共有三百二十位,其中李朝一位,陈朝四位,黎朝二百五十八位,莫朝五十七位,其中状元二十一位,榜眼十八位,探花十五位,其余均为进士出身。另据《阮氏西山记》《大南实录》等材料,使清的西山朝六位与阮朝三十三位使臣均为科举及第的优秀文士。

---

① [越]吴士连等撰:《大越史记全书》,越南汉喃研究院藏本,馆藏号 A.3/1。
② (明)严从简著,余思黎点校:《殊域周咨录》,北京:中华书局,2000年,第237页。

有些使臣甚至有多次出使的经历,如陶公僎分别在黎太祖顺天二年(1429)、黎太宗绍平三年(1436)、仁宗大和三年(1445)为如明请封、奏事或岁贡正使;阮如堵为黎太宗大宝三年(1442)榜眼,分别在仁宗大和元年、大和八年与黎宜民天兴元年(1459)如明吊祭、岁贡、告哀副使。阮廷美,自黎仁宗大和初至黎圣宗洪德年间先后五次出使明朝。因此,历史上安南北使诗人的数量应该非常庞大。阮景宗同庆元年,由于中越宗藩关系结束,因而基本没有再出现北使诗人。

安南使臣北使,有相对固定的驿道线路。从《全越诗录》《越南汉文燕行文献集成》所录北使诗歌及《北使通录》《奉使燕台总歌并日记》《使程志略草》《燕轺笔录》《如清日记》等使程日志,《輶轩丛笔》《北舆辑览》《燕轺日程》《使程括要编》《燕轺万里集》等北行地志或舆图载录可知,使臣北使有通行的线路。使臣从都城富春即今顺化(西山与阮朝建都于此)或升龙即今河内(李、陈、后黎等朝都于此)出发,经谅山进入镇南关,由此进入广西凭祥,再陆路行至宁明江(今左江),乘舟顺流而下经太平府(今崇左市)、邕州(今南宁)至梧州,再逆流而上沿漓江经桂林至兴安灵渠进入湘江,再顺流而下至湖北武昌,由此分途:一路从汉阳上岸陆行,沿武胜关北上至河南经信阳、许昌,入直隶(今河北)经邯郸至元明清三代京城北京;一路从武昌顺流而下,经江西九江、经江南(今安徽省与江苏省)安庆至南京(明代永乐前如明安南使臣的终点)至扬州,再陆路北上,经山东、直隶入京。当然,因自然灾害或战争原因,使臣的线路偶尔也会发生变更。如由梧州水路至广州、清远、韶州,陆路走大庾岭进入江西境内,沿赣江至江州(今九江),再顺长江而下,再与主线重合。总之,安南使臣北使,水道乘舟,有固定塘汛停泊,上岸陆行,有固定驿站歇息。使程万里之遥,往返两至三年之久。

安南北使诗人述略

安南最早的北使诗人,据现有文献记载,当出现在丁朝、前黎朝期间。据《李陈诗文》载,曾参与前黎朝大行皇帝国事并被委派与宋使李觉谈判的丁朝、前黎朝著名高僧杜法顺(915—990)与匡越(933—1011,俗名吴真流)

为目前所知安南最早的北使诗人。前者现存有模仿骆宾王同题《咏鹅》与据称撰于前黎天福二年（981）年的《答国王国祚之问》，后者存《王郎归》一词。细寻文绎，杜法顺《答国王国祚之问》似撰于如宋之前，匡越《王郎归》则似为使宋归程之际，两者均可视为安南使臣北使文学的滥觞。

李朝北使诗人黎文盛，据《鼎锲大越历朝登科录》卷一，嘉定县东究人，为李仁宗太宁四年（1075）明经博学科状元，官至太师。《李陈诗文》收录其有《寄熊本书》《与宋使争辩》两篇商讨两国边界之文，一篇似作于越南国内，一篇似撰于北宋朝廷，亦可视为特殊类型的较早的使臣北使文学。

从陈朝开始，安南使臣兼具诗人身份人数开始有所增长。《全越诗录》收录有丁拱垣、陈益稷、莫挺之、裴慕、阮忠彦、范宗迈、张汉超、范师孟、范仁卿、陈廷琛、阮季鹰、阮固夫、尹恩甫等十三位北使诗人；另，据作者简介，陈廷琛亦曾北使，但无北使诗存世。

丁拱垣，生年不详，《李陈诗文》载其卒于陈英宗兴隆元年（1293）。《全越诗录》收录其《瞿塘图》一首北使诗，并称其于陈圣宗时为员外郎，使元辩论边事，然未载其于何时出使元朝。据《安南志略》卷一四"陈氏遣使"条下载："至元庚午，遣大夫黎佗、丁拱垣贡。"①至元庚午即元世祖至元七年（1270），亦即陈圣宗绍隆十三年。据此，则丁拱垣当于此年出使元朝。

莫挺之，字节夫，下洪府至灵县陇洞人。越南汉喃研究院藏本《人物志》《天南历朝列县登科备考》《北使佳话》《科榜标奇》《名臣名儒传记》等，均有其传，为陈朝英宗兴隆十二年（1304）甲辰科状元，入朝五年即英宗兴隆十六年使元，然均未载其生卒年。《李陈诗文》载其生于陈仁宗绍宝六年（1284），卒于陈裕宗大治四年（1361）。又，《安南志略》卷一四"陈氏遣使"条又载："至治元年辛酉，陈遣大夫莫节夫、赖惟旧贡。"②加上元至治元年（1321）的出使，则莫挺之出使元朝前后共有两次。《全越诗录》收录其《过彭泽防陶潜旧居》一首北使诗，并系之于兴隆十六年使元途中，另一次使元无诗存世。

裴慕，号拙斋，应天府青威县人，生卒年不详。《天南历朝列县登科备

---

① ［越］黎崱著，武尚清点校：《安南志略》，北京：中华书局，2008年，第332页。
② 同上，第337页。

考》本传载其为陈英宗兴隆十二年(1304)甲辰科榜眼,然未载其北使。《全越诗录》载其于兴隆十六年与莫挺之一同使元,《全越诗录》收录其《过彭泽》一诗,当北使途经江州行省辖下彭泽县(今江西九江市辖县)时所作。

阮忠彦(1289—1370),字邦直,号介轩,天诗县土黄乡(今属兴安省恩施县)人,陈朝英宗兴隆十二年黄甲进士,陈明宗大庆四年即元朝仁宗延祐四年(1317)出使元朝,历仁宗、英宗、明宗、宪宗、裕宗五朝,曾与张汉超编撰《皇朝大典》,考校《刑书》,著有《介轩诗集》存世,所录多为含题咏宁江、洞庭湖、伏波祠、赠尧山僧人等诗,均属北使时所作。

张汉超(?—1354),字升甫,号遁叟,宁平省安康县福庵村人。《全越诗录》载其生平履历甚详,然未载其北使经历,其有《过宋都》诗一首,显为北使时所作。

范师孟,字义夫,号畏斋,峡山人,生卒年不详。《全越诗录》卷三诗人简介下未载其有北使经历,据其《北使登黄楼走笔示大元侍讲余嘉宾》《北使过乌江题项羽庙》《过潇湘》等诗,应亦曾北使并赋有诗作。

范宗迈,与阮忠彦一同使元贺登极,《全越诗录》收录有《北使偶成》诗。

尹恩甫,《全越诗录》载其为洪州人,并收录有《奉使留别亲弟》一诗。《李陈诗文》载其与阮忠彦范宗迈一同北使。

范仁卿、阮季鹰、阮固夫、陈益稷等诗人,《全越诗录》收录其一首或二首北使诗,然未载具体北使经历与北使时间。详情待考。

胡朝有阮飞卿、黎景询、胡季犛、胡宗鷟等四位北使诗人。

黎朝北使的诗人则到达了安南历史的顶峰。《全越诗录》载录了阮鹰、陶公僎、阮梦荀、阮孚先、程清、阮天纵、阮天锡、阮廷美、阮如堵、阮德贞、郭有严、覃文礼、杜觐、武琼、黄德良、武幹、陶俨、阮管、冯克宽、吴致和、阮实、阮名世、阮维时、阮登、刘廷质、阮廷策、陈璕、阮名儒、阮贵德、阮名誉、黎英俊、阮公基、阮茂盎、丁儒完、程舜俞、黎少颖、程封、黎弘毓、梁世荣、吴驩、谭慎徽、武昶、阮简清、许三省、陈有礼、阮宜、同存泽、申全、阮国桢、武公道、黎僖、阮冠儒、阮公望、阮廷让、陈世荣、黄公寘、阮世播、汝廷贤、阮登遒、阮公董、阮珩、阮当褒等六十二位北使诗人及其诗作。其中,程舜俞、陶公僎、黎少颖、程封、黎弘毓、梁世荣、吴驩、谭慎徽、武昶、阮简清、许三省、陈有礼、阮宜、同存泽、申全、阮国桢、武公道、黎僖、阮冠儒、阮公望、阮廷让、陈世荣、黄公寅、阮世播、汝廷贤、阮登逎、阮公董、阮珩、阮当褒等二十九位诗人简介显示曾北使而无北使诗作存世。

后黎南北朝时期的莫朝有范维玦、武槿、阮能让、邓题、甲澄、裴致永、梁逢辰、阮仁安、阮明璧等九位北使诗人及其诗作,另有甲澂、裴致永、梁逢辰、阮仁安、阮明璧等五位有北使经历而无北使诗作存世。

据《越南燕行文献集成》载,西山朝至少有潘辉益、武辉瑨、段阮浚、吴时任、阮偍等五位北使诗人,阮朝前期(从阮世祖嘉隆元年至阮景宗同庆元年,1802—1885)至少有郑怀德、吴仁静、黎光定、阮嘉吉、武希苏、吴时位、阮攸、潘辉湜、丁翔甫、潘辉注、黄碧山、邓文启、张好合、黎光院、汝伯仕、范世忠、李文馥、范芝香、裴樻、阮攸、阮文超、潘辉泳、邓辉㷧、阮思僩、范熙亮、裴文禩、阮述等二十七位北使诗人。这应该不是北使诗人的全部数量。阮朝景宗同庆元年以后因中越宗藩关系的终结,此后再没有出现北使使臣诗人。

《越南燕行文献集成》收录了自陈朝至阮朝有别集存世的五十三位诗人七十九种含诗集、文集、诗文集、方志、日记、舆图在内的文献,其中诗文别集七十二种。存世安南北使诗人别集,据《越南汉喃文献目录提要》所载,至少在八十种以上。

通过翻检《越南汉喃文献目录提要》及《越南汉文燕行文献集成》查核,有北使别集存世的阮朝以前北使诗人,陈朝有陈明宗大庆四年即元仁宗延祐四年(1317)北使的阮忠彦,著有《介轩诗集》。莫朝仅有莫福源景历元年即明世宗嘉靖七年(1528)黎光贲,著《思乡韵录》。后黎朝十二位,计有黎世宗光兴二十年即明神宗万历二十五年(1597)北使的冯克宽,著有《使华手泽诗集》《梅岭使华手泽诗集》;黎嘉宗阳德二年(1673)北使的阮公正,著有《北使诗集》;黎裕宗永盛十一年(1715)北使的阮公基与丁儒完,著有《默翁使集》;永盛十四年(1718)北使的阮公沆,著《往北使诗》;黎显宗景兴三年(1742)北使的阮宗窐,著有《壬戌课使程诗集》《使华丛咏》;景兴二十一年(1760)北使的黎贵惇,著有《桂堂诗汇选》;景兴十年(1749)与景兴二十六年(1765)两度北使的阮辉㤹,著《奉使燕京总歌并日记》;景兴三十二年(1771)北使的武辉珽,著有《华程诗》;景兴三十八年(1777)北使的胡士栋,著有《华程遣兴》；黎愍帝昭统二年（1788）北使的黎惟亶与黎侗，分别著有《使韶行状》与《北行丛记》。西山朝共五位，计有阮文惠光中二年（1789）与光中三年两度北使的武辉瑨，著有《华原随步集》《华程后集》；光中三年有潘辉益与段阮浚，分别著有《星槎纪行》与《海烟诗集》；阮光缵景盛元年（1793）有吴时任，著有《皇华图谱》；景盛三年有阮偍，著有《华程消遣集》。阮朝以前总计有十九位北使诗人有别集存世。

　　阮朝有北使别集存世的北使诗人较多。阮世祖嘉隆元年（1802）北使，有黎光定、郑怀德、吴仁静、阮嘉吉四人，分别著有《华原诗草》《艮斋观光集》《拾英堂诗集》《华程诗集》；嘉隆三年有武希苏北使，著有《华程学步集》；嘉隆十二年北使的阮攸，著有《北行杂录》；嘉隆十六年有潘辉湜，著有《使程杂咏》；嘉隆十八年有丁翔甫，著有《北行偶笔》；阮圣祖明命元年（1820）有吴时位，著有《枚驿诹余》；明命六年有黄碧山，著有《北游集》；明命十年有邓文启，著有《华程略记》；潘辉注于明命六年与明命十二年两度北使，分别著有《华轺吟录》《华程续吟》；明命十二年有张好合，著有《梦梅亭诗草》；明命十四年有黎光院与汝伯仕，分别著有《华程偶笔录》与《粤行杂草》；明命十七年有范世忠，著有《使清文录》；李文馥（1785—1849）于明命十二年、明命十四年、明年十六年、明命十七年与阮宪祖绍治元年（1841）五度北使，著有《闽行杂咏》《闽行诗草》《粤行吟草》《粤行续吟》《镜海续吟》《使程志略草》《三之粤集草》《皇华杂咏》《仙城侣话》；范芝香于绍治五年与阮翼宗嗣德五年（1852）两度北使，著有《郿川使程诗集》《志庵东溪诗集》；嗣德元年北使有裴樻与阮保，前者著有《燕行总载》《燕台婴语》《使程要话曲》《燕行曲》，后者著《星轺随笔》；嗣德二年有阮文超，著有《方亭万里集》与《如燕驿程奏草》；嗣德五年有潘辉泳与武文俊，前者著有《柴峰骊程随笔》《如清使部潘辉咏诗》，后者著有《周原学步集》；嗣德十八年有邓黄中，著有《东南尽美录》《柏悦集》；嗣德二十一年有阮思僩，著有《燕轺笔录》《燕轺诗文集》《如清日记》；嗣德二十三年有范熙亮，著有《北溟雏羽偶录》；嗣德三十一年有裴文禩，著有《万里行吟》《中州酬应集》《雉舟酬唱集》《燕轺万里集》；阮述于嗣德三十三年与嗣德三十五年两度北使，著有《每怀吟草》《建福元年如清日程》。

安南使臣北使的诗歌创作

安南使臣的北使诗歌,描写江山烟景之胜,抒发故国家园之思,企慕赞叹圣贤忠臣的流风余韵,为其诗中常见的三大题材。李文馥《周原杂咏草自序》:"使燕一路,凡圣贤遗迹、古今人物,与夫江山烟景之胜、疆域沿革之殊,平日仅学而知之矣,亦或仅闻而知之焉耳,而今乃得亲履其地,因得见其所未见,闻其所未闻,不亦余晚景桑蓬之一适也耶。遂忘其谫浅,于公暇随其意之所到,与景之所触,悉以吟咏发之。"[①]虽为李文馥自述个人北使创作范围,实可櫽栝安南使臣北使诗歌创作的所有情形。

"山声水影皆诗料,收拾乾坤寄笔端。"[②]来自红河三角洲升龙或中部香江冲积平原富春的安南使臣,北使沿途粤西(今广西)的山粗水急、两湖及江南的山清水秀、中原腹地的四野宽平、直隶河朔的满地风沙与漫天飞雪等迥异于安南本国的山光水色,便成为使臣们纷纷吟咏的对象。使臣北使,途经每至一地几乎均有吟咏。

"孤舟一叶水云间,故国回思已万山。何处雨来灯下冷,不教远客梦中还。"[③]使程万里之遥,往返三年两载,雨中雪里,餐风宿露,一路舟车劳顿,对家国的思念因而成为使臣诗歌又一常见主题。

安南使臣,都是一群深谙中国传统优秀文化的诗人,自幼熟读中国经史,对中国历史人物掌故了如指掌。安南使臣由南向北行程途中,贯穿了中国封建王朝绝大部分核心区域,途经大量自先秦至明清圣贤、忠臣、义士、贞烈等历史人物故里或遗址,发歌咏之,表现出无限敬仰、赞叹之情。黎光定经汤阴县北文王演《周易》处遗址,赞称:"羑里碑传不世功,经过此日仰无穷。地因大难留名迹,天以玄机诱世衷。《周易》蓍龟千古在,殷台金玉片时

[①] [越] 李文馥:《周原杂咏草自序》,越南汉喃研究院藏本,馆藏号:A.1757。
[②] [越] 武希苏:《昭平舟次夜坐》,见武希苏《华程学步集》,越南汉喃研究院藏本,馆藏号:A.374。
[③] [越] 张好合:《遇雨夜泊永淳》,见张好合《梦梅亭诗草》,越南汉喃研究院藏本,馆藏号:A.1529。

空。一源道统平生学,醒觉初心梦寐中。"①李文馥亦称:"至德仪型钦陟降,遗经诵读慰生平。"②经山东邹县孟子庙,黎贵惇《驻邹县谒亚圣庙恭赞并语》:"南徼鲰生幼服邹鲁大训,高山景行,徒殷企仰,叨充奉璋介使,观光上国,道经是邑。乃得亲瞻桧柏,祗谒宫墙,寔为万幸。谨赋俚言,聊抒希慕之至。"③使臣经湖南长沙、湖北黄陂等地岳麓书院、谕苗台、敬简堂、思贤堂等与朱熹、二程相关的人文古迹时,所作诗歌诸题往往加注"恭题""恭述"等字样,从中表现出对朱熹、二程为代表的中国古代优秀文化的代表人物的仰慕恭敬之情。此外,李文馥《三之粤集草》集中对中国二十四孝故事吟咏的系列诗文,反映出其对中国传统文化中"孝道"观念的认同与赞许。

安南使臣的北使汉诗,大多采用唐律形式,少部分用歌行体与古体诗的体式,从中可见李白、杜甫、白居易、王维、刘禹锡等唐代优秀诗人对其诗歌创作的影响。越人所称的唐律,特指安南文人受唐代近体诗影响,学习、模仿而用汉字创作出来的五言或七言绝句、律诗与排律,以有别于用五言或七言写成的古体诗与安南文人独创的六八体(上句六字,下句八字)汉诗。

在诗体风格上,如有安南"诗圣"之誉的阮攸,北行途中撰有《宁明江舟行》《龙城琴者歌》《太平卖歌者》《阻兵行》《所见行》等诗,明显可见自觉学习模仿李白、杜甫、白居易等诗人歌行体写作技巧与风格。黄碧山《北游集》中诗题常标"效杜甫八仙歌体""效孟浩然鹿门歌体""效王维送友人归山歌,骚体""效岑参登古邺城体"等小字注④,黎光定《别南宁分府黄德明》诗题下注曰:"黄短送到浔洲府,谢归用李青莲《别中都明府》元韵书赠。"⑤明显有对唐人诗风的自觉模仿。此外,裴文禩北使诗集《万里行吟》中有《梧州竹枝词》四首,阮攸北使诗集《北行杂录》中有《苍梧竹枝歌》十五首,可以看出安

---

① [越]黎光定:《过周文王羑里碑》,见黎光定《华原诗草》,越南汉喃研究院藏本,馆藏号:A.779。
② [越]李文馥:《周文王演〈易〉处敬题》,见李文馥《周原杂咏草》,越南汉喃研究院藏本,馆藏号:A.1757。
③ [越]黎贵惇:《桂堂诗选》,越南汉喃研究院藏本,馆藏号:A.2341。
④ [越]黄碧山:《北游集》,越南汉喃研究院藏本,馆藏号:VHv.1430。
⑤ [越]黎光定:《华原诗草》,越南汉喃研究院藏本,馆藏号:A.779。

南使臣学习刘禹锡用民歌体组诗反映北国民俗民情的尝试。使臣汉诗,多为唐律,本身即证唐人诗风对其创作的影响。

使臣北使,多与中国士夫文士进行请序题辞、赏鉴评点、酬赠唱和等多种文学活动及其他活动,彼此间结下深厚友谊。使臣入关,全程有中方官员陪同护送,每至一站有当地官员接待。因而安南使臣与中国士大夫、文士间常进行诗文唱和酬赠。阮忠彦《介轩诗集》收录其《邕州知事莫九皋以本国黎大夫仁杰所赐诗来示因赓韵》一诗,此诗作于阮忠彦于陈朝明宗大庆二年(1314)北使途经邕州(今南宁境)时,说明至迟在此时中越文人间就有诗文酬赠的活动。几乎所有北使诗集,都收录有中越文人唱和赠答诗作。《中州酬应集》《大珠使部唱酬》《中外群英会录》《雉舟酬唱集》等,即为专门收录安南使臣与中国士夫、文人间的赠答酬唱诗歌专集。安南使臣往往请中国士大夫、文人为其诗文集撰序题辞或评点、赏鉴,《每怀吟草》《万里行吟》《学吟存草》《使华丛咏》《燕轺诗文集》等北使诗文集的序文与评点赏鉴之语,就是最好的例证。北使诗文集或北使日志还记录了使臣与中国士夫文人间品茶饮酒、欣赏书画、观看戏剧等其他活动。

安南使臣北使,多为深谙汉文化与深受唐诗影响并娴于汉字诗歌创作的诗人,其主要目的为维系中越宗藩关系,因而它首先是一条外交之路。使臣北使每至一地辄吟咏江山烟景之胜、仰慕赞叹圣哲贤能流风余韵,因而它又是一条诗歌创作之路,一条文化瞻仰之路。同时,安南使臣与中国士夫文人唱和酬赠,坦诚相待,互动频频,因而它还是一条中越古代文人友谊之路。安南使臣北使诗歌,有许多学术问题,值得深入研究、挖掘与开拓。

作者单位:广西民族大学文学院、广西民族文化保护与传承中心

越南阮朝绍治帝步韵《秋兴八首》析论

陆小燕

摘 要 杜甫不仅对中国古典文学也对整个东亚文学产生了深远的影响。《秋兴八首》是杜诗的代表作之一,朝鲜、日本皆有拟效《秋兴八首》之作。就现在越南汉喃文献所见,绍治帝步韵是罕有对《秋兴八首》进行再创作的诗作,尽管是反其意而为,与老杜意境南辕北辙,但终究仍在杜诗及唐诗的影响之内。作为诗人,绍治帝能够体会《秋兴八首》的意境及老杜的思与伤。但作为帝王,所作御制诗所展现的是以皇帝为权力系统顶端而运转的国家空间与时间系统的描述,他不能让自己治下的国家和士人沦入老杜的境地。故而绍治帝反其意步韵《秋兴八首》就成为东亚汉文化圈国家中权力体系顶端与末梢的千古对话。

关键词 杜甫 绍治帝 《秋兴八首》

一、前 言

杜甫被后人尊为"诗圣",其诗誉为"诗史",杜甫不仅对中国古典文学也对整个东亚文学产生了深远的影响。张伯伟教授阐述了杜诗成为中国文学史上最高典范的完成以及朝鲜、日本杜诗地位的确立,呈现了汉文化圈不同地域对中国文化自身选择、演化,展现了极强的东方美学特色。[1] 郎瑞萍、叶会昌概括了2015年以前除越南之外国内外学界对《秋兴

---

[1] 张伯伟:《典范的形成与变异:东亚文学中的杜诗》,《中国社会科学》2012年第9期。

八首》的研究。① 左江写出了朝鲜文人次韵《秋兴八首》的正声与变调,展现了杜诗在朝鲜的传播与影响的力量。王茹钰和卞东波指出《秋兴八首》通过杜甫诗集及注本、唐诗选本及注解和诗话评注的形式在日本的传播和阐述,一方面依托文学选本和拟校之作的流传,日本同时也兴起拟效《秋兴八首》的继承和新变之风,形成了中日文学史之间的互动、接受和交流。②

杜诗在越南也产生了极其重要的影响。马彦峰综述了二十一世纪以来杜诗在越南译介、研究和教育情况及其对越南文人的影响。③ 越南阮朝绍治帝习学唐诗,酷爱创作,对杜诗有很深的认知,在其《御制诗三集》中《步杜甫〈秋兴八首〉元韵其一首因写杜子美心迹所遇余各首皆反其意以照顾题目》以《秋兴八首》为切入点,呈现出了杜诗对其个人及越南诗学的影响,也是杜诗在汉文化圈国家中阐述、演绎和深化的重要一环。

二、绍治帝的诗学观和唐诗观

绍治帝名阮福暶,是越南阮朝第三代君主,年号绍治(1841—1847)。虽仅在位七年,但他通晓汉文,勤于写诗,绍治四年"建清暇书楼于乾成宫中楼前,构翼廊诗舍,以为几余披览经典之所,因以清暇名其楼"④。现在留存下来的作品有《御制诗》四集、《御制历代史总论》、《御题名胜图绘诗集》、《(绍治)御制文集》、《御制古今体格诗法集》、《御制裁成辅相诗集》等,均藏于汉喃研究院。另有《御制北巡诗集》藏于大叻市越南第四档案馆。

---

① 郎瑞萍,叶会昌:《欧美、中国港台及日韩〈秋兴八首〉研究概观》,《河北北方学院学报(社会科学版)》2015年第2期,第4—7页。
② 王茹钰,卞东波:《作为东亚"世界文学"的杜诗——〈秋兴八首〉在日本的阅读、阐释与拟效》,《杜甫研究学刊》2023年第2期,第65—85页。
③ 马彦峰:《二十一世纪以来越南杜甫研究述评》,《杜甫研究学刊》2021年第2期,第88—92页。
④ [越]阮朝国史馆:《大南寔录正编第三纪》卷三十八,庆应义塾大学言语文化研究所影印本,第14册,1977年,第5246[38]页。下同。

(一) 诗学观

绍治二年(1842)御题"以诗者天地心命赋(以题为韵)"命试科举,[①]即将诗放在了天地之心的崇高地位,并以之选拔人才,这和绍治帝一贯强调的儒家诗教是一致的。绍治七年(1847),绍治帝编成《御制古今体格诗法集》,下谕曰:

> 夫诗在心为志,发言为诗,所以道性情正教化,天地之心也。圣人曰:不学诗无以言,诗之不可不学,明矣。然诗之为诗虽本于性情,而诗之体格亦不可不明,体格不明则八叉妙手七步宏才难以施其意匠矣。……闲尝遵奉圣制姓氏一章,推而广之,沿古近之源流,究百家之同异,搜罗章法,辨别体裁,有仿古者,有新创者,均已登之御诗各集矣。犹念诗家之有体格,犹兵家之有奇正也,参错而互见,不如荟萃而统编,以便省观,以明作述。尔等即当详捡御诗各集中,凡关古今体格,各宜挨次先后,另行辑编,朕将加惠于我多士,翰苑词场亦博览之一助也。[②]

"夫诗在心为志,发言为诗"遵循的是《诗大序》"在心为志,发言为诗"传统,"道性情"是为了"正教化天地之心也",肯定了诗的政治教化的意义,"天地之心"即:"经夫妇,成孝敬,厚人伦,美教化,移风俗。"[③]孔颖达注"志"为:"在己为情,情动为志,情志一也。"[④]李善亦言:"诗以言志,故曰缘情。"[⑤]绍治帝熟读经典,肯定了诗歌的抒情属性,曾训示"有情便有言,有言便有诗",[⑥]主张"情"和"志"合一。但作为一国之尊,诗已经不仅是私人情感的负载物,而是国家形象的宣示。绍治帝言"诗道性情"和"本于性情"可能受到清代"性灵"派诗学的影响。[⑦]

绍治帝对先行搁置"志"与"情"的优先,而是关注"犹念诗家之有体格,

---

① 《大南寔录正编第三纪》卷二十,第 13 册,第 5039[297]页。
② 《大南寔录正编第三纪》卷六十五,第 14 册,第 5582[374]—5583[375]页。
③ (梁)萧统编,(唐)李善注:《文选》卷四十五,《孔安国尚书序》,上海:上海古籍出版社,1986 年,第 2031 页。
④ (唐)孔颖达:《左传·昭公二十五年》,《十三经注疏》,上海:上海古籍出版社,1997 年,第 2108 页。
⑤ (梁)萧统编,(唐)李善注:《文选》卷十七,上海:上海古籍出版社,1986 年,第 766 页。
⑥ 《大南寔录正编第三纪》卷六十五,第 14 册,第[373]5581 页。
⑦ 王小盾,何仟年:《越南古代诗学述略》,《文学评论》2002 年第 5 期,第 25 页。

犹兵家之有奇正也",如同兵家以常法为"正",以变法为"奇",孙子言"以正合,以奇胜……奇正之变,不可胜穷也。奇正相生,如环之无端,孰能穷之?"①,"荟萃而统编","以便省观,以明作述",嘉惠多士。而诗格是一种诗论的类书形式,堪称习诗者之臂助,是唐代才出现的专有名词。② 张伯伟教授言明:"诗格的大批出现,正在初唐律诗的成型过程中,其内容亦多为讨论诗的声韵、病犯和对偶,所以借用当时流行'格''式'之名,也是很自然的。"③罗根泽亦指出:"诗格有两个盛兴的时代,一在初盛唐,一在晚唐五代以至宋代的初年。"④绍治帝倾情于诗格,尤可见其对唐诗的热爱,亲自制作即以天子之尊教导作诗。

绍治五年,绍治帝在礼部尚书阮忠懋宣读御制元旦纪胜诗"路不拾遗衣食足,家无闭户管弦盈"之句时,曰:"今中外宁谧,近来畿甸文风大振。人家子弟莫不从学弦诵之声,闻于郊野彬彬然,文学作兴矣。"⑤绍治帝所追求的是文质彬彬,温柔敦厚的诗风,对于京城内外一片读书之声,视为文风大振,文学作兴之象。绍治帝又赐诗大臣奖励慰问:

> 原礼部尚书休致潘辉湜诣行在瞻拜,湜前以老病告休。帝念畴昔之臣,命掖之升殿赐坐慰问,免其参拜,制诗一章,以宠异之。诗有"枫殿芳流樽俎事,柴岩闲契鹤龟年"之句,复赏银十两钱二百缗,遣还。⑥

绍治帝也非常重视皇族子弟的诗学教育,以诗礼为传承家法,谓侍臣曰:"朕仰遵家法,过庭之训,诗礼为先。虽尚在冲龄,亦使之学习诗文,免生游戏。盖帝王子弟学宜加勤,不可以逸自居也。"⑦绍治帝召集皇家子弟在文明殿赋诗:

---

① (春秋)孙武撰,(三国)曹操注,郭化若今译:《孙子兵法·势篇》,上海:上海古籍出版社,2006年,第47页。
② 张伯伟:《中国古代文学批评方法研究》,北京:中华书局,2002年,第347页。
③ 张伯伟:《全唐五代诗格汇考》,南京:凤凰出版社,2005年,第3页。
④ 罗根泽:《中国文学批评史》,上海:上海古籍出版社,1984年,第186页。
⑤ 《大南寔录正编第三纪》卷四十六,第14册,第5341[133]页。
⑥ 《大南寔录正编第三纪》卷十七,第13册,第5003[261]页。
⑦ 《大南寔录正编第三纪》卷五十四,第14册,第5442[234]页。

  帝以所学皆有进益,赏讲官黎登瀛等纪录银钱有差。复谕登瀛曰:
卿宜诱掖熏陶,俾德与年俱长,以慰朕友爱至情,毋得以格外恩施,气扬
自得,怠情随生,殊非朕责成至意,其凛省之。①

因为大家都有所进步,绍治帝奖励讲官黎登瀛等人银币,又下谕黎登瀛要循循善诱、文德并重,来慰自己的友爱至情,并诫之不可格外开恩,松懈致使怠惰。绍治六年春正月,时值绍治帝四十大寿,宣召皇子皇弟未封者十人于东阁应制:

  皇子洪付、洪依、洪俫、洪休,皇弟绵(寘)、绵寯、绵寀,皆中格。洪
休年最少,诗题有"国庆四旬征万寿,诏书廿一惠千万"之句,帝深嘉之
曰:此是袭用御制诗,亦有意。但童子初学,岂可求全?其"国庆"字当
改为"昊眷"字,"诏书"字当改为"国恩"字。

绍治帝因此谕内阁臣曰:"今年朕届四旬,行庆施惠,普及寰瀛,化始自家,恩施于国。昨召对皇子皇弟未封者十人,而能应制者七人,可知德与日新学随年长。"②对于子弟能诗之事,由家及国,德化普洽,绍治帝内心颇为愉悦。绍治帝秉承诗言志的传统,以之为家事,更制作御制诗格以教导士子,足见其对诗的倾心。

(二) 唐诗观

绍治帝钦慕唐风,以唐太宗作为自己的榜样。绍治帝御览张居正等人编撰的《帝鉴图说》之后作诗四十九首,谕曰:"昨因几暇,走笔成咏,偶得此等篇章,图于座右,以励省修,诚欲效唐太尊之以古为鉴,而非敢拟春秋之笔也。"③绍治帝亦效法唐太宗之政,"端阳节以国孝免朝贺,赐百官扇帕茶果如常例,谕曰:'广布仁风唐文皇故事也。'"④

唐武德四年(621)十月,时为秦王的唐太宗在宫城西开文学馆延招天下

---

① 《大南寔录正编第三纪》卷二十七,第 13 册,第 5118[376]页。
② 《大南寔录正编第三纪》卷五十四,第 14 册,第 5441[233]页。
③ 《大南寔录正编第三纪》卷二十二,第 13 册,第 5064[322]页。
④ 《大南寔录正编第三纪》卷六十八,第 14 册,第 5616[408]页。

四方之士,以杜如晦等十八人并为学士,在公事之暇与诸学士讨论文籍,号称"十八学士",时人谓之"登瀛洲"①。绍治帝也慕此风尚,在驾幸几园赏牡丹花赋诗时,帝曰:"今应制词臣十八人恰与唐登瀛之数相符。""复喜赋一章。"②

绍治帝熟读杜诗,将杜甫诗摘出一句而集句成古体一篇,同时在诗中都注明了诗句的出处:

> 偶忆杜诗一二摘句摭成古体一篇,借咏子美戏题少陵集上
>
> 昔者与高李(《昔游》第一句),生逢酒赋欺(《夔府书怀四十韵》第十四句)。文章日自负(《故秘书少监武功苏公源明》第二十一句),风物长年悲(《送殿中杨监赴见相公》第八句)。疏懒为名误(《寄张十二山人彪三十韵》第二十五句),酸甜只自知(《解闷十二首》第十首第四句)。异才应间出(《奉赠鲜于京兆二十韵》第三句),涕洒乱交颐(《夔府书怀四十韵》第二十四句)。蔬食常不饱(《赠李白》第四句),茶瓜留客迟(《巳上人茅斋》第四句)。情窊造化理(《赠秘书监江夏李公邕》第十一句),遣兴莫过诗(《可惜》第六句)③

此集杜诗前三联六句均选自杜甫寓居夔州大历元年的作品。全诗中引用了《夔府书怀四十韵》的两句。杜甫自称此时的诗"晚节渐于诗律细"(《遣闷戏呈路十九曹长》),是杜甫律诗成熟和创作的高峰期之一。绍治帝看重夔州时的杜诗,并以之开端,亦可见其选诗眼光之老到。

关于绍治帝所读杜诗的文本,上述集杜诗"戏体少陵集 上",其父明命帝读《全唐诗》,其弟从善王阮绵审则读《杜工部集》,绍治帝以天子之尊,既可读皇家藏书,又可以读到父亲和弟弟所读的书。

此外,绍治帝对韵书很重视,下谕内阁"音韵者,诗之管辖;辑韵者,诗之藻饰",④督促增辑《文规》以益后学。绍治帝对杜甫的诗韵也非常熟悉,绍

---

① 《资治通鉴·唐纪五》,北京:中华书局,1956年,第5932页。
② 《大南寔录正编第三纪》卷五十四,第14册,第5448[240]页。
③ 《御制诗二集》卷六,叶十七b—叶十八b,A135/5。
④ 《大南寔录正编第三纪》卷四十六,第14册,第5583[375]页。

治五年,谓内阁臣黎庆祯曰:

> 此次增辑文规字韵,原以补韵府诸书之所未及要宜,参诸字典,博采旁搜,免致遗漏可也。至若注释如一东,则有"徂东"出于《诗经》,"马首东"出于《左传》,或韩诗杜诗,宜注以二字,俾观者知有出处而已,不必多引全句为也。①

此即绍治帝要求韵书引用须注明来历,并以韩愈和杜甫的诗和诗韵为例,让观者知晓。绍治帝承训于父亲明命帝,勤学慎思,广泛阅读皇家藏书,登基后仍然关注诗格和诗韵,下旨编辑韵书,足见其对唐诗和杜诗理解之深刻和热爱。

三、绍治帝步韵《秋兴八首》

《秋兴八首》是唐代大历元年(766)秋杜甫滞留夔州时所作的一组七言律诗,是杜诗的代表作之一,叶嘉莹称赞此组作品是"七言律诗才得真正发展臻于极致,此种诗体才真正在诗坛上奠定了其地位和价值"②。时值安史乱后,藩镇割据,吐蕃、回纥乘虚而入,战乱频起,杜甫壮志难酬,穷病相接,因秋而感发诗兴,故曰"秋兴"。

绍治帝步韵秋兴诗作于丙午年(1846),题名"步杜甫秋兴八首元韵其一首因写杜子美心迹所遇余各首皆反其意以照顾题目",收入《御制诗三集》卷十六。因明命帝和绍治帝的诗集均题"御制诗"某集,现存版本较为混乱。

嗣德帝在为父亲《御制诗三集》亲制序文中写道:

> 爰亲手敬检,自绍治五年乙巳迄于丙午该一千五十首裒成二十卷并目录五卷,前经钦命付梓越兹工竣装潢成帙,敬上为《圣制诗三集》。③

由此可知丙午年之诗确实为绍治帝所作。绍治帝在《丙午除夕》诗的自

---

① 《大南寔录正编第三纪》卷四十六,第 14 册,第 5352[144]页。
② 叶嘉莹:《杜甫秋兴八首集说》,石家庄:河北教育出版社,1997 年,第 38 页。
③ 《御制诗三集》表,A135/13。

注中写自己于丙午年写诗五百五十首,两年合成了《御制诗三集》一共得诗一千零五十首,作诗的数量比初集和二集的数量加倍了,诗中写"岁除良夜值,日课拙诗观",可见其作诗之勤奋,强调自己"非图争墨客",而是"纪载借吟坛",也就是借诗来纪录日常的事件,用以激励自己日常勤勉,不求安逸。①

绍治帝步韵《秋兴八首》的当年,正值四十大寿,身为帝王,则当以家国天下为重,一言一行必将行庆施惠普沾万姓:

> 帝谓内阁臣曰:"今朕年登四衺而庆月重临。朕于几暇偶得句云'瑞应佳年重五日''增重五月祥征寿''诞八千春又八千秋',又句云'结彩张灯非在一人之逸乐,行庆施惠普沾万姓之承庥',将欲以为庆联,宜录出,令侍臣读之或可以润色乎。及宣读,廷臣皆拜庆。"②

绍治帝也称此年"方今国家闲暇",③春三月,水舍火舍诸属国远来朝贺。五月五代同堂大宴于慈寿宫三日。绍治帝宣恩诏于午门曰:"气调辰豫,年丰河顺,户口之生聚日众,人民之耕凿相安。近而暹罗、真腊次第输忱,远而缅甸英夷梯航贡款武成文治,服内安,所以臻兹盛美。"④此即绍治帝先后平定暹罗的侵扰以及柬埔寨的乱事,英国人在缅甸采取守势,第二次英缅战争尚未爆发,英国与阮朝相安无事。步韵《秋兴八首》正是创作于绍治帝年富力强、国家大治、内外无事的时期。因与杜甫《秋兴八首》的悲苦不同,故在标题中说"其一首因写杜子美心迹所遇","余各首皆反其意",并"照顾题目"。⑤

其 一

> 东瓯之木长渊林,踯躅名诗复凛森。唐恼就荒黄菊径,杜愁老叹碧梧阴。才非投笔安民念,文足挥毫爱国心。子美夔州情系处,铺张八首一秋砧。

---

① 《御制诗三集》卷二十,叶四三 a—叶四三 b,A135/13。
② 《大南寔录正编第三纪》卷五十五,第 14 册,第 5455[247]页。
③ 《大南寔录正编第三纪》卷五十四,第 14 册,第 5440[232]页。
④ 《大南寔录正编第三纪》卷五十七,第 14 册,第 5475[267]页。
⑤ 《御制诗三集》卷十六,叶八 b—叶十二 a,A135/13。

此诗如同诗题"写杜子美心迹所遇",是对《秋兴八首》整组作品的概括归纳,也是明命帝所写八首作品的思想内核。东瓯是古代越人的称呼,首句起题,乃是绍治帝读杜诗徘徊流连而深思的状态。将《秋兴八首》视为"名诗",可见此组作品在越南的影响力。"唐恼"当指安史之乱后的政局,"杜愁"则概括了杜甫在夔州的心境以及杜诗整体的特点,总结出了《秋兴八首》总体的凄苦情调。"黄菊径"出自《秋兴八首》其一"丛菊两开他日泪","碧梧阴"出自其八"碧梧栖老凤凰枝"。

"投笔"典出《后汉书》,即班超指弃文从武,投身西域,为国立功。绍治帝评价杜甫的才能不足以投笔从军安民报国,但是诗文挥毫,处处皆见爱国之心。然杜诗"爱国"之说实出自乾隆皇帝和沈德潜的"忠孝"诗观,沈德潜一改钱谦益《钱注杜诗》的"讽""刺"之论,塑造杜甫的"忠孝"形象。[①] 绍治帝多次评价乾隆帝及其御制诗,对其代笔之事尤其不屑,显然对乾隆诗很熟悉。绍治帝选取了杜诗"爱国"之说,因对唐玄宗激发安史之乱甚为不满,故未言"忠君"。再加"唐恼""杜愁",即取沈德潜之"爱国"和钱谦益之"刺君",以杜甫之怨讥玄宗之有始无终。

最后一联写杜甫在夔州写就八首作品是"秋砧"之作。"秋砧"指的是秋日捣衣之声,也是对杜甫《秋兴八首》其一的"寒衣处处催刀尺,白帝城高急暮砧"的回应。杜甫所怀之故乡亦是唐都长安,和前句所说"爱国心"是一致的。

杜甫的《秋兴八首》写于大历元年(766)的夔州,时年 55 岁,四年之后杜甫就去世了。这一年的杜甫穷愁潦倒,年老多病,知交零落多逝,本来期待在肃宗朝可以施展抱负,但不可避免地卷入朝政纷争,凄惨出局。杜甫在成都得到高适和严武的庇护,得以安心度日。后杜甫困于夔州将近两年,一事无成,前途茫茫,寂寥多暇,便陷入了无尽的回忆之中。莫砺锋教授指出:"杜甫还有一种综合的回忆,一种没有确定目标的全面的回忆,那就是《秋兴八首》","《秋兴八首》这一组诗,它是一个立体性的整体性的

[①] 胡旻:《讥刺君主和自我压抑:钱谦益与沈德潜评杜差异及成因》,《东海中文学报》2022 年第 43 期,第 1—24 页。

回忆,……是已到迟暮之年对于平生,对于他所经历的一切的整体性的回忆"。① 诚如斯言,杜甫在夔州似乎陷入一种时间停滞的状态,《秋兴八首》对未来没有任何期望,时间仿佛在这一刻停止,往昔的记忆不断涌现。但记忆不可避免会出现差错、割裂、想象,与杜甫的人生和唐朝的历史重新组合在《秋兴八首》之中,权力末梢的落魄之人以诗笔道尽一个庙堂之高与江湖之远的失意人生。无论当年大才如何施展,"彩笔昔游干天象"——当然这只是一个朝廷低阶官员的自我想象,现如今"白头吟望苦低垂",最终都落在了现实的苍凉中。

其 二

新月秋英曳影斜,白衣送酒索诗笳。(此韵临讳,改用别字)鹊桥天上双星渡,牛渚人间一汉楂(槎)。蛛网求工争密盒,狼烟永绝静边笳。学春霜叶枫林赤,不减长安三月花。

杜甫《秋兴八首》其二写的是身处夔州,长夜难寐,心怀长安,"每依南斗望京华","山楼粉堞隐悲笳",山城之中隐隐听到笳声,隐含兵乱动荡未已,自己孤寂无为,"请看石上藤萝月,已映洲前芦荻花",一片萧瑟,久困于此,羁旅多衰。但绍治帝此诗表达的是相反的边境战事已平,国泰民安的景象。"白衣送酒"指陶渊明好酒而不常得,重阳日于宅边东篱赏菊之时,江州刺史王弘命白衣人送酒来,便一起饮酒,酒醉才归。② 这里指绍治帝当此秋夜,写就诗篇佳句得偿所愿。"鹊桥天上双星渡",同样和织女鹊桥相关的典故杜甫用在《秋兴八首》其七"织女机丝虚夜月",有无限凄凉之意。但绍治帝的诗中牛郎、织女双星因鹊桥相连得以相见,隐含圆满之意。"牛渚人间一汉楂"原文"楂"字当为"槎",即为星河仙槎之意。李白《夜泊牛渚怀古》前两联:"牛渚西江夜,青天无片云。登舟望秋月,空忆谢将军。"辛文房《唐才子传》说:"白晚节好黄老,度牛渚矶。乘酒捉月,沈水中,初悦谢家青山,今墓在焉。"③李白世称"谪仙人",绍治帝写"牛渚人间一汉楂"应当是仰慕李白

---

① 莫砺锋:《杜甫诗歌讲演录》,桂林:广西师范大学出版社,2007年,第288页,第324页。
②《宋书》卷九十三,北京:中华书局,1974年,第2288页。
③(元)辛文房撰,周本淳校正:《唐才子传校正》卷二,南京:江苏古籍出版社,1987年,第53页。

的诗才,采用了辛文房的说法。

杜甫《秋兴八首》其二"山楼粉堞隐悲笳",①笳声乃战乱之悲音。卢元昌曰:"兹焉作客殊方,惟见山楼之外,粉堞周遮,每至黄昏,边笳四起,世乱如此,是以京华以悲笳而隔也。"②时值阮朝国内边境平定,绍治五年(1845)六月,武文解抵达嘉定,会同阮知方、尹蕴、尊室议,进兵讨伐真腊。之后,包围匿螉墩和暹罗将领质知于乌栋。到十月,阮知方、尹蕴与质知在会馆缔结了和约停战。绍治六年(1846)腊月,匿螉墩上表谢罪并遣使朝贡。国内外大定,所以绍治帝有"狼烟永绝静边笳"的感慨,一反杜甫原意之悲苦忧心。

最后一联"学春霜叶枫林赤,不减长安三月花"更是化用了杜牧的名句"停车坐爱枫林晚,霜叶红于二月花",更是一扫杜诗中的萧瑟肃穆之态,以霜叶枫林艳若长安三月之花,让秋日涂抹绚丽之色。

其 三

三垣玉宇愈增晖,翳雾澄清靡点微。饱露残蝉宁懒咽,鸣霜旅雁惮劳飞。朝干听政思无逸,夜静观书课莫违。月逗鋼窗传桂馥,影移画槛袭花肥。

杜甫《秋兴八首》其三写清秋早晨之秋色。以"匡衡抗疏功名薄,刘向传经心事违"回忆了自己的生平,尾联"同学少年多不贱,五陵衣马自轻肥"和故旧相比,自己功业未成的感慨。绍治帝之诗写夜静观书之景。三垣,即太微垣、紫微垣、天市垣的合称。星辉朗照,眼前一片清明。"饱露残蝉宁懒咽"和"鸣霜旅雁惮劳飞",绍治帝之弟从善王阮绵审在《仓山诗话》中云:"雁与雪,我南所绝无。人以为诗中善字,多好用之。"③此联对仗工整,既渲染了秋天的夜晚之幽静,又以"懒"和"惮"衬托颈联"朝干听政思无逸,夜静观书课莫违",即自己日日勤政,无逸劳之思,深夜勤读不辍。绍治帝常常以

---

① 萧涤非主编;廖仲安,张忠纲,李华副主编:《杜甫全集校注》07,北京:人民文学出版社,2014年,第3796页。

② 同上,第3801页。

③ [越]阮绵审:《仓山诗话》,VHv.105。

勤政毋逸来要求自己,这是继承了父亲明命帝的勤勉的训导。明命十年,明命帝谓侍臣阮文仲等曰:"人主不可自图安逸,苟精神少倦亦振作之。"①并且惟恐人主身居高位无人敢议,遂要求大臣知无尽言。绍治帝不仅继承了父亲的忧勤之念,在绍治四年出《几暇园诗序》还要求皇族子弟一应遵守并视为家法,曰:

> 几暇园乃明命年间我皇考所建之几暇堂也。……朕寅恭一念,慎守成规,国政民瘼,岂敢遑暇,第恐子孙承平日久,骄奢嗜好,借以为辞,营缮宫室,耽玩湖山,则非朕继志述事,先忧后乐之本意也。昨因几暇伸明己意着为诗序,庶以垂示将来,永守忧勤。家法斯善矣。②

结尾呼应首句以月移花影,桂香馥郁作结以示夜深。"影移画槛"可能化用自李白"云想衣裳花想容,春风拂槛露华浓","袭花肥"可能化用自陆游"花气袭人知骤暖,鹊声穿树喜新晴"。

其　　四

天作松枰星作碁,势分辟易毕箕悲。月规凉爽清商节,霜令严明肃杀时。麦浪似鲸翻涌沸,梧声若马鬣长驰。催闻天下知秋到,最是关怀永叔思。

杜甫的《秋兴八首》第四首以"闻道长安似弈棋,百年世事不胜悲"写出长安政治不稳,朝政更迭如弈棋,《杜臆》云:"遂及国家之变。则长安一破于禄善,再乱于朱泚,三陷于吐蕃,如弈棋之迭为胜负,而百年世事,有不胜悲者。""王侯帝宅皆新主,文武衣冠异昔时"写出了统治阶层的动荡和人事变迁。"直北关山金鼓振,征西车马羽书迟"写吐蕃进攻与边疆的不稳,最后一联"鱼龙寂寞秋江冷,故国平居有所思",又回到了现实,无能为力而又寂寞清冷,这道尽了有志报国却无为袖手之人的感受。绍治帝以天为棋盘,星为棋子,势力消涨变化令人生悲。商音凄厉,与秋天肃杀之气相应,虽是肃杀

---

① [越]阮宪祖:《明命政要》卷五,13b。
② 《大南寔录正编第三纪》卷三十九,第14册,第5253[45]页。

之季，却凉爽清净。麦浪如鲸鱼翻滚，风吹梧桐之声如同马鬃飞驰而来。眼下光景皆见秋之所至，不由得想起欧阳永叔的《秋声赋》来。这显然是文人之间同声共息之辞。

其　五

蒲牢何处度重山，古刹非无在此间。解夏良晨传梵语，孟秋庆月会禅关。长天云外明蟾影，送佛场中照鹤颜。冠盖嬉游皆楚楚，绮罗络绎列班班。

杜甫《秋兴八首》第五首"蓬莱宫阙对南山，承露金茎霄汉间"用道教典故写出了唐朝宫殿的壮美，唐朝崇尚道教，"西望瑶池降王母，东来紫气满函关"，诗人也曾见识过皇家崇道的气派。"云移雉尾开宫扇，日绕龙鳞开盛颜。"这是杜甫对自己在玄宗和肃宗朝参与朝政的回忆和想象，现在却是"一卧沧江惊岁晚，几回青琐点朝班"，年华逝去，独卧寒江。阮朝崇信佛教，绍治六年下谕"铸妙谛寺巨钟（钟高四尺四寸，重三千九百余斤）"，并命"建钟楼碑亭于寺前，复以钟初成建大斋坛七日夜拔度远近尊亲过故者"。① 绍治帝写孟秋中元节时，寺庙打钟若钟钮的蒲牢吼叫，诗中古刹钟声可能指的就是妙谛寺新铸洪钟。早上念佛之声即已传来，盂兰盆节的活动一直延续到深夜。参加佛会的人冠盖云集，熙熙攘攘，络绎不绝。杜甫写李唐崇道之虚，绍治帝则写本朝礼佛之盛，帝谓侍臣曰：

人生日用常行之间，不外善之一字，故圣人教人以善为主，佛家之教亦不出此。但佛氏专主色空二字，比之儒教，颇有不同。即如开卷讽诵，必须拈香叩拜，又为恭谨之至也。②

绍治帝对佛教之善亦加以吸收。妙谛寺的人影与杜甫一卧沧江形成鲜明对比。

其　六

潦尽潭清绿鸭头，星河澄澈蔼高秋。水平尽是烟波帖，霜散无为草

---

① 《大南寔录正编第三纪》卷五十八，第 14 册，第 5492[284]页。
② 同上，第 5495[287]页。

木愁。暗识晴催飞瓦雀,预知风信泛沙鸥。陶然道味通天地,一理包涵统九州。

杜甫的《秋兴八首》第六"花萼夹城通御气,芙蓉小院入边愁"写唐玄宗天子出游的奢华热闹的场景,最后一联"回首可怜歌舞地,秦中自古帝王州"表达出了杜甫对长安动荡不安局势的忧虑,就是因为玄宗的骄奢淫逸。绍治帝则以静反动,以淡泊反奢靡,以自怡反喧嚣。首联"潦尽潭清绿鸭头"化用唐代王勃的《滕王阁序》"潦水尽而寒潭清",积水消尽,潭水清澈,自由自在游水的鸭头更绿了。星河澄明清朗高秋,水平烟波袅袅。越南顺化只分雨季和旱季,9—10月气温均在21至32度之间,所以诗中有"霜散无为"之说。瓦雀和沙鸥是眼前所见之景,亦是老百姓各安其所,其乐融融的生活场景。陶渊明"挥兹一觞,陶然自乐",君王也是淡泊自守,得天地之理以治国。面对杜诗中动荡的唐代政局,绍治帝回应以万宝丰盈、千方富庶的稳定生活。

其 七

虞耕稷播荷前功,帝耤营成大化中。万宝丰盈温饱事,千方富庶俭勤风。人烟到处连天碧,花树逢时照水红。雁字横书邀笔阵,秋光助兴麽诗翁。

杜诗其七首联"昆明池水汉时功,武帝旌旗在眼中"紧接其六尾联"回首可怜歌舞地,秦中自古帝王州",以汉武帝之战功比唐明皇。"织女机丝虚月夜,石鲸鳞甲动秋风",曾经的帝王之州繁华之地现在却如此冷寂。"波漂菰米沉云黑,露冷莲房坠粉红",菰米和莲房无人采收,任其坠落,此两联写出了兵戈战火之后离乱无人冷清的惨淡之景。"关塞极天唯鸟道,江湖满地一渔翁",从极边关塞到石门鸟道,诗人思兴万里,却是江湖落拓一寒江渔翁,寥落之至。

反观绍治帝步韵诗所写的是重农事。虞耕稷播,指的是大舜和后稷教民耕种,"帝耤营成大化中"吹嘘自己师法圣贤,仰慕天地造化,荷大圣之功。"万宝丰盈温饱事,千方富庶俭勤风"写自己治下粮食丰盈,天下饱足,勤俭之风,千方富庶。绍治六年夏闰五月,户部奏:

是年,承天广治清化宁平北宁南定海阳广安太原兴化,夏禾十分丰收。广平山西兴安义安河静河内平定富安庆和均得八九分。①

绍治帝览奏欣慰,写下诗句"九郡皆中稔,十州夐上丰"。② 到当年秋九月"广南禾大收"。③ "人烟到处连天碧"指人烟稠密,绍治元年户口丁籍有九十二万五千一百八十四人,因为镇西叛乱迁出镇西人数四万九千一百六十五人。但累年边境安宁,涵养民众,"去年丙午岁底已得九十八万六千二百三十一人,今年增三万八千一百五十七人,总其大数今年户口丁籍现登一百万有零二万四千三百八十八人。则元年除出镇西四万九千一百六十五人。今亦举地纳欸,率俾来庭不屑复摘而已"④。阮朝到绍治七年人口已经从嘉隆元年户口丁籍七十二万二千五百九十人增加了三十多万。绍治帝认为这皆得益于"三朝皆爱养,九域共咸绥",⑤即祖父嘉隆、父亲明命和自己三朝治国的结果。面对如此盛景,"雁字横书邀笔阵,秋光助兴蹙诗翁",作为帝王的诗翁看到归雁秋光,不由得大兴诗思。绍治帝的得意与杜诗"江湖满地一渔翁"的枯寂寥落完全相反。

其 八

士子丰来竞逦迤,跨三级浪渡金陵。岩泉徒抱吟兰操,云月欣看折桂枝。武诗文科时并举,经邦济世志何移。百余秋榜轩昂甚,几许孙山拂袖垂。(正值文武两科事清因戏及耳)

杜诗其八"昆吾御宿自逶迤,紫阁峰阴入溪陂",追忆了早年和友朋经昆吾、御宿,畅游溪陂湖,能看到终南山之紫阁峰。尾联"彩笔昔游干气象"回忆自己当年也曾大手笔为朝廷写就制书公文,影响天下。但据吉川幸次郎引《新唐书·杜甫传》"好论天下大事,高而不切",杜甫虽然自诩政治才干,

---

① 《大南寔录正编第三纪》卷五十八,第 14 册,第 5485[277]页。
② 同上。
③ 《大南寔录正编第三纪》卷六十一,第 14 册,第 5525[317]页。
④ 《御制诗四集》卷五,叶十九 b,A135/12。
⑤ 《御制诗四集》卷五,叶十八 b,A135/12。

但其实不具备政治家的能力。① "干天象"不过老年杜甫的呓语而已。奔走投文多年,除了好友房琯、严武和高适曾对自己青眼有加,其他高官权贵不过虚应而已,②因此杜甫的彩笔既没有"干天象"的能力,其实也没有机会,"白头吟望苦低垂"才是老杜的真实情况,也是《秋兴八首》的结句,老而无望,思无所至。

对比杜甫的彩笔无用,绍治帝的步韵诗可谓志得意满,网罗天下英雄。"士子丰来竞逦迤"写绍治帝非常重视科举考试。绍治元年:

> 帝重儒好士是科第一场,御赐题目,每场期赐贡士午膳。传旨云:"前科送炭,今日传餐,朝廷优士之盛典也。尔多士各宜肆力于文展,尽所长用,答朕奖拔人才绍兴文治至意。"敕武文解等曰:"戒尔膳夫,烝我髦士,要精洁,毋潦草。"③

对于高龄考生也示优待,以免白首穷经不得其用:

> 又传旨场官,秉公点阅,毋以衡尺过拘。有监生阮春赏,年外六十,不入格。帝批名册语内阁曰:"国家教育人才欲其及辰效用,岂忍使之久淹学校,白首穷经乎?"命吏部覆核擢补。富川训导太原有学生负粮入监肄业。帝闻之曰:"太边省也。乃能奋志观光,可嘉也。"给之廪与荫生同,自此多士濯磨文风益振矣。④

绍治帝文武并重。六年,绍治帝曰:

> 武试之法与文试异,士子终日行文,且虑其有倩借之弊。若武试训则夏出迭入,非有终日矻矻之劳,一较试之,闲其人之能否,自见非可倩人代也。⑤

武试除了棍棒举重之外,还有鸟枪射击。帝曰:

---

① [日] 吉川幸次郎著,杨珍珍译:《杜甫私记》,北京:新星出版社,2023年,第72—73页。
② 同上,第70—71页。
③《大南寔录正编第三纪》卷六,第13册,第4843[101]页。
④ 同上,第4843[101]—4844[102]页。
⑤《大南寔录正编第三纪》卷五十五,第14册,第5460[252]页。

"武举试法举重持棍挥枪刺俑尚易为力,惟鸟枪命中更觉得良难。夫军伍训练有素,初试覆核两相悬殊,黜之宜矣。惟民籍预中无几再以射法未精一概削去,殊未分别,且鸟枪严禁乡间僻壤,何由得而学习之乎?宜酌量增取,以鼓士气。"乃命取中五十一人。①

如此鼓励之下,自然"跨三级浪渡金陂",希望文武士子们鱼跃龙门。"岩泉徒抱吟兰操","岩泉"乃是暗指隐居之士,此句指隐居之士只是白白吟唱志士不遇,生不逢时的《幽兰操》。"云月欣看折桂枝","折桂"指科举高中,"欣看"表达出绍治帝希望士人们积极应考之心。"武诗文科时并举,经邦济世志何移",士人们要积极学习应考,报效国家。"百余秋榜轩昂甚,几许孙山拂袖垂",将榜上有名者器宇轩昂的状态和名落孙山后垂头丧气的状态作对比,跃然纸上,如在当场。诗中自注"正值文武两科事清因戏及耳",绍治帝希望有才干者金榜题名,但难免有技不如人者名落孙山,垂袖落寞,而他步韵的杜甫也正是科举不得志的一人。

津坂孝绰论杜甫《秋兴八首》曰:

> 以上三首就夔府言,以下就长安言,此八诗分界处,而末句五陵逗起长安矣。盖身居巫峡,心思京华为八首大旨。前三首专叙身之所处,而心之所思;后五首专写心之所思而伤身之所处,是八诗中线索也。②

此即杜甫《秋兴八首》在思在伤,现实中绝无意气兴发,唯有记忆想象中曾振羽展翅,终归是落寞枯寂。绍治帝步韵《秋兴八首》其实也写得明白,就是反老杜其意而为,竟写出了自己志得意满、国家大治、网罗英才的内容,见秋光归雁,诗兴大发,笔下一派本朝盛景。

四、结　　论

宇文所安指出:"杜甫将夔州景象与对朝廷的忆念交织在一起,并通过

---

① 《大南寔录正编第三纪》卷六十,第 14 册,第 5515[307]—5516[308]页。
② [日]津阪孝绰著:《杜律详解》卷下,早稻田大学图书馆藏刻本。

这样做,引起对于时间和诗歌艺术的不朽之间的联系的广泛思索","在《秋兴》中,想象中的往昔景象通常色彩鲜明,而对夔州眼前秋景的描绘往往灰暗苍白,二者形成鲜明对照"。① 杜甫处于政治权力的末梢,由下往上回忆往昔的经历和对时局的理解,其人生不遇与盛唐和中唐的转折结合在一起,便有了广泛的普世意义,故而引起千载的共鸣。

帝王御制诗所展现的是以皇帝为权力系统顶端而运转的国家空间与时间系统的描述,"言语所具有的这种权力性恐怕是与以皇帝权力为首的各种政治权力紧密联系在一起的"。② 绍治帝的步韵《秋兴八首》即是权力顶端向下的展现甚至是炫耀。他一反老杜的萧瑟颓丧之气,以酷爱的诗来表达自己作为君王的文治武功,志得意满。

《秋兴八首》作为千古名篇,其安史之乱的创作背景亦难忽略,蹉跎迁徙、士人不遇,成就了老杜的不朽诗名,于私绍治帝欲与老杜比肩,于公则欲以帝王之尊笼络寒士为己用,终究未脱帝王之机心。在回忆和现实的交织与渲染之中,两组作品完全不同。杜甫的《秋兴》立于当下对唐帝国往昔盛世的回忆,绍治帝则是在人生中最鼎盛时期"十全之美"③之时步韵《秋兴八首》,多清朗之态,而无萧瑟悲苦之态。

与杜甫秋兴所思所伤止于当下、时间停滞的状态不同,绍治帝在步韵诗中畅想美好的未来,延续阮朝的兴盛。次年即绍治七年即驾崩,但他在一首诗的自注中提到了绍治八年"本年会试例科至来岁绍治八年戊申春,举计绍治元年至八年,只有乙巳无科,余年年皆有凡七年之间春秋两围,连举十一科,历代以来亦罕见也",④展现了对未来的可视。然而人生无常,绍治帝步韵《秋兴八首》的美好景象随着法国侵略忧惧去世而幻灭。

就现在越南汉喃文献所见,绍治帝步韵是罕有对《秋兴八首》进行再创

---

① [美]宇文所安著,贾晋华译:《盛唐诗》,北京:生活·读书·新知三联书店,2004年,第242—243页。
② [日]浅见洋二,高桥文治,谷口高志著;黄小珠,曾逸梅译:《有皇帝的文学史——中国文学概说》,南京:凤凰出版社,2021年,第4页。
③ 《御制诗四集》卷五,叶12b,A135/12。
④ 同上,叶18a—18b,A135/12。

作的诗作,尽管是反其意而为,与老杜意境南辕北辙,但终究仍在杜诗及唐诗的影响之内。作为诗人,绍治帝能够体会《秋兴八首》的意境及老杜的思与伤。但作为帝王,他不能让自己治下的国家和士人沦入老杜的境地。故而绍治帝反其意步韵《秋兴八首》就成为东亚汉文化圈国家中权力体系顶端与末梢的千古对话。

作者单位:红河学院人文学院

中国唐诗学

五言诗句形式的"音""意"合一与佳句的产生

——以《文镜秘府论》为中心的考察

李思弦

摘　要　五言诗句的常见形式,现代学者将之概括为二一二、二二一两种,且这两种诗句形式通常是"音""意"合一的。具言之,从音乐节奏划分出来的二一二形式,通常在意义单位层面呈现出的形式也是二一二;从音乐节奏划分出来的二二一形式,通常在意义单位层面呈现出的形式也是二二一,反之亦然。早期诗人学者在讨论诗句形式时,往往分别从"音"与"意"(即诗句的音乐节奏和意义单位)两个层面对之进行划分,这在《文镜秘府论》的相关记载中便有所体现。后世学者之所以不对诗句形式中的"音""意"两个方面加以区分,则是因五言近体诗句中的音乐节奏与意义单位形式上能够重合,诗句因形式上的"音""意"合一,能够焦点集中,从而频出佳句的缘故。

关键词　五言诗　诗句形式　佳句　文镜秘府论

五言诗句的常见形式,现代学者将之概括为二一二、二二一两种。如王力先生称:"五言诗的一般句式是二三,这就是说全句的节奏是二字加三字。这种句式是四言的扩展。在二二的当中插入一个音,或在后面添加一个音,就成为五言。这样,二三可以细分为二一二或二二一。"[1]此处,王力先生分五言为二一二与二二一两种形式,显然是以句内音节为依据的。然而在探

---

[1]　王力:《古代汉语》(校订重排本)第四册,北京:中华书局,1999年,第1514页。

讨具体诗句应归为二一二还是二二一形式时,王力先生又多以诗句的内容意义为参照,如他将"纤纤擢素手"归为二一二,而"迢迢牵牛星"则被归入二二一。此处,王力先生之所以不对音节和意义两个层面的诗句形式加以区分,主要是因为:"近体诗的句式一般是每两个音节构成一个节奏单位,每一节奏单位相当于一个双音词或词组。音乐节奏和意义单位基本上是一致的。"①

诚如王力先生所言,近体诗句的音乐节奏和意义单位两个层面的诗句形式,通常情况下是一致的,本文将之称为诗句形式的"音""意"合一。具言之,从音乐节奏划分出来的二一二形式,通常在意义单位层面呈现出的形式也是二一二;从音乐节奏划分出来的二二一形式,通常在意义单位层面呈现出的形式也是二二一,反之亦然。早期诗人学者在讨论诗句形式时,往往分别从音乐节奏、意义单位两个层面对之进行划分,这在《文镜秘府论》的相关记载中便有所体现。后世学者之所以不对诗句形式中的"音""意"两个方面加以区分,主要是因为五言近体诗句中的音乐节奏与意义单位形式上能够重合,诗句因形式上的"音""意"合一,能够焦点集中,从而频出佳句的缘故。

本文以《文镜秘府论》所载相关讨论为中心,从诗句的"音"与"意"(即诗句的音乐节奏和意义单位)两个层面,考察二一二、二二一两种五言诗句形式"音""意"合一的现象。进而以"音""意"合一的诗句形式为基础,探讨诗句内部强调情况,考察佳句频出之现象,并兼及此事对后世诗人学者之影响。

一、五言诗句二一二形式的"音"与"意"

从音乐节奏方面看,近体诗句音乐节奏的形成,显然与句中各字平上去入的排布情况密切相关。古人对五言诗句二一二音乐节奏的认识与划分,主要见于《文镜秘府论·天·调声》中"换头"与"护腰"两条:

---

① 《古代汉语》(校订重排本)第四册,第1539页。

调声之术,其例有三。一曰换头,二曰护腰,三曰相承。①

换头者。若就《于蓬州野望》诗云:"飘飖宕渠域,旷望蜀门隈。水共三巴远,山随八阵开……"此篇第一句头两字平,次句头两字去上入。次句头两字去上入,次句头两字平……如此轮转,自初以终篇,名为双换头,是最善也。若不可得如此,即如篇首第二字是平,下句第二字是用去上入;次句第二字又用去上入,次句第二字又用平。如此轮转终篇,唯换第二字……此亦名为换头,然不及双换。②

护腰者。腰,谓五字之中第三字也。护者,上句之腰不得与下句之腰同声。然同去上入则不可,用平声无妨也。庾信诗曰:"谁言气盖代,晨起帐中歌。""气"是第三字,上句之腰也,"帐"亦第三字,是下句之腰,此为不调。宜护其腰,慎勿如此也。③

引文中的"换头",主要指一首诗中第一句头二字与第二句头二字,不能同为平声或上去入;第二句头二字与第三句头二字,需同为平声或同为上去入;第三句头二字与第四句头二字,不能同为平声或上去入,以此类推。如果无法做到这样,也可以依照上述规则,仅调换每句第二字的平上去入。显然,"换头"一说主要针对的是诗句内部四声调和的问题,规定一首诗中每句前二字(第一字也可忽略不计)的平上去入四声使用情况。这样古人便以调和声调的方式,将五言诗句的前二字单独提出并归为一组,从而令诗句在诵读时呈现出前二后三的音乐节奏形式。以此观之,"换头"一说便将五言诗句的音乐节奏划分成了二三形式。

而引文第三段的"护腰",则主要在谈相邻两句五言诗句中,第三字不能同声(声调不能同上去入)这一问题。结合上文刚刚分析的"换头"说可见,古人调和句内四声时,在分五言诗前二字为一组的基础上,又将诗句中的第三字单独提出,称"上句之腰不得与下句之腰同声"。这就进一步将五言句

---

① [日]遍照金刚撰,卢盛江校考:《文镜秘府论汇校汇考》(修订本)上册,天 调声,北京:中华书局,2015年,第146页。
② 《文镜秘府论汇校汇考》(修订本)上册,天 调声,第148—149页。
③ 同上,第155页。

的第三、四、五字分为两组：第三字单独为一组，第四、五字为一组。如此便在二三节奏的基础上，进一步以调和四声的方式将五言诗句分为二一二的音乐节奏形式。

从意义单位层面看，五言诗句意义单位的划分，主要以句中字词的词汇意义为依据，与诗句中相邻字词之"意"是否相连一事密切相关。古人对五言诗句二一二意义单位的认识与划分，主要见于"长撷腰病"的讨论。

> 第二十一，长撷腰病者，每句第三字撷上下两字，故曰撷腰。若无解镫相间，则是长撷腰病也。如上官仪诗云："曙色随行漏，早吹入繁笳。旗文萦桂叶，骑影拂桃花。碧潭写春照，青山笼雪花。"上句"随"次句"入"，次句"萦"，次句"拂"，次句"写"，次句"笼"，皆单字，撷其腰于中，无有解镫者，故曰长撷腰也。①

引文所谈"撷腰"，便是得名于"皆单字，撷其腰于中"的诗句特点。换言之，诗句中的第三字（如"随""入""萦""拂"等）与其前后字"意"的关联并不密切，句中第三字能够被单独撷出、自成一意。如此，句中第三字便将五言诗句内部分为三组，即前二字为一组，第三字单独为一组，后二字为一组，诗句意义单位呈二一二形式。

综合上文所引"换头""护腰"，以及此处所举"撷腰"不难发现，在早期诗文论中，五言诗句的二一二形式的来源可分为音乐节奏、意义单位两种：前者是以诗句内部四声调和为基础，来划分句内节奏的；后者是基于诗句第三字可自成一意，进而对诗句意义单位加以概括的。二者虽分别自诗句的"音""意"两方面得来，却能够在形式上完全重合，即句中前二字为一组、中间单字为一组、后二字为一组，诗句呈二一二形式。

二、五言诗句二二一形式的"音"与"意"

从音乐节奏方面看，古人对五言诗句二二一音乐节奏的认识与划分，主

---

① 《文镜秘府论汇校汇考》（修订本）中册，西 文二十八种病，第1090页。

要见于"八病"中的"蜂腰"。

> 蜂腰诗者,五言诗一句之中,第二字不得与第五字同声,言两头粗,中间细,似蜂腰也。①
>
> 刘滔亦云:"为其同分句之末也……又第二字与第四字同声,亦不能善,此虽世无的目,而甚于蜂腰。"②

引文所谓"同声",主要指"不得同平上去入四声"③。以此观之,则引文中所谈的"蜂腰"主要是指五言诗句中,第二字与第五字的声调不能相同。这一条在"八病"的语境中,究竟能够说明什么呢?参照此前所说的"平头":"五言诗第一字不得与第六字同声,第二字不得与第七字同声。"④"上尾":"第五字不得与第十字同声。"⑤此后所谈的"鹤膝":"五言诗第五字不得与第十五字同声。"⑥上述三条规则中,五言诗句不能同声之处,分别处于诗中第一字与第六字(每句第一字)、第二字与第七字(每句第二字)、第五字与第十字(每句第五字)、第五字与第十五字(每句第五字)的位置上。可见,"平头""上尾""鹤膝"之中所涉及的不能同声之字,在诗句中所处的位置是完全相同的。以此推之,则"蜂腰"一条提到的句中不能同声的第二字与第五字,也应处于句中相同的位置之上。第五字处在末尾位置,则第二字也应是末尾位置,即一个诗句内部单位的末尾。这样古人便以调和声调的方式,将五言诗句的前二字归为一组,后三字归为一组。以此观之,则"蜂腰"一说同样将五言诗句分成了二三节奏形式。

同理,"刘滔亦云"一段引文中,刘滔提出了五言诗句第二字与第四字不能同声,并表达了一旦同声甚于"蜂腰"之病这一观点。结合已有分析,五言诗中第五字与第二字应同处五言句一个内部单位的末尾,并联系刘滔前言可知,五言诗中第二字与第四字不能同声一事,亦可理解为刘滔视五言诗中

---

① 《文镜秘府论汇校汇考》(修订本)中册,西 文二十八种病,第 902 页。
② 同上,第 908 页。
③ 同上,第 866 页。
④ 同上,第 866 页。
⑤ 同上,第 884 页。
⑥ 同上,第 925 页。

第二字与第四字所处位置相同,即在一句五言诗中,第二字、第四字、第五字均处于一个诗句内部单位的末尾位置。换言之,五言诗句在音乐节奏上,第一、二字为一组,第三、四字为一组,第五字单独为一组。这便在二三形式的基础上,进一步以调和四声的方式分一句五言为二二一的音乐节奏。①

从意义单位方面看,古人对五言诗句二二一意义单位的认识与划分,主要见于"长解镫病"的讨论。

> 第二十二,长解镫病者,第一第二字意相连,第三第四字意相连,第五单一字成其意,是解镫。不与撷腰相间,是长解镫病也。如上官仪诗云:"池牖风月清,闲居游客情。兰泛樽中色,松吟弦上声。""池牖"二字意相连,"风月"二字意相连,"清"一字成四字之意,以下三句,皆无有撷腰相间,故曰长解镫之病也。②

引文将"解镫"描述为"第一二字意相连,第三四字意相连,第五单一字成其意"。显然便是以诗句词语间"意"是否相连为依据,将五言诗句中第一、二字分为一组,第三、四字分为一组,第五字单独为一组,即诗句意义单位呈二二一形式。

综合"蜂腰"与"解镫"两段引文不难发现,在早期诗文论中,五言诗句的二二一形式来源,亦可分为音乐节奏与意义单位两种。二者虽分别自诗句的"音""意"两方面得来,却同样能够在形式上得以重合,即句中第一、二字为一组,第三、四字为一组,第五字单独为一组,诗句呈二二一形式。

三、"音""意"合一与句内强调的重合

五言诗句二一二和二二一两种形式,虽然在来源上存在着"音""意"之别,但在具体诗句的分析中,却鲜少有人对之加以区分。之所以会出现这种

---

① 关于"蜂腰"与五言诗句"二二一"节奏的划分一事,现代学者已对之有所关注、讨论,如杜晓勤先生便在《六朝声律与唐诗体格》(北京:北京大学出版社,2017年)一书的第四章:《大同句律形成过程及与五言诗句单句韵律结构变化之关系》(第104—137页),提出过类似观点。
② 《文镜秘府论汇校汇考》(修订本)中册,西 文二十八种病,第1090页。

情况,主要是因为"音""意"合一的形式能够令句内强调达到一致,诗句焦点更为集中,且多有佳句。

探讨诗句的音乐节奏及其对句内个别字的强调情况,还须从松浦友久先生的"拍节节奏"与"休音"谈起。松浦友久先生在《中国诗歌原理》①《节奏的美学——日中诗歌论》②两部著作中,谈及中国诗歌节奏时称:"在中国古典诗的场合,(原则上)两个音节相结合而为一拍的看法最为接近实际。这种节奏,就其性质应叫做'拍节节奏'(拍节数的节奏)。"③若将两个音节视为一拍,则本文所谈五言诗句音乐节奏二一二与二二一形式,句中均存在无法构成完整拍节的单字。因此,需引入"休音"概念,即能够与句中单字共同构成一个拍节的"有拍无音"的符号(本文中写作"○")。④ 如此,则音乐节奏为二一二形式的诗句,如前文所举"谁言气盖代",由于句中第三字"气"与休音"○"(不发音仅占据一个音节位置)共同构成一拍,拍节节奏便可写作"谁言—气○—盖代";而节奏为二二一形式的诗句,如上官仪诗句"池牖风月清",句中第五字"清"与休音"○"(不发音仅占据一个音节位置)共同构成一拍,拍节节奏则可写作"池牖—风月—清○"。

之所以引入"拍节节奏"与"休音"的概念,是因为松浦先生在《节奏的美学——日中诗歌论》一书中,以句内休音为切入点,探讨了诗句在诵读时,节奏对句内字词的强调情况。松浦先生认为"休音"在诗句之中"都会给节奏以弹性,使发音清楚优美,加深句末一个字的印象。而且易于产生加强余韵余情的效果"。⑤ 此论虽主要就句末休音而发,但实际上休音无论位于句末第五字("□□—□□—□○","□"代表一个汉字,"○"代表休音,如"大漠—孤烟—直○")还是句中第三字("□□—□○—□□",如"家书—抵○—万金"),休音都会通过句中节奏的停顿(前字声调为入声)或延长(前

---

① [日]松浦友久著,孙昌武、郑天刚译:《中国诗歌原理》,沈阳:辽宁教育出版社,1990年。
② [日]松浦友久著,石观海等译:《节奏的美学——日中诗歌论》,沈阳:辽宁大学出版社,1995年。
③ 《中国诗歌原理》,第103页。
④ 同上,第101—114页。
⑤ 《节奏的美学——日中诗歌论》,第169页。

字声调为平、上、去三声),对与之结合并共同构成一个拍节之字,均会起到一定的强调作用。

具言之,在音乐节奏为二一二形式的诗句中,即拍节节奏为"□□—□○—□□"的诗句中,句中第三字会因与休音"○"共同构成一拍的缘故,在诵读时变得更为悠长(如"谁言—气○—盖代"),或更为短促(如"美人—挟○—赵瑟")。如此,音乐节奏为二一二形式的五言诗句,句中第三字便会因在诵读时比其余四字读音更长(声调为平、上、去)或更短(声调为入声),而变得尤为突出,为诗句节奏所强调。

同理,在音乐节奏为二二一(拍节节奏为"□□—□□—□○")的诗句中,句末一字同样会因与休音"○"共同构成一拍的缘故,在诵读时变得更为悠长(如"池牖—风月—清○")或更为短促(如"天寒—翠袖—薄○")。如此,音乐节奏为二二一形式的五言诗句,句中第五字便会因在诵读时比其余四字读音更长(声调为平、上、去)或更短(声调为入声),而变得尤为突出,为诗句节奏所强调。

可见,从诗句音乐节奏对句内强调的情况来看,音乐节奏为二一二形式的五言诗句,强调句中第三字;音乐节奏为二二一形式的五言诗句,强调句中第五字。

既然五言诗句节奏会因"休音"而对句中个别字词加以强调,那么五言诗句在意义单位层面是如何对句内字词加以强调的呢? 就"撷腰"(二一二形式)而言,《文镜秘府论》称"上官仪诗云:'曙色随行漏,早吹入繁笳。旗文紫桂叶,骑影拂桃花。碧潭写春照,青山笼雪花。'上句'随'次句'入',次句'紫',次句'拂',次句'写',次句'笼',皆单字,撷其腰于中。"[1]从材料中不难看出,"撷腰"句本身,便得名于句中单字撷于腰间这一诗句特点。位于诗句中间之字,不仅不与前后字词"意相连",还间接将诗句分割为三个部分,即句首二字一组、中间单字一组、句末二字一组,从而令诗句意义单位呈二一二形式。由于诗句中第三字能够被单独撷出,并自成一意、勾连上下,故而"撷腰"句中的第三字在地位上超越句内其他字词,应视为全句重中之重,

---

[1]《文镜秘府论汇校汇考》(修订本)中册,西文二十八种病,第1090页。

是诗句意义单位层面所强调之字。

再看"解镫"(二二一形式),《文镜秘府论》描述"解镫"句为"第一第二字意相连,第三第四字意相连,第五单一字成其意……'池牖'二字意相连,'风月'二字意相连,'清'一字成四字之意"。[①] 从引文中不难看出,"解镫"的句末第五字,并不与相邻成之字"意相连",而是"成"此前四字之意。也正是由于"解镫"诗句句末第五字可"成"前四字意,故而此字在地位上能够超越之前四字,应视为全句重中之重,是诗句意义单位层面所强调之字。

从诗句意义单位对句内强调情况来看,意义单位呈二一二形式的五言诗句,强调句中第三字;意义单位呈二二一形式的五言诗句,强调句中第五字。此结论与前文总结音乐节奏对句内的强调情况完全一致。由此可知,音乐节奏与意义单位均成二一二的五言诗句形式,节奏层面与意义层面均强调句内第三字;音乐节奏与意义单位均成二二一的五言诗句形式,节奏层面与意义层面均强调句内第五字。简言之,诗句形式上的"音""意"合一,可令诗句节奏层面与意义层面对诗句内部的强调完全重合(参见图一)。

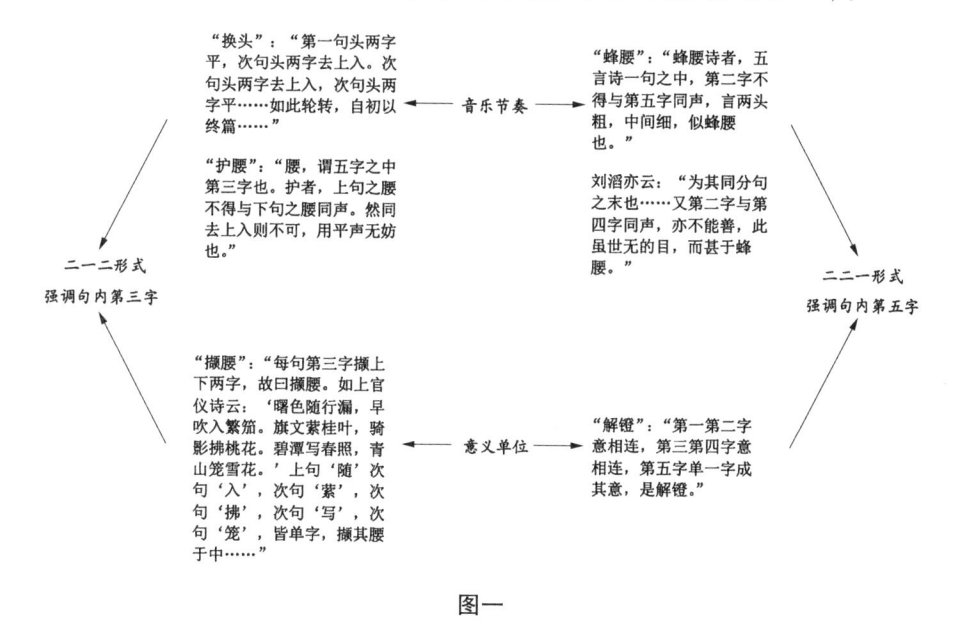

图一

---

① 《文镜秘府论汇校汇考》(修订本)中册,西文二十八种病,第1090页。

四、"音""意"合一与佳句的产生

五言诗句二一二和二二一两种形式,往往因形式上"音""意"合一、强调一致、焦点集中的缘故,产生大量佳句。

关于二一二形式的诗句与佳句的产生,此处以备受称颂的谢灵运"池塘生春草"①(《登池上楼》)为例,进行分析。从诗句的音乐节奏上看,此句显然是二一二形式,应读作"池塘—生○—春草"。在诵读时,与休音"○"共同后成一个拍节,而使字音变得更为悠长,为诗句节奏所突出强调之字,应是句中第三字"生"。从诗句的意义单位层面上看,此句中"池塘"二字意相连,"生"单独为一字,"春草"二字意相连,诗句应划分为"池塘+生+春草"("撷腰"),即二一二形式。为诗句节奏所强调的"生"字,单独撷于腰间,勾连上下,同样是诗句意义单位层面所强调之字。谢灵运此句形式上"音""意"合一,且"音""意"层面强调之字亦完全重合,诗句在外部形式完全一致的同时,全句重心皆在"生"字之上,此字又能够与诗句的立意、取象相得益彰,故为后代诗人学者所称颂。

关于二二一形式的诗句与佳句的产生,此处以王维名句"大漠孤烟直"(《使至塞上》)②为例,进行分析。从诗句的音乐节奏上看,此句显然为应读作"大漠—孤烟—直○",即二二一形式。在诵读时,与休音"○"共同后成一个拍节,而令字音变得更加短促,为诗句节奏所突出强调之字,应是句末第五字"直"。而从诗句的意义单位层面来看,句中"大漠"二字意相连,"孤烟"二字意相连,"直"单独一字成前四字之意,应划分为"大漠+孤烟+直"("解镫"),即二二一形式。句式结构上"成"前四字意,为全句重心的,同样

---

① 此句亦多为诗人学者所称颂,如叶少蕴便称:"'池塘生春草,园柳变鸣禽。'世多不解此语为工,盖欲以奇求之耳。此语之工,正在无所用意,猝然与景相遇,借以成章,不假绳削,故非常情所能到。诗家妙处,当须以此为根本……"(叶少蕴:《石林诗话》卷中,见何文焕辑:《历代诗话》上册,北京:中华书局,1981年,第426页。)
② 如黄培芳便称此为"极锻炼,亦极自然"。见周兴陆辑著:《唐贤三昧集汇评》,南京:凤凰出版社,2016年,第75页。

是句末第五字"直"。王维此句形式上"音""意"合一,且"音""意"层面强调之字亦完全重合,诗句在外部形式完全一致的同时,全句重心皆在"直"字之上。且对于句末一字,作者显然格外加以锤炼。形式与内容相得益彰,故此句为后代诗人学者所称颂。

  细考古代诗论、诗话便不难发现,多为后世诗人学者所称颂并进行摘录、评点的诗中秀句、佳句,往往便是形式上"音""意"合一,且"音""意"层面强调之字亦完全重合的二一二、二二一形式的诗句。

  与"池塘生春草"相类的二一二形式佳句还有《文心雕龙·隐秀》篇"如欲辨秀,亦惟摘句"中摘录的"凉飚夺炎热","临河濯长缨","朔风动秋草,边马有归心"①;钟嵘《诗品》在谈及诗中用事时所举"古今胜语":"'思君如流水',既是即目。'高台多悲风',亦惟所见。'清晨登陇首',羌无故实。'明月照积雪',讵出经史。观古今胜语,多非补假,皆由直寻。"其中所举四句诗亦"音""意"合一且句内焦点在第三字上。此外,备受后人推崇的这类诗句还有谢灵运"林壑敛暝色,云霞收夕霏","白云抱幽石,绿筱媚清涟"(《诗镜总论》);萧绎"落星依远戍,斜日半平林"(《升庵诗话》卷十一、《艺苑卮言》卷三),陈叔宝"日月光天德,山河壮帝居"(《艺苑卮言》卷三、《四溟诗话》卷二),杜审言"云霞出海曙,梅柳渡江春"(《对床夜语》卷三、《姜斋诗话》卷下),王湾"海日生残夜,江春入旧年"(《河岳英灵集》卷下、《说诗晬语》卷下),等等。

  与"大漠孤烟直"情况相类的二二一形式佳句还有:谢灵运"野旷沙岸净,天高秋月明"(《诗镜总论》);柳恽"亭皋木叶下,陇首秋云飞"(《艺苑卮言》卷三、《姜斋诗话》卷下);萧悫"芙蓉露下落,杨柳月中疏"(《彦周诗话》、《麓堂诗话》、《姜斋诗话》卷下);何逊"薄云岩际出,初月波中上"(《诚斋诗话》);陈叔宝"故乡一水隔,风烟两岸通"(《升庵诗话》卷十一、《艺苑卮言》卷三);残句"枫落吴江冷"(《岁寒堂诗话》卷上,《蠖斋诗话》);王维"风劲角弓鸣,将军猎渭城"(《升庵诗话》卷二、《师友诗传续录》、《渔洋诗话》卷中),

---

① 刘勰著,詹锳义证:《文心雕龙义证·隐秀第四十》,上海:上海古籍出版社,1989年,第1502页。

"洒空深巷静,积素广庭闲"(《渔洋诗话》卷上、潘德舆批点《唐贤三昧集》卷上),"明月松间照,清泉石上流"(《唐诗矩》《带经堂诗话》卷三);杜甫"吴楚东南坼,乾坤日夜浮"(《姜斋诗话》卷上),"细雨鱼儿出,微风燕子斜"(《石林诗话》卷下、《杜工部草堂诗话》卷一),"钩帘宿鹭起,丸药流莺啭"(《石林诗话》卷上、《麓堂诗话》);张祜"树影中流见,钟声两岸闻"(《全唐诗话》卷三);杜荀鹤(或周朴)"风暖鸟声碎,日高花影重"(《六一诗话》《观林诗话》《临汉隐居诗话》),等等。"音""意"合一的二一二、二二一形式易出佳句,由此可见一斑。

五、"音""意"合一形式对后世之影响

"音""意"合一且句内强调重合的二一二、二二一诗句形式,不仅在《文镜秘府论》中便已为诗人学者所认识、讨论,并在南朝隋唐时期产生了大量佳句。实际上,宋以还诗人学者对诗句形式的认识,始终未离二一二、二二一两种,且他们在诗歌创作与评点中,同样未曾脱离两种诗句形式之影响。

首先,从对诗句形式的认识来看,"音""意"合一且句内强调一致的二一二、二二一两种诗句形式,可视为五言诗句的基础形式,后世学者虽不再沿用《文镜秘府论》中"护腰""蜂腰""撷腰""解镫"等名称,但他们对诗句形式的认识,仍不出此二者。

之所以将二一二、二二一两种诗句形式,视为五言诗句的基础形式,是因为早期学者从音乐节奏、意义单位两方面将五言诗句一分为三的形式,几乎只有二一二、二二一两种。从诗句的诵读节奏上看,在《文镜秘府论·天·调声》和"八病"等关于诗句音乐节奏,以及关于诗句内部平上去入四声排布情况的材料中,已无法提炼出除二一二、二二一以外的,古人关于诗句其他诵读节奏形式的认识。[①] 从诗句的句式结构上看,前文所引"长解镫病"

[①] 当然,南朝隋唐时期诗人学者也常常将五言诗句笼统分为"二三"节奏,如本文第一部分所举"换头""蜂腰"等例。由于本文探讨的是将五言诗句一分为三的节奏与结构相重合现象,故此类情况暂时忽略不计。

与"长撷腰病"的定义,也同样值得深思。引文中关于"长解镫病"的定义是"不与撷腰相间,是长解镫病也";关于"长撷腰病"的定义是"若无解镫相间,则是长撷腰病也"。可见时人认为一首诗中,应"解镫"与"撷腰"二者相间使用,若一首诗中仅用"解镫"或仅用"撷腰"便为诗病。以此观之,则时人以"意"为基础,认识、划分出的五言诗句基本结构,只有"解镫""撷腰"这两种,即二二一和二一二形式。

作为基础形式的二一二、二二一形式,对后世诗人认识诗句的方式、方法产生了很大的影响。宋以还诗人学者在概括、描述诗句形式时,虽不再沿用之前的"撷腰""长撷腰病"等表述方式,但在具体认识上仍与前人保持一致。如范晞文《对床夜语》称:"谢惠连:'屯云蔽曾岭,惊风涌飞流。零雨润坟泽,落雪洒林丘。浮氛晦崖巘,积素惑原畴。曲汜薄停旅,通川绝行舟。'连四韵句法皆相似,古诗正不当以此拘也。"①按上文所作分析,此段材料中谢惠连一诗八句,均为第三字用单字,上截第一、二字,下连第四、五字的撷腰句结构(即二一二形式)。然而范晞文此处并未以"撷腰""长撷腰病"称之,仅将其描述为"连四韵句法皆相似",并在其后称古诗诗体不应受律诗句法变换规矩的拘束。此处,范晞文在描述句式结构时所使用的词语,虽并未沿用《文镜秘府论》的既有名称。但从他将谢诗八句视为相同句式结构的诗句一事中,不难看出,在对诗句意义单位的认识上,范晞文与前人确是如出一辙。

其次,从诗歌创作与评点上看,由于早期诗人所认识的二一二、二二一两种诗句形式,不仅在音乐节奏、意义单位层面能够完全重合(即"音""意"合一),音乐节奏与意义单位层面所强调的句内之字亦能完全重合。这便导致诗歌创作与评点时为人关注之字,便是"音""意"共同强调之字。也正因如此,后世诗人学者在总结诗法、评点诗句时,不再对诗句形式的"音""意"加以区分,仅谈诗中炼字、句中响字即可。如杨载《诗法家数》中称:"诗要炼

---

① 范晞文:《对床夜语》卷一,见丁福保辑:《历代诗话续编》上册,北京:中华书局,1983年,第410页。

字,字者,眼也。"①并在后文中列出"字眼在第三字""字眼在第五字"等多种诗句炼字的情况。又如王安石谈杜甫诗作称:"老杜云:'诗人觉来往。'下得'觉'字大好。'暝色赴春愁。'下得'赴'字大好。若下'见'字'起'字,即小儿言语。足见吟诗要一字两字工夫也。"②《艇斋诗话》称:"唐人诗用'迟'字皆得意。其一:'柳塘春水漫,花坞夕阳迟。'严维诗也。其一:'炉烟添柳重,宫漏出花迟。'杨巨源诗也。"③此三则材料中,几位诗人学者无需对诗句音乐节奏、意义单位加以区分,仅谈诗句句中、句末用字一事,结论便可成立。

综上所述,五言诗句二一二、二二一形式存在着"音""意"之别。早期诗人学者分别从音乐节奏、意义单位两个层面对两种诗句形式加以划分:二一二形式音乐节奏层面的划分,主要体现在《文镜秘府论》"换头"和"护腰"两条材料中,而意义单位层面的划分则自"长撷腰病"中来;二二一形式音乐节奏层面的划分,主要出自"蜂腰"一条材料,而意义单位层面的划分,则在"长解镫病"中有所体现。五言诗句二一二、二二一两种形式,虽然在来源上存在着"音""意"之别,但在具体诗句中,却以"音""意"合一的形态为人们所熟知。之所以如此,主要是因为"音""意"合一的诗句形式,能够令句内强调达到一致,令诗句焦点更为集中,在南朝隋唐时期产生了大量这类形式的佳句。这不仅影响了后世诗人学者对诗句形式的认识,还令他们在诗法的总结与诗句的评点中,直接谈论句中炼字、响字,不再对诗句形式的"音"与"意"来源加以细分。而这也是现代学者将音乐节奏、意义单位两个层面的诗句形式合二为一,统称为二一二、二二一的原因所在。

作者单位:天津师范大学国际教育交流学院

---

① 杨载:《诗法家数》,《历代诗话》下册,第737页。
② 蔡梦弼:《杜工部草堂诗话》卷二,《历代诗话续编》上册,第212页。
③ 曾季貍:《艇斋诗话》,《历代诗话续编》上册,第282页。

"风情"的变调

——白居易仕途迁转与《长恨歌》的主题转换

滕汉洋　王星楠

摘　要　白居易由盩厔尉升任左拾遗、翰林学士，主要是因为盩厔尉时期创作《长恨歌》所获取的声名。从实际的创作情境来看，《长恨歌》是由中唐时期流行的文人故事会性质的朋友聚谈所催生的，起初是一首不具有明确讽谕意识的"风情"诗。但白居易因此诗得到升迁，诗歌题材本身所潜在的以史为鉴的内涵也契合宪宗朝早期的政治氛围，这些都强化了《长恨歌》的讽谕主题，使其由一首"风情"诗变调为"讽谕"诗。《长恨歌》的讽谕主题是在宪宗朝特定的政治文化中被形塑和强化的。

关键词　白居易　《长恨歌》　故事会　元和政治　讽谕主题

关于《长恨歌》的主题，历来聚讼纷纷。其中，爱情说与讽谕说这两种针锋相对的观点最具代表性。持爱情说者，多据白居易自己所谓的"一篇长恨有风情"（《编集拙诗成一十五卷因题卷末戏赠元九李二十》）立论，通过对"风情"一词与男女情事相关的考察以证成其说。持讽谕说者，则多认为《长恨歌》与陈鸿《长恨歌传》实为一体，《长恨歌传》中所谓"意者不但感其事，亦欲惩尤物，窒乱阶，垂于将来者也"的表述，亦即《长恨歌》的创作目的，明显具有讽谕之意。实际上，爱情说与讽谕说并非不可调和的关系，而是一体两面的关系。《长恨歌》所写玄宗与杨妃之事，既是男女情事，也是唐王朝的重大历史事件，本身即兼具这两种内涵指向。至于其内涵最终指向何处，其实并不完全取决于作者自己的认知，而是与作品的社会接受密切相关。社会接受可以将文学文本隐含的意旨凸显出来，甚至在一定程度可以重塑文本的主题,导致作品的主题产生"变调",生发出新的意蕴。本文拟以白居易仕途迁转与《长恨歌》创作之关系的考察为切入点,结合《长恨歌》"故事会"性质的创作形式及元和朝的政治氛围,对《长恨歌》在不同时期的主题转换问题略作探讨。

一、白居易左拾遗、翰林学士转任原因的检讨

白居易元和元年(806)四月参加本年的制举考试,登才识兼茂明于体用科,旋即于本月二十八日除授盩厔尉。然而白居易盩厔尉的任职时间极短:元和元年七月一度权摄昭应县令,次年秋即由盩厔尉调充京兆府进士考试官,试毕帖集贤校理,元和二年十一月六日又入为翰林学士。在被召为翰林学士不到半年后,又于元和三年四月即改官左拾遗,依前充翰林学士,成功由县尉跃升为"奉诏登左掖,束带参朝议"①的清望朝官。对于本次迅速升迁的原因,《旧唐书·白居易传》云:

> 居易文辞富艳,尤精于诗笔。自雠校至结绶畿甸,所著歌诗数十百篇,皆意存讽赋,箴时之病,补政之阙,士君子多之,而往往流闻禁中。章武皇帝纳谏思理,渴闻谠言。二年十一月召入翰林为学士,三年五月拜左拾遗。居易自以逢好文之主,非次拔擢,欲以生平所贮,仰酬恩造。②

又《资治通鉴》卷二三七"元和二年十一月"条言:

> 盩厔尉、集贤校理白居易,作乐府及诗百余篇,规讽时事,流闻禁中。上见而悦之,召入翰林学士。③

《通鉴》之说很可能是沿袭了《旧唐书》的说法。按照这两则材料中的记载,白居易是因为此前的诗歌创作"意存讽赋,箴时之病,补政之阙",在社会上产生影响甚至流入宫廷,最终为"纳谏思理,渴闻谠言"的宪宗所发现并加以

---

① 《初授拾遗》,朱金城:《白居易集笺校》卷一,上海:上海古籍出版社,1988年,第20页。
② 《旧唐书》卷一六六,北京:中华书局,1975年,第4340—4341页。
③ 《资治通鉴》卷二三七,北京:中华书局,1956年,第7646页。

"非次拔擢"的。

白居易得宪宗亲自拔擢这一说法有事实根据,《新唐书·白居易传》记录的一件事情可以说明:

> 后对殿中,论执强鲠,帝未谕,辄进曰:"陛下误矣。"帝变色,罢,谓李绛曰:"是子我自拔擢,乃敢尔,我叵堪此,必斥之!"绛曰:"陛下启言者路,故群臣敢论得失。若黜之,是箝其口,使自为谋,非所以发扬盛德也。"帝悟,待之如初。①

由宪宗所谓"是子我自拔擢"一句看,白居易之任职左拾遗、翰林学士,与宪宗对他的赏识与提拔有直接关系。白氏后来"五年为侍臣",期间屡屡上书进言,与其说是左拾遗、翰林学士职位的使命感使然,毋宁说是对于宪宗的报恩思想使然。因而,《旧唐书》说其"欲以生平所贮,仰酬恩造",大抵符合白居易的心理。

然《旧唐书》和《资治通鉴》认为白氏得宪宗赏识是因其讽谕诗创作这一说法,恐与事实不符。唐人文集留存至今者,白居易的《白氏文集》最称完璧。就目前留存的白集来看,白氏作于翰林学士之前的诗歌约有 400 首,但他自己后来编在讽谕一类的仅有十余首,数量如此之少的讽谕诗显然无法产生重要的社会影响,也很难形成"士君子多之,而往往流闻禁中"的传播效果。另外,白居易这一时期其实并无"箴时之病,补政之阙"的自觉意识,此前的诗歌创作,白居易自己的评价也不高,其有意识地创作讽谕诗并产生社会影响实际上是在此后。关于这一点,其《与元九书》中有明言:

> 自登朝来,年齿渐长,阅事渐多。每与人言,多询时务,每读书史,多求理道。始知文章合为时而著,歌诗合为事而作。是时皇帝初即位,宰府有正人,屡降玺书,访人急病。仆当此日,擢在翰林,身是谏官,月请谏纸。启奏之外,有可以救济人病,裨补时阙,而难于指言者,辄咏歌之,欲稍稍进闻于上。②

---

① 《新唐书》卷一一九,北京:中华书局,1975 年,第 4302 页。
② 朱金城:《白居易集笺校》卷四五,第 2792 页。

可见,白居易明确树立"文章合为时而著,歌诗合为事而作"的意识是"自登朝来",也就是任职翰林学士之后。另外,据元稹《白氏长庆集序》:"会宪宗皇帝册召天下士,乐天对诏称旨,又登甲科。未几,入翰林,掌制诰,比比上书言得失。因为《贺雨》《秦中吟》等数十章,指言天下事,时人比之风骚焉。"①说明白居易早期讽谕诗的代表性作如《秦中吟》等,也是在任职翰林学士之后创作并产生社会影响的,之前并无有意识创作大量讽谕诗并产生影响的事实。

再从白居易的实际生活来看,他先是于贞元十九年(803)任职秘书省校书郎,再者制举及第后任职盩厔尉,在这两段任职期间,一则是闲淡无事校雠生活,一则是平凡忙碌的畿尉生活,期间的诗歌创作或得意闲适或牢骚满腹,皆与所谓的"意存讽赋"不合。如其作于校书郎任上的《常乐里闲居偶题十六韵》诗云:

> 帝都名利场,鸡鸣无安居。独有懒慢者,日高头未梳。工拙性不同,进退迹遂殊。幸逢太平代,天子好文儒。小才难大用,典校在秘书。三旬两入省,因得养顽疏。茅屋四五间,一马二仆夫。俸钱万六千,月给亦有余。既无衣食牵,亦少人事拘。遂使少年心,日日常晏如。②

可以说,除了准备制举考试时期比较紧张繁忙外,白氏在校书郎任上大抵过的都是"三旬两入省""日日常晏如"一类生活。与校书郎时期的闲淡生活相反,白居易"结绶畿甸"的生活似乎又陷入了另一个极端。如其作于元和元年的《权摄昭应早秋书事寄元拾遗兼呈李司录》一诗曰:

> 夏闰秋候早,七月风骚骚。渭川烟景晚,骊山宫殿高。丹殿子司谏,赤县我徒劳。相去半日程,不得同游遨。到官来十日,览镜生二毛。可怜趋走吏,尘土满青袍。邮传拥两驿,簿书堆六曹。为问纲纪掾,何必使铅刀?③

由诗可见,白居易盩厔尉的任职不仅低卑而且非常忙碌,与元稹的左拾

---

① 杨军:《元稹集编年笺注》(散文卷),西安:三秦出版社,2008年,第923页。
② 朱金城:《白居易集笺校》卷五,第265—266页。
③ 朱金城:《白居易集笺校》卷九,第465页。

遗差别很大。因此他称元氏为"纲纪掾",而形容自己为"趋走吏",其对被授予盩厔尉一职显然是颇多牢骚的。又如其《盩厔县北楼望山》一诗中言:"一为趋走吏,尘土不开颜。孤负平生眼,今朝始见山。"①《酬李少府曹长官舍见赠》言:"低腰复敛手,心体不遑安。一落风尘下,方知为吏难。"②在这些诗中,白居易将自己描绘成一个摧眉折腰的风尘小吏形象。即使是在回朝任翰林学士之后,白居易仍然耿耿于怀地回忆道:"忆昨为吏日,折腰多苦辛。归家不自适,无计慰心神。"③这些屡次的表白,表达了白居易任职盩厔尉时期的真实心绪。因此,盩厔尉时期的白居易不仅极少创作"意存讽赋"的诗歌作品,而且也无强烈的用事之心,相反却不堪吏用,牢骚满腹。

既然白居易此前既无强烈的用事意识,也无大量创作讽谕诗并产生影响的事实,那是什么使他被宪宗发现并受到提拔任用的呢? 此前的白居易"中朝无缌麻之亲,达官无半面之旧",④其先后的任职经历亦无所谓的政绩可言,不大可能靠自己的政治才干或与朝廷显贵的交往而接近权力中心。由于在元和元年的制举中"对宪宗诏策,语切不得为谏官,补盩厔尉",⑤其依靠在科场打拼所赚取的名声显然也不应是其由盩厔尉跃升左拾遗、翰林学士的原因,那么白氏所能依靠的只能是自己的文学才华。既然《旧唐书》中所谓的"士君子多之,而往往流闻禁中"的不是白居易的讽谕诗作品,那么当是其他产生重要影响的作品。对此,我们不得不提到白氏创作于盩厔尉上的,为其赢得身前身后名的千古名篇《长恨歌》了,因为只有这篇作品具有"士君子多之,而往往流闻禁中"之可能。

二、"仙游寺故事会"与《长恨歌》的创作方式及其影响

关于白居易在盩厔尉任上创作《长恨歌》的具体缘由,陈鸿《长恨歌传》

---

① 朱金城:《白居易集笺校》卷一三,第 740 页。
② 朱金城:《白居易集笺校》卷九,第 503 页。
③ 《寄题盩厔厅前双松》,朱金城:《白居易集笺校》卷九,第 469 页。
④ 《与元九书》,朱金城:《白居易集笺校》卷四五,第 2793 页。
⑤ 李商隐:《刑部尚书致仕赠尚书右仆射太原白公墓碑铭》,刘学锴、余恕诚:《李商隐文编年校注》,北京:中华书局,2002 年,第 1808 页。

有详细记载。但陈鸿的《长恨歌传》无论是在篇题还是内容上,都存在不同的版本。就目前流传下来的版本来说,主要有三种。其一载《太平广记》卷四八六,题作《长恨传》,其末云:

> 至宪宗元和元年,盩厔县尉白居易为歌以言其事,并前秀才陈鸿作传,冠于歌之前,目为《长恨歌传》。①

其二载《文苑英华》卷七九四,题作《长恨歌传》,其末云:

> 元和元年冬十二月,太原白乐天自校书郎尉于盩厔,鸿与琅琊王质夫家于是邑,暇日相携游仙游寺,话及此事,相与感叹。质夫举酒于乐天前曰:"夫希代之事,非遇出世之才润色之,则与时消没,不闻于世。乐天,深于诗多于情者也,试为歌之,如何?"乐天因为《长恨歌》。意者不但感其事,亦欲惩尤物,窒乱阶,垂于将来者也。歌既成,使鸿传焉。世所不闻者,予非开元遗民,不得知;世所知者,有《玄宗本纪》在,今但传《长恨歌》云尔。②

《文苑英华》在上文之外,又附录一段出于《丽情集》的版本,其末言:

> 元和年冬十二月,太原白居易尉于盩厔,予与琅琊王质夫家仙游谷,因暇日携手入山,质夫于道中语及于是。白乐天,深于思者也,有出世之才,以为往事多情而感人也深,故为《长恨词》以歌之,使鸿传焉。世所隐者,鸿非史官,不知。所知者,有《玄宗内传》今在。予所据,王质夫说之尔。③

除以上三种之外,现存白集中的《长恨歌》前亦载《长恨歌传》一篇,文字同《文苑英华》正录之《长恨歌传》。上述诸版本繁简不同,文字各异,到底哪一版本更符合陈鸿原作,学界聚讼纷纷。据中日学者的共同研究,目前形成比较一致的看法是,张君房编《丽情集》所收的《长恨传》相对于他本无过多

---

① 《太平广记》卷四六八,北京:中华书局,1961年,第4000页。
② 《文苑英华》卷七九四,北京:中华书局,1956年,第4201页。
③ 同上,第4202页。

违背史实和内部矛盾之处,当更接近陈鸿原作。① 实际上,不论哪种版本更符合陈鸿原作,仅从其中对于《长恨歌》创作缘由的记述来看,白氏之创作《长恨歌》其实十分偶然,乃是朋友聚谈中王质夫偶然言及李、杨之事,白氏以为此事多情而感人,于是即兴创作了此诗。

《长恨歌》所写的乃是以安史之乱为背景的唐玄宗与杨贵妃的爱情故事。前后持续八年之久的安史之乱,使得开元盛世的繁华烟消云散,成为唐王朝由盛而衰的转折点。这一重大事件,对于中晚唐人来说是挥之不去的痛苦记忆,唐人对此记载极多。除了《玄宗实录》《肃宗实录》等官方史料对此详细记载外,其他的文人笔记小说也多有涉及,如郭湜《高力士外传》、李德裕《次柳氏见闻》、姚汝能《安禄山事迹》、包谞《河洛春秋》、郑处诲《明皇杂录》、郑綮《开天传信记》、温畬《天宝乱离西幸记》等,皆专力或有相当笔墨记载开元轶事。在白居易《长恨歌》之前,与李、杨相关的题材也早已成为诗歌创作的热点话题。从这一点来看,《长恨歌》作为同类题材的集大成者,"本事易传"无疑是其迅速产生影响的一个重要因素。

"本事易传"之外,《长恨歌》具体的创作与传播方式也值得关注。如《长恨歌传》所言,《长恨歌》是白、陈、王三人在仙游寺聚会之际偶然创作的。这类聚会与京城里正式的社交活动不同,属于私人化的娱乐活动。其时,文人休闲多以交流各类故事作为一种流行的娱乐方式,唐代传奇小说的创作也多与此类具有"故事会"性质的朋会聚谈有关。日本学者内山知也指出:"唐代的小说多半是在一些志同道合的文人小圈子中被津津乐道地阅读传诵,之后逐渐扩展到其他圈子里,顺其自然地经历了广为世间所知的传播过程。这样的小说完成过程曾在一些故事的末尾如《任氏传》《莺莺传》《长恨歌传》等中被记录下来。即使没有被记录下来,但如李公佐的几部作品和《柳氏传》等,这一点也是很明显的,它们以在一些好事者中流传的说话、传

---

① 详周相录《长恨歌研究》第二章《长恨歌与长恨传》中的介绍,成都:巴蜀书社,2003 年。也有学者认为陈鸿本无所谓《长恨歌传》的作品,其乃宋人伪撰。详王万岭《长恨歌考论》第六章《唐代陈鸿没有写作〈长恨歌传〉》,南京:南京大学出版社,2010 年。

说(传闻)为基础写成并被广为阅读。"①内山氏所言的,正是唐代许多传奇小说创作的一个突出特点。如他所提及的《任氏传》《莺莺传》:

沈既济《任氏传》:建中二年,既济自左拾遗与金吾将军裴冀、京兆少尹孙成、户部郎中崔需、右拾遗陆淳,皆适居东南,自秦徂吴,水陆同道。时前拾遗朱放因旅游而随焉。浮颍涉淮,方舟沿流,昼宴夜话,各征其异说。众君子闻任氏之事,共深叹骇,因请既济传之,以志异云。②

元稹《莺莺传》:予常于朋会之中,往往及此意者,夫使知者不为,为之者不惑。贞元岁九月,执事李公垂宿于予靖安里第,语及于是。公垂卓然称异,遂为《莺莺歌》以传之。崔氏小名莺莺,公垂以命篇。③

再如以下诸例:

李公佐《庐江冯媪传》:元和六年夏五月,江淮从事李公佐使至京。回次汉南,与渤海高钺、天水赵儧、河南宇文鼎会于传舍。宵话征异,各尽见闻。钺具道其事,公佐因为之传。④

白行简《李娃传》:贞元中,予与陇西公佐,话妇人操烈之品格,因遂述汧国之事。公佐拊掌竦听,命予为传。乃握管濡翰,疏而存之。⑤

沈亚之《异梦录》:元和十年,亚之始以记室从陇西公军泾州,而长安中贤士皆来客之。五月十八日,陇西公与客期,宴于东池便馆。既坐,陇西公曰:"予少从邢凤游,得记其异,请语之。"……是日,监军使与宾府郡佐,及宴客陇西独孤铉、范阳卢简辞、常山张又新、武功苏涤皆叹息曰:"可记。"故亚之退而著录。明日,客复有至者,渤海高允中、京兆韦谅、晋昌唐炎、广汉李瑀、吴兴姚合,泊亚之,复集于明玉泉,因出所著以示之。⑥

---

① [日]内山知也:《隋唐小说研究》,上海:复旦大学出版社,2010年,第273页。
② 汪辟疆校录:《唐人小说》,上海:上海古籍出版社,1978年,第48页。
③ 同上,第139—140页。
④ 同上,第98页。
⑤ 同上,第106页。
⑥ 同上,第160页。

在这类活动中所产生的传奇作品,多是由讲述者引起话题,听者或是讲述者在故事的感染下,或是在众人的鼓动之下创作的,实际上可以视为是多人共同完成的。因为多人参与设计构思,创作完成之后,第一读者就不会是一个人,而是一群人。对于作者而言,其所记的是一种公开化的故事,必须要考虑到受众群的审美需求,而不是一种单项的功能。娱乐化是其基本功能,流行化则是其自然的追求。因此,在这种"故事会"中形成的作品一般都具有较强的传播效应。

陈鸿《长恨歌传》及白居易《长恨歌》的创作即与此类似。在上引的《文苑英华》本《长恨歌传》中,王质夫讲述了李、杨故事,白居易应王质夫的要求创作《长恨歌》,这段记载在被认为更符合陈鸿原文的《丽情集》版本中虽然不见王质夫的劝说之语,但从行文来看,白氏由被劝作《歌》变成"以为往事多情而感人也深,故为《长恨词》以歌之,使鸿传焉"的主动创作姿态。无论是《歌》还是《传》,实际上都可以视为是三人合力完成的作品,创作的目的则是使这一"希代之事"长久、广泛地传播开来。

总而言之,《长恨歌》在继承既有题材的基础上,以传奇小说的笔法创作一篇符合世俗审美品位并追求传播效应的风情故事,其产生影响可以说是作者预设的结果。至于所谓的"不但感其事,亦欲惩尤物,窒乱阶,垂于将来者也"的创作意图,联系白氏此前的经历和行为,尤其是在盩厔尉任上的闷闷不乐与牢骚满腹来看,实际上未必是主要目的。白居易自言:"一篇长恨有风情,十首秦吟近正声。"显然在他看来,《长恨歌》是有别于"正声"的风情之作。换句话说,白居易在县尉任上以《长恨歌》出名,与本诗有无讽谕意识关涉不大。尉官身份较低,同事间交往无宫廷仪礼之限制,仍保留了科场才士的名望,使之可自由抒写这一悲剧,以迎合世俗审美的娱乐化。但是白居易若因此诗而受到帝王的赏识并得到非此拔擢,那么在相应的政治氛围中,其主题及内涵却又会因主、客观方面的原因而产生一定程度的变异。

三、元和朝政治与《长恨歌》主题的变调

盩厔作为畿县,靠近政治中心的长安,《长恨歌》在完成不久之后即可能

传入。那么这首取材本朝历史的长篇歌行,其流入禁中,得唐宪宗注意也是完全可能的。这一点,我们可以从元和时期对玄宗朝政事的评价与统治者对于相关文学作品的态度上加以考察。

如上所言,安史之乱作为本朝的重大历史事件,唐人对此事的关注度颇高,不仅史家进行记录评价,文人形诸小说、吟咏,就统治阶层来说,也并不避讳谈及此事,相反却往往将其作为探讨理乱之源的一个极好案例。这一话题,在具有极强的中兴意识的宪宗朝廷,曾不止一次的得到讨论。宪宗本人对于本朝治乱之事颇多留意。《旧唐书》卷一四《宪宗纪》上记:

> 上谓宰臣曰:"朕览国书,见文皇帝行事,少有过差,谏臣论诤,往复数四。况朕之寡昧,涉道未明,今后事或未当,卿等每事十论,不可一二而止。"①

此事在宪宗即位初期的元和二年(802),所谓"朕览国书",可见其对本朝历史的关注。元和四年七月,宪宗又"御制《前代君臣事迹》十四篇,书于六扇屏风。是月,出书屏以示宰臣,李藩等表谢之"。② 这十四篇书于屏风的前代君臣事迹,想来也应当包括宪宗所关注的本朝君臣之事。此外,宪宗还十分喜爱《霓裳羽衣曲》及舞蹈。白集卷二一《霓裳羽衣歌》中曾经回忆道:"我昔元和侍宪皇,曾陪内宴宴昭阳。千歌百舞不可数,就中最爱霓裳舞。"③《霓裳羽衣曲》,据白居易歌中言,乃是"杨氏创声君造谱",相传为开元中西凉节度使杨敬述献进,唐玄宗据此创为乐舞,还同杨贵妃于华清宫演唱,在开元、宝天之际曾盛行一时。在后人看来,这一曲舞已被视为开、天繁华的盛世象征。同时,如杜牧诗云:"霓裳一曲千峰上,舞破中原始下来。"④这套曲舞在中晚唐时期又被视为玄宗耽于享乐的象征。⑤ 宪宗朝廷演奏之,恐怕

---

① 《旧唐书》卷一四,第423页。
② 同上,第428页。
③ 朱金城:《白居易集笺校》卷二一,第1411页。
④ 《过华清宫绝句三首》其三,吴在庆:《杜牧集系年校注》卷二,北京:中华书局,2008年,第225页。
⑤ 任半塘先生云:"《霓裳羽衣》歌舞声容,被古今论者用作玄宗溺声色,招祸乱之一大象征,唐人诗歌于此寓讽刺者,不可胜计。"见《唐声诗》上编,上海:上海古籍出版社,1982年,第337页。

也包含着这种复杂的心情。

可以说,在宪宗本人的意识里,开、天盛世既是其追慕的对象,同时对这段历史也怀有复杂的感情。其对玄宗朝由治而乱发生过程的讨论,更是鲜明地体现了这一点。《旧唐书》卷一六四《李绛传》记:

> 他日延英,上曰:"朕读《玄宗实录》,见开元致理,天宝兆乱。事出一朝,治乱相反,何也?"绛对曰:"臣闻理生于危心,乱生于肆志。玄宗自天后朝出居藩邸,尝莅官守,接时贤于外,知人事之艰难。临御之初,任姚崇、宋璟,二人皆忠鲠上才,动以致主为心。明皇乘思理之初,亦励精听纳,故当时名贤在位,左右前后,皆尚忠正。是以君臣交泰,内外宁谧。开元二十年以后,李林甫、杨国忠相继用事,专引柔佞之人,分居要剧,苟媚于上,不闻直言。嗜欲转炽,国用不足,奸臣说以兴利,武夫说以开边。天下骚动,奸盗乘隙,遂至两都覆败,四海沸腾,乘舆播迁,几至难复。盖小人启导,纵逸生骄之致也。至今兵宿两河,西疆削尽,眊户凋耗,府藏空虚,皆因天宝丧乱,以至于此。安危理乱,实系时主所行。陛下思广天聪,亲览国史,垂意精赜,鉴于化源,实天下幸甚。"①

《旧唐书》卷一五九《崔群传》亦记:

> 度支使皇甫镈阴结权幸,以求宰相,群累疏其奸邪。尝因对面论,语及天宝、开元中事,群曰:"安危在出令,存亡系所任。玄宗用姚崇、宋璟、张九龄、韩休、李元纮、杜暹则理,用林甫、杨国忠则乱。人皆以天宝十五年禄山自范阳起兵,是理乱分时,臣以为开元二十年罢贤相张九龄,专任奸臣李林甫,理乱自此已分矣。用人得失,所系非小。"词意激切,左右为之感动。②

宪宗在位期间不仅常读《玄宗实录》,而且好言开元、天宝间的政事,且主动与群臣探讨。从李绛、崔群二人所言来看,对于开、天政治得失,宪宗君臣有清醒深刻地认识,而且往往引以为鉴戒,作为指导本朝政治的反面教

---

① 《旧唐书》卷一六四,第4288—4289页。
② 《旧唐书》卷一五九,第4189页。

材。以上所引李绛事发生在元和四年(809),崔群事则发生在元和十四年(819),虽然时间都非宪宗初即位时,但这种讨论也很可能发生在宪宗即位早期。据《旧唐书·李绛传》,李绛"贞元末,拜监察御史。元和二年,以本官充翰林学士"①。丁居晦《重修承旨学士壁记》则更明确地记载李绛元和二年四月八日自监察御史充翰林学士。崔群,据丁居晦《重修承旨学士壁记》,于元和二年十一月六日自左补阙充翰林学士。② 此二人皆以敢于直言极谏称于时,而且颇得宪宗赏识。史称李绛自元和二年入翰林至元和五年知制诰,"皆不离内职,孜孜以匡谏为己任"③。《新唐书·崔群传》亦记:"累迁右补阙、翰林学士、中书舍人。数陈谠言,宪宗嘉纳,因诏学士:'凡奏议,待群署乃得上。'"④因此,李绛、崔群等人在宪宗即位早期即为翰林学士,作为皇帝身边的近臣,他们与宪宗可能经常讨论开、天治乱的话题,嗣后更是经此而拜相,也很能见出宪宗的用人态度。

既然宪宗君臣对于开、天之事如此关注,那么白居易之《长恨歌》是否能流入禁中而为宪宗所知呢? 目前虽无直接的材料证明,但是揆以唐时的一般情况,这一点是完全可能的。首先,唐代翰林学士是具有帝王私人秘书性质的职位,其职责之一就是出纳王命、撰写诏敕。因此,从唐玄宗设翰林学士始,所选之人如韦执谊《翰林院故事记》所言,乃是"朝官有词艺学识者",⑤文学才华是翰林学士最为重要的素质之一。在唐代翰林学士选任的考核中,主要的测试内容是制诰、诗赋。白居易元和二年入翰林院所考核的内容,据他自己的《奉敕试制书诏批答诗等五首》记载,包括制诰三篇、批答一篇、诗一篇。⑥可见重点考察的是文学才华。这说明,白居易之所以能有入翰林的机会,起码首先是其文学才华得到认可。

其次,唐代帝王有以文学选用秘书的传统。即就中唐而言,韩翃为德宗

---

① 《旧唐书》卷一六四,第4285页。
② 按,两《唐书》本传皆云自右补阙充。
③ 《旧唐书》卷一六四,第4290页。
④ 《新唐书》卷一六五,第5080页。
⑤ 《全唐文》卷四五五,北京:中华书局,1983年,第4684页。
⑥ 朱金城:《白居易集笺校》卷四七,第2868页。

所用,元稹为穆宗所用可为代表。《新唐书》卷二〇三《韩翃传》记:"翃,字君平,南阳人。侯希逸表佐淄青幕府,府罢,十年不出。李勉在宣武,复辟之。俄以驾部郎中知制诰。时有两韩翃,其一为刺史,宰相请孰与,德宗曰:'与诗人韩翃。'终中书舍人。"①对此,《唐才子传》卷二所以更为详细:

> 德宗时,制诰阙人,中书两进除目,御笔不点。再请之,批曰:"与韩翃。"时有同姓名为江淮刺史,宰相请孰与,上复批曰:"春城无处不飞花韩翃也。"俄以驾部郎中知制诰。②

《新唐书》及《唐才子传》中所言,本于唐人孟启《本事诗·情感》篇中的相关记载,虽是小说家言,但唐人记此事并非一例。姚合《极玄集》中亦言韩翃"以《寒食》诗受知德宗,官至中书舍人"。③ 可知,韩翃以《寒食》诗为德宗擢为中书舍人,非仅道听途说,乃是事实。④

又《旧唐书》卷一六六《元稹传》记:

> 穆宗皇帝在东宫,有嫔妃左右尝诵稹歌诗以为乐曲者,知稹所为,尝称其善,宫中呼为"元才子"。荆南监军崔潭峻甚礼接稹,……长庆初,潭峻归朝,出稹《连昌宫辞》等百余篇奏御,穆宗大悦,问稹安在,对曰:"今为南宫散郎。"即日转祠部郎中、知制诰。⑤

此处所记元稹之事本于白居易所撰的《元稹墓志》,白居易言:"公凡为文,无不臻极,尤工诗。在翰林时,穆宗前后索诗数百篇,命左右讽咏,宫中呼为'元才子'。"⑥与《旧唐书》本传所记在时间上虽稍有不同,但元稹以文学创作而得穆宗赏识并拔擢是可以确定的。

以上两例,一则发生在德宗朝,一则发生在穆宗朝,韩翃、元稹二人皆是

---

① 《新唐书》卷二〇三,第5786页。
② 傅璇琮主编:《唐才子传校笺》第二册,北京:中华书局,1989年,第28页。
③ 傅璇琮主编:《唐人选唐诗新编》(增订本),北京:中华书局,2014年,第692页。
④ 关于此事的详细考证,可参傅璇琮《关于〈柳氏传〉与〈本事诗〉所载韩翃事迹考实》,详氏著《唐代诗人丛考》,北京:中华书局,2003年,第469—490页。
⑤ 《旧唐书》卷一六六,第4333页。
⑥ 朱金城:《白居易集笺校》卷七〇,第3738页。

以诗名得到重用乃至执掌王言,足见是时帝王选任秘书班子人员,文学尤其是诗歌才华是其考虑的一个重要标准。就宪宗来说,他虽不以文雅著称,甚至未有一首诗歌留存于世,但其对诗歌创作并非不予关注。今存唐人选唐诗有令狐楚编《御览诗》一卷,傅璇琮先生据书中所题令狐楚"翰林学士朝议郎守中书舍人"的官衔,考定此书的撰进当在元和九年至元和十二年之间,乃是令狐楚应宪宗之命而编选的。① 由书名来看,其编选的目的当是为宪宗宫廷提供一本唐诗读本。因此,这一选本至少可以说明其时宫廷中对于文学的好尚。上引穆宗东宫嫔妃左右尝诵稹歌诗以为乐曲一事也可说明,其时著名诗人的作品甚至可以在宫廷传唱,而《连昌宫辞》与白居易的《长恨歌》无论是在形式和主题上都十分类似。因此,白居易之产生巨大影响的《长恨歌》流入宪宗宫廷则是自然之事。

日本学者静永健指出,白氏后来创作《新乐府》中的《骊山高》《胡旋女》《李夫人》《上阳白发人》等诗,都是以《长恨歌》为样板的,他认为这是白居易在有意突出自己《长恨歌》主的身份——虽然其中的杨贵妃形象与之前相比已经发生巨大变化。② 如果我们考虑到白氏讽谕诗的创作目的在于"难于指言者,辄咏歌之,欲稍稍进闻于上",③静永氏的说法应该是符合实际的。白氏这种在题材选择上的策略,可能正与白居易以《长恨歌》得宪宗赏识相关。

宪宗用人重文,更重具有谏诤意识之人。《旧唐书》卷一四八《裴垍传》记:"李吉甫自翰林承旨拜平章事,诏将下之夕,感出涕,谓垍曰:'吉甫自尚书郎流落远地,十余年方归,便入禁署,今才满岁,后进人物,罕所接识。宰相之职宜选擢贤俊,今则懵然莫知能否。卿多精鉴,今之才杰,为我言之。'垍取笔疏其名氏,得三十余人,数月之内选用略尽,当时翕然称吉甫有得人之称。"又云:"垍在翰林,举李绛、崔群同掌密命。"④裴垍永贞元年十二月自考功员外郎充翰林学士,至元和三年四月出院,拜户部侍郎。李吉甫元和二

---

① 傅璇琮主编:《唐人选唐诗新编》(增订本),第363页。
② [日]静永健著:《白居易写讽谕诗的前前后后》,北京:中华书局,2007年,第101页。
③ 《与元九书》,朱金城:《白居易集笺校》卷四五,第2792页。
④ 《旧唐书》卷一四八,第3989、3992页。

年拜相,李绛、崔群当即是因裴垍推荐而得李吉甫及宪宗任用,并最终入为翰林学士的。就宪宗朝的人才储备来说,早期的翰林学士是一重要来源。刘禹锡为李绛所撰的《唐故相国李公集纪》言:"唐之贵文至矣哉! 后王纂承,多以国柄付文士。元和初,宪宗遵圣祖故事,视有宰相器者,贮之内庭。繇是释笔砚而操化权者十八九。"[①]翰林学士一职,始设于玄宗朝,最早仅是代替中书舍人的一部分职能,为皇帝起草诏敕文书,嗣后其权力逐步扩展。宪宗时期,首次于翰林院设承旨学士一职,又宪宗一朝,郑絪、李吉甫、裴垍、李绛、崔群、王涯等人皆由承旨学士拜相。可见,宪宗朝翰林学士之宠任更甚前朝,其地位无疑是十分显赫的。宪宗早期于翰林院罗致多人,如刘禹锡所言,实际上有储备人才的考虑。而从这些人的思想和行为来看,都具有积极用事之心。

因此,虽然白氏在创作《长恨歌》时未必秉持"欲惩尤物,窒乱阶,垂于将来"的明确意识,但这似乎并不会妨碍此诗引起宪宗的关注。因为作为文学作品来说,白居易《长恨歌》中所描述的悲剧性爱情故事,至少可以表达出一种盛世的感怀情绪,也与宪宗对于对玄宗一朝的认识类似。固然如静永健所说,《新乐府》中的几首与《长恨歌》同题材作品中的杨贵妃形象,已与之前产生了巨大的逆转,由一个多情的女子变为妒妇与红颜祸水,白居易在这些后来创作的作品中增强了讽谕意识。但就《长恨歌》的题材而言,其本身就有潜在的以史为鉴的内涵,加上宪宗朝廷的政治氛围,这种转变可谓是顺理成章。前文所引《旧唐书·白居易传》和《资治通鉴》,虽然都未明确指出《长恨歌》具有讽谕内涵,但其认为白居易因讽谕诗的创作而得宪宗赏识,那么作于乐天入为皇帝近臣之前的《长恨歌》与其讽谕诗具有类似的性质,显然是符合逻辑的理解。

总而言之,虽然白居易在创作《长恨歌》之时未必具有明确的讽谕意识,但这一题材很容易契合宪宗朝早期的政治氛围和宪宗本人的政治意识,生发出讽谕内涵。而且后来白居易"职为学士,官是拾遗"[②]所鼓荡起的用事之

[①] 瞿蜕园:《刘禹锡集笺证》卷一九,上海:上海古籍出版社,1989 年,第 479 页。
[②] 《论制科人状》,朱金城:《白居易集笺校》卷五八,第 3326 页。

心,又在同类题材中有意识地增加了讽谕内容,也进一步强化了《长恨歌》这种潜在的主题倾向。至此,"风情"在主客观合力的作用下,最终变调为"讽谕"。因此可以说,《长恨歌》的讽谕内涵,正是在宪宗朝特定的文化氛围中被形塑和进一步强化的。

作者单位:江苏海洋大学文法学院

《喜雨》一诗再认识

——以宋代杜诗集注本注释文献为线索*

马 旭

摘 要 唐代宗广德元年(763)春,杜甫寓居梓州,创作《喜雨》,郭沫若在《李白与杜甫》书中以《喜雨》一诗为例,说明杜甫具有阶级意识,二十世纪八十年代,多位学者对此说法进行反驳,主要是从诗人政治思想和诗歌内容来说明《喜雨》一诗所反映的是诗人对民众的同情。对于《喜雨》一诗的认识应该从文献本身入手,通过细读宋代杜诗集注本的注释,能够准确认识诗人作诗本意,进而从诗歌内容本身证明郭老所谓杜甫阶级意识的偏差。

关键词 《喜雨》 宋代集注杜诗 杜甫阶级意识

广德元年,杜甫为避时乱,自阆州暂往梓州,梓州旱情严重,杜甫作《喜雨》一诗以抒怀,诗云:

> 春旱天地昏,日色赤如血。
> 农事都已休,兵戈况骚屑。
> 巴人事军须,恸哭厚土热。
> 沧江夜来雨,真宰罪一雪。
> 谷根小苏息,沴气终不灭。
> 何由见宁岁,解我忧思结。
> 峥嵘群山云,交会未断绝。

---

* 本文系国家社会科学基金一般项目"早期分类编次杜集整理与研究"(项目编号23bzw054)阶段性成果。

安得鞭雷公,滂沱洗吴越。(时闻浙右多盗贼。)

郭沫若先生在《杜甫与李白》一书中,以这首诗为例,来说明杜甫的阶级意识,而后又有学者提出反对意见。对此,我们认为关于这首诗歌的理解应该回到离杜诗最近的宋代杜诗集注本中去找答案。

一、提 出 问 题

郭沫若《李白与杜甫》中有"杜甫的阶级意识"一章,认为杜甫《喜雨》一诗"安得鞭雷公,滂沱洗吴越"诗下注:"时闻浙右多盗贼。""盗贼"指的是袁晁领导的农民起义军,"那将近二十万人的农民起义军,杜甫恨不得把他们痛'洗'干净"[1]。据此,郭沫若认为杜甫是完全站在统治阶级、地主阶级一边的。郭沫若的这一说法在二十世纪八十年代初引起过激烈的讨论[2]。郭沫若的观点是将"浙右盗贼"理解为袁晁农民起义,杜甫希望用滂沱之雨将此冲洗干净。后来学者在对郭沫若这一说法进行辩驳时主要是从杜甫的政治思想和诗歌内容方面来进行分析的。也有学者注意到"盗贼"二字的理解,如高建忠所说:"生活在公元八世纪封建社会里的诗人杜甫,确

---

[1] 郭沫若著:《杜甫与李白》,北京:中国长安出版社,2019年,第136页。
[2] 王学太《对〈李白与杜甫〉的一些异议》(《读书》1980年第1期)、刘世南《对〈李白与杜甫〉的几点意见》(《文史哲》1979年第3期)、高建忠《评〈李白与杜甫〉》(《文学评论》1989年4期)等文从政治思想的角度指出郭沫若对杜诗的偏见。指出郭沫若一文的片面性,其主要观点是认为"不能仅凭'盗贼'二字就不分青红皂白地把杜甫全部诗歌一概扣上'为地主阶级、统治阶级服务'的帽子而予以否定"。陈昌渠《关于李、杜研究中的两个问题——重读〈李白与杜甫〉》(《四川大学学报(哲学社会科学版)》1980年第3期)、朱明伦《杜甫与农民起义关系求是》(《辽宁大学学报》1988年第1期)、韩成武《杜甫〈喜雨〉新论》(《杜甫研究学刊》1998年第3期)、咏生《关于杜甫的〈喜雨〉诗》(《文学评论》1980年第5期)又从诗歌内容本身指出郭沫若采用"阶级论"作为依据,说杜甫不是"人民的诗人"是不可取的。陈昌渠在文章中说:"这首诗的显著特点,是把自然现象和社会现象紧密结合在一起,因旱喜雨,由乱思治,一颗对人民苦难生活充满同情的心,由蜀及越,呼天使神,把满腔的忧虑化为一种强烈的愿望。要雷公降下滂沱的大雨去解除吴越一带的旱象,去洗净吴越人民的灾难和痛苦。为了使读者了解这一联想的深刻用意,故诗人作注以明之。'多盗贼',只是为了着重说明人民苦难深重的程度,并没有包含有镇压的意思。这样理解,我认为是比较符合诗的原意的。"

实还不能认识农民起义的正义性,不能正确区分它同安禄山、史思明的叛乱、吐蕃统治者的掠夺骚扰、地方军阀的残杀的不同性质,而是一概斥之为'盗''盗贼'。"①咏生在《关于杜甫的喜雨诗》一文中指出:"杜诗里的'盗贼'从来不全指造反的百姓,而是包括安史凡是作乱一方的将领在内。"②认为"盗贼"不仅仅是指农民起义军,还包括当时的安史之乱、藩镇割据等一切威胁国家安全的各种因素。那么,"盗贼"所指范围到底包括哪些? 从短小的自注中实在难以从字面本身反映"盗贼"二字的所指,好在宋人杜诗集注本中对自注进行了进一步阐释,让自注乃至于整首诗歌有了更清晰的解释,宋人离杜诗创作最为接近,宋人注杜基本囊括了杜诗原创性的理解,因此通过分析宋人注杜本对这首诗歌的阐释基本能够再现杜甫诗歌本意,也就解决了关于《喜雨》这首诗郭沫若的观点与他人观点争论的问题。

二、解决问题

我们从宋代杜诗集注本中去探寻这首诗和杜甫自注的根本意义,以及郭沫若先生将"盗贼"理解为袁晁农民起义的根源。在宋代杜诗学史上自有"千家注杜"之称,宋人关于杜诗的注释主要从释词和释义展开,《喜雨》一诗也不例外。

首先,在宋人注杜本中对《喜雨》中所用典故以及个别字词进行了详细解释。"春旱天地昏,日色赤如血。农事都已休,兵戈况骚屑。巴人事军须,恸哭厚土热。"蔡梦弼《草堂诗笺》注:"昔晋惠帝光熙元年五月壬辰是日,日光四散,赤如血,甲午又如之。骚屑:不安貌,时永王璘在汉中吴越之间,盗贼因之而起也。"③这条注释对"赤如血"的出处进行解释,又对"骚屑"一词的含义进行解释。《草堂诗笺》虽标蔡梦弼注,看似为杜诗单注本,实际上是蔡梦弼省去了各家注名的汇笺本,是由蔡梦弼将各家注释汇集而来,但当中

---

① 高建忠:《评〈李白与杜甫〉》,《文学评论》1980 年第 2 期。
② 咏生:《关于杜甫的〈喜雨〉诗》,《文学评论》1980 年第 5 期。
③ (唐) 杜甫撰,(宋) 蔡梦弼笺:《杜工部草堂诗笺》卷二十一,古逸丛书覆宋麻沙本,第 294 页。

也有蔡梦弼本人的注,例如这条"骚屑"的解释应该是蔡梦弼本人注。"骚屑"的解释在宋人杜诗集注本中有且仅有《草堂诗笺》本有注,将《草堂诗笺》与宋代各家集注本进行对比,若《草堂诗笺》本有,而各集注本无者,即是蔡梦弼本人注。

《九家集注杜诗》引赵次公注:"赵云:日赤色如血,公极言旱日之可畏。旧注引前汉:河平元年,日色赤如血,河平者,成帝年号也。《成帝本纪》及《汉·天文志》并无之,乃晋光熙元年,五月壬辰癸巳,日光四散,流如血流照地,皆赤甲午又如之,占曰:君道失明。又永嘉五年三月庚申日,散光如血,下流所照,皆赤。旧注模棱妄引年号,有误后学,故为详出之也。"[1]赵次公纠正旧注妄引年号的错误,对诗歌典故出处作出了精准的解释。赵次公注杜一大特点即对杜诗"来处"不遗余力地进行搜寻,解释杜诗"无一处无来处"的真正含义。

《黄氏补千家注杜陵诗史》:"希曰:唐为巴东郡,夔州本信州。巴东郡,武德二年更名,又有巴州及壁州,亦有巴东县,'巴人'当是三巴之人。其'困军须'者,谓严武。虽来年败吐蕃于当狗城,又克吐蕃盐川城,而未撤其备也。""希曰:沧江,指夔州云安而言。按,公有雷诗云:'巫峡中宵动,沧江十月雷。'又云:'霹雳楚王台。'以知沧江之为夔州,云安即夔之境。"[2]黄氏父子注杜诗最显著的特点就是重史实,这条注释集中反映诗歌中所言"兵戈况"当为严武率兵西征与吐蕃战役之貌。但是根据《草堂诗笺》对"骚屑"一词的解释,可知诗歌所述战争不止在蜀地,吴越永王璘之乱亦是诗人描述对象。

从宋人注释中,我们不难发现,诗歌虽题为《喜雨》,却丝毫没有体现出洋溢的喜气,开头四句更没有着重写雨,而是写农事、写战争。农事记载的是诗人当时所在梓州的农事,当时梓州旱情严重,耽误农耕,农业已停滞不前,但战争却此起彼伏。诗歌所述战乱当指蜀和吴越两地的战争。

---

[1] (唐)杜甫撰,(宋)郭知达注:《九家集注杜诗》卷七,景印文渊阁四库全书本,第1068册,第175页。
[2] (唐)杜甫撰,(宋)黄希、黄鹤补注:《补注杜诗》,景印文渊阁四库全书本,第1069册,第171页。

其次,宋人对诗歌内容作了进一步探讨。"沧江夜来雨,真宰罪一雪。谷根小苏息,沴气终不灭。何由见宁岁,解我忧思结。峥嵘群山云,交会未断绝。安得鞭雷公,滂沱洗吴越。"《九家集注杜诗》注:"赵云:沴气,阴阳错谬之气也。'沴'音'戾',庄子曰:'阴阳之气有沴。'""赵云:交会,字《周礼》阴阳之所交,风雨之所会而合成。"

《黄氏补千家注杜陵诗史》注:"希曰:沧江,指夔州云安而言。按,公有雷诗云:'巫峡中宵动,沧江十月雷。'又云:'霹雳楚王台。'于以知沧江之为夔州,云安即夔之境。洙曰:《国语》:'自子之行,晋无宁岁。'赵曰:沴气,阴阳错谬之气也。沴,音戾。《庄子》曰:'阴阳之气有沴。'"

《草堂诗笺》注:"沴音戾,阴阳错谬之妖气也。"①

《黄氏补集千家注杜陵诗史》注:苏曰:阮立曰:"吴楚久旱,尘氛翳日,昨夜一雨滂沱,洗涤俱尽,苗稼稍觉苏息。"师曰:"天地昏,言烟尘四起,骚屑不安貌。"时永王璘反汉中、吴越之间,盗贼乘之而起,巴峡间困于丑挽,怨气上感农月,为之大旱。故甫意欲鞭雷公,滂沱下雨,一洗吴越之乱。吴越平,则人获安居,天时自得,何忧旱干哉。

按宋人注释可知这场雨实写巴蜀地区的及时雨,这场雨浸润了谷根,却浇不灭长久以来的"沴气"。《新唐书·五行志》载:"盖王者之有天下也,顺天地以治人而取材于方物以是用,若政失其道,用物伤天,民被其害而愁苦,则天地之气沴。"②根据宋人注释的解释以及史书记载,可知"沴气"具有阴阳五行灾祥的观念,杜甫以此来比喻当时的战乱以及人民所受其愁苦,说明杜甫具有封建社会阴阳五行灾祥支配一切的传统思想。诗人由蜀地的旱情联想到吴越之旱,希望这场及时雨也能解决吴越旱情。从以上宋人注释中,已不难解读出《喜雨》一诗是杜甫有感而发之作,诗人在梓州真切地感受到旱情给农耕带来的不便,一场大雨缓解旱情,由此诗人联想到蜀地与吐蕃之间的战乱以及吴越之旱情,战乱就如旱情一样给民众带来痛苦,希望这场滂

---

① (唐)杜甫撰,(宋)蔡梦弼笺:《杜工部草堂诗笺》卷二十一,古逸丛书覆宋麻沙本,第294页。
② 《新唐书》卷三十四,北京:中华书局,1975年,第3册,第894页。

沱之雨能将此全部熄灭。

最后，宋代各家注本对杜甫自注的阐释。"时闻浙右多盗贼也"，这条注释在《宋本杜工部集》卷《喜雨》一诗中就已出现，且以小字形式附在诗歌最后。作为宋代祖本的《宋本杜工部集》是杜诗白本，但在一些诗歌中也存在注文，经考证①，这些注文当为杜甫自注，杜诗自注对诗歌本身的理解有着至关重要的作用，但由于自注内容非常有限，宋人在注释杜诗时对自注有了进一步的阐释。关于这首诗歌的争论也是出现在对自注的理解上，因此我们将宋人注杜本对这条注释的阐释辑录如下，以此说明诗歌本意。

《草堂诗笺》注："甫自注：'时闻浙右多盗贼也。'按：甫意欲鞭驱雷车，滂沱而雨，一洗吴越之乱。吴越平则人获安居，天时自得，何忧旱干哉！"②

《九家集注杜诗》注："时闻浙右多盗贼。《出猎赋》：'霹雳列缺，吐火施鞭。'又鞭洛水之宓妃，《南都赋》：'鞭魍魉。'赵云：滂沲，言大雨也。诗云：'月离于毕俾，滂沲矣。'"③

《分门集注杜工部诗》注："洙曰：时闻浙右多盗贼。《与猎赋》：'霹雳列缺，吐火施鞭。'又鞭洛水之宓妃，《南都赋》：'鞭魍魉。'苏轼曰：'阮立吴楚久旱，尘氛翳日，昨夜一雨滂沱，洗涤俱尽，苗稼稍觉苏息。'师古曰：'天地昏，言烟尘四起，骚屑不安貌。'时永王璘反汉中、吴越之间，盗贼乘之而起，巴峡间困于丑挽，怨气上感农月，为之大旱。故甫意欲鞭雷公，滂沱下雨，一洗吴越之乱。吴越平，则人获安居，天时自得，何忧旱干哉。"④

《黄氏补集千家注杜陵诗史》注：鹤曰：旧注以"吴越"为永王璘之乱。按史，永王璘至德元年冬反，而公是时在贼营，不应及巴人，当是永泰元年作此。史云："四月己巳，有春不雨，至是而雨。"故诗云："春旱。"及七月，又以久旱遣近臣录囚，则是年自春至秋多旱。洗吴越者，谓袁晁自台州反，陷信、

---

① 关于杜甫自注的考论可参见谢思炜：《〈宋本杜工部集〉注文考辨》，《唐宋诗学论集》，北京：商务印书馆，2003年。
② （唐）杜甫撰，（宋）蔡梦弼笺：《杜工部草堂诗笺》卷二十一，古逸丛书覆宋麻沙本，第294页。
③ （唐）杜甫撰，（宋）郭知达注：《九家集注杜诗》卷七，景印文渊阁四库全书本，第1068册，第175页。
④ （唐）杜甫撰，（宋）王洙注：《分门集注杜工部诗》卷一，四部丛刊景宋刊本，第6页。

明等州,方伏诛,而歙州人又杀其刺史。是年春,公在严武幕中,秋寓夔州云安县。①

《草堂诗笺》明确标注"时闻浙右多盗贼"为杜甫自注,此后按语当是蔡梦弼按,蔡梦弼指出浙右多盗贼是吴越之乱的原因,杜甫怜悯百姓,希望滂沱大雨能洗吴越之乱,吴越民众安居乐业又何必担忧旱情呢?蔡注是把"盗贼"解释为吴越之乱,但还没有说明吴越之乱的具体所指。真正对"盗贼"作出阐释的是在《分门集注杜工部诗》《黄氏补千家注杜陵诗史》中。《分门集注杜工部诗》引师古注条明确提到"时永王璘反汉中、吴越之间,盗贼乘之而起"。这里的师古当是蜀人师古(关于师古对杜诗的注释请参见彭燕《黄希、黄鹤〈补注杜诗〉师注考》)对杜诗作的注释。此后《黄氏补千家注杜陵诗史》黄鹤对师古注又进行了补充说明,按黄鹤的补注可知:"至德元年,永王璘在江陵一带发起叛乱,而此时杜甫在蜀,蜀地旱情严重,杜甫深为百姓陷入战乱和春旱的生活感到忧虑,故诗云'春旱'。洗吴越者,谓表兖自台州反,陷信、明等州,方伏诛,而歙州人又杀其刺史。"到此宋人对诗句中的"吴越",对自注中的"盗贼"解释已经非常清晰:"滂沱洗吴越"既是指大雨灌溉吴越春旱,又指大雨洗净吴越之乱。"盗贼"是指造成吴越之乱的所有人,既包括永王璘又包括袁晁。

宋人解释杜诗一大特点就是"以史证诗",《旧唐书·代宗本纪》载:"八月己酉朔。自七月不雨,至此月癸丑方雨。庚午夜,西北有赤光亘天,贯紫微,渐移东北,弥漫半天。贬太子少傅李遵为袁州刺史。台州贼袁晁陷台州,连陷浙东州县。"②《旧唐书》卷一七〇《永王璘传》:"璘七月至襄阳,九月至江陵,召募士将数万人,恣情补署,江淮租赋,山积于江陵,破用巨亿。以薛镠、李台卿、蔡坰为谋主,因有异志。肃宗闻之,诏令归觐于蜀,璘不从命。十二月,擅领舟师东下,甲仗五千人趋广陵。"③《资治通鉴》卷二二二记载:

---

① (唐)杜甫撰,(宋)黄希、黄鹤补注:《补注杜诗》,景印文渊阁四库全书本,第1069册,第171页。
② 《旧唐书》卷十一,北京:中华书局,1975年,第270页。
③ 《旧唐书》卷一百五,北京:中华书局,1975年,第3264页。

"台州贼帅袁晁攻陷浙东诸州,改元宝胜;民疲于赋敛者多归之。李光弼遣兵击晁于衢州,破之。九月,袁晁陷信州。冬,十月,袁晁陷温州、明州。"①吴越旱情、永王璘之乱、袁晁之乱在史书中都有明确记载,宋人以此来解释杜诗,更能说明杜诗具有诗史的作用。而郭沫若在阐释杜甫阶级意识时,将"盗贼"所指只解释为袁晁农民起义,实属断章取义。《喜雨》这首诗是杜甫在梓州遇旱情有感而作,诗歌前部分实写梓州旱情和蜀地战乱,后部分则联想到吴越旱情和吴越的战乱,在杜甫看来,蜀地与吐蕃的战争、永王璘之乱以及袁晁农民起义都是对唐王朝稳定的威胁,对于国家安危来说都是不值得同情的,也有学者指出:"杜甫是站在民族、国家的立场,因为袁晁暴动发生的时间和背景有其特殊性。简言之,它发生在民族危亡的时刻,它发生在唐王朝拼尽最后力气与反动的安史叛军决战的历史关头;从国家民族的存亡大局着眼,它是一场不应该发生的农民暴动。"②实际宋人对杜诗的解释是精准的,宋人在注释杜诗时不仅要参考史料,还原杜甫诗歌创作现场,把杜甫放在自身的历史背景中去解读诗歌,因此关于杜诗的理解应该忠实于宋注。

　　清代是继宋代之后对杜诗进行注释的又一高峰,清人对宋代的"千家注杜"并不满意,认为其中"伪注之纰缪,旧注之斑驳者"盛多。就连宋代最有名的注杜三家都被指责,钱谦益在《注杜诗略例》中明确指出:"赵次公以笺释文句为事,边幅单窘,少所发明,其失也短;蔡梦弼以掊摭子传为博,泛滥踳驳,昧于持择,其失也杂;黄鹤以考订史鉴为功,支离割剥,罔失指要,其失也愚。"③由于对宋人注杜的不满,清代出现了多家注杜现象,但无论是钱谦益的《钱注杜诗》、朱鹤龄的《杜工部集辑注》还是仇兆鳌的《杜诗详注》其注释本身均是在宋人注杜本上的再加工,不过是对宋人注释的辩驳、阐释或翻案。而在这些辩驳、阐释或翻案中,清人对宋注又进行了大量的删减,如《喜雨》一诗中对"时闻浙右多盗贼"的解释,清人注本中只留"袁晁反"一意。如:

　　《杜诗镜铨》:"原注:'时闻浙右多盗贼。'《旧唐书》:宝应元年八月,台

---

① 《资治通鉴》卷二百二十二,北京:中华书局,1986年,第7130页。
② 韩成武:《杜甫〈喜雨〉新论》,《杜甫研究学刊》1998年第3期。
③ (唐)杜甫著,(清)钱谦益笺注:《钱注杜诗》(上),上海:上海古籍出版社,2019年,第4页。

州人袁晁反,陷浙东州郡,广德元年四月,李光弼讨之。"①

《杜诗详注》《喜雨》题下注:"《喜雨》据原注有'浙右多盗贼'句,朱注谓:《旧唐书》:宝应元年八月,台州人袁晁反,陷浙东州郡,广德元年四月,李光弼讨之。此诗末首注语正指袁晁也,是时公在梓阆间,故有巴人困军须之句,诸本编次皆失之,鲍照有《喜雨》诗题。"②

《读杜心解》:"'浙右多盗贼。'《旧书》:'宝应元年八月,台州人袁晁反,陷浙东州郡,广德元年四月,李光弼讨之。'"③

《钱注杜诗》:"'吴越'宝应元年八月,台州贼袁晁陷台州,连陷浙东,广德元年四月,李光弼奏生擒袁晁,浙东尽平。"④

可见,清人在注释这首诗时,把"盗贼"所指范围缩小了,认为"盗贼"就是指袁晁农民起义,因此郭沫若利用《喜雨》诗证明杜甫阶级意识也正是采用了清人的解释。但是,清人虽然删减了注释,但对诗歌主旨的理解还是一致的,认为这首诗是表达了杜甫关心民众的情怀。如仇兆鳌在《喜雨》一诗最后注引孙季昭语:"杜诗结语每用'安得'二字皆切望之词。'安得广厦千万间,大庇天下寒士俱欢颜。''安得壮士挽天河,净洗甲兵长不用。'此用'安得鞭雷公,滂沱洗吴越。'皆是一片济世苦心。"这段话虽标注为孙季昭语,但实际与孙季昭原文是有出入的,孙氏原文:"或有以'安得'二字结尾,盖杜公窃有望于当时天下后世者不浅也。故《喜雨》诗云:'安得鞭雷公,滂沱洗吴越。'《遣兴》云:'安得廉耻将,三军同晏眠。'《雪》诗云:'愁边有江水,焉得北之朝。'《三川观水涨》云:'辛头向苍天,安得骑鸿鹄。'《晚登瀼上堂》云:'安得随鸟鸽,迫此惧将恐。'《昼梦》云:'安得务农息战斗,普天无吏横索钱。'《题韦偃画马歌》云:'时危安得真致此,与人同生亦同死。'《王兵马使二角鹰》云:'安得尔辈开其群,驱出六合枭鸾分。'《早秋苦热》云:'南望青松架短壑,安得赤脚踏层冰。'《茅屋为秋风所破歌》云:'安得大厦千万间,大庇

---

① (唐)杜甫著,(清)杨伦笺注:《杜诗镜铨》上册,上海:上海古籍出版社,1980年,第219页。
② (唐)杜甫撰,(清)仇兆鳌注:《杜诗详注》第四册,北京:中华书局,2020年,第1232页。
③ (清)浦起龙著:《读杜心解》,北京:中华书局,1978年,第77页。
④ (唐)杜甫著,(清)钱谦益笺注:《钱注杜诗》(上),上海:上海古籍出版社,2019年,第130页。

天下寒士俱欢颜。'《洗兵马》云:'安得壮士挽天河,净洗甲兵长不用。'《石犀行》云:'安得壮士提天网,再平水土犀奔茫。'《石笋行》云:'安得壮士掷天外,使人不疑见本根。'《蚕谷行》云:'焉得铸甲作农器,一寸荒田牛得耕。'《大麦行》云:'安得如鸟有羽翅,托身白云还故乡。'《光禄坂行》云:'安得更似开元中,道路即今多拥隔。'《悲青坂》云:'焉得附书与我军,忍待明年莫仓卒。'《画山水图歌》云:'焉得并州快剪刀,剪取吴淞半江水。'凡此皆含不尽之意。"①与原文对照可知,"此用'安得鞭雷公,滂沱洗吴越'皆是一片济世苦心"句是仇兆鳌本人的理解,仇兆鳌是引孙季昭语来说明诗歌主旨。可见清人虽然删掉了宋人对永王璘之乱的注释,但对整首诗歌的理解任然是认为这是一首同情民众的抒情诗。

三、小 结

对于杜诗的理解,我们必须回到离杜甫最近的宋代杜注本中去,宋人喜于为杜诗作注,在宋代不仅有杜诗单注本、杜诗集注本,甚至在各种诗话、文集、笔记中都有释杜、评杜之语。宋人注杜诗有很多优点,如释典故、释方言、释词句(特别重视杜诗中相似字句中的细微差别),注释基本达到精益求精的状态。正是因为有宋人的注释,才让我们对杜诗有了进一步的了解,在解读杜诗时才更接近杜甫本意。宋代之后,清代是注释杜诗的又一高峰期,尽管清人注释杜诗时有意贬低宋注成就,但实际上,清人注杜不过是在宋人注杜基础上的阐释、翻转或反驳。因此,重读宋代杜诗注本,基本能够解决杜诗歪曲认识的问题。当然,还应该指出的是,宋人注杜也有错误,关于《喜雨》一诗的系年,《黄氏补集千家注杜陵诗史》就出现了错误。黄鹤将这首诗系年为永泰元年,"鹤曰:'按史:'永泰元年四月巳己,自春不雨,至是而雨。'当是永泰元年。梁权道编在上元二年,而史不言是年有旱,兼沧江是指夔州云安。"②按年谱,永泰元年杜甫已归成都,根据《九家

---

① (宋) 孙奕撰:《履斋示儿编》卷十,元刘氏学礼堂刻本。
② (唐) 杜甫撰,(宋) 黄希、黄鹤补注:《补注杜诗》,景印文渊阁四库全书本,第1069册,第171页。

集注杜诗》中对"巴人事军须"的解释:"公诗每有巴字皆多阆州诗矣。"可知此诗作于杜甫在梓阆时,按年谱当为广德元年。《杜诗详注》卷十二《喜雨》题下注:"据原注有浙右多盗贼句,朱注:谓《旧唐书》宝应元年八月,台州人袁晁反,陷浙东州郡,广德元年四月李光弼讨之。……时公在梓阆间。"[①]将此诗系年定为广德元年。尽管宋人黄鹤在注释这首诗系年时出现了错误,但我们却在另外的宋人注杜诗中找到正确答案,这种现象恰能说明宋人注杜歧说纷纭,互相驳难,反而让杜诗注释呈现出精益求精的状态。因此,对于《喜雨》一诗的认识还是应该回到离杜诗最近的宋人"千家注杜"的起点上,无论是对杜诗的再阐释还是翻案或理解,从原始文献出发,才能真正还原杜诗"纯度",理解杜诗本意。清人自认为宋人注杜过于繁杂,卢元昌《杜诗阐·自序》云:"古今注家,奚翅数十,故有因注得显者,亦有因注反晦者。一晦于训诂之太杂,一晦于讲解之太凿,一晦于援证之太繁。"[②]对宋人注释进行删减,但清人对杜诗主旨的把握基本遵从文献本身,与宋人的理解相差不远。郭沫若著《李白与杜甫》自有强烈的扬李抑杜之情,他利用《喜雨》一诗来证明杜甫的阶级意识,自然会将"盗贼"仅仅解读为"袁晁农民起义","滂沱洗吴越"是对农民起义军的镇压。他甚至又举一例《夔府书怀》:"绿林宁小患?云梦欲难追。即事须尝胆,苍生可察眉。""意思是对于'苍生'(老百姓)要卧薪尝胆地严加警惕,要能防祸于未然,在'眉睫之间'便能辨别出乱觉。这就是杜甫的阶级感情,多么森严而峻烈呵!"[③]这些解释都是为了支撑他的观点,郭沫若对杜甫的评价,我们不作阐释,已有很多学者提出过讨论[④]。只是关

---

① (唐)杜甫撰,(清)仇兆鳌注:《杜诗详注》第四册,北京:中华书局,2020年,第1231页。
② (唐)杜甫撰,(清)卢元昌注:《杜诗阐》第一册,黄永武主编:《杜诗丛刊》第3辑,新北:台湾大通书局印行,1974年,第11页。
③ 郭沫若:《杜甫与李白》,北京:中国长安出版社,2019年,第136页。
④ 关于郭沫若《杜甫与李白》一书的相关论文除上文提到二十世纪八十年代的争论外,还有最近的是傅修海《对影成三人:郭沫若、李白与杜甫的互文写作——重读郭沫若〈李白与杜甫〉》,《文学评论》2019年第1期,提出"《李白与杜甫》不仅是郭沫若的李白与杜甫观,更是他暮年借花献佛式的自我通观与人世反思、文史洞见的确证。他以这种奇崛而平实的写作方式,不动声色地呈现了李白与杜甫的时代,更在思想、精神与文化情怀上完成了自我,是中国现当代文学史上罕见的人与文、学术与文学、古与今贯注融通的一次互文性的写作奇观"的观点,比以前简单地理解为"扬李抑杜"又更进了一步。

于《喜雨》这首诗主旨的理解时,学者对郭沫若的反驳大都忽略了宋人对诗歌注释本身的解释,少有学者引用过宋人的注释来证明这首诗歌的主旨含义。我们认为宋人不仅离杜诗创作时间最近,而且宋人注杜具有以史事证实的特点,注释本身更接近杜诗本意,所以关于杜诗的理解还是应该回到宋人"千家注杜"的起点。

作者单位:中国社会科学院文学研究所

论《诗人玉屑》的唐诗学体系及
对严羽理论体系的修正

傅新营

摘　要　魏庆之《诗人玉屑》继承了《沧浪诗话》的基本观点而又有发展,这对后来唐诗学体系的完成有重要的促进作用。他主要在诗学本体论、诗法论、创作论三个方面对严羽的理论进行了有益的补充和修正,使之更加符合诗歌创作实际。

关键词　魏庆之　严羽　唐诗学

《沧浪诗话》面世,标志着唐诗学成为中国诗学的显学。尽管对于严羽理论的争论一直未曾停息,但无论如何,后来的宋代诗家都直接受到了严羽的启迪,其中很多甚至就是严羽的信徒。魏庆之、刘克庄等南宋后期诗人都在理论上与严羽有直接的继承关系。魏庆之的《诗人玉屑》是宋代最后一部诗话总集,虽是总集,却有着比较明显的理论倾向。《诗人玉屑》承袭了严羽的很多理论,他将《沧浪诗话》几乎全部收入,仅缺《与吴景仙书》(郭绍虞《沧浪诗话校释》)。他信奉严羽而不盲从,从客观的艺术标准出发,更加公允、全面地评价了诗学的各种问题。《沧浪诗话》开始了尊唐抑宋的一派,也开启了唐宋诗优劣的数百年论争。《诗人玉屑》里面如实记录了当时两种诗学思想的对立与调和,显示出超越论争的倾向。

先前研究唐诗学的前辈学者,少有涉及此书。笔者就近年关于此书的思考作一些总结,就教于方家。限于篇幅,此处仅讨论《诗人玉屑》的理论体系和其中蕴含的唐诗学体系,从中我们可以看到魏庆之对严羽理论的发展。

一、《诗人玉屑》的类目与隐含的诗学思想

一部文学著作的编辑特点,往往可以反映编者的文学思想。我们从《诗人玉屑》与《沧浪诗话》不同的内容分类就可以看出二者文学思想的差异。《沧浪诗话》所列诗学类目有五:诗辨、诗体、诗法、诗评、考证,从艺术而不是学问的角度谈论诗学问题(郭绍虞引潘德舆《养一斋诗话》认为严羽论诗自《楚辞》入门,可见他不重《诗经》的道德境界)。严羽立李杜为诗歌创作的最高标准,也主要是从艺术角度着眼,不然就难入神品。所以,作为他诗学体系的核心是诗辨,以兴趣为依归,而诗体、诗法、诗评则是器用的部分,分别代表诗歌的流别、风格、格法、审美等要素。

而《诗人玉屑》中的类目巨多,有诗辨、诗法、诗评、诗体、句法、口诀、命意、下字、用事、压韵、属对、锻炼、沿袭、夺胎换骨、托物、讽兴、规诫、白战、含蓄、诗趣、诗思、体用、风调、知音、诗病、品藻等,共四十余大类。从类目的设置,可以看出他提出的问题涵盖了诗学的各个方面,从作诗原则到作诗法度、句法、风格、审美、诗歌史、作家评论等都进行了详细的考察。对于这么多的类目,有的认为前十一卷是论诗艺、体裁、格律及表现方法,十二卷以后是对具体作家和作品的评价(上海古籍出版社,1978 年新 1 版出版说明)。谭桦、王晓岚在编辑《魏庆之诗话》时,分类也与此同(《宋诗话全编》,江苏古籍出版社)。有的认为前十一卷一部分属于诗学理论,另一部分属于诗歌技巧问题(李悦《〈诗人玉屑〉之诗法考论》,华中师范大学,2009 年)。可以看出,研究下字、诗病等创作实践的问题,魏庆之所用的篇幅远远超过严羽,而这些诗歌创作问题,其实从唐至宋一直是诗学研究的主要内容。宋代出现了新的创作方法,如"白战",也就是说出现了新的诗学潮流。

正如大家都谈到的,魏庆之如此编辑诗话,已经隐含了他的诗学思想。为《诗人玉屑》作序的黄昇说:"友人魏菊庄,诗家之良医师也,乃出新意,别为是编。自有诗话以来,至于近世之评论,博观约取,科别其条,凡升高自下之方,籨粗入精之要,靡不登载。其格律之明,可准而式;其鉴裁之公,可研而覈;其斧藻之有味,可咀而食也。"至于究竟是哪些思想,蒂博代认为,一个

真正的文学评论家,应该不但对文学现象判断、分类、解释,还要体现他的有创造力的活动,欣赏。① 我对这一问题的思考,是从以下的角度展开的:1. 他涉及了哪些诗学问题,反映了什么样的批评观;2. 他涉及了哪些作家,体现了怎样的宗尚;3. 他赞成哪些诗学方法;4. 他如何对待诗歌史的发展。

韦勒克、沃伦《文学理论》中谈到,一个文学评论家的任务可以包括以下几个层面的内容:1. 声音层面,谐音、节奏和格律;2. 意义单元,他决定文学作品形式上的语言结构、风格与文体的规则,并对之作系统的研讨;3. 意象和隐喻,即所有文体风格中可表现诗的最核心的部分;4. 存在于象征和象征系统中的诗的特殊"世界",我们称这些象征和象征系统为诗的"神话"。5. 有关形式和技巧的特殊问题。6. 文学类型的性质的问题;7. 文学作品的评价问题;8. 文学史的性质以及可否有一个作为艺术史的那种文学史的可能性。(刘象愚译)这八类内容,基本上与魏庆之对诗歌性质、原则、技巧、风格、句法、品藻等讨论的内容相对应。

我们先来看第一个问题,他的诗学研究对象包罗万象,已经包含了唐代以来诗格、诗话著作的全部问题。但是与之形成对照的是,严羽对诗学问题的探讨只有诗歌性质、形态、方法、风格、评价等宏观问题,而魏庆之涉及的诗学问题除了严羽涉猎的以外,更大篇幅在创作技巧、诗歌史、作家评论等方面,可见魏庆之不但重视诗歌的本质问题,更重视诗歌的表现形式。这种研究方向其实是对诗学发展的更客观的描述,唐代以来对创作中涉及的立意、锻炼、声调都是诗学界讨论的重点问题。

至于诗歌性质,严羽提出为艺术而艺术的论断(郭绍虞),确实是对传统风教理念的突破,而魏庆之也承认了这一点。既然"兴趣"是唐诗学的主旨,那么如何将"兴趣"实现和展开呢?严羽在诗法里回答了这个问题,然而魏庆之回答得更为细致,更为具体。通过对唐宋句法理论的总结梳理,他不但真正落实了兴趣的创作过程,也在某种程度上调和了严羽人为创造出来的唐宋矛盾。

第二个问题,他推崇的诗学大家与诗学思想的倾向。与严羽相比,诗家

---

① 蒂博代:《六说文学批评》,北京:生活·读书·新知三联书店,2002年,第149页。

宗尚，则更有变化。严羽提出要以李杜为准绳，熟参汉魏、晋宋、南北朝、初唐、盛唐、李杜、十才子、元和诸家、晚唐、苏黄之诗，没有提及此前宋人多数尊崇的《诗》三百，却提倡先从《楚辞》开始学习，这是更重诗歌艺术性的做法。（郭绍虞《沧浪诗话校释》，人民文学出版社，1998年，第6页）魏庆之则明确《诗经》的重要地位，他选取朱熹的话说：三百篇，性情之本；《离骚》，词赋之宗。学诗而不本于此，是亦浅矣。（卷十三）由此可见，魏庆之承袭了宋代多数前辈的意见，重艺术而不废义理。关于这一问题，陈尚文《从〈诗人玉屑〉的编纂看魏庆之的晚唐诗观》一文列举了《诗人玉屑》中对于唐代诗人的评价，得出的结论是：《诗人玉屑》中的晚唐是一个风格概念，不是时间概念，其中的作家包含了从中唐到晚唐。严羽的盛唐、晚唐对举含义也是如此。对于南宋末年诗歌界的宗晚唐风气，魏庆之与严羽一样，不甚苟同，仍然是以尊盛唐为主。

第三个问题，他赞成的创作方法。严羽认为诗歌要自妙悟得来，从参验前人得来，反对模仿前人，他说，后来者怎么模仿，也无法超过前人。"工夫须从上做下，不可从下做上。"（《诗辨》）但是魏庆之在卷五《初学蹊径》中不但选取了大量江西诗派学杜学陶的理论，也选取了严羽的同调，如赵蕃、吕居仁的"悟入"之说。如此，则是认同传统上先模仿后独创的路子，同时也认同天才灵感的创作经验。实际上唐人也是这么做的，可以参考唐人的诗格著作。到了宋人，模仿甚至成了重要的创作途径，如江西诗派的夺胎换骨、点铁成金。其实，江西诗派只不过是对北宋创作经验的总结，从白体、西昆体到黄庭坚，都是如此。只要最后能自具面目，模仿就不是没有意义的。还有，他在第一到第十一卷中，有相当大的篇幅都是在谈有关句法的问题。与之相关的，包含了句法类别、命意、口诀等目。值得注意的是《风骚句法》一章，他在列举大量例句之后说：造句要"意圆格高，纤秾具备，句老而不俗，理深而不杂，才纵而气不怒，言简而事不晦。如此之作，方入风骚"。唐人有好句，宋人有警句，而能写出风骚句法则为高手。可见魏庆之是升华了《诗经》以来的创作经验进行的总结，不以唐诗为最高，不以宋诗为非诗，而是以一个普遍的标准来评价诗歌。

第四个问题，如何看待诗学发展的问题。这实际上是对文学发展动力的研究。由上一个问题看出,他尽管在书中记录了严羽关于诗歌史的论述,(严羽认为风雅颂已亡,诗歌从《楚辞》开始)但是从他罗列的古往今来的创作名家来看,从先秦到南宋,从禅林到闺阁,从诗到词,都在他的研究范围之内。诗词合论,也是宋代欧阳修以来的论诗习惯。看得出,魏庆之是在用统一的标准考察诗歌史,是不带门户之见的全面论述。德性的精神、艺术的追求就是诗学发展的原动力。

所以,在诗学体系的建构上,魏庆之是在大文学观的层面上进行考虑,不是像严羽一样,仅取一端。他在《诗人玉屑》中吸收不同角度的诗学批评,建立起自己更加完善的诗学体系。伏尔泰说:在猪舌检察官的眼中,没有一头猪是健康的。严羽可能就是这样。因为标准很高。而魏庆之跟叶燮一样,反对抑唐贬宋,这应该是诗学研究成熟的表现。所以,我们认为,魏庆之在书中虽然没有像严羽一样明确自己的诗学体系,但是他各个方面都比严羽更加客观全面公平,他不拒绝宋型诗的锻炼和议论,也欣赏唐诗的兴趣和情韵,成为更接近实际的诗学研究系统。比如在重要的《诗法》部分,他既采录了江西诗派的翻案法,又采录了赵蕃的妙悟法,而后者就是严羽理论的主要核心。

二、《诗人玉屑》所体现的唐诗学体系

魏庆之在《句法》一部分中将唐人句法、宋人句法、风骚句法的并列,说明唐诗学不再像严羽一样,是所有诗学问题的出发点。在严羽那里,唐诗学的一系列问题,如诗歌本质、形态、风格等,都是诗学的一般问题。所以他自认为这是他的一大理论发现。郭绍虞先生特地指出,虽然严羽自称体系独创,但是他的观点都是有来历的,标榜唐诗而难逃宋学。但是,魏庆之尽管使用了严羽诗学体系的框架,却大大丰富了这个框架,特别是诗歌创作论,虽然摘录的是宋代诗学资料,却吸收了唐代以来诗学创作理论的所有成果。

陈伯海师在《唐诗学引论》中构建的唐诗学体系,由唐诗的本体论、源流论、发展论、体裁论组成。这与严羽的诗辨、诗体、诗法、诗评基本一致。《唐诗学引论》的本体论相当于严羽的诗辨和诗法的部分。那么在魏庆之《诗人

玉屑》中,唐诗学的部分是如何体现的呢? 我们以《诗人玉屑》的理论架构进行简单的梳理。

一、在诗学本体论方面,《诗辨》篇承袭了严羽的以汉魏盛唐为基底的诗学理论:"唐诗之说未唱,唐诗之道有时而明也。今既唱其体,曰唐诗矣,则学者谓唐诗,诚止于是耳。兹诗道之重不幸耶! 故予不自量度,辄定诗之宗旨,且借禅以为喻,推原汉、魏以来,而截然谓当以盛唐为法。后舍汉、魏而独言盛唐者,谓唐律之体备也。"其诗学的诗歌评价标准、创作精神由此得以确立。所以,魏庆之《诗人玉屑》的理论体系也是把唐型诗作为诗歌应然状态而进行探讨的。

二、诗法理论中包含了朱熹、杨万里、赵蕃、吴可、龚相、姜夔、严羽的论述,皆以拔俗为尚。但是,都是去俗,各人途径不同。朱熹"欲漱六艺之芳润,以求真澹";而杨万里、龚相、姜夔通过锻炼、翻案、布置,是江西诗派的做法;赵蕃、吴可、严羽以悟入为主,主张"参活句"。在这里,魏庆之显示出开放的态度,认为不同途径可以达到相同的目标。这七人中,姜夔和严羽对于诗法的论述最为详细,从诗学的法度到气象、意格、布置、造句、下字、去病等等,都融合了唐宋诗学的研究成果。

三、诗体理论是对于唐诗学的体貌的研究,因为唐律"众体皆备",是唐诗学本体论的现实展开。《沧浪诗话》论诗体有一百六十多种,其中语言形式之体占大半。然而,严羽更重视的其实是"以时论"和"以人论"之体,这同他重视"辨家数"有直接关系。《诗人玉屑》在《沧浪诗话》的基础上丰富了诗体论的内容,不但在数量上,也在内容上进行了更详尽的论述。他在采录严羽的诗体论述后,从《苕溪渔隐丛话》《天厨禁脔》等诗话著作中又整理出三十余种,如回文体、拗句、七言变体、进退格等(《诗体下》)。这一部分,丰富了《沧浪诗话》的内容,也体现了宋代诗学的积累成果。我们看到,魏庆之补充的种类多是从语言形式的角度着眼,而在"辨家数"方面的内容则付之阙如。那么,魏庆之是不是不重视诗学宗尚呢? 当然不是。他的"辨家数"的内容存在于创作论的部分,也就是《句法》的部分。

四、创作论的部分,是魏庆之真正超越严羽的地方。在这一部分,他用力最勤,篇幅最大,诗歌创作中的问题,在他之前没有人总结得如此详备、条理。在《句法》这一部分中,他把创作中的各种问题精心编辑,条理清楚又非常详尽地列出了诗歌创作需要注意的问题。内容庞大,可以自成一个体系。其中包括总论、唐人句法、宋朝警句、风骚句法、口诀、命意、造语、用事、压韵、属对、锻炼、沿袭、夺胎换骨、点化、托物、讽兴、规诫、白战、含蓄、诗趣、诗思、体用、诗病等目,用了整整九卷的篇幅。可见,创作才是诗的核心问题。在这里,他从严羽的作家主体论转变到了创作主体论,只有在创作的基础上谈家数,家数才是有意义的。

五、诗学批评论。《诗人玉屑》中无《诗评》部分,对于作家创作的品第,他主要放在最后品藻历代人物的部分。这一部分,篇幅更大,有十卷,可以算作是一部诗歌史。这种写作方法,《沧浪诗话》无法胜任。严羽在《诗评》中品评作家优劣,多从比较后得出结论,是点评式的。而魏庆之综合众家之说,全面地对一个作家进行评价,其客观性更强,更符合科学的态度。与严羽宗尚李杜不同,魏庆之对李白、杜甫、韩愈、白居易以同样的关注度,可见魏庆之的唐诗本体有所扩大。孙向召认为:"总体上宋人宗唐,设立了双重目标:先是以盛唐李杜为首的汉魏古诗气象,这个目标是个理想,不易学;因此,宋人在难以为继的情况下,转而设立晚唐目标,并发现其含蓄讽喻的价值,于是晚唐地位就突显出来。"(《〈诗人玉屑〉的唐诗观》,2011)可备一说。《诗人玉屑》里的晚唐包含我们今天所说的中唐和晚唐。

三、《诗人玉屑》对《沧浪诗话》唐诗学体系的修正和超越

由上所述,魏庆之在以下几个方面补充、修正了严羽的理论,对唐诗学的完善构建起到了一定的促进作用。

一、在诗学本体方面,魏庆之扩大了唐诗学的内涵,他认为写诗不仅需要学盛唐诸人,还应该学习中唐甚至宋人,他的学习对象中不仅有李、杜,还将韩愈、白居易等人也包含进去,这使得唐诗学的本体特征更加全面。

研究一个人的诗学思想,可以参考他学习的对象。严羽在《答出继叔临安吴景仙书》中说:"作诗正须辨尽诸家体制,然后不为旁门所惑,今人作诗,

差入门户者,正以体制莫辨也。"那么应该学习谁呢?《沧浪诗话》说:"大抵禅道惟在妙悟,诗道亦在妙悟,且孟襄阳学力下韩退之远甚、而其诗独出退之之上者,一味妙悟而已。惟悟乃为当行,乃为本色。然悟有浅深、有分限、有透彻之悟,有但得一知半解之悟。汉魏尚矣,不假悟也。谢灵运至盛唐诸公透彻之悟也。他虽有悟者,皆非第一义也。"(《诗辨》)严羽列举的诗体中韩愈、白居易、王安石、苏轼、黄庭坚等家皆有,但是不算作一等的学习对象,只是广闻的对象;而《诗人玉屑》则不一样,魏庆之选编宋人诗话中关于韩愈的很多,选编关于白乐天的内容更是洋洋洒洒,几乎可以与李白杜甫相当,这说明魏庆之是真实地反映了大多数诗家的意见。在这些诗人的论述里,有的人像《沧浪诗话》那样言必盛唐,有的则未必,如《诗经》、《楚辞》、汉魏诗都可以。"初学蹊径"条里列举的学习对象,从《诗经》到陶渊明、韦应物、柳宗元、苏东坡都有,不独李杜。此条下,吕居仁有一个比较公允的说法:"《楚词》、杜、黄,固法度所在,然不若遍考精取,悉为吾用,则姿态横出,不窘一律矣。如东坡、太白诗,虽规摹广大,学者难依;然读之使人敢道,澡雪滞思,无穷苦艰难之状,亦一助也。"

二、在创作论方面,魏庆之总结了唐宋诗学的所有成果,形成庞大完整清楚的创作论体系,补足了严羽唐诗学理论中的重要一环。

创作论,包括的环节很多,从立意、造句、下字、锻炼等,从唐初就有很多诗歌作者对此进行了研究。整个唐宋两代,研究创作的理论著作汗牛充栋。然而,严羽在"顿悟"的宗旨下,否定诗歌写作技巧,唯求"兴趣":"盛唐诗人,惟在兴趣;羚羊挂角,无迹可求,故其妙处,莹彻玲珑,不可凑泊;如空中之音,相中之色,水中之月,镜中之象,言有尽而意无穷。近代诸公作奇特解会,以文字为诗,以议论为诗,以才学为诗;以是为诗,夫岂不工,终非古人之诗也。盖于一唱三叹之音,有所歉焉。且其作多务使事,不问兴致;用字必有来历,押韵必有出处;读之终篇,不知着到何在。"(《诗辨》)但是《诗人玉屑》则遵从了唐代以来诗歌技巧的研究成果,用了整整九卷的篇幅,谈如何下字,如何用韵等基本的又是重要的诗歌创作问题。他的句法理论体系庞大严整,正好补足了严羽诗歌理论的缺陷。(见上节)从他以后,唐诗学理论体系中的本体论、方法论、创作论、风格论、作家论、批评论才合成一个整体,展现于诗家面前。这对宋诗学体系的建立,也应该有鉴照的作用。

三、在诗法理论方面,不像严羽一样只重"熟参""悟入",也重涵养功夫和锻炼布置,甚至是翻案、脱胎换骨。魏庆之既认同唐诗的"兴趣",也认同宋诗的"不俗"。

承认"翻案"这种利用古人构思进行写作的方法,是魏庆之和严羽最大的区别。严羽重视诗歌创作的独特性,是看不起这种方法的,所以说宋诗不值得学。但是,这种诗法也是古已有之,不独宋朝有,只是宋人把它发扬光大了而已。《诗人玉屑》谈诗法时先列朱熹的说法:"要使方寸之中,无一字世俗言语意思,则其诗不期于高远,而自高远矣。"怎么不俗呢?"须先识得古今体制雅俗乡背,仍更洗涤得尽肠胃间夙生荤血脂膏,然后此语方有所措。"需要遍学古今诗法。这好像跟严羽说的不俗是一样的。但是,朱熹说的学习古人,不仅是诗歌,还有学问,朱熹甚至从理学家的诗作中寻找符合古人的作品。可见魏庆之是认同以学问为诗的。从严羽否认学力对诗歌的作用,到叶燮确立学力为诗人四大基本素养之一,魏庆之是做了纠偏的工作的。

下面列举的杨万里、赵章泉等人,对吕东莱等人的参禅说都很熟悉,但是仍然觉得翻案法是一种好的方法。而翻案法的基础,就是学养。赵章泉的意见很值得注意,他可能是严羽之后最早开始调和唐宋的人。"问诗端合如何作?待欲学耶毋用学。今一秃翁曾总角,学竟无方作无略。欲从鄙律恐坐缚,力若不加还病弱。眼前草树聊渠若,子结成阴花自落。"(《诗人玉屑·诗法》)不仅需要学养,也需要格律、笔力、见识,学诗之路才能完成。姜夔说:"诗有四种高妙:一曰理高妙,二曰意高妙,三曰想高妙,四曰自然高妙。"理高妙是宋诗,自然高妙是唐诗,所以评价诗的标准不应该是属唐还是属宋,应该是高妙。

总之,宋代对于唐诗的研究,和对于宋诗的研究,魏庆之均采集于《诗人玉屑》中,而且在编辑过程中,更注意诗学评论的体系化,对每个诗学领域都有丰富系统的论述。同时稍早的《苕溪渔隐丛话》则缺乏这种精细的材料处理。这种体系化特征,来自《沧浪诗话》的良好示范,因为体大思精,很多方面也补充了《沧浪诗话》的不足。

作者单位:天津师范大学教育学部

书讯·书评

文本·文献·文心：域外杜诗文献研究的基本维度及方法论意义*
——左江《杜诗与朝鲜时代汉文学》读后

王 成

摘 要 以杜甫诗歌创作为中心的研究活动形成的杜诗学文化场域，是东亚诗学领域重要阐释空间之一。杜诗多样艺术风格与深厚文化意蕴的复杂特征，单一研究很难达成对杜诗在朝鲜文坛接受、发展、变化等丰富面相的整体观照，只有多种研究方法综合运用才能解决面临的各类问题。左江《杜诗与朝鲜时代汉文学》以文本细读为研究基础与着力点，注重文献的细致梳理与缜密考辨。全书亦考亦论、考论结合，呈现出文献考据与义理阐释深度契合的鲜明特点。左江通过"文心"激活了朝鲜杜诗文献，旧文献新用、新文献智用，在东亚杜诗学研究领域取得了新进展、新突破。

关键词 左江 《杜诗与朝鲜时代汉文学》 朝鲜 杜诗学 文本细读 "文心"

"尽得古今之体势，而兼人人之所独专"（元稹《唐检校工部员外郎杜君系铭》）的杜甫及杜诗，在中国古典诗歌史，乃至整个东亚文学史都享有崇高声望、具有深远的影响力，成为世界性的研究话题，引起学者们广泛而持久的关注。

左江教授致力于朝鲜半岛杜诗文献的整理与研究，长达二十五六年，其

---

* 本文系国家社科基金项目"韩国古典散文与中国文化之关联研究"（14CZW038）研究成果。

《杜诗与朝鲜时代汉文学》"后记"写道:"我在读研的一年级就接触到李植的《纂注杜诗泽风堂批解》,并在导师张伯伟教授的指导下辑录其中的批语,在对域外汉籍毫无了解,对杜甫、杜诗的了解也极为有限的情况下,凭着一腔孤勇一头扎进了朝鲜汉文学的杜诗中,这已是二十五六年前的事情了。"[1]左江出版、发表了一大批杜诗域外接受与影响研究的高质量著作、论文,著作如《李植杜诗批解研究》《高丽朝鲜时代杜甫评论资料汇编》(上下册)[2],论文如《〈纂注分类杜诗〉研究》《异域之眼看杜诗——李植〈杜诗批解〉评语析论》《朝鲜时代知识女性与杜诗》《论金堉集杜诗》《朝鲜文人李世龟次杜诗研究》《朝鲜文人集杜诗研究》《〈唐绝选删〉研究》《朝鲜文人次杜〈秋兴八首〉研究》等[3],逐步形成了独到的研究理路与方法论意识。2023年左江出版新作《杜诗与朝鲜时代汉文学》,"从注杜、次杜、集杜、评杜四方面选择具体个案研究杜诗与朝鲜汉文学的关系,突破'影响'一说,希望能看到朝鲜文人入杜诗又出杜诗的努力,在'不相类'处审视两国文化之差异,在'相类''不相类'的微妙关系中体会杜诗的魅力"[4],在杜诗研究领域取得了新进展、新突破,成为杜诗学研究领域的又一部力作。

一、文本细读:域外杜诗文献研究的文学维度

"文本细读"(Textual Close Reading)由英美新批评派于二十世纪提出,"指从接受主体的文学观念出发,对文学文本细腻地、深入地、真切地感知、阐释和分析的模式和程序"[5]。文本细读作为一种批评方法,受到学者的广泛接受与运用。韦勒克《文学理论》指出:"文学研究的合情合理的

---

[1] 左江:《杜诗与朝鲜时代汉文学》,北京:中华书局,2023年,第371页。
[2] 北京:中华书局2007年版;上海:上海古籍出版社2021年版。
[3] 分别载《域外汉籍研究集刊》第1辑(2005年)、《深圳大学学报(人文社会科学版)》(2008年第4期)、《域外汉籍研究集刊》第8辑(2011年)、《深圳大学学报(人文社会科学版)》(2013年第5期)、《域外汉籍研究集刊》第11辑(2015年)、《域外汉籍研究集刊》第12辑(2015年)、《中国诗学》总第24辑(2017年)、《域外汉籍研究集刊》第19辑(2020年)。
[4] 左江:《杜诗与朝鲜时代汉文学》,第8—9页。
[5] 尹建民主编:《比较文学术语汇释》,北京:北京师范大学出版社,2011年,第327页。

出发点是解释和分析作品本身。"①文本的准确、细致解读是文学研究的基础,文本细读可以将文学作品最幽微、最深邃的细节与内涵淋漓尽致地呈现出来。

左江《杜诗与朝鲜时代汉文学》特别重视文本细读,论述时始终以文本细读为研究基础,坚持文学维度,"于细微之处见精神"。如第六章《朝鲜知识女性与杜诗》分析金时泽《次工部〈月夜忆舍弟〉韵示诸弟》、其妹金然浩斋《忆加杂次》,两首诗都是次杜甫《月夜忆舍弟》诗韵。金时泽《次工部〈月夜忆舍弟〉韵示诸弟》诗曰:"悄悄断人行,消息静无声。南北春何异,江山月一明。风光催泪落,华发与愁生。相见那能得,时危且讲兵。"②左江的分析精到而细腻,她指出金时泽这首诗紧紧围绕"思亲"主题展开,接着从首联、颔联、颈联、尾联的含义以及个别词语的运用等方面展开分析,如关于颈联、尾联:"颈联作者因相思而惆怅,正是春光明媚时分,本可以与弟妹们共赏美景,却因天各一方不得实现,所以面对美景忍不住流下思亲的泪水,鬓边的白发似乎也与愁绪共生。最后一联因是次韵之作,韵脚必须用'兵'字,所以有'相见那能得,时危且讲兵'之语,家人相隔,会面无期;时局动荡,不知何时又会爆发战争,更增加了前途未卜的不安感。"③左江也指出这首诗存在一定的问题,金时泽所处时代相对比较太平,他将个人的思亲情感与家国存亡联系起来的做法有些牵强附会,某种程度上影响了诗歌的自然连贯。阅读古典诗歌有如一场旅行,当读者走进诗歌之时,就等于是开启了一场未知而又充满期待的旅行。左江以艺术家的敏锐观察、批评家的理性判断,在这场诗歌旅行中挖掘出了金时泽灵魂深处的诗学密码。

金然浩斋《忆加杂次》其二曰:"柴扉尽日掩,篱外水流声。云影催将暝,蟾光乍复明。悠悠牵恨起,黯黯惹愁生。惆怅前期阔,况闻四海兵。"④左江对这首诗的分析非常精彩:

---

① [美]勒内·韦勒克、奥斯汀·沃伦著,刘象愚等译:《文学理论》,南京:江苏教育出版社,2005年,第155页。
② 张伯伟主编:《朝鲜时代女性诗文集全编》,南京:凤凰出版社,2011年,第393页。
③ 左江:《杜诗与朝鲜时代汉文学》,第283—284页。
④ 张伯伟主编:《朝鲜时代女性诗文集全编》,南京:凤凰出版社,2011年,第463页。

  首联描摹居住环境,勾勒出一幅萧索寂寞的图景。柴扉、篱外,暗示家境清贫;尽日掩,暗示无人到访。在清幽的环境中只听见屋外潺潺水流声,宁静中是与世隔离的孤寂。"云影催将暝,蟾光乍复明",随着夜晚的来临,天边云彩弄月,不时遮掩了月亮的光华。洒向大地的月光忽明忽暗,更让人思绪飘忽。诗作自然过渡到第三联,"悠悠牵恨起,黯黯惹愁生",无限相思,无限惆怅,都在这样的夜晚油然而生。此联上下句互文,叠词"悠悠""黯黯"的使用,既见"恨"与"愁"的绵长与不断滋长,又见心绪之暗淡迷惘。动词"牵"与"惹"的使用同样很巧妙,洒向大地的月光丝丝缕缕浸透了人的心怀,如一只手牵惹着人的思绪。无边的思绪在诗中无声无息地蔓延开来,也在读者的心头滋长。为何愁?为何恨?作者并未明言。浩然斋紧扣自己所处环境,细腻描画眼前景心中意,却给读者更多想象的空间更多延伸的情绪。最后一联"惆怅前期阔,况闻四海兵",因为心中蔓延的说不清道不明的"恨"与"愁",不免引发对前尘往事的感慨,人生一切难料,更何况天下不平,战事频仍。因为然浩斋此作并不局限于思念兄弟姊妹这样的主题,最后引申出对国事的担忧反显得比金时泽的作品更为自然。①

  这段文字从个别词语、诗句句意、结构布局、全诗主旨等角度进行剖析,毫不枯燥无味,犹如一篇美文,充满了诗情画意。左江娓娓道来的分析犹如一种探秘,带领读者顺利走进金然浩斋诗歌的隐秘世界,也让读者深入金然浩斋的心灵体验,为读者打开了想象空间的钥匙。这样的分析显然是有温度、有情怀,理性而诗意盎然的。

  左江深度阅读金时泽、金然浩斋的次韵诗作,踏踏实实地对诗歌作品进行剖析,不放过任何一个细节,耐心、细致分析和推敲诗歌文本,注意诗句字面意义与暗示意义的联系与区别,艺术地呈现出诗歌的审美意蕴与作者的精神世界。通过左江的分析,读者了解了金时泽《次工部〈月夜忆舍弟〉韵示诸弟》、金然浩斋《忆加杂次》两首诗各自的语言特点、主旨内涵以及二人诗

---

① 左江:《杜诗与朝鲜时代汉文学》,第284页。

作的优劣等。这样的例子在《杜诗与朝鲜时代汉文学》这部著作中比比皆是,不再赘述。

左江《杜诗与朝鲜时代汉文学》在整个论述过程中体现出了"文心前置"的鲜明特点。何为"文心"? 于文学研究有何意义? 杜桂萍教授指出:"文心首先表达为个人之'心',其内涵由研究者赋予,强烈的主体性为其基本特征。文心必须物化为语言、结构,乃至文献的使用和具体安放形式,即通常所谓学术论文,并在与接受者的认知发生互动情况下才能获得实现。文心具有复杂的结构形态和意义关系。"[1]左江通过"文心"激活了朝鲜海量的杜诗文献,"旧文献可以新用,新文献易于智用,常文献能够奇用"[2]的研究原则在这部著作中体现得非常突出。

《杜诗与朝鲜时代汉文学》一书的结构环环相扣,形成了立体式、网络化的章节布局,该书"从注杜、次杜、集杜、评杜等几个方面,分为七个章节论述杜诗与朝鲜汉文学的关系"[3]。关于注杜,左江以两章的篇幅,从朝鲜时代官方注杜、私家注杜两个方面进行分析,官方注杜以《纂注分类杜诗》作为研究对象、私家注杜以李植《杜诗批解》作为研究对象。关于次杜,左江以三章的篇幅展开论述,一是从李世龟次杜实践,黄㦿、蔡济恭、成大中、睦万中次杜纪行诗,柳命天、李沃作为政敌的共同次杜选择等角度讨论;二是从朝鲜文人次杜甫《秋兴八首》切入,分析朝鲜文人次《秋兴八首》之正声、次《秋兴八首》之变调以及对朝鲜文学史上最大规模同和《秋兴八首》的唱和诗集《秋兴酬唱》文本的解读;三是梳理了朝鲜知识女性次杜诗的基本情况,讨论了朝鲜知识女性次杜诗的文学成就。关于集杜,左江主要从集杜诗的写作机缘、版本意义、诗学成就等角度进行论述。关于评杜,左江主要从朝鲜文人眼中的杜诗、性理学影响下的杜诗论、用于考据的杜诗等维度展开。

有关杜诗与朝鲜文学的关系,作者并未停留在简单的"影响"研究层面,而是"关注它们与中国文学的'不相类者',以及'相类'与'不相类'者之间

---

[1] 杜桂萍:《"文献先行"与"文心前置"刍议》,《文学遗产》2013年第6期,第156页。
[2] 同上。
[3] 左江:《杜诗与朝鲜时代汉文学》,第3页。

的微妙关系"①。朝鲜杜诗文献研究无法还原的部分历史、史实等,左江借助"文心"的观照而获得了逻辑还原,呈现杜诗域外传播与接受研究的"全部""完整"面貌。以第五章《朝鲜文人集杜诗研究》为例,略作阐发。本章将朝鲜时代专集杜诗的作家作品以列表形式呈现,包括高敬命、李义健、柳思规、申之悌、李光胤、李民宬、任叔英、申敏一、高用厚、金堉、申楫、朴弥、河溍、姜柏年、黄暐、沈攸、洪柱国、宋奎濂、金昌集、李汉辅、南汉纪、申靖夏、金履万、李南珪等,表格直观地显示集杜诗较多者为金堉、金昌集、李民宬。

金堉创作总计216首952句集杜诗,包括五言绝句200首800句、七言绝句12首48句、五言律诗3首24句、五言古诗1首80句,出自杜甫515首诗作,约占全部杜诗的三分之一多。关于金堉集杜诗的研究,崔皙元《论朝鲜文人金堉的集杜诗》(《古典文献研究》2012年第1期)是国内刊物发表有关金堉集杜诗较早的研究成果。左江在已有相关研究的情况下,借助"文心"使旧文献得到新用、新文献得到智用。她重点论述了金堉集杜诗的时间,指出金堉的集杜诗具有很强的时间性,金堉创作集杜诗始于朝鲜仁祖十四年(1636),是年六月十七日,金堉以冬至圣节千秋进贺正使的身份出使明朝,这是朝鲜王朝最后一次派使臣出使明朝,具有重要的政治、外交、文化等多重意义。金堉的集杜诗除6题7首不能判断写作时间外,其他诗作均与金堉的人生历程息息相关。金堉四次前往中国的不同感受,明清易代之际时代风云、社会状况、百姓生活等,通过集杜诗这一形式得以艺术地呈现,这些集杜诗具有很强的诗史意义。如五言绝句集杜诗,创作于丙丁年间的50首,有47首题为《丙子朝天录》收入文集。除此之外,另有153首,左江也一一作了梳理。单就金堉集杜诗创作时间与其人生历程关系的论述,已经丰富、拓宽了已有有关金堉集杜诗的研究。左江更是将金堉的集杜诗与李民宬、金昌集的集杜诗作了整体性对比观照,探讨了李民宬、金堉、金昌集集杜诗的版本意义以及集杜诗的诗学成就。李民宬、金堉、金昌集的集杜诗与杜诗原诗有一些差别,有些差别明显是创作者有意改动杜诗而成;除有意更改的地方外,李民宬、金堉、金昌集的集杜诗还有一些与杜诗通行版本不一样的诗

---

① 左江:《杜诗与朝鲜时代汉文学》,第3页。

句,存在更改、异文、误用等诸多情况。通过论述李民宬、金堉、金昌集的集杜诗,左江让读者看到了集杜诗这一文学样式在朝鲜文人笔下呈现出逐渐完善的发展过程,以及杜诗版本在朝鲜流传的复杂情况。这些突破性研究,都是左江借助"文心"使旧文献新用、新文献智用的结果。

二、文献考辨:域外杜诗文献研究的史学维度

杜诗在域外传播过程中累积了大量各种类型的文献资料,研究者竭泽而渔地搜罗、整理这些文献已很不易,准确考辨、合理解读更是研究成败的关键。左江非常重视文献资料的搜集、整理与辨析,二十五六年持续关注域外杜诗文献,过程艰辛但收获颇为丰硕,"这二十五六年的时间里,我共收集朝鲜汉籍中的杜甫、杜诗评论资料一百多万字,次杜、集杜、拟杜等作品七八十万字,已出的书有两种:《李植杜诗批解研究》(中华书局,2007年)、《高丽朝鲜时代杜甫评论资料汇编》(上海古籍出版社,2021年)"[①]。《高丽朝鲜时代杜甫评论资料汇编》"后记"描述了编选此书时的操作难度、艰难过程,也反映出左江对文献资料的高度重视。作为一本资料汇编,她首先考虑要做三件事:

> 一是如何保留有价值的资料。在已经收集的近两百万文字中,排除次杜、集杜、拟杜之作,大约还有一百多万字,首先要确定选择的标准,围绕"评论"二字,所有资料必须与评论杜甫及杜诗相关,如只是提及杜甫、以杜甫作比、引用杜诗、化用杜诗者则不在保留之列。其次,相关评论也有很多相似或相近的内容,则要根据时间先后、重要与否再进行一次筛选。最后,收入汇编的资料,要能呈现高丽朝鲜文坛杜甫及杜诗评论的脉络与变化,更好地体现杜甫在东国乃至整个东亚诗坛的地位。
>
> 二是要尽可能不遗漏重要资料。对于资料汇编而言,有遗漏大概

[①] 左江:《杜诗与朝鲜时代汉文学》,第371页。

是一种必然,但必须尽我所能降低这样的概率。《韩国历代文集丛书》后出的一千册我还没有翻阅,总要过一遍才能放心。于是有几个假期我都要集中安排时间去南京大学域外汉籍研究所查资料。……

三是要尽可能保证资料汇编的准确性。如果我不能提供一个最精湛的资料汇编文本,至少我要保证里面的内容准确无误,所以必须一个字一个字地核对原文,希望不要出错。……做域外汉籍实在困难重重,颇为不易。①

《高丽朝鲜时代杜甫评论资料汇编》的编选出版,为《杜诗与朝鲜时代汉文学》的高质量完成提供了翔实可靠的文献资料。对朝鲜杜诗接受、影响文献扎实而细致的考辨,成为《杜诗与朝鲜时代汉文学》这部著作最为突出的特点,贯穿整部著作论述之始终。程千帆先生主张要将"考证和批评密切地结合起来"②。《杜诗与朝鲜时代汉文学》将文献考证与审美批评深度契合,理性而充满诗意的分析,将整个考辨、论析提升到了审美的高度。限于篇幅,我们仅以《杜诗与朝鲜时代汉文学》关于《纂注分类杜诗》底本的分析为例,以见左江在考证文献方面所下的巨大工夫以及取得的突出成绩。

《杜诗与朝鲜时代汉文学》从第30页至第37页的论述,看似平常,实则蕴含了作者的万千辛苦。作者一条一条的比对,一条一条的辨析,力争以事实说话,做到每一个结论都令人信服。朝鲜朝文臣编纂《纂注分类杜诗》时作了大量的前期准备,世宗明确要求"购杜诗诸家注于中外"。左江通过将《纂注分类杜诗》与分类编次的诸家杜诗本进行了细致比对,得出结论:"将《纂杜》与现存的分类编次的杜诗集相较,其分类、编次、篇目与题徐居仁编次、黄鹤补注的《集千家注分类杜工部诗》(以下简称《集千家注》)完全一致。只有二十五题有个别字的差异。"③《纂注分类杜诗》与《集千家注分类

---

① 左江:《高丽朝鲜时代杜甫评论资料汇编》(下册),北京:中华书局,2021年,第695—696页。
② 程千帆、沈祖棻:《古典诗歌论丛》,上海:上海文艺联合出版社,1954年,第263页。
③ 左江:《杜诗与朝鲜时代汉文学》,第27页。

杜工部诗》个别字不一致的二十五题,左江是通过列表形式呈现出来的,形象而直观。左江认为,基本可以断定《集千家注分类杜工部诗》是集贤殿诸臣用以注解杜诗的底本。一般研究者论证至此,可能不会再继续深入考证,因为事实已经基本清楚了。左江却未停下脚步,而是作了更为深入、细致的考辨。她认为《纂注分类杜诗》虽以《集千家注分类杜工部诗》为底本,但是并非全部转录,而是有着较大的改动。她以《北征》为例作了详尽阐释:

> 以《北征》为例,《集千家注》诗题下有"洙曰、鲍曰、苏曰、黄庭坚曰、鹤曰"数家注解,《纂杜》在诗题下为"洙曰、鲍曰、东坡曰、诗眼曰",二家有相同之处,王洙与鲍彪注解的内容完全一致,但相异之处也很多:《纂杜》无黄鹤补注;将"苏曰"改为"东坡曰";《集千家注》的黄庭坚语摘自《诗眼》,《纂杜》因而直接转录《诗眼》中更为详细具体的内容。再将《纂杜》诗题中的"东坡曰""诗眼曰"与现存其他杜诗注解本比较,会发现与刘辰翁批点、高楚芳编次的《集千家注批点补遗杜工部诗集》(以下简称批点本)完全相同,可以推断集贤殿诸臣在注解杜诗时曾参照批点本。关于此点还有更为有力的证据,《集千家注》在"集注杜工部诗姓氏"中列举了刘辰翁的名字,但在实际操作中并没有收录刘氏评点,《纂杜》在《北征》一诗中则有四条刘氏批语。……①

左江指出,这四条刘氏批语不见于《集千家注分类杜工部诗》,与刘辰翁批点、高楚芳编次《集千家注批点补遗杜工部诗集》相比较,除"愁"误作"秋"外,其他内容则完全相同。左江认为《纂注分类杜诗》注解杜诗时曾参照了《集千家注批点补遗杜工部诗集》,吸收了刘辰翁批点本的评语,刘辰翁批点本也是《纂注分类杜诗》中出现频率较高的一部杜诗本。左江的考证并未到此为止,她指出《纂注分类杜诗》中的刘辰翁批语也有不见于《集千家注批点补遗杜工部诗集》者。如《梦李白二首》之一"水深波浪阔,无使蛟龙得"一句下的批语,就不见于刘辰翁批点本,却在《须溪批点杜工部诗》中有相同内容。可见,集贤殿诸臣十分重视刘辰翁的批语,除了收录刘辰翁批点本外

---

① 左江:《杜诗与朝鲜时代汉文学》,第30页。

还参照了刘辰翁评语的其他版本,尽可能做到全面而详尽。除了参照刘辰翁批点本,左江认为《纂注分类杜诗》还引用了鲁訔、蔡梦弼会笺《杜工部草堂诗笺》的内容,"梦弼曰"在《纂杜分类杜诗》中也是出现最多的数家之一。但将《纂杜分类杜诗》与《杜工部草堂诗笺》相比较,二本中的"梦弼曰"并不完全相同:有的《纂杜分类杜诗》对《集千家注分类杜工部诗》作了删简;《纂杜分类杜诗》中的"梦弼曰"很多不见于《集千家注分类杜工部诗》,或者内容要比《集千家注分类杜工部诗》丰富;更多的内容则是"梦弼曰"只见于《纂杜分类杜诗》而不见于《集千家注分类杜工部诗》;《纂杜分类杜诗》中的"梦弼曰"与《草堂诗笺》十分接近,《纂杜分类杜诗》中的"梦弼曰"直接源于《草堂诗笺》而未经过《集千家注分类杜工部诗》这一中介。这些结论都是经过左江一系列细致比对、逻辑考证、谨慎分析后得出的。左江进一步指出,《纂杜分类杜诗》中刘辰翁批语与蔡梦弼注解的情况比较复杂,集贤殿诸臣较多地参照了《集千家注批点补遗杜工部诗集》与《草堂诗笺》。此种情况还有《纂杜分类杜诗》中大量出现的赵次公注解,"赵曰"多与《集千家注分类杜工部诗》一致,同时也有很多见于《纂杜分类杜诗》而不见于《集千家注分类杜工部诗》者,左江列举了三条。这三条都不见于《集千家注分类杜工部诗》,但可以在郭知达编《九家集注杜诗》中找到相似的"赵曰",只是《纂杜分类杜诗》引用时略有简省。由此可见,集贤殿诸臣以《集千家注分类杜工部诗》为底本注解杜诗时,也参照了郭知达编《九家集注杜诗》,并大量吸收了赵次公注解的内容。同样的情况也出现在黄希、黄鹤注解《补注杜诗》之中。《纂注分类杜诗》中的黄氏父子注多见于《集千家注分类杜工部诗》,或略有减省改动,但也有不见于《集千家注分类杜工部诗》的内容,左江列举了一条。为了结论可靠,左江将此条与《文渊阁四库全书》本黄希原注、黄鹤补注《补注杜诗》相比较,未能找到此条内容。

  通过细致比对、考辨,在相互比较、彼此印证,翔实的数据统计之下,左江最后得出结论:"《纂注分类杜诗》是朝鲜世宗朝文臣以徐居仁编次的《集千家注分类杜工部诗》为底本,参照当时杜诗的重要版本——刘辰翁批点,高楚芳编次《集千家注批点补遗杜工部诗集》,郭知达编《九家集注杜诗》,蔡梦弼会笺《杜工部草堂诗笺》,黄希、黄鹤父子的《补注杜诗》等,进行编纂,再加上自己的'补注'而形成的东国第一部分类集注杜诗集。"①细致的文献考辨、深厚的理论功底、严谨的逻辑思维,是左江考辨、阐发《纂注分类杜诗》底本的来源、得出令人信服结论的前提和基础。

结　语

朝鲜有关杜甫及杜诗的文献,达二百多万字,其中评述文字一百多万字,拟杜、次杜、集杜等作品七八十万字。面对如此繁富之文献材料,左江《杜诗与朝鲜时代汉文学》并未刻意追求大而全,而是注重具体典型个案的探究、分析,该书"引言"有明确交代:"面对如此多的资料,我们很难面面俱到地一一研究,本书的方法是先进行全面考察,再选择网络上的一个个结点具体分析探讨。对这些结点的选择,有的是因为它们至关重要、影响深远,有的是因为它们个性鲜明、特立独行,而对具体结点的研究,又是为了更好地反观网络全貌,并提供方法的借鉴。"②

总体而论,《杜诗与朝鲜时代汉文学》是在作者全面搜集朝鲜杜诗百万字资料爬搜剔抉、披沙拣金基础上完成的,作者不故作惊人之论,以强烈的问题意识贯穿论述始终,既不孤立地讨论语言、结构、创作技巧等文学研究的内部问题,也不孤立地讨论社会、思潮、文化等文学研究的外部问题,而是将文学内部研究、外部研究作为水乳交融、充满互文意义的整体予以观照,将相关文献置于思想史、社会史、文化史等语境下,努力还原朝鲜文人接受、评论杜诗的真实面目、内在本质与历史场域。《杜诗与朝鲜时代汉文学》别开生面的杜诗接受书写研究,拓宽了东亚杜诗学的研究形态与学术空间。当然,对于一部学术著作,不同读者定会有不同感受,尽可以见仁见智,去深入思考、不懈探索。

作者单位:黑龙江大学文学院

---

① 左江:《杜诗与朝鲜时代汉文学》,第 37 页。
② 同上,第 3 页。

一部别开生面的杜诗学著作
——读张慧玲《李杜之争与宋代杜诗地位的浮沉》

黎 清

摘 要 宋代杜诗学的相关研究成果已很多,为此,张慧玲《李杜之争与宋代杜诗地位的浮沉》一书另辟蹊径,至少有三大特色:首先,作者跳出杜甫看杜甫,在比较视野中抓住"李杜优劣论"这一杜诗学的重要枢纽来探讨宋代杜诗学的相关问题,同时又适当将宋诗其他学习典范也纳入比较对象中,拓宽了杜诗学研究领域,这是本书最重要的特色。其次,本书在勾勒杜诗宋代地位沉浮变化时,很注重与宋诗发展的脉络紧密联系起来加以阐述,从而对杜诗在宋诗发展进程中起到何种作用,以及宋诗自身发展的路径又如何影响到杜诗接受这两个问题作了必要的分析。第三,对细节的挖掘和把握,可见其对文本细读的功夫,发人所未发,也是本书很引人注意的特点。本书经常可以见到其对细节的精到把握,书中的许多论断由此显得确实可靠,令人信服。因此可以说,这是一部别开生面的杜诗学著作。

关键词 张慧玲 《李杜之争与宋代杜诗地位的浮沉》 宋代诗学 杜诗学

清代江西人蒋士铨曾在《辩诗》中,对唐宋诗有个精辟的论断:"唐宋皆伟人,各成一代诗","宋人生唐后,开辟真难为"[①]。确实,唐诗在宋人面前无疑是一座耸立的高峰,但宋人在经过"开辟真难为"的突破之后,最终蹚出

[①] (清)蒋士铨著,邵海清校,李梦生笺:《忠雅堂集校笺》,上海:上海古籍出版社,1993年,第986页。

了一条新路,得以与唐诗一道成为中国诗歌史上的两座高峰,及至"各成一代"之诗。

当前对于宋代杜诗学研究来说,也未尝不面临着"开辟真难为"的境地。毫无疑问,宋代是杜诗学发展史上的一个重要阶段,因此也成为学者们关注的一个重点,产出了一批非常重要的成果,如专论宋代杜诗学的便有《宋代杜诗阐释学研究》(杨经华,2011)、《宋代杜诗学史》(魏景波,2016)、《宋代杜诗学述论》(邹进先,2016)、《宋代杜诗学研究》(左汉林、李新,2022)等。通论性的杜诗学著作《杜诗学发微》(许总,1989)、《杜甫诗学引论》(胡可先,2003)、《杜诗学论薮》(林继中,2015)等,也均有关于宋代部分的论述。这些研究,既为后来者的研究打下了坚实的基础,也给他们留下不小的挑战,要想有所突破和创新就必须要有新的"开辟"。张慧玲的《李杜之争与宋代杜诗地位的浮沉》(上海古籍出版社 2023 年版,下文将简称"张著"),以"李杜之争"为视角,围绕"一个问题,两个参照"来展开研究,以凸显杜甫在宋代"地位既明晰又复杂的浮沉曲线"[①],并剖析其变化背后深层的原因。通读"张著",笔者认为,该著在前贤研究的基础上,独辟蹊径,跳出杜甫看杜甫,考察杜诗在宋代的发展变化,无疑称得上是一部别开生面的杜诗学新著。

一、以比较视野拓宽杜诗学研究

李杜并称在他们当代便已得到了确立。到了宋代,将"李杜"放在一起进行论述更为普遍,哪怕是在诗歌创作中也经常出现。从宋初田锡的"将领风骚推李杜"(《府解后有诏旨权停贡举因成长句寄太素兼简韩丕茂才》)、林逋的"李杜风骚少得朋"(《和皓文二绝》其一),到北宋中期欧阳修的"歌诗唐李杜"(《和武平学士岁晚禁直书怀五言二十韵》)、韩维的"诗准李杜为"(《寄苏子美》),再到南宋周麟之"李杜文章光不灭"(《再次韵为谢》),最后

[①] 查清华《序》,见张慧玲《李杜之争与宋代杜诗地位的浮沉》,上海:上海古籍出版社,2023年,第4页。

到宋末刘克庄的"李杜文章宗"(《李杜》)。在宋人看来,李杜不仅是唐代诗坛的两座高峰,同时也是他们学习的重要典范,以至于他们纷纷"诗准李杜为",并"相期李杜坛"(李觏《君赐以新诗相示因成四十字答之》)。

从整体上看,在宋代诗坛,李白和杜甫是大多数诗人所共同推崇的两位重要诗人。当然,由于时代发展的变化、宋诗自身演进的路径以及诗人们喜好的选择等原因,"李杜优劣论"的争论也贯穿于宋诗发展的始终,成为宋代诗学上的一个重要命题。"李杜优劣论"虽肇始于唐代,但在宋代,这一命题得到了更充分和深入地探讨。正因如此,"张著"抓住了宋代杜诗学中的这一重要"枢纽",以此为"暗线"来探讨宋代杜诗学的相关问题。这是非常明智也很具有卓识的选择。

从"李杜优劣论"或者说李杜之争来开展宋代杜诗学的研究,实际上是以一种比较的视野来对相关问题进行探究。一般来讲,一个人或者一件事物,单纯地从其自身去认知,往往会很难作出较为全面的判断。只有在不同的坐标系和维度中加以比较,才能对对象有一个较为准确的认识。作者自己也深谙其理,在书中,她就说:"跳出宋人对宋诗的认知、理解本身,克服孤立的局面,而从宋人面向李、杜二人进行典范选取的角度,可能更有利于问题的把握。"①

正是基于这样的理念,书中往往就能有一些独特的见解,给人以启发。如对于"欧公亦不甚喜杜诗"这一论题,作者通过通读欧集全部诗作之后,对欧公学韩、学李、学杜进行比较,注意到了两个特别的现象:一是欧公对韩、李两家诗的模拟要早于杜甫,但是在景祐三年之后,欧阳修学杜甫的诗歌数量便日益增多,其学杜远远超过了学李;另一个就是,欧公对杜诗的传承、发扬,要比学韩、学李更多元化,也更具有伸展空间,以至于作者得出这样的结论,"杜诗对于欧公开辟宋诗革新一路的启发,更直接、更全面"。此外,作者还对其原因进行了分析,认为:欧阳修在其年少时,其性情深处更容易认同李白;后来随着阅历的增加以及仕途上磨砺,让欧阳修对杜甫

---

① 张慧玲:《李杜之争与宋代杜诗地位的浮沉》,第10页。

有了更多的体认。① 通过相关比较，可以让我们看到更多的杜诗接受的面向，也让有些问题不解而自释。此为其精微之处。书中类似的例子甚多，相信读者自有发现。

值得注意的是，书中虽主要对李杜进行了比较，但往往又不囿于李杜，有时会适时"溢出"两者，与其他宋人学习典范进行比较。如上文所举欧公之例，就同时与韩愈进行了比较，指出欧阳修"透过韩愈进一步领略到了杜诗雄豪奇崛的一面"②。查清华先生在《序》中也强调了这一点："将杜诗放在宋代诗坛多典范（如白居易、郑谷、贾岛、姚合、李商隐、李白、韩愈、陶渊明等）格局中加以整体考察，以此准确描述杜诗的实际地位和具体作用。"③这极大地考验了作者文献的涉猎面以及统合能力，当然作为年轻学者来说，作者在此方面也表现出了相当突出的素养。

需要指出的是，书中比较视野的运用，对于杜诗学研究来说非常重要，其将有助于杜诗学研究引向更深入、更宽广的境界。当然，除了学习典范之间的比较之外，不同时段、不同主题等之间的比较也可进行适当的尝试。总之，将比较视野纳入杜诗学的研究，或许可以给我们更多意想不到收获，从而不断丰富当前杜诗学研究。这里，"张著"可以说在这方面做了一个很好的也非常有价值的尝试。

二、在宋诗演进中凸显杜诗地位

"张著"虽然主要以时间线索以及一些关键大家为中心来梳理杜诗在宋代数百年间地位的沉浮变化，但其并非只聚焦于杜甫自身，而是将其地位的变化与宋代诗歌发展演进的脉络紧密联系起来加以阐述，以此来凸显杜诗地位之变化。两者之间的结合，可以更好地观察它们之间互动的关系，即杜诗在宋诗发展进程中起到何种作用，而宋诗自身发展的路径又如何影响到

---

① 以上见张慧玲：《李杜之争与宋代杜诗地位的浮沉》，第71页。
② 张慧玲：《李杜之争与宋代杜诗地位的浮沉》，第71页。
③ 同上，第4页。

杜诗的接受?

如在宋初诗坛,由于当时受晚唐五代诗风的影响,其时诗风大体上呈颓靡气象,大家学的都是白居易、贾岛及姚合等诗人。在这样的情形之下,诗坛学杜甫的虽然逐渐增多,但并未形成较大的气候,只是在为此后诗坛崇杜积蓄更多的力量。可以说,当时诗坛的发展情势,影响了杜诗被接受的空间。

及至庆历之后,诗坛接受杜甫的现象越来越多,杜诗的地位相较于宋初,也得到了很大的提升。作者对当时具体的诗学语境进行分析之后认为,庆历以来,宋人对诗歌的社会功能的重视愈加明显和强烈,一大批名家基于儒道思想和诗歌艺术的考量,更加推崇杜甫,学习杜诗。当然,北宋诗文革新运动是否也对杜诗的接受起到某种影响? 如果有影响,其影响程度有多大? 也值得我们去深究。

经过一段时间积累之后,到了北宋中后期,杜甫对当时的诗坛产生了重要的影响,从而催生出著名的江西诗派。作者在书中也认为,"在黄庭坚的带领、影响下,有明确目标引领、理论指导、方法规范的学杜,成为一种群体性、时代性的追求,形成了巨大的声势,有了江西诗派的旗号"[①]。当然,江西诗派在宋代诗坛的崛起,以及杜甫被奉为江西诗派宗祖,在很大程度上也促进了杜诗地位的提升及杜甫影响力的扩大。

南渡以后,异族的入侵,山河的破碎,使得当时的文人大受震动。其时的情境,让诗人们更加亲近杜甫,加上诗坛上江西诗派仍继续发挥影响,故而当时学杜之风亦较为盛行。当然,其间江西诗派内部亦出现部分跳出江西诗派、摆脱前人藩篱而自成一家的著名诗人,如杨万里等。故而作者在书中认为,其时学杜呈现出一种多元化的现象。

晚宋诗坛,由于江西诗派走向衰颓,四灵诗派和江湖诗派登上诗坛,开启"从抛弃江西到复古学唐,从学晚唐体到学盛唐体"[②]的道路。虽然他们也学杜,但杜诗地位已然没有前此阶段那么高了。只不过到了宋末,由于受政

[①] 张慧玲:《李杜之争与宋代杜诗地位的浮沉》,第171页。
[②] 同上,第303页。

局的影响,杜诗的地位又得到了一次短暂的"高扬"。对此作者认为,在宋末"杜诗是人们抚慰心灵创伤、安顿灵魂的最好读物,懦弱者可以在读杜、学杜中让灵魂有所止泊,坚强者则勇敢地挑起挽救国家危亡、与国族同存亡的责任"①。这一论断甚是,且符合当时诗坛发展的现实。

从以上论述来看,"张著"尽管没有那么明显地就宋诗发展历程来看杜诗地位的变化,但却经常暗含着将宋诗演进与杜诗地位的变化维系在一起思考,以凸显不同阶段杜诗的地位及其影响。

三、用细节还原杜诗接受的实情

"张著"还有一个非常明显的特点,就是对细节的挖掘和把握。对此,作者在书中也提到:"在细微处着手,不忽略细节,以期呈现出较为清晰的宋代诗学全貌。"②作为一位女性,作者拥有细腻和敏感的优点。在著作中,作者无疑发挥了其这一优势。只不过,其对细节的把握,还与其对文本的细读以及大量占有文献不无关系。这背后是辛勤付出。

如在论述陆游学杜时,作者就注意到:陆游在提到李白的时候,一般多同时会提到杜甫。而且,陆游较少地会单独说李白,却有多处单独谈到杜甫。基于这一细致观察,作者提出"如果说陆游对杜诗所下的功夫比李白更多,大概不会错"③。通过对这样一个细节的对比,其所下结论也是足以令人信服的。

作者在对"杨万里学杜偏锋"的论述中,将这种细节的把控发挥得淋漓尽致。如在论述杨万里也是并尊李杜时,她就遍阅《诚斋集》,将其中李杜合称并举之处统计出来,共有 19 处;而分别单独写及李白的有 70 多处,单独写及杜甫的则有近百处。同时,她还发现杨万里称李杜二人为"二仙",注意到了杜诗学上的这种少有认识。

---

① 张慧玲:《李杜之争与宋代杜诗地位的浮沉》,第 329 页。
② 同上,第 379 页。
③ 同上,第 250 页。

在分析杨万里《类试所戏集杜句跋杜诗呈监试谢昌国察院》中集杜诗情况时,作者逐一核对杜诗原文,认为在这首三十句的长篇七言歌行中,其共集自杜诗中的 23 首诗,且集自杜集三分之二以上卷数。作者由此认为,杨万里对杜诗的推崇与喜爱、潜心研读参透之功是不言而喻的。直接以数据说话,让自己的论断无懈可击。

对于杨万里学李白和学杜甫之间差别,作者也于细微之处有自己观察:大体可以说,杨万里是因性格气质相近而喜爱李白诗,他学李白诗往往带有一定的游戏性,是为了调节生活,放松心情,时而闹着玩儿的。但是他对杜甫是崇敬、对杜诗是崇拜的,因为在理性认知中,杜诗的位置是"旷千载而备千载",因此,他学习杜诗是严肃、刻意、有计划、成系统、成规模的。[①]

最后,作者还注意到:"江西诗派诸家学杜主严正,而杨万里学杜则剑走偏锋,将杜诗引向了浅俗、谐谑的方向。有趣的是:宋初曾以'村夫子'为杜甫恶谥,而杨万里竟把杜诗的'村趣'发展成了有个性的诗趣,这种诗趣既浅俗又不乏深意。这是学杜的新面貌、新境界。"[②]认为杨万里将杜诗中的"村趣",化为具有独特韵味的诗歌样态,是学杜的新面貌和新境界。杨万里这样的剑走偏锋,可以说是化腐朽为神奇。作者将杨万里的"村趣"与杜诗中的"村夫子"联系起来,甚是高妙。

书中还有许多关于细节的论述,其对细节的精到把握中,不仅能还原出宋代杜诗接受的实情,而且还能发人所未发,获得许多独到的见解。

四、结　语

一部著作的产生往往意味着一个研究阶段的告终和另一个研究阶段的开始。同时,也没有一部著作堪称完美,总会留下这样或那样的缺憾,以鞭策自己不断地努力和不断地精进。

"张著"有许多令人称道的地方,前文也略述其一二,更多的优点需要读

[①] 见张慧玲:《李杜之争与宋代杜诗地位的浮沉》,第 267 页。
[②] 张慧玲:《李杜之争与宋代杜诗地位的浮沉》,第 279 页。

者和方家们去一一揭示。当然,以笔者浅见:其一,若作者能将李杜之争及宋代杜诗地位的变化纳入"唐宋转型"的大背景中去深入探讨,或许将会有更多更精妙的认识;其二,就像查清华先生在《序》中所揭示的那样,若能深入探讨"宋代理学'有物必有则'的格物致知思维理路"[①]对宋代杜诗接受的影响,亦当也会有更多的收获。在著作中,作者对这两者均有所关涉,惜乎未加深入探讨,读来有意犹未尽之感。

好在作者对杜诗学有自己系列的研究计划和更高远的理想,相信她在今后的研究道路上会有更多、更精彩的杜诗学著作奉献给学界,为杜诗学的建构贡献更多自己的智慧与才华。

作者单位:江西省社会科学院文学与文化研究所

---

① 张慧玲:《李杜之争与宋代杜诗地位的浮沉》,第2页。

学 界 动 态

东亚唐诗学研究的发展与展望
——东亚唐诗学研究会成立大会暨第二届东亚唐诗学国际学术研讨会开幕辞

李芳民

尊敬的各位专家、朋友们，上午好！

承蒙会议东道的盛情，受邀参加东亚唐诗学研究会成立大会暨第二届东亚唐诗学国际学术研讨会，我感到非常的愉快与高兴。受中国唐代文学学会秘书处的委托，我谨代表中国唐代文学学会，向东亚唐诗学研究会的成立，以及第二届东亚唐诗学国际学术研讨会的召开，表示热烈的祝贺！

大家知道，近二三十年来，唐代文学研究获得了长足的发展，在研究方法的更新、视角的变化、领域的拓展及内容的深化等诸多方面，都取得了可喜的成绩与成就。可以说，在中国古代文学研究领域，唐代文学的研究，多年来一直充满了活力，呈现出盎然的生机。

纵观这几十年来唐代文学研究的发展与所取得的成绩，原因当然是多方面的，而其中之一，则应与新材料的发现及其在研究中所起到的助力与推动作用，密不可分。而就唐代文学研究新材料的来源而言，我觉得主要体现在两个方面，一个是以新出土墓志为代表的新出土文献，另一个则是海外舶归的相关域外唐代文学尤其是唐诗学文献。关于新出土文献，这里暂且不论，就域外的唐诗学文献研究与引进而言，其主体应该是以日、韩为主的东亚唐诗学文献。改革开放后的中国当代学界，从事这方面的研究、整理与译介工作，起步也比较早。就我寡闻所知，二十世纪八十年代以后比较早从事这方面工作而为大家所熟知者，主要有卢盛江、肖瑞峰、尚永亮、蒋寅、贾晋华、刘维治、程章灿等诸位先生。而近年来，上海师范大学查清华教授，复旦大学查屏球教授、北京大学杜晓勤教授、南京大学张伯伟教授、西北大学李浩教授、郝润华教授、吉林大学沈文凡教授,以及他们的团队,在这方面也都颇为用心用力,所做的工作也都引人瞩目。除上述者外,当代学界还有不少中青年学人,也都在做着这方面的工作,且多有贡献,我这里难以一一备举。这说明,域外特别是东亚唐诗学的研究,已成为当代唐代文学研究的一个重要的方面,并且形成了颇有声势的研究力量。这应该是我们当代唐代文学研究的一个可喜的现象。

如所周知,现代学术研究,需要不断地及时沟通信息以广见闻,这样才可避免孤陋寡闻与闭门造车之弊。因此,建立相应的学术平台,给同道研究提供交流之机与方便,就显得特别重要与必要。上海师范大学经过陈伯海、朱易安、查清华等几代学人的努力,在唐诗学研究方面,积淀深厚,成绩突出,为当代唐诗学研究体系的建立,作出了突出的贡献。近年来,他们又开拓新的研究领域,将研究的视野,由关注中国古代的唐诗学,扩展到东亚唐诗学领域,而且在最近几年间,连续组织了两次东亚唐诗学研究的国际学术会议,为海内外从事相关研究的学人提供交流方便。现在,由他们牵头成立东亚唐诗学研究会,这应该是顺应时代学术研究潮流与学人心愿的好事。

我想,东亚唐诗学研究会的成立,将能够更好地团结海内外相关研究的学人,为大家的学术交流与学术研究提供方便,并且会以高远的眼光,精心谋划,精心组织,使东亚唐诗学研究不断深化,开创出新的研究局面。缘于此,我要再次向东亚唐诗学研究会的成立,表达衷心的祝贺,也预祝东亚唐诗学研究会的工作开展顺利,不断推出有分量、高质量的学术研究成果,为繁荣当代的唐代文学研究,作出贡献。同时,我也借此机会预祝本次东亚唐诗学国际学术研讨会,圆满成功!预祝参加本次会议的各位专家、各位同道与朋友们,身心愉悦,精神健旺,会议期间,切磋琢磨,会议结束,满载而归!

谢谢大家!

作者单位:西北大学文学院

唐诗是东亚文化共同体的重要构成部分
——东亚唐诗学研究会成立大会暨第二届东亚唐诗学国际学术研讨会闭幕辞

查屏球

尊敬的各位专家、朋友：

两天以来紧凑而充实的学术研讨已经落下了帷幕，我正在品味学术大餐的时候，主办方领导人让我致闭幕辞，不胜惶恐，几乎不知所言。对于本会的学术成就，刚刚四位分组的代表和杜晓勤教授已经作了比较全面充分的总结，无须赘言。以下仅谈对本会宗旨的一些感受，以期与各位参会者共勉。

随着全球经济的一体化进展，"地球村"的概念愈发普及，普世化的人文意识逐渐流行。人们在追求普世化理念的同时，也对自身的文化个性和文化独立性愈发强调。东西方文化经过一个多世纪的碰撞、融合，东方人的人文精神、文化意识及传统的学术习惯的独立性越来越突出，在面对强势的西方文化时，其自我文化的自救意识已经愈发强烈，这时候东亚文化共同体的意识愈发突出。在这样一个人文思潮的背景下，我们强调对东亚唐诗学的研究，应该是符合学术思潮发展的趋势的。

唐诗是东亚文化共同体的重要构成部分。相对来说，西方抽象化的法律文化比较发达，东方具体化的礼乐文化比较突出。随着汉字形态儒家文化的外输，诗歌也成了汉字文化圈中比较重要的文化形态。在汉儒文化向四周进行文化输出的历史过程中，以唐代为最高峰，其所依托的是以形声、会意为主体的汉字符号。汉字以表意为主要功能，它所形成的书面语言可以脱离于口语，这在中国本土就是如此。广东人听不懂上海人的话，但是两个人一旦进入书面语言，便交流无碍。尽管中国地域辽阔，人口众多，方音混杂，但是都使用一致的书面语言，这决定了汉语这种书面语言可以脱离人们的口语，依托于实际生活而存在。在汉语书面语言的发展过程中，到唐代有了一个巨大的转变。具体来说，东汉以后，汉语的书面语言开始走向了平民化，自南北朝达到了高峰。到了隋唐以后，学习汉语书面语言的主要教材是《昭明文选》，其繁琐的要求严重阻碍了学习汉语和掌握这门书面语言的进度。从唐诗在日本的兴起可以明显看出，日本在中唐以前是以《文选》为汉语学习的主要教材，到了白居易以后，《白氏文集》的地位急剧上升，很快取代了《文选》的地位，就是因为它大大降低了人们学习和掌握汉语书面语言的难度。这使得唐诗很早就成为东亚读书人、东亚知识人知识结构中非常重要的一个部分，所以它应该成为东亚文化共同体的重要构成。

其次，东亚人以唐诗作为基础教育的重要部分，还与包括我们本土在内的东亚人对唐代文化、对唐代的历史记忆有关。在世界文明的进程中，唐代的文明在那个时期一枝独秀，处于世界文明之巅。正是基于这样一种文化记忆，东亚人学习唐诗，同时也是在传承着中华文明，或者说以汉字为代表的儒家文明。唐诗因此成为东亚的共同经典，其审美范式与审美理念磨砺出了东亚文化共同体的诗学意识。

这样看来，上海师大唐诗学的研究基地将新的学术增长点定位在东亚唐诗学，不仅仅是第三代唐诗学传人自身学术发展的需要，也契合了当前学术发展的趋势，迎合了学界的需求。诸位与会者表现出的探索精神与学术热情充分证明了这一点，这表明东亚唐诗学研究将成为中国唐代文学一个新的学术亮点，成为唐代文学研究的一个新的推力，必将促进中国唐代文学研究。我们热切期待它健康发展，蒸蒸日上。

作者单位：复旦大学中国语言文学系

东亚唐诗学研究新进展

——东亚唐诗学研究会成立大会暨第二届东亚唐诗学国际学术研讨会综述

郁婷婷

唐诗是中国古典诗歌发展的高峰,对东亚各国的文化产生过很大影响。古代中、日、朝韩、越南等国诗人学者,通过对唐诗的阅读、评论和仿作,也一直在丰富着唐诗的文化蕴涵。2023年9月1日至3日,由中国唐代文学学会和上海师范大学唐诗学研究中心联合举办的"东亚唐诗学研究会成立大会暨第二届东亚唐诗学国际学术研讨会"在沪召开。来自中、日、韩三国的学者100余人出席,共提交论文87篇。

一、唐诗学研究的继往与开来

本次会议由上海师范大学唐诗学研究中心主任、东亚唐诗学研究会会长查清华主持。上海师范大学党委书记、旧体诗人林在勇致欢迎辞,并回顾了上海师范大学唐诗学研究的发展历程及取得的标志性成果。他表示,此次会议的召开和研究会的成立,是对本校唐诗学研究传统的肯定、继承和发扬;唐诗不仅是中国古典诗歌发展的高峰,也在日、韩、越等东亚各国发挥着持续、深远的影响力。我们既要继承和发扬唐诗作为中华优秀灿烂文化代表的传统,也要发掘唐诗作为"桥梁"在东亚各国文化交流中的作用。上海师范大学兼职教授、唐诗学研究中心名誉主任陈伯海先生对新成立的东亚唐诗学研究会寄予厚望:从中国传统的唐诗学转向东亚,不仅仅是一个扩大研究面的问题,还有一个转换视角的问题。研究东亚唐诗学,至少要增添一个视角,就是比较文学和比较文化的视角。对待不同民族文学要进行比较的研究,要有这个视野,特别是要注意它的同中之异或异中之同,总结不同民族研究唐诗的历史经验,揭示其真正的文化底蕴。中国唐代文学学会名誉会长陈尚君致开幕辞,他指出东亚的唐诗研究,不仅要有古今贯通的眼光,更要立足于现在的格局。东亚的唐诗文献是研究唐诗不可或缺的部分,而东亚的唐诗文献亦在文本的流传和保存方面与中国自身保存的文献有很大的不同。希望东亚唐诗学研究会的成立在基本文献的发掘和传播,各种问题的研究和展开,以及通过东亚唐诗学研究带动整个中国唐代文学研究的水平方面,都能作出积极的、有意义的工作。国家图书馆原馆长詹福瑞在致辞中强调,中国文学只有放在世界文学的大格局里,才能定位中国文学的意义、价值、地位及中国特色,但这种价值和地位并非自然呈现,需要不同政治、文化、族群、语言之间的翻译、介绍、交流和研究。东亚唐诗学研究会的成立,以及几次东亚唐诗学国际学术研讨会,意义重大。他充分肯定了学会集刊《东亚唐诗学研究》不断推出的系列成果,认为东亚唐诗学研究呈现出蒸蒸日上的大好势头。中国唐代文学学会秘书长李芳民在致辞中表示,东亚唐诗学的研究,已成为当代唐代文学研究的一个重要方面,并且形成了颇有声势的研究力量。他肯定了上海师范大学几代学人为当代唐诗学研究的体系建立所作出的突出贡献。他希望东亚唐诗学研究会能以高远的眼光精心谋划、精心组织,使东亚唐诗学研究不断深化,并开创出新的研究局面。

随后,大会举行了《东亚唐诗选本丛刊》(以下简称《丛刊》)(第一辑)新书发布会。发布会由上海师范大学特聘教授曹旭主持,上海师范大学党委书记林在勇和上海大学教授董乃斌进行新书揭幕,大象出版社副总编张前进致辞。上海师范大学特聘教授曹旭回顾了上海师范大学自马茂元、陈伯海先生以来的唐诗学研究传统。他充分肯定本校唐诗学研究由国内拓展到东亚日韩等国所取得的成就,高度赞赏《丛刊》出版的文献价值和文化意义。大象出版社副总编张前进认为,《丛刊》的出版为中国的唐诗学研究提供新的文献资料,开拓了新的学术研究空间,填补了唐诗学研究东亚文献资料出版的空白,对于弘扬和传承中华优秀传统文化,加强我国国际传播能力建设,同样具有重要的思想价值、学术价值和艺术价值。《丛刊》入选"十四五"

国家重点图书出版规划项目、国家出版基金资助项目,也让这套丛书焕发更多光彩。《丛刊》主编查清华对新书作了介绍,他表示《丛刊》第一辑十册,选入日本江户、明治时代学者注解评释的唐诗选本十二种,这些选本不仅具有较高的学术价值和文化意义,还因其具有蒙学、普及等性质,大都在日本传播广泛,影响深远,极大促进了唐诗在日本的传播,推进了东亚文明的建设。《丛刊》的整理和出版,将有助于为学界进一步的深入研究提供重要的基础文献。

二、东亚唐诗学文献的价值和意义

本次研讨会,涉及唐诗在东亚各国被阅读、传播、论评、接受的诸多议题,学者们共同探讨如何发掘东亚唐诗学文献的价值和意义,如何呈现唐诗在东亚不同民族、不同文化背景下多样的传播接受图景。会议有四场大会发言。卢盛江、许敬震、道坂昭广等教授分别作大会报告,董乃斌、詹福瑞、陈尚君、陈飞等教授主持、评议。论题涉及中、日、韩、越等各国有关唐诗的文献、传播、接受、诠释等若干问题。

中国唐诗之路研究会会长、南开大学卢盛江认为王昌龄《诗格》是诗路的产物,经由海外唐诗之路流传到日本。他提出可以从诗路的角度研究东亚唐诗学。诗和路是基础,人是主体,研究东亚唐诗学应研究文献,但同时更要研究人,研究东亚唐诗学"活的历史"。中国韵文学会会长、浙江工业大学肖瑞峰将刘禹锡的唱和诗置于唐诗新变的视域中加以考察。他认为其区别于同侪的特异之处,首先是渗透于其间的哲学元素及为宋人导夫先路的理趣,其次是豪健爽朗的抒情格调,再次是对艺术形式的极致追求。韩国延世大学许敬震对《李白七言》所载《唐音遗响》的谚解与原诗及其他现存抄本《遗响》进行了考论,揭示了谚解李白七言诗的《李白七言》编撰者为韩伯愈及其注释的价值。

中国刘禹锡研究会会长、广州大学戴伟华通过对杜甫《秦州杂诗》之十二的现地解读,探讨了诗歌创作现场与环境的还原及方法。他认为现地考察对理解"山头南郭寺"一诗的意义,体现在直观性、准确性(破旧注之误)、启发性和整体性。西北大学李芳民探讨了"渭城"作为一个诗路别离意象的生成与经典化。他认为"渭城"作为秦都故地,入唐后成为一个意旨丰富的诗歌意象,入宋以后确立了"渭城"意象的别离意旨。由于宋代文人的诗、词及画家的绘画创作,"渭城"作为文学作品的"别离"意象遂得以经典化。日本京都大学道坂昭广关注"初唐四杰"对陶渊明的接受和塑造。他认为,陶渊明长期以来被看作是归居田园的隐士,但王勃和杨炯却往往引用他彭泽县令的身份,目的在于彰显陶渊明社会身份下独特的价值观和充实的精神世界。

中国唐代文学学会副会长、苏州大学古典文献研究所所长罗时进提出,唐诗之路研究需要专门性、特色化的研究方法。他认为可以将路程、生活、经验作为唐诗之路的三重构境,通过唐人的行走路程,表现唐人丰富的生活和情感,抉发唐诗书写的经验贮存和审美意识,为唐诗研究开辟出一片新天地。中国唐代文学学会副会长、浙江大学文学院惟学书院院长胡可先考察了宋人注杜的三种整理本,指出《杜诗赵次公先后解辑校》是在原本散佚较多的基础上重在辑佚的整理著作,《新定杜工部草堂诗笺斠证》是在原本基础上进行正本清源、斠证发微、订讹掘隐,融合较多整理者见解的新著,《新刊校定集注杜诗》则是恪守古籍整理规范的精审著作。湖南科技大学李德辉认为,南行北归文学是唐代行旅文学的重要主题,有特定的含义和范围。交通体系与政治制度相结合,构成一个相对完整的文学生产场域,具有强大的文学生产效能,并有一定的路线分布规律。深圳大学左江探讨了朝鲜行纪中的次杜诗。她指出,使行路上的次杜诗是朝鲜诗坛风尚转变的外化,是人在旅途、局势动荡等艰难时刻的情感流露,也是使臣们对两国关系、华夷观念的重新审视。

东亚唐诗学研究会副会长、日本广岛大学陈翀通过梳理有关道家的史地文献,考辨论证了《游紫霄宫》诗非白居易本人之作,而是由宋元文人据佚名诗人所改写的游戏诗。中国矿业大学文艳蓉以日本公私文库所保存的宝贵唐抄本为基础,从唐诗五七言分体意识、唐诗编集修改情况、唐代愿文文体发展等三方面论述了唐代文体的初期形态和原始面貌。西南交通大学刘玉珺通过《唐诗合选详解》在越南的传播,探讨了中国古代诗歌选本对越南雅俗文学创作的影响、中国书籍传入越南的途径、越南知识人对于中国文学典籍的阅读和改造等面貌。兰州理工大学杨晓霭提出,把唐诗学置于跨文化传播视域时,充分利用唐诗教学资源,提高来华留学生、本土汉语学习者对中国文化的兴趣和学习质量,实现中华文化的有效传播,无疑应是唐诗学学科建设中值得关注的内容。海南大学海滨回顾了薛天纬前辈的学术成果,明确其学术理念与治学路径,即师范前贤风标,开拓学问格局;立足文学鉴赏,重视细读文本;固守文献根基,开拓文献视野;倡导问题意识,力求言之有物;崇尚人性视角,观照文学研究。

三、中国历代唐诗接受研究

分会场一主要围绕中国历代唐诗接受研究,包括"诗学思想与诗学现象""唐代诗人接受""唐代诗学"三方面。徐海容、胡永杰等教授主持、评议。

关于诗学思想与诗学现象研究,《南宁师范大学学报》编辑部张震英对李怀民《主客图诗论》诗学思想及清中期高密诗派的核心诗学主张进行了探讨。复旦大学杨焄对近代浙江海宁籍藏书家蒋学坚所撰《衲唐词》一卷作了系统梳理,考论了集唐人诗作成句来写成一个词学的曲子这种现象。广东省东莞理工学院徐海容对洪迈提出的"唐诗无避隐"一说展开了研讨。上海师范大学丁震寰对宋明时期"唐人七律第一"之争的成因及反思作了分析。湖州师范学院杨霖对清代诗人徐熊飞的唐诗观展开论述。

就唐代诗人接受研究来看,以杜甫的接受研究最多。河南省社会科学院胡永杰对杜甫、杜佑家族房分歧异及世系相混之问题进行了考辨,对认识杜甫在唐代士族关系中的境遇具有启发性。上海师范大学吴夏平从史源角度对"杜诗入史"现象与早期杜诗学话语体系作了揭示。武汉大学孟国栋探讨了《御选唐宋诗醇》存在着强烈的"崇杜"倾向的原因,以及杜诗因《诗醇》几乎成为各种考试场合的"考试大纲"而出现的社会性的接受趋势。浙江越秀外国语学院张慧玲辨证探讨了"欧阳修的杜诗学:欧公亦不甚喜杜诗"。韩愈接受研究方面,合肥学院查金萍探讨了毛泽东对韩愈诗文的接受。嘉兴南湖学院张智炳论述了清人对韩愈诗风变革路向建构的逻辑三层次及其内涵。上海师范大学吴留营则对清初李商隐诗歌接受的多重语境与现象补构作了阐述。

关于唐代诗学的研究,武汉大学钟志辉论述了唐代诗学生成的空间转变,对盛唐以后的诗学生成由京城向地方的转变作了揭示。北京大学张一南论述了沈宋在五言古体、五言律体和七言诗三个方面对《选》诗体系的继承与开拓。天津师范大学李思弦考察了《文镜秘府论》中"二十九种对"对诗意"远""近"及诗句整体表达效果的影响。

四、唐诗本体研究

分会场二关注唐诗的本体研究,研究涉及唐诗与社会文化、文献考证、音乐艺术、语言艺术等多个方面。李翰、柏红秀等教授主持、评议。

关于唐诗与社会文化研究,复旦大学查屏球考察了日藏古抄卷《翰林学士集》的形成与流传,揭示了首次诗时序颠倒与许敬宗的政治用心。他还探讨了"贞观末标格渐高"诗论的来源与依据。江苏海洋大学滕汉洋论述了唐太宗《帝京篇》组诗的文体特征,并强调了其在唐诗演进中不容低估的意义。中山大学叶跃武探讨了白居易独善所要解决的多种人生问题,并将其独善思想总结为根源于庄玄的"遂性论"和以佛禅为典型的"见性论"。上海师范大学黄鸿秋以王维为中心,考察了安史乱中陷伪士人的心灵危机,并论述了他们此后的创作实践对整个诗风的影响。中国政法大学韩达从王维早年经历中的最重要的事件入手,结合诗歌创作,探讨其与王维诗歌表现书写之间的关系。他以王维对君臣关系的思考为核心,提供了一种解读其前后诗风统一性的融合视角。上海师范大学邵文彬从心理学视域探讨了杜诗中"剑"的意象,黄炬论述了两税法与中晚唐诗歌的流变关系。

关于唐诗与文献考证、音乐、语言艺术研究,西南交通大学罗宁对杜甫《幽人》《昔游》两首诗进行解读,考察了杜甫本人和与其幽人朋友的隐逸活动,并对他的作品系年进行重新考证。北京大学李成晴通过回归唐集诗前副文本"以书为序—以序为题"传统,推定了李商隐"今月二日"六十六字在唐写卷中的文本形态。扬州大学柏红秀、张梦锦聚焦中唐音乐史中的雅乐与俗乐流变情况,通过考察当时宴乐之风的影响,阐述了中唐乐人诗受此影响在内容与情思上所作的新开拓。上海师范大学胡秋妍通过考察唐大曲的音乐结构、形态及大曲歌辞的入乐方式,揭示了大曲歌辞的文本特征。南开大学卢燕新对李白诗"药"意象及其情感意蕴展开探讨,分析了李白诗中"药"及其涵义、李白诗中的"丹砂""紫河车"等药物、李白诗中"金丹"等"药"之泛称及李白诗中"药"之情感意蕴。上海大学李翰从"互诠"的三层内涵出发,阐释了李商隐诗中"互诠"的特点。他认为"互诠"作为文学创作和批评的基本思维和方法,对于其他诗人诗作的批评和接受,具有普遍的适用性。浙江工商大学王书艳探讨了唐代文人笔下的幽独情思与园林幽境的审美关系。湖北第二师范学院龙珍华从语言学角度分析饥和饿的区别,讨论了唐诗中的饥饿书写。上海师范大学马里扬以"金盘陀"与"感恩多"为中心,对唐诗所见域外语言与音乐交流进行探讨。中国社科院语言研究所程悦重点讨论述谓性联绵词在杜甫五言诗中能够构建的句法类型和表达的意义,以及与汉魏六朝五言诗相比的共性与特点。

五、唐诗与日本汉诗创作

分会场三围绕"唐诗与日本汉诗创作"等议题展开了探讨,包括唐诗的域外接受与影响、唐诗与日本文坛诗学论争、唐诗与东亚文化、文学关系等方面。李定广、李寅生等教授主持、评议。

唐诗作为汉诗创作的典范,对日本诗坛的创作产生过很大影响。广西大学李寅生以中日两国诗歌交流的悠久历史和中国文化对日本文化的影响为切入点,论述了菅原道真对白居易诗歌的感悟与认知。苏州大学吴雨平通过分析《和汉朗咏集》中日本汉诗在中国诗文与日本民族文学之间起到的关联作用,揭示了日本汉诗在认同"他者"文化的同时力图确立"自我"民族文学主体的文化特性。郑州大学王连旺从"东亚唐诗学资料的开发空间"的角度出发,考察了中世日本诗画轴中的杜甫及杜诗文献。暨南大学山口莉慧分析了唐诗、俳句、汉俳之间错综复杂的多元关系。上海师范大学刘晓以野村篁园《采花集》为中心,论述了江户后期的唐诗集句集及其诗学示范意义;但白瑾论述了韩愈《秋怀诗十一首》在日本汉诗中的接受;沈儒康考察了江户汉诗中的寻隐不遇书写。南京大学方舒雅探讨了周弼《三体诗》象喻艺术与五山时期的诗体转型。重庆师范大学杨照以"三平调"为中心考察了中古中日诗格的诗律意识与盛唐五言诗创作实践之关系。上海师范大学潘牧天、潘琳卓娜对留守友信《语录译义》所释唐诗词语进行了探论。

此外,唐诗对日本诗坛的诗学思潮亦产生了影响,引发诗学论争,以江户时代为甚。安徽师范大学何振论述了日本江户诗坛唐、明之诗的离与合,进一步探讨了日本江户诗坛"唐宋诗之争"这个话题。上海师范大学张波考察了不同诗学宗尚的日本诗学家们学唐的不同方式。中国海洋大学李准研讨了明人邵傅在《杜律集解》中提出的杜诗五、七律关系论及其在江户日本的受容。湖南理工学院雒志达探讨了唐诗与江户古文辞学派的《楚辞》受容路径。

学者还对唐诗与东亚各国文化、文学之间的关系展开研究。西北大学田苗以李白诗中日本的服饰名物日本裘、朝鲜半岛高句丽的服饰名物折风帽为切入点,探讨了诗歌中异域名物的文化意义。绍兴文理学院潘伟利考察了唐日文学交流中的浙东元素。聊城大学聂改风从"歌仙"到"诗歌仙"探讨了日本的唐风文化倾向。

六、韩越日唐诗学批评

分会场四围绕"韩越日唐诗学批评"展开讨论。左江、王艳丽等教授主持、评议。

关于韩、越唐诗学研究,韩国全南大学徐宝余对高丽时期林惟正的集句诗集《百家衣集》进行了考察,探讨了《百家衣集》中所存唐人佚诗、唐诗异文、唐人诗句的作者归属问题,有助于探究高丽时期唐诗在朝鲜半岛的传播与接受情况。吉林大学沈文凡以韩国南羲采《龟碅诗话》中的黄巢《自题象》诗作为参照,对比了宋元明清时代十余种自画像式的文献资料,揭示了其在韩国的接受与传播情况。上海师范大学刘畅论述了新罗末期宾贡诸子崔致远、崔承祐、崔匡裕、朴仁范等人诗歌创作中所受晚唐诗风的影响及其形成缘由。山西大学张景昆探讨了朝鲜宣祖时期三唐诗人群体的宗唐意识倾向,并考证了其主要受到《唐音》与李东阳的影响。青岛大学徐婉琦论述了司空图隐逸思想在韩国的接受及其对韩国文艺批评及文化观点所产生的影响。武汉大学安生论述了朝鲜时代"不平则鸣"批评话语的异质重构及其文化内核。上海师范大学彭睿分析了朝鲜后期文人朴泰淳所撰李商隐诗集注本《玉溪生集纂解》的基本情况、成书背景及诗学意义;殷星欢通过对朝鲜汉诗宗唐之风与明人复古思潮的比较,探讨了二者在诗学主张上的相似性及具体诗作呈现出的异性。红河学院陆小燕以越南阮朝绍治帝步韵《秋兴八首》为切入点,探讨了杜诗对绍治帝及越南诗学的影响,揭示了杜诗在汉文化圈国家中阐述、演绎和深化。

关于日本唐诗选本,上海师范大学查清华以多个选本为例,探讨了日本唐诗选本的批评方式及文化意义。华南师范大学汪欣欣对美国哈佛大学燕京图书馆藏日本《杜律要约》的著者、刊刻时间、参照底本、文献价值及诠释特点作了研讨。徐州工程学院张超论述了《唐诗选》与《唐诗训解》在日本江户前中期的流传情况,揭示了日本文人通过诗学主张的辨析、文本的校勘等方式,确定了《唐诗选》的经典地位。上海师范大学林雅馨探讨了周弼缘何撰《三体诗》、何以只选"三体"、"三体"如何编次、所选为何多中晚唐诗、何以不选李杜等若干历史疑难问题;郭少辰对《唐宋诗醇》的版本系统,《诗醇》与清代唐诗学,《诗醇》的东传、和刻与影响展开了探讨,揭示了其在日本经典化的过程;郁婷婷通过论述日本江户时代《唐诗选画本》成书的历史背景、图像阐释、唐诗诗意图的特点,探讨了日本画家、读者对唐诗的诠释及接受的情况。苏州大学刘召禄以《千载佳句》《和汉朗咏集》为例,从比较的视角探讨了日本平安朝佳句编选的"常"与"变"的特点。

关于日本诗学批评,西南大学刘洁从"李杜"在五山文坛的阐释特质、"李杜"诗学阐释在江户日本的延续与深化两个方面,探讨了日本汉诗学中的李杜优劣问题。贵阳学院皮昊诗论述了日本江户时期大儒荻生徂徕"以修辞学唐诗"的诗学主张,揭示了徂徕对"明代格调论"的继承与主"情"的唐诗诗教观。山西师范大学高超探讨了斋藤茂对孟郊诗歌创作风格新变特点及成因的阐释,解读赤井益久对孟郊诗风形成的辨析,并比较他们与国内学者孟郊研究的异同,借此揭示斋藤茂与赤井益久两位日本学者孟郊研究的意义所在。上海师范大学宋洁鑫关注日本江户时代到明治时代唐诗学研究方法论的变迁,对日本近代唐诗文献学索引方法的确立及其影响展开了论述。

经过一天半的热烈讨论,与会学者对唐诗学研究的对象、思考和方法等问题充分交换意见,密切了彼此间的学术交流。东亚唐诗学研究会副会长、北京大学中文系主任杜晓勤在闭幕式上作大会总结,充分肯定了本次会议的创新性成果。他认为这些讨论视野多样、思路多元,呈现出唐诗在东亚文化圈内各有特点、各有侧重的影响及其独特的路径,有助于我们拓宽古典诗歌的审美视野、文化视野,同时也为今天的唐诗研究注入活力。中国唐代文学学会副会长、东亚唐诗学研究会副会长查屏球致闭幕辞。他表示,唐诗成为东亚的共同经典,其审美范式与审美理念磨砺出了东亚文化共同体的诗学意识。东亚唐诗学研究将成为中国唐代文学一个新的学术亮点,成为唐代文学研究的一个新的推力,必将促进中国唐代文学研究。

作者单位:上海师范大学唐诗学研究中心

《东亚唐诗学研究》征稿启事

《东亚唐诗学研究》是由中国唐代文学学会东亚唐诗学研究会、上海师范大学唐诗学研究中心合办,上海辞书出版社出版发行的专业性学术刊物,旨在弘扬唐诗文化,为推动海内外东亚唐诗学研究搭建学术交流平台。本刊自2021年9月创刊,每年出版两辑。常设有"日本唐诗学研究""韩国唐诗学研究""越南唐诗学研究""中国唐诗学研究""书评书讯""学界动态"等栏目,亦将视收稿情况,或邀请客座编辑,策划专栏、出版特刊。

本刊发刊以来,受到海内外学界的支持和关注,竭诚欢迎海内外从事相关研究的学者赐稿。文稿一经采用,即付薄酬,并奉样刊两册。

一、征稿范围

"唐诗学是关于唐诗创作、传播和接受的学问"(陈伯海)。本刊征集中、日、韩、越自古至今关于唐诗创作、传播和接受研究的学术论文。

二、来稿要求

1. 来稿须是未经发表的学术论文,篇幅在1万至1.5万字为宜,特约文稿字数不限。要求选题新颖,论据充足,论证严密,语言通达,观点可靠。

2. 本刊使用规范简化字。标题取宋体四号字,正文取宋体五号字,一倍行距。按照标题、作者姓名、摘要(200字左右)、关键词(3~5个)、正文的顺序排列,并于文末附作者简介(姓名、出生年月、工作单位、职称职务、研究方向)、通信地址、邮编、电话、电子信箱。引文取页下注形式,注释序号用阿拉伯数字①②③④……表示,每页重新编号。引文务求准确,并依照"作者、译者、校注者:书名/篇名,版本,页码"的顺序注明出处,即:(朝代)/[国别]作者:书名/篇名,出版地:出版社/期刊名,出版年份(期号),页码。

3. 本刊采用双向匿名专家审稿制。来稿可将电子文档投递至本刊电子信箱,邮件主题、文档标题依照"【辑刊投稿】+姓名+论文题目"标明。

4. 来稿文责自负。

三、其他

为扩大成果影响,编辑部有权将已刊发内容在相关网站、数据库、微信公众号等平台公开。

自投稿日起 3 个月内未接到用稿通知者,可自行处理。

四、联系方式

通信地址：上海市徐汇区桂林路 100 号文苑楼 1116 室

电子信箱: dongyatangshixue@163.com

微信公众号：唐诗学研究

《东亚唐诗学研究》编辑部

图书在版编目(CIP)数据

东亚唐诗学研究. 第六辑 / 查清华主编. —上海：
上海辞书出版社，2023
ISBN 978-7-5326-6184-8

Ⅰ.①东… Ⅱ.①查… Ⅲ.①唐诗-诗歌研究-文集
Ⅳ.①I207.227.42-53

中国国家版本馆 CIP 数据核字(2024)第 006307 号

DONGYA TANGSHIXUE YANJIU (DI LIU JI)
东亚唐诗学研究(第六辑)
查清华　主编

责任编辑	徐　梅
装帧设计	梁业礼
责任印制	曹洪玲

出版发行	上海世纪出版集团 上海辞书出版社®（www.cishu.com.cn）
地　　址	上海市闵行区号景路 159 弄 B 座(邮政编码：201101)
印　　刷	浙江临安曙光印务有限公司
开　　本	720 毫米×1000 毫米　1/16
印　　张	17.75
字　　数	256 000
版　　次	2023 年 12 月第 1 版　2023 年 12 月第 1 次印刷
书　　号	ISBN 978-7-5326-6184-8/I·569
定　　价	88.00 元

本书如有质量问题，请与承印厂联系。电话：0571-63783589